EN BUSCA DEL ALBA

EN BUSCA DEL ALBA

BRIGID KEMMERER

Traducción de Xavier Beltrán

Argentina – Chile – Colombia – España
Estados Unidos – México – Perú – Uruguay

Título original: *Defend the Dawn*
Editor original: Bloomsbury
Traducción: Xavier Beltrán

1.ª edición: agosto 2023

Todos los nombres, personajes, lugares y acontecimientos de esta novela son producto de la imaginación de la autora o son empleados como entes de ficción. Cualquier semejanza con personas vivas o fallecidas es mera coincidencia.

Plaza de los Reyes Magos, 8, piso 1.º C y D – 28007 Madrid
www.mundopuck.com

ISBN: 978-84-19252-31-9
E-ISBN: 978-84-19699-30-5
Depósito legal: B-11.558-2023

Fotocomposición: Ediciones Urano, S.A.U.
Impreso por: Rodesa, S.A. – Polígono Industrial San Miguel
Parcelas E7-E8 – 31132 Villatuerta (Navarra)

Impreso en España – *Printed in Spain*

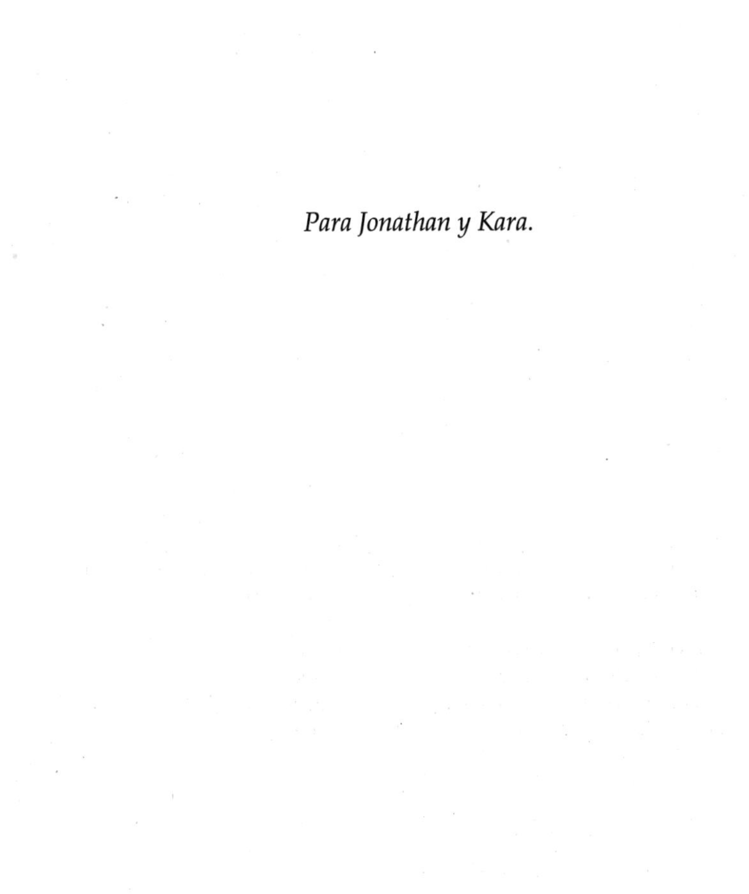

Para Jonathan y Kara.

EL REINO
El Reino de Ostriario
TIERRAS DEL TRATANTE
SOLAR
CIUDAD ACERO
O
S
N
E

DE KANDALA
Río Llameante
La Región del Pesar
Prados de Flor de Luna
La Selva
Musgobén
Río de la Reina
El Sector Real
Crestascuas
Artis

LOS LÍDERES POLÍTICOS DE KANDALA

NOMBRE	PAPEL	SECTOR
Rey Harristan	Rey	Real
Príncipe Corrick	Justicia del rey	Real
Barnard Montague	Cónsul	Tierras del Tratante*
Allisander Sallister	Cónsul	Prados de Flor de Luna
Leander Craft	Cónsul	Ciudad Acero
Jonas Beeching	Cónsul	Artis
Lissa Marpetta	Consulesa	Crestascuas
Roydan Pelham	Cónsul	Región del Pesar
Arella Cherry	Consulesa	Solar
Jasper Gold	Cónsul	Musgobén

* A veces se les llama «Tierras del Traidor» después de que el cónsul Montague asesinara a los antiguos reyes, tras lo cual Harristan y Corrick, su hermano menor, se adueñaron del poder.

LOS FORAJIDOS

NOMBRE	PAPEL
Tessa Cade	Boticaria**
Karri	Boticaria
Lochlan	Obrero metalúrgico

LA TRIPULACIÓN DEL *PERSEGUIDOR DEL ALBA*

NOMBRE	PAPEL
Rian Blakemore	Capitán
Gwyn Tagas	Teniente primera
Sablo	Teniente segundo
Marchon	Timonel y contramaestre
Dabriel	Cocinera

** Ahora trabaja al servicio del rey.

LA CURA

La única cura conocida para la fiebre es un elixir creado con pétalos secos de flor de luna, una planta que solamente crece en dos sectores: en Prados de Flor de Luna y en Crestascuas. Los pétalos de flor de luna se racionan muy estrictamente entre los sectores, y las cantidades son limitadas.

El cónsul Sallister ha prometido proporcionar suficiente flor de luna para toda la población de Kandala durante ocho semanas.

Muchos ciudadanos temen que no sea suficiente.

CAPÍTULO UNO

El forajido

Cuando era joven, las noches de verano que pasaba en la Selva siempre me olieron a aventura. A ramas de pino. Al dulzor empalagoso de la madreselva. Alguien siempre encendía una hoguera, y nos pasábamos cerveza unos a otros. El ambiente hervía de conversaciones animadas, de canciones obscenas de borrachos o de las maldiciones de los hombres cuando perdían monedas en una apuesta.

Hoy en día, las noches de verano traen consigo el hedor subyacente a cuerpos en descomposición. La mayoría de las hogueras son piras funerarias. Casi nunca se oyen canciones.

La gente sigue bebiendo igualmente. Quizá más que antes.

Se ha prometido distribuir pétalos extra de flor de luna, pero el goteo está siendo lentísimo. Ya nadie se fía de la gente de palacio. Pocas personas confían en los cónsules. Incluso los rebeldes que en teoría negociaban para tener mejor acceso a las medicinas han empezado a sospechar.

Los rumores, y hay muchísimos, son indignantes.

Cuando vengo a la Selva, agacho la cabeza y hago lo que puedo.

A estas horas de la noche, los caminos serpenteantes del bosque están vacíos, pero me aferro a la oscuridad como si fuera un fantasma. No quiero que me sorprenda una patrulla nocturna. Me pesa la riñonera que llevo en la cintura con mis propias monedas de cobre, pero me he puesto una máscara roja sobre los ojos y me he calado un sombrero sobre la frente. Vestido así, y a estas horas, me detendrían. O, peor aún, me encerrarían en el presidio a la espera de ser interrogado. Y eso es lo último que me interesa.

Me salgo del camino y extraigo unas cuantas monedas de la riñonera. La primera casa es más pequeña que las demás; es probable que solo contenga una habitación, pero detrás veo un gallinero y una jaula para conejos. Nunca he visto quién vive aquí, pero los animales están bien cuidados. Pretendo dejar unas cuantas monedas en el tonel del grano, pero entonces veo un paquetito envuelto en muselina junto a un mensaje mal escrito en el polvo.

GRASIAS.

Al desenvolver la tela, descubro un par de galletitas blandas que huelen a queso y a ajo.

No es el primer regalo que encuentro, pero cada vez que recibo uno me da un vuelco el estómago. Quiero dejarlo porque no necesito regalos. No lo hago para recibir nada a cambio.

Pero ese regalo significa algo para la persona que lo ha dejado. No quiero ser un maleducado.

Envuelvo de nuevo las galletitas con la tela y me guardo el paquete en la mochila. Después de dejar unas cuantas monedas sobre el tonel, me marcho.

En la casa siguiente viven varios niños, incluido un recién nacido. A veces lo oigo lloriquear en medio de la noche, y avanzo con paso liviano para que nadie repare en mí. Meto monedas en los bolsillos de la ropa que han puesto a secar en un cordel. En la casa siguiente, dejo monedas delante de la puerta. En otra, las monedas las coloco sobre el alféizar de la ventana.

En la quinta casa, dejo monedas cerca de un hacha que está clavada en un tocón, y entonces una silueta emerge entre las sombras.

—¡Ajá! —susurra una voz—. Te he atrapado.

Me llevo tal sobresalto que las monedas caen sobre la hierba. Agarro el mango del hacha y me doy la vuelta.

No sé qué haré si se trata de la patrulla nocturna. Un hacha no servirá de gran cosa contra un arco. En teoría, no deben disparar nada más divisar a alguien, pero he oído suficientes historias de rebeldes y forajidos acerca de la violencia de los guardias como para saber que lo que en teoría no deben hacer no siempre termina siendo lo que hacen.

De todos modos, me mantengo firme con el hacha preparada.

—¡Ostras! —La silueta retrocede con las manos en alto.

No es la patrulla nocturna. Es… es una chica. Muy alta, casi tanto como yo, lo cual me lleva a pensar que es mayor, pero sus rasgos siguen luciendo la blandura de la infancia y sus extremidades son delgadas y gráciles. Lleva un pálido camisón que deja al descubierto sus brazos, y cuyo dobladillo se arrastra por la hierba. Su cabellera rubia está recogida en una descuidada trenza que le llega por debajo de la cintura.

—No quiero problemas —le digo.

—Tienes un hacha. —Habla con voz baja, pero no parece asustada—. Conmigo no conseguirás nada.

Dejo de sujetar la empuñadura con tanta fuerza y permito que el filo del hacha caiga al suelo.

—Pues regresa al lugar del que vienes, y me marcharé.

Ahora que ya no blando un arma, baja las manos, pero no aparta la vista. Me mira con los ojos entornados antes de contemplar la oscuridad que se alza tras de mí.

—Estás solo.

—Sí.

—Cuando empezaron a aparecer las monedas, mi primo creía que Weston y Tessa habían vuelto a hacer sus rondas. Tú no eres Wes, ¿verdad?

—No. —Contemplo las sombras y me pregunto si hay alguien más escondido entre los árboles. No ha dejado de martillearme el corazón desde que la muchacha ha aparecido de la nada.

—Bueno —prosigue en voz baja—, aunque se rumorea que Weston Lark en realidad era el hermano del rey, el príncipe Corrick.

—He oído esos rumores.

—Uno de los rebeldes lo atrapó —continúa—. En Artis, creo. Iba vestido como un forajido. Con máscara y tal. El ejército del rey tuvo que ir a rescatarlo.

Esa historia se rumorea por todas partes. Miro hacia el cielo, que no ha empezado a aclararse, pero no falta demasiado. Pronto será de día y tengo que volver. Dudo, medito y, acto seguido, clavo el hacha en el tocón. El ruido retumba en el bosque, y pongo una mueca. A la chica le arden los ojos y respira hondo, pero deposito varias monedas en el tronco y me giro para irme.

Con los hombros encorvados, me preparo para que ella haga sonar la alarma, pero me olvido de que en la Selva se tienden a cuidar unos a otros. Al final, echa a trotar por la hierba para caminar a mi lado.

—Si no eres Weston Lark —dice—, ¿cómo te llamas?

—No es importante.

—Pero llevas una máscara roja —parlotea, despreocupada. Yo pensaba que tendría catorce o quince años, pero ahora creo que es todavía más joven—. Con la máscara roja pareces un zorro. He oído decir que la máscara de Weston era negra.

—Vete a casa.

No funciona.

—Hay quien piensa que tus monedas son una trampa —dice andando junto a mí—. Mi tío dice que…

—¡Una trampa! —Me giro para lanzarle una mirada—. ¿Cómo iban a ser una trampa unas monedas dejadas en medio de la noche?

—Es que algunos rumores aseguran que el príncipe Corrick fingía ser Weston Lark para así poder engañar a la gente y que le confesaran los nombres de los contrabandistas. —Abre los ojos como platos, ingenua—. Y así poder ejecutarlos.

—Me parece demasiado esfuerzo siendo un hombre que puede ejecutar a quien quiera —resoplo, y sigo caminando.

—Entonces, ¿no crees que sea cierto?

—Me cuesta muchísimo imaginarme al hermano del rey disfrazándose de forajido en secreto para atrapar a contrabandistas.

—A ver, lo llaman Corrick el Cruel por algo. ¿O piensas que es el rey el que…? ¡Ay! —Tropieza y me agarra del brazo para no perder el equilibrio mientras da saltos con una pierna.

Está haciendo tanto ruido que una parte de mí desea zafarse y dejarla allí. Pero tengo corazón. Me trago un suspiro y bajo la mirada.

Va descalza y levanta un pie. Un reguero de sangre resplandece sobre la pálida piel de su talón, oscurecida por la luz de la luna.

—¿Es grave? —pregunta, y percibo un leve temblor en su voz.

—No lo sé. Siéntate.

Me obedece y se pone una pierna encima de la rodilla opuesta. La sangre gotea hasta la hierba. Algo brilla en la herida, una piedra afilada o bien un trozo de acero.

—Mi madre me va a matar. —Tuerce los labios.

—Haces tanto ruido que es posible que la patrulla nocturna se le adelante. —Dejo mi mochila en el suelo y me arrodillo para examinar su herida—. Deberías haberte ido a casa.

—Quería saber quién eres. Mi primo no se va a creer que te he atrapado.

—Es que no me has atrapado. No te muevas. —Extraigo las galletitas envueltas en muselina de la mochila y despliego la tela. Le tiendo la comida—. Toma.

Frunce el ceño, pero acepta las galletas. Me dispongo a retirarle lo que se ha clavado, pero luego me lo pienso mejor. Le lanzo una mirada serena.

—Puede que te haga daño. Tienes que estar quieta.

Aprieta los dientes y asiente fervientemente.

Rodeo el objeto con los dedos y lo saco. La chica gimotea y casi aparta el pie de mí, pero se lo aferro y la fulmino con la mirada. Ella se queda sin aliento, está paralizada.

Ahora la sangre ya le recorre el pie, pero aprieto la herida con un trozo de muselina y, a continuación, le vendo el pie a toda prisa. Rasgo el extremo de la tela para poder hacer un nudo.

La muchacha parpadea para contener las lágrimas y consigue no verter ninguna.

—¿Qué ha sido? ¿Una piedra?

—No. —Niego con la cabeza—. La punta de una flecha.

—¿De la patrulla nocturna?

—De alguien que lleva zapatos, más bien. —Me encojo de hombros.

—¿Eso qué ha sido?, ¿una broma?

—Tendrás que lavarte la herida cuando vuelvas a casa —le indico. Me pongo en pie y luego me cuelgo la mochila al hombro. Me tocará encontrar una nueva ruta. No necesito que la gente se quede sentada en la oscuridad, esperándome; ni siquiera una chica que apenas ha dejado de ser una niña pequeña—. Cuídate ese pie —digo—. Me tengo que ir.

—Pero ¡sigo sin saber cómo te llamas! —Se levanta deprisa y cojea sobre el pie herido.

—Llámame como quieras. No volveré a pasar por aquí.

—¡No! —protesta—. Espera. Por favor. Ha sido culpa mía. Tú no… —Se le rompe la voz como si fuera a echarse a llorar—. No sabes cuánto necesitamos…

Me giro y le tapo la boca con una mano.

—¿De verdad quieres llamar la atención de la patrulla nocturna o qué?

Niega con la cabeza aprisa, avergonzada.

—Pero tu comida… —murmura tendiéndome las galletas que le he dado.

«No sabes cuánto necesitamos…».

Sí que sé cuánto necesitan. Los forajidos Wes y Tessa antes proveían a esta gente. He oído tantas historias al respecto que me da vueltas la cabeza. No voy a compensar su desaparición dejando unas cuantas monedas por aquí y otras por allí. No estoy seguro del todo de por qué lo sigo intentando.

—Quédate las galletas. —Bajo el brazo y meto una mano en la riñonera para sacar más monedas—. Y quédate callada. —Se las ofrezco.

Se queda mirando las monedas de mi palma antes de asentir y aceptarlas.

Una campana de alarma empieza a sonar en el Sector Real, y la muchacha da un brinco. Suspiro.

—Vete a casa.

—¿Volverás? —me pregunta.

—Siempre y cuando la próxima vez no haya nadie esperándome en las sombras. —La miro con expresión seria.

—Te lo prometo. —Me sonríe, un gesto que le ilumina la cara.

—¿Cómo te llamas tú?

—Violet.

—Ten cuidado con el pie, Violet.

—Gracias, Zorro —asiente.

Su comentario me hace sonreír. Me toco el ala del sombrero en su dirección y corro hacia la oscuridad.

CAPÍTULO DOS

Tessa

Hay cinco hombres sentados a la mesa, y la mayoría de ellos quieren matarse unos a otros. Por eso las negociaciones son difíciles.

También hay otra mujer joven, pero no creo que ninguna de las dos esté pensando en asesinar a nadie. Karri parece abrumada por el hecho de estar dentro del palacio. Ha abierto como platos sus ojos marrones, y con los dedos delgados no deja de juguetear con la costura de sus faldas. Hace un mes, hablábamos entre susurros acerca de esta situación, compartíamos nuestras inquietudes e intentábamos ayudarnos mutuamente a sobrellevar todo lo que había ocurrido. Pero ahora se ha enamorado de uno de los líderes de los rebeldes, mientras que yo estoy con el hermano del rey. Ahora entre nosotras hay una barrera que me encoge el corazón, pero no sé cómo derribarla. En estos momentos, parece más gruesa que la muralla que rodea el Sector Real.

Es probable que Quint tampoco quiera matar a nadie. El intendente de palacio está sentado en el extremo opuesto, en teoría para apuntar todo lo que se diga en la reunión. Lleva la chaqueta abotonada solo hasta la mitad y un mechón de pelo rojizo le cae sobre la frente. Con una pluma, está escribiendo notas en una carpeta con tapas de cuero.

Lochlan, el líder de los rebeldes, está sentado a mi izquierda y cada pocos segundos lanza una mirada hacia Quint. Si de él dependiese, seguro que los mataría a todos. Ya lo ha intentado.

—¿Qué estás escribiendo? —dice Lochlan—. ¿Qué estás haciendo?

Quint termina lo que estuviese anotando y levanta la vista.

—Estoy aquí para documentar vuestras peticiones —responde con voz calma—. Y la respuesta resultante.

—Todavía no he hecho ninguna petición —gruñe Lochlan.

Quint no se acobarda con facilidad. Lo he visto mantener la compostura mientras algunas zonas del Sector Real ardían literalmente, así que una ligera agresión verbal apenas hace mella en él. También es uno de los hombres más considerados que he conocido y tiene un curioso talento para conseguir que la gente esté tranquila durante los momentos más difíciles.

Tras dejar la pluma sobre la mesa, le da la vuelta a la hoja para que resulte más visible.

—Estaba escribiendo los nombres de los aquí presentes —explica sin rastro alguno de condescendencia—, además de la fecha y el lugar de la reunión. Estaré encantado de preparar una copia para todos, si así lo desean.

Lochlan observa el papel y luego se concentra de nuevo en Quint. Aprieta la mandíbula.

—Solo está tomando nota —murmura Karri, y me lanza una mirada pesarosa. Le pone una mano a Lochlan en el antebrazo, pero él no se relaja.

Delante de Karri se encuentra Allisander Sallister, el cónsul de Prados de Flor de Luna. Debería estar en la cárcel o, mejor dicho, colgando de una soga, pero consiguió eludir una sentencia de muerte cuando afirmó que nadie sería capaz de gestionar la cosecha y la distribución de los pétalos de flor de luna con tanta eficiencia como exigía la tregua con los rebeldes. Lo peor de todo es que es probable que tenga razón. Es el único motivo por el cual está ahí sentado. Ocho semanas no es mucho tiempo para distribuir medicinas. Ya han hecho falta dos para que todos nos reuniéramos en la misma sala.

La expresión de Allisander es una mezcla entre aburrimiento y arrogancia. Suspira y saca un reloj de bolsillo de oro de debajo de la mesa para echarle un vistazo.

—¿Tienes prisa por ir a algún sitio, cónsul? —le pregunta Corrick, sentado en uno de los extremos de la mesa, justo a mi derecha. Habla con frialdad y lo mira con sus gélidos ojos azules. Es el príncipe Corrick que a mí antes me daba miedo. El que a mucha gente de Kandala le sigue dando miedo.

Si pudiese, prendería fuego al cónsul Sallister en este mismo instante.

El cónsul levanta la vista.

—Hay muchos sitios en los que preferiría estar. Bien podríais haber esperado para hacerme llamar hasta que estos ignorantes conocieran con todo detalle cuáles son las disposiciones típicas de una reunión.

A Lochlan se le eriza el vello y empieza a levantarse.

—¿Me estás insultando, pedazo de…?

—¿De verdad lo preguntas? —El cónsul Sallister se acaricia la barba—. Supongo que no debería sorprenderme.

—Basta —exclama el rey Harristan, y no sé si se dirige al cónsul Sallister, a Lochlan o a los guardias que se han apartado de la puerta para evitar que haya algún altercado. Pero el rey habla con voz grave, fría y sosegada. Es una orden serena de un hombre que está acostumbrado a provocar una obediencia inmediata. Sus ojos, de un azul más oscuro que los de su hermano, se dirigen hacia mí—. Tessa, puedes empezar.

—Vale —digo—. Claro. —Me paso las manos por las faldas para calmar los nervios, pero la seda resbaladiza no logra mitigar mi ansiedad. Seguro que he dejado huellas en la tela.

Ojalá me encontrase de vuelta en el dispensario, calculando dosis con los médicos de palacio. A los pesos, las medidas y los frascos les trae sin cuidado la diplomacia.

En realidad, si pudiera desear algo, desearía regresar a la Selva para escabullirme entre las sombras junto a Wes. Forzar cerrojos y robar medicinas tal vez fuera peligroso —e ilegal—, pero siempre tuve la sensación de que suponía un cambio.

Aquí, en el palacio, intentando convencer a todo el mundo para que colabore, tengo la sensación de que no hago más que liar las cosas. El rey Harristan y el príncipe Corrick hace tiempo que son considerados crueles y desalmados, y será complicado lograr que alguien de esta mesa esté de acuerdo en algo.

Allisander suspira y vuelve a contemplar el reloj. Harristan se aclara la garganta.

Corrick no me mira, pero agarra la pluma y garabatea unas cuantas palabras en su propio folio antes de dejar la pluma con gesto veloz. Su movimiento me llama la atención.

No pierdas los nervios.

Casi me sonrojo. Es algo que solía decirme cuando éramos forajidos, en los momentos en que corríamos peligro o cuando la enfermedad era casi insoportable. Esas palabras siempre me ayudaban.

Ahora también.

Asiento ligeramente y miro a las personas sentadas a la mesa.

—El cónsul Sallister ha prometido medicinas durante ocho semanas, pero más allá de eso…

—Deberían haber sido dos semanas —protesta el cónsul.

—Pues son ocho —insiste Harristan.

—Deberían haber sido dos. Cuando Corrick hizo esa absurda promesa, le dije que ocho era imposible. Antes de que ocurriera lo que ha ocurrido, dije que las lluvias habían provocado un problema con las provisiones...

—Dijiste que podría haber un problema con las provisiones —lo corrige Corrick.

—Y lo ha habido —prosigue Allisander—. Si no vais a hacer ningún pago por las ocho semanas de medicinas, no tengo suficiente presupuesto para retribuir a mis trabajadores, así que es normal que hayan decidido abandonar los campos.

—Es decir, ¿no habrá ocho semanas de medicinas? —pregunta Karri.

—Sí las habrá —asegura el rey con un dejo de rotundidad en la voz—. El cónsul Sallister lo prometió, hay testigos y está registrado. Si has dejado de pagar a tus agricultores, cónsul, ponte tú a cosechar los campos. Tessa, continúa.

Respiro hondo.

—He compartido mis descubrimientos con los médicos de palacio, y tenemos la impresión de que combinar la flor de luna con el aceite de semillas de rosa para crear un elixir que dure más podría permitir que las medicinas tuvieran mayor efecto en una menor cantidad.

—Y moriría más gente —dice el cónsul Sallister, como si no le importara en absoluto.

—A lo mejor podrías esperar en el presidio —le espeta Corrick—. Seguro que Quint estará encantado de prepararte una copia de las notas de la reunión.

—Tessa —tercia Harristan como si ninguno de los dos hubiera pronunciado palabra—. Continúa.

—Si ajustáramos las dosis de esta forma, las ocho semanas de medicinas podrían convertirse en doce...

—¿Está en lo cierto el cónsul? —pregunta Lochlan—. ¿Moriría más gente?

—No lo creo —respondo con sinceridad—. Cuando repartía medicinas en la Selva, dábamos una dosis parecida, y vimos que funcionaba.

—Eso es lo que dices tú. —Lochlan me fulmina con la mirada.

—¡Lo viste tú mismo! —No me afecta su mal genio—. Sabes que la gente confiaba en nosotros.

—La gente confiaba en ti. —Mira fijamente a Corrick—. Nadie confía en el justicia del rey cuando no lleva una máscara.

Espero que Corrick le conteste con aspereza, igual que a Allisander, pero se limita a sostenerle la mirada.

—Mi objetivo es cambiar esa opinión. —Hace una pausa—. En esto no es necesario que confíes en mí. No afirmo ser un boticario. Tessa tiene razón. Vi que su medicina funcionaba.

Lochlan no se mueve. Está claro que no confía en nadie.

La pluma de Quint rasga el papel, un verdadero estruendo en el silencio de la estancia. Me pregunto si solo escribe lo que se dice o si hay más. Quint se fija en todo. Supongo que está documentando cada mirada, cada cambio de postura.

—Yo confío en Tessa —murmura Karri.

Lochlan le lanza una mirada penetrante. En este momento, en sus ojos hay algo que se suaviza. Después de que instigara a una multitud que casi acaba matando a Corrick y, más tarde, condujera una revuelta violenta hacia el Sector Real, me cuesta encontrar algo en él que no sea desagradable. Pero siempre que mira a Karri de esa forma, noto un nudo en el corazón y recuerdo que sí que le importa. No solo le importa ella. Le importa todo el mundo.

Como a mí.

—Así que esa solución nos proporciona más tiempo —termina diciendo—. ¿Y luego? ¿Qué sucederá cuando hayan pasado las doce semanas?

—Si conseguimos demostrarles a los demás que en la Selva funciona una dosis inferior —digo—, podremos animar a más gente de los sectores a tomarse una dosis inferior. Así podremos distribuir más medicinas entre más gente.

—En resumidas cuentas, vas a probar tu medicina con gente que es demasiado pobre e ignorante —se queja Lochlan.

—¡No! Yo no he dicho…

—Sí —salta Allisander.

—Con él también la estamos probando —dice Corrick—. Pero todavía no lo sabe.

El cónsul inhala una buena bocanada de aire echando chispas por los ojos.

—¿Qué? —añade el príncipe—. ¿Creías que íbamos a engañar a la gente mientras en el palacio tomábamos una dosis completa?

—¡Es ridículo! —grita el cónsul Sallister—. Estáis… estáis comprando lotes de dosis completas y luego…

—Hacemos que duren más —resume el rey Harristan.

Karri sonríe. Mira hacia Lochlan.

—¿Lo ves? —dice, alegre—. Yo confío en Tessa.

Le devuelvo una sonrisa de agradecimiento.

Lochlan no sonríe.

—Yo no confío en ninguno de ellos. —Hace una pausa—. No puedo trasladarles esta información a los demás. No se van a fiar. Dadnos a nosotros la dosis completa. Probad vuestra medicina aquí.

—La confianza debe ser mutua —afirma Harristan.

—Todavía no habéis dicho qué pasará cuando hayan transcurrido las doce semanas —insiste Lochlan.

—Tenemos la esperanza de que la gente vea que una dosis menor nos permitirá mantener sanas a más personas, y luego estarán dispuestos a…

—¿No lo ves? —resopla Lochlan mirándome fijamente—. La mitad de los habitantes de este sector están sentados sobre pétalos de flor de luna, que llevan meses acumulando. Y ¿tenéis la esperanza de que utilicen menos en cuestión de unas semanas? ¿Por el simple hecho de que dices que funciona con la gente de la Selva? —Fulmina a Allisander con la mirada—. A ti no se te ve demasiado esperanzado.

—A mí no me importa lo que le pase a la gente de la Selva —responde el aludido—. Si queréis más medicinas de las que me obligáis a proporcionar, compradlas. —Contempla el brazo izquierdo del rebelde, que sigue partido y vendado del día que Corrick se lo rompió en la cárcel—. Ah, supongo que ya no puedes volver a trabajar en una forja, ¿verdad? Por eso necesitas suplicar. Con la excusa de ayudar…

Lochlan se abalanza hacia delante.

O cuando menos lo intenta. Dos de los guardias lo sujetan antes de que pueda ponerle una mano encima al cónsul, pero no antes de que vuelque dos vasos que lanzan sendos regueros de agua sobre la madera pulida de la mesa. Agraviado, Allisander arquea una ceja y se echa un poco atrás con la silla, pero más allá de eso no hace nada para poner fin al altercado. Un asistente se acerca desde la pared con un paño en las manos.

Los guardias retienen a Lochlan, quien no deja de maldecir. Deben de haberle retorcido el brazo herido, porque de pronto suelta un jadeo y se le perla la frente por el sudor.

—Haz algo —le susurro a Corrick.

—¿Colgarlos a los dos? —Sus ojos azules se clavan en los míos.

—Corrick —murmuro. No sé a ciencia cierta si está bromeando.

—Los dos son culpables —dice en alto para que lo oigan todos los presentes—. Nunca llegaremos a un acuerdo si no dejáis de atacaros mutuamente.

—Vale —gruñe Lochlan—. Soltadme.

Karri se ha levantado de la silla y lanza una mirada a Lochlan y luego a mí. Los guardias observan al rey.

—Soltadlo —dice Harristan—. A partir de ahora, guardarás silencio, cónsul. Si no hablas de buena fe, no hablarás.

—Hablo de buena fe, majestad. —Las palabras de Allisander están teñidas de desprecio—. Podéis prohibirme la entrada a las reuniones, reducir mis dosis y decidir todas las disposiciones que queráis, pero en esto el rebelde y yo estamos de acuerdo. Los sectores no aceptarán una hipótesis que habéis probado en quienes no tienen nada que perder. En quienes no dudarán en mentir si eso significa recibir más donativos. No solo debéis ganaros la confianza de los rebeldes.

Corrick y Harristan intercambian una mirada. Quint no deja de escribir en ningún momento.

—La gente no mentirá —asegura Karri con cierto ardor en la voz.

—Vosotros estabais dispuestos a prenderle fuego a todo el sector. —Allisander la contempla con desprecio—. Dudo de que la mentira no sea una de vuestras habilidades.

Aunque odio al cónsul Sallister, no está del todo equivocado. No se trata solo de lograr que los rebeldes confíen en Harristan, en Corrick y…, en fin, en mí. Todos deben confiar en nosotros.

Lochlan se alisa la ropa y se desploma en una silla.

—Nadie está mintiendo. Nosotros también hemos venido aquí de buena fe, ¿queda claro?

—Porque escapaste por los pelos de ser ejecutado —bufa Allisander.

—Igual que tú —le espeta Lochlan.

—Ya basta —los interrumpe Harristan con una pizca de rabia en la voz. Respira hondo y luego se aclara la garganta. Dos veces.

Veo que Corrick presta toda su atención a su hermano. El rey lleva semanas ocultando su tos. Al principio, pensé que era porque necesitaba más medicina que los demás a consecuencia de una enfermedad de cuando era pequeño. Allisander admitió que engañó al palacio con envíos de pétalos de flor de luna fraudulentos, pero ese problema se solucionó hace semanas. Debería habérsele marchado la tos.

Pero no.

Quint deja de escribir. Levanta la vista, analiza la situación a toda prisa y anuncia:

—Finn, creo que a todos nos irían bien unos refrigerios.

Un criado se aleja de la pared, y la tos del rey queda tapada por el repentino traqueteo de la porcelana y la plata.

Corrick sigue contemplando a su hermano. Un destello de preocupación le atraviesa la cara, casi demasiado veloz como para reparar en él.

Agarro mi propia pluma y trazo un círculo sobre las palabras que me ha escrito antes:

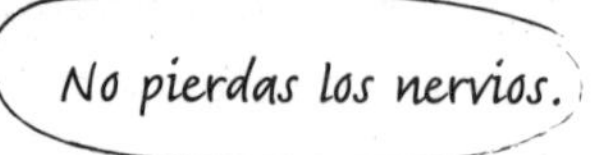

Me mira a los ojos y asiente brevemente, pero la inquietud no le abandona la mirada. Ojalá pudiera ponerle una mano sobre la suya o susurrarle palabras de consuelo, pero no serviría de nada. Todo es muy incierto. No quiero debilitarlo.

Finn dispone una taza de té delante de todos los presentes en la mesa, además de una bandejita con elaboradas pastas bañadas de chocolate, un trozo de manzana junto a un tarrito de miel y fresas cortadas en rodajas espolvoreadas con azúcar rosa.

Karri observa el plato con los ojos muy abiertos. Recuerdo haber hecho lo mismo.

Lochlan lo contempla crispado.

Allisander está aburrido.

El rey ha bebido un sorbo de té, y por lo visto le ha calmado la tos. Ojalá no la ocultara. No quiere que lo vean débil, de acuerdo, pero creo que lo contrario sería más auténtico: lo acercaría al pueblo si la gente viese que es tan vulnerable como cualquiera.

Aunque entiendo por qué no quiere que lo sepan, claro. Los padres de Harristan y Corrick fueron asesinados delante de ellos, así que comprendo sus preocupaciones.

A los míos también los asesinaron.

Karri parece tener miedo a tocar la comida, así que le lanzo una sonrisa, agarro mi trozo de manzana y lo hundo en la miel.

—Las manzanas son lo mejor —le digo.

Me devuelve la sonrisa antes de dar cuenta de su propia comida.

Lochlan duda, pero quizá el atractivo de un plato tan decadente resulte irresistible, porque termina haciendo lo mismo. No es una concesión, pero se le parece.

En el pasillo se oyen voces, pero las puertas están cerradas y no captamos las palabras. Aun así, es infrecuente que alguien alce la voz cerca de una estancia que esté ocupada por el rey. Además de los guardias que hay en el salón, hay otra docena al otro lado de la puerta. Quizá más.

Harristan observa a Corrick, que mira hacia uno de los guardias y luego hacia Quint; es una extraña comunicación en silencio que siempre parece llevarse a cabo en el espacio de tiempo que separa un par de latidos.

Quint deja a un lado la pluma y se levanta de la mesa.

—Vuelvo dentro de unos instantes. —Uno de los guardias se reúne con él junto a la puerta.

—¿Qué está pasando? —me susurra Karri.

No quiero alarmarme, pero se me acelera el corazón. Estuve en el palacio la primera vez que los rebeldes lo bombardearon.

—No... no lo...

—Asuntos de palacio. —Corrick me pone una mano sobre la mía—. Nada preocupante —dice con tranquilidad.

A pesar de sus palabras, en su mano noto tensión.

Ahora ya nadie está comiendo. Incluso el cónsul Sallister está inquieto.

Por suerte, Quint regresa al cabo de menos de un minuto. Se inclina para susurrarle algo al oído al rey. Harristan está muy bien entrenado en la política de la corte, así que su expresión no revela nada, pero vuelve a mirar a Corrick a los ojos.

—Por lo visto, debemos posponer la reunión —anuncia Quint—. Hay un asunto que requiere la atención del rey.

—¿Qué asunto? —quiere saber Lochlan.

—Me temo que no estoy en disposición de...

—Hemos tardado dos semanas en concertar esta reunión. No me engañaréis a esperar más. —Mira a los congregados—. Sobre todo porque estoy seguro de que todos los demás presentes van a oír eso que es tan importante.

Quint toma aire, pero Harristan levanta una mano.

—Tienes razón. No solo los presentes en esta estancia. Si el barco ha atracado hace varias horas, es probable que los rumores ya se hayan extendido por el Sector Real.

—¿Barco? —pregunta Corrick—. ¿Qué barco?

—Un emisario que ha llegado desde Ostriario.

Giro la cabeza hacia Corrick. Ostriario es el país que se encuentra al noroeste de Kandala, al otro lado de un río ancho y peligroso. Debido a la dificultad para viajar y a la gravedad de las fiebres, nunca ha habido ningún tipo de acuerdo comercial entre los dos países. Hace semanas, le pregunté a Corrick si había alguna posibilidad de que Ostriario pudiera proporcionarnos medicinas, y me dijo que sería casi imposible descubrirlo. Como mínimo, sería caro intentarlo siquiera.

Me mira brevemente, y sé que está acordándose de nuestra conversación.

—¿Ostriario ha enviado a un emisario?

—No del todo —contesta Quint.

—Ellos no han enviado a un emisario. —Harristan se pasa una mano por la nuca, la primera señal de tensión que noto en él—. Al parecer, hace seis años nosotros enviamos a uno.

CAPÍTULO TRES

Corrick

Mi mundo se vino abajo cuando yo era pequeño, pero no tanto como el de Harristan. Siendo el heredero al trono y un muchacho que enfermaba a menudo, lo mimaban y cuidaban, en todo momento rodeado de enfermeras y médicos. Si él estaba en una habitación, encendían el fuego con fuerza, y siempre le daban los caballos más fiables, los carruajes menos oscilantes y los tutores y profesores más geniales. Siendo el hijo segundo, y el hijo más sano, a mí no me cuidaban tanto. Pude cabalgar en cacerías por todas las zonas boscosas de Kandala, galopando detrás de otras monturas nobles que eran demasiado animadas para la realeza. ¿Ir en carruaje? Nunca le di importancia. ¿Estudiar? Los profesores me abroncaban a menudo. En el campo de entrenamiento, podía luchar con quien quisiese, porque los maestros de armas nunca debían preocuparse por si me dejaban una cicatriz.

Aun así, estaba protegido. Rodeado por guardias y consejeros que me ataban en corto, aunque a veces yo no fuera consciente.

Pero Harristan lo sabía. Fue él quien me enseñó a escabullirnos del palacio y a perdernos en la Selva. Y por eso me costó tanto mantener en secreto mis aventuras nocturnas con Tessa.

A menudo me sorprende que mi hermano no lo descubriera. Siempre ha sido más listo de lo que creían nuestros padres.

Ahora también. Creía que querría ir de inmediato a la sala del trono para recibir allí a nuestros visitantes, pero le ha pedido a Quint que pusiera cómodo al emisario, y acto seguido me ha invitado a sus aposentos privados.

—¿Crees que podría ser cierto? —le pregunto.

—Si es cierto —se desploma en una silla junto a la mesa y mira hacia la ventana—, al emisario lo envió Padre.

—Hace seis años, tú tenías diecisiete. ¿Recuerdas alguna mención sobre barcos que llegaran a Ostriario?

Espero que me fulmine con la mirada y que suelte un sufrido suspiro. «Ya sé la edad que tenía, Cory». Pero guarda silencio, reflexiona durante unos instantes y se forma un surco entre sus cejas al observar la luz del sol. Está preocupado.

—No —contesta al fin—. Padre no me llevaba con él a todas las reuniones de Estado.

Pero sí lo llevaba a casi todas. Me acuerdo. Yo no me uní a ellos hasta que tuve catorce años, y para entonces estaba desesperado por saber qué clase de trabajo fascinante se hacía en esas reuniones. Enseguida descubrí que eran interminables y aburridas.

Bueno, hasta un año más tarde, cuando en la estancia irrumpieron varios asesinos y mataron a nuestros padres delante de nosotros.

—Allisander recuerda que se habló de mandar emisarios, pero no sabe que ninguno se dirigiese hacia Ostriario —dice Harristan—. Pero por aquel entonces el cónsul era su padre. Les he escrito a los demás para saber si alguno recuerda que Padre lo dispusiera.

—Desde que ocupas el trono, no he oído nada al respecto —comento—. Algunos cónsules han cambiado, pero un diplomático desaparecido es una cuestión que se habría comentado un par de veces.

—Estoy de acuerdo. —Harristan reflexiona durante un rato—. Y no tengo ni idea de quién pudo haber sido. Muchos estibadores consideran que el Río Llameante es casi infranqueable. No sé si disponemos de muchos marineros capaces de arriesgarse sin un baúl lleno de plata que haga que el viaje merezca la pena.

No le falta razón. Hace semanas, Tessa me preguntó directamente si Ostriario podría ser una nueva fuente de pétalos de flor de luna. Recuerdo la esperanza con que me lo dijo y lo doloroso que me resultó rechazar su idea. En la Selva, pude llegar a ser un héroe. Siendo el príncipe Corrick, tengo las manos atadas por una docena de nudos distintos.

Le dije que sería caro —y difícil— preparar a alguien para que hiciera el viaje hacia Ostriario. Se ha cruzado el río alguna vez, pero muy pocas. La mitad norte tiene rápidos profundos y témpanos de hielo. La mitad sur cuenta con rocas inesperadas bajo la superficie que han destrozado tantos barcos que hay alguna canción dedicada al Río Llameante y a cómo convierte a las amantes nostálgicas en viudas.

—El emisario ha atracado en Artis —digo—. No ha atravesado el Río Llameante. Debe de haber navegado por el Río de la Reina.

—¿Crees que ha llegado desde Ostriario por el océano? Eso es más difícil de creer incluso. Y, de ser así, ¿por qué ha atracado en Artis? Hay puertos en Solar y en Tierras del Tratante. Para llegar hasta Artis, debe de haber rodeado casi todo Kandala y subido por el Río de la Reina.

Es cierto. Medito unos instantes.

—Artis tiene el puerto más cercano al Sector Real. Según Quint, el emisario ha atracado en el puerto y se ha anunciado a sí mismo. Es una entrada bastante osada como para tener un objetivo malvado en mente.

—He enviado a guardias a buscar el cuaderno de bitácora del barco —dice Harristan—. Y la bandera. Si ha pasado tanto tiempo, debe de haber amarilleado un poco. Seguro que hay alguna prueba de que originariamente salió de Kandala.

Toma aire para añadir algo, pero al final tose sobre su codo y frunce el ceño.

—Sigues tosiendo —me preocupo—. Me he dado cuenta durante la reunión.

—Estoy bien.

—Voy a buscar a Tessa. —Me levanto de la silla—. Ella te hará entrar en razón.

—La despacharé en cuanto entre. Tenemos asuntos más urgentes. —Vuelve a toser, pero solo un poco, y me fulmina con la mirada al ver que no me siento—. En serio, Corrick. El emisario no podría haber llegado en peor momento. Después del modo en que se ha comportado Allisander con los rebeldes, Lochlan regresará a la Selva con historias acerca de que pretendemos utilizar a los pobres para probar teorías absurdas.

—No creo que Lochlan diga nada de eso —le aseguro.

—¿No? —Mi hermano levanta la vista.

—No. Creo que dirá cosas peores. —Cruzo los brazos y me recuesto en la mesa—. Le dirá a todo el mundo que no nos importan sus aprietos, que sus esfuerzos son en vano, que no tenemos planes para cambiar nada de verdad, solo para embaucarlos.

—Ah, y ¿ya está? —Harristan está exasperado.

—Por supuesto que no. Es probable que hoy pida iniciar una revolución.

—Y volveremos al punto de partida. —Suspira y se pasa una mano por el pelo.

Debería decir que no estoy de acuerdo, pero no puedo. Lleva razón.

Tessa estaba muy esperanzada, pero en esta situación no hay nada que sea fácil ni simple. De lo contrario, la habríamos solucionado hace tiempo. Un día me insinuó que mi hermano podría chasquear los dedos y hacer que sus sueños fueran leyes. Ojalá pudiera. Ojalá pudiera conseguirlo yo. No quiero que vivir en el palacio le chamusque las esperanzas como ha hecho con tantas otras personas.

La expresión de Harristan es seria. La mía no debe de ser mucho mejor, seguro.

—¿Vamos a ver qué nos trae el emisario? —le propongo—. A lo mejor viene con un barco lleno de pétalos de flor de luna y podremos arrojar a Allisander del tejado del palacio.

Es broma, pero él no se ríe. Tampoco hace amago de moverse. Vuelve a concentrarse en la ventana.

Cualquier otra persona pensaría que está intentando ganar tiempo a propósito, pero yo lo conozco muy bien. Es el rey, y el mundo tiende a girar obedeciendo su voluntad, pero Harristan nunca utiliza su estatus para manipular a nadie. Conforme se alarga el silencio, me pregunto si la decisión de mi hermano de venir hasta aquí, en lugar de ir a recibir de inmediato a los visitantes, se debía a otra cosa.

—¿No quieres reunirte con el emisario? —digo en voz baja.

—No me fío de esto.

—¿Por qué?

—Ha pasado demasiado tiempo. —Niega lentamente con la cabeza—. Es demasiado… inesperado. ¿Por qué justo ahora? —Hace una pausa—. Ya nos han atacado otras veces. A Padre y a Madre también los sorprendieron.

No digo nada. Lo recuerdo.

Un guardia llama a la puerta.

—Adelante —exclama Harristan.

La puerta se abre de par en par.

—El intendente Quint pide una audiencia, majestad —anuncia el guardia.

—Hazlo pasar, Thorin.

Harristan responde con tono suave, lo cual no debería sorprenderme, pero así es. Quint ha sido un buen amigo mío desde hace años, por lo que mi hermano siempre lo ha tolerado a regañadientes por mí, pero ellos nunca han sido amigos. He presenciado más de una ocasión en que Harristan le ha dicho a Quint, con palabras inconfundibles, que se marchase al infierno. Quint a veces es un poco disperso y melodramático, y hay mucha gente en el palacio para quien es… un tanto excesivo.

Cuento con los dedos de una sola mano las veces que mi hermano le ha permitido entrar sin por lo menos preguntar qué diantres quiere el intendente de palacio.

El barco de Ostriario sí que lo ha dejado agitado, sí.

Quint entra en la estancia. Si está sorprendido, no lo demuestra.

—Al capitán Rian Blakemore lo han llevado a la Sala Blanca junto a su primer oficial. —Abre la libretita de notas que siempre lo acompaña—. La teniente Gwyn Tagas.

«El capitán Rian Blakemore». No es un nombre que me suene, y conozco a todo aquel que es importante en el Sector Real. Lanzo una mirada a Harristan para ver si el nombre le resulta familiar.

Me lanza una mirada y niega con la cabeza.

—¿Los guardias han regresado con el cuaderno de bitácora del barco? —le pregunta a Quint.

—No, majestad. —Quint cierra la libreta de golpe—. El capitán Blakemore informa de que va acompañado de una pequeña tripulación, que por el momento permanece a bordo. Les he pedido a los guardias que nos lo confirmasen.

—¿Parece sincero? —me intereso.

—De hecho, sí. Sus declaraciones iniciales no han cambiado: hace seis años se fue a Ostriario como parte de un contingente para determinar si las relaciones con la corte ostriarina podrían ser una posibilidad. Y ahora regresa con las novedades de su viaje.

—¿Qué novedades? —pregunta Harristan. Quint se aclara la garganta.

—Dice que le han indicado que debe reunirse con el rey a solas.

—De ninguna de las maneras —protesto.

—Los guardias lo han registrado y no han encontrado armas. No ha hecho ninguna petición. Ha sido paciente y educado. Bastante cordial, de hecho.

—El cónsul Barnard nunca alzó la voz —dice Harristan— y conspiró para matar a nuestros padres.

—Yo me reuniré primero con él —me ofrezco—. ¿Qué información puede tardar seis años en llegar hasta aquí?

—Seguramente mi padre no esperaba que el viaje durase tanto —añade Harristan—. ¿Qué explicaciones ha dado?

—Bueno, el rey Lucas no mandó al capitán Blakemore en concreto —contesta Quint—. Él tan solo formaba parte de la tripulación. A consecuencia de la inestabilidad de la corte real de Ostriario, por lo visto ha tardado bastante tiempo en poder emprender el camino de vuelta.

—¿Qué significa eso? —Vuelvo a lanzarle una mirada a Harristan.

—Significa que era un muchacho cuando se marchó de Kandala. El diplomático al que el rey Lucas envió era su padre.

A pesar de lo que ha dicho Quint, esperaba encontrarme con alguien mayor. Entre la palabra «muchacho» y el hecho de que es un capitán de una embarcación, imaginaba que me reuniría con alguien cercano a la treintena. Pero al entrar en la Sala Blanca, veo que el capitán Blakemore no es mucho mayor que yo. Sin duda, no es mayor que Harristan. Tiene el pelo negro y espeso, y unos ojos brillantes que son más grises que azules. Cuenta con una mandíbula afilada y está afeitado, con la piel bronceada típica de los hombres que pasan los días al sol. Si no supiera que es a la inversa, habría deducido que la mujer que espera junto a él es la capitana. La teniente Gwyn Tagas sobrepasa con creces los cuarenta años, tiene la piel curtida del color de la madera y un pelo corto y oscuro que está salpicado de trazos grisáceos.

Los dos se ponen en pie cuando entro en la habitación junto a Quint, y sus ojos se clavan en los seis guardias que nos siguen y que forman junto a la pared. Presto atención para ver si el capitán o su oficial están asustados o sorprendidos, pero o no es así o se les da muy bien disimularlo. Los dos visten como si acabaran de llegar del mar, con pesados pantalones de lona y una guerrera fina, aunque el capitán lleva una chaqueta sin abrochar. En ellos no hay nada que indique riqueza; tampoco un papel diplomático, la verdad sea dicha. Aunque, claro, están en la mejor estancia de la planta superior del palacio y ninguno de los dos contempla boquiabierto la opulencia que nos rodea. Durante la fracasada reunión, tanto Lochlan como Karri parecían a punto de desmayarse al ver la presentación de la comida.

—Capitán Blakemore —dice Quint—. Permita que le presente al justicia del rey, el príncipe Corrick.

Si le decepciona reunirse conmigo en lugar de con mi hermano, no lo demuestra. Se coloca una mano en la cintura y hace una reverencia como si hubiese estado toda la vida ante la realeza.

—Alteza —me saluda.

—Capitán. —Observo a la mujer que está a su lado—. La teniente Tagas, supongo.

—Sí, alteza. —Ella también hace una reverencia, pero no tan elegante como la del capitán Blakemore. Alrededor de sus ojos percibo una tensión que no detecto en él. Aunque el supuesto emisario no es ella. Quizá está acostumbrada a estar en tensión.

—¿Nos sentamos? —Extiendo una mano.

Nos sentamos, y Quint se aleja unos pasos para dar órdenes a un asistente. Pedirá comida, sin duda. No tengo hambre, pero la comida suele derribar fronteras, así que picotearé un poco de lo que traigan.

—Tengo entendido que ha sido un larguísimo trayecto —empiezo a decir—. El intendente Quint nos ha informado de que llevas seis años viajando. Debes de estar hambriento.

Hay una leve mordacidad en mi tono, y veo el momento exacto en que el capitán Blakemore se da cuenta, porque curva una de las comisuras de los labios.

—Constato que nuestra historia ya ha generado algunas dudas.

—Unas cuantas, sí.

—Responderé todas las preguntas que me formulen —dice—. Comprendo su precaución.

Ahora entiendo por qué Quint ha dicho que era un hombre cordial y educado. No hay nada en su actitud que resulte sospechoso. Si acaso, es más directo que la mayoría de los cónsules y cortesanos, quienes cargan sus gentiles palabras con dobles significados.

Pero si él está dispuesto a ser directo, yo también.

—Tu padre era el emisario enviado a Ostriario —digo—. A petición de mi padre, el rey Lucas.

—Correcto.

—¿Dónde está ahora tu padre?

—Murió —contesta como si tal cosa, sin emoción alguna—. Igual que el suyo.

Quint se estaba acercando a la mesa, pero se queda paralizado al oírlo. Seguro que se pregunta cómo me voy a tomar la respuesta.

—Rian —dice entre dientes la teniente Tagas, y luego suspira.

—Es verdad —insiste el capitán Blakemore. No aparta los ojos de los míos, y se encoge de hombros—. Están los dos muertos.

No sé si ese hombre me cae bien o si me apetece arrojarlo del tejado del palacio junto al cónsul Sallister.

—Y ¿has heredado sus deberes? —digo.

—Por supuesto. Un hijo tiene la obligación de perpetuar el legado de su padre, ¿no cree?

Responde con la misma firmeza con que ha hablado hasta ahora, pero detecto cierta ironía, como la que le he lanzado yo antes. Aguarda unos instantes para asegurarse de que la asimilo y prosigue como si no esperara que le contestase:

—Sé que el viaje original resultó bastante caro —dice—. Aunque fuese joven, no ignoraba la importancia de la misión de mi padre.

—Al parecer, yo sí ignoro la importancia de la misión de tu padre. Tu apellido no me suena de nada, capitán Blakemore. Mi hermano tampoco lo recuerda.

—Por favor, llámeme Rian, alteza.

Claramente, pretende dar pie a que yo le pida que me llame Corrick, pero soy lo bastante listo como para ignorar su velada petición.

—A quien llamaré es a la guardia para que te detenga como no expliques un poco mejor a qué has venido.

A mi lado, oigo que Quint suspira de un modo parecido a la teniente Tagas. No dirá ni una palabra, pero mentalmente oigo su voz: «Vamos, Corrick».

—Tenía intención de ser educado, no de engañar a nadie. —Rian sonríe—. Reconozco que la muerte de su padre y del mío nos deja en una especie de punto muerto. Entiendo que sus guardias ya se dirigen hacia mi barco para registrarlo. Allí encontrarán el cuaderno de bitácora de mi padre con su viaje inicial hacia Ostriario, así como el mío en mi trayecto hasta aquí. Mi tripulación está formada del todo por ciudadanos ostriarinos, por lo que allí hallará pocas respuestas, pero no dude en interrogarlos a todos si lo desea.

—Así lo haré.

—Bien. —Asiente y luego titubea—. Son buenos hombres y mujeres. Son sinceros. No deberían padecer ningún castigo si a usted no le gusta lo que vayan a decir.

—¿Por qué iban a padecer un castigo? —Arqueo las cejas.

—Me han llegado rumores de su reputación —contesta con voz firme—. Alteza —añade en voz baja, pero me parece más bien como si hubiera prendido una mecha.

Quint se aclara la garganta.

—Creo que a todo el mundo le sentaría bien una taza de...

Levanto una mano y lo interrumpo, pero no aparto la mirada de Rian.

—Llevas tan solo cinco minutos aquí. ¿Te han llegado rumores de mi reputación?

—Así se hace una idea de lo impresionante que es.

Dice «impresionante» como si significara otra cosa. Aunque me ha facilitado una debilidad, si bien pequeña: le preocupa su tripulación. A ellos les preocupa él, como indica la forma en que la teniente Tagas ha pronunciado su nombre.

—Me da la sensación de que estás hablando sin ton ni son —digo—. Si no quieres que tu tripulación padezca ningún castigo, ve al grano, Rian. Si tu padre era un emisario, si tu padre era un miembro de esta corte, entonces tu apellido debería sonarme. Mi hermano debería conoceros. No os conocemos.

—Ah. —Una chispa prende en sus ojos—. Bueno, permítame que borre cualquier tipo de confusión. Yo no he dicho que mi padre fuese un emisario, alteza. No era diplomático ni cortesano. Como usted era un muchacho, supongo que por eso no recuerda su presencia. —Barre la estancia con la mirada—. Deduzco que no encontrará a mucha gente en su palacio que sepa cómo se llamaba.

Frunzo el ceño y miro hacia Quint, que está tan perplejo como me siento yo por dentro.

—Entonces, ¿quién era?

—Un espía —sonríe Rian.

CAPÍTULO CUATRO

Corrick

Hago llamar a Harristan. Si las afirmaciones del capitán Blakemore van a transformarse en conversaciones acerca de espías secretos enviados por mi padre, me da la sensación de que el rey debería estar presente.

Cuando aparece mi hermano, va seguido de sus guardias personales, además de dos criados que llevan un pesado baúl de madera con un enorme candado, encima del cual hay una larga tela plegada —de un tono púrpura azulado un tanto descolorido— y varias libretas finas con tapas de cuero.

Rian y su teniente se levantan de inmediato y le hacen una reverencia a Harristan con el mismo respeto real con que me han saludado a mí. Los criados lo dejan todo sobre la mesa, y me sorprende que el baúl pese poco. Las libretitas están junto a mí, y veo que la tela no es sino una bandera kandaliana con los extremos raídos. Todo huele a mar, con trazos de agua marina y algo ligeramente agrio.

La expresión de Harristan es fría e impenetrable; al cabo de unos instantes de tensión, Quint se presta a llenar el silencio.

—Majestad —dice—, permita que le presente al capitán Rian Blakemore y a su oficial, la teniente Gwyn Tagas.

La última sílaba apenas acaba de salir de su boca cuando Harristan interviene:

—No eres un emisario, capitán Blakemore.

No tengo ni idea de cómo lo sabe, pero Harristan nunca da puntada sin hilo. Lanza puñales por los aires y espera a ver si los demás los atrapan o si terminan perforados.

—Ah. —Rian no se inmuta—. Sí. Me alegra saber que todos estamos puestos al día.

—Pero les has dicho a los agentes de los muelles de Artis que lo eras. Y así te has asegurado la entrada en el palacio.

—Como la misión de mi padre fue un tanto secreta, no me ha parecido prudente presentarme a los agentes de los muelles como un espía, majestad. —Hace una pausa—. He corregido el malentendido con el príncipe Corrick de inmediato.

—¿De verdad te ha parecido que ha sido de inmediato? —digo.

—Sí. Y encontrarán las pruebas en el primer cuaderno de bitácora.

Me inclino hacia delante y levanto la tapa de una de las libretas. El cuero es suave y está desgastado, y la primera página está llena de una letra muy elegante que no reconozco.

Debajo de la tapa veo también un grueso pergamino plegado, y lo agarro. En cuanto lo toco con los dedos, me doy cuenta de que todos los presentes están atentos a mí, sobre todo mi hermano.

—Léelo —me indica, y por su tono sé que él ya ha adivinado su contenido.

Desdoblo el pergamino con cuidado. Los bordes son muy delicados, y hay una oscura mancha en el margen inferior. Antes incluso de que empiece a leer las palabras que ocupan la página, mis ojos se quedan clavados en la firma y en el sello de la corte. Pertenecen a mi padre, así como las iniciales minúsculas que solía imprimir dentro de la curva de la «S» para evitar falsificaciones. Lo he observado en cientos de documentos distintos que han llegado a mis manos con los años, y mi corazón da un brinco. La fecha del margen superior data de hace seis años.

> *Con esta presente, informo de que el capitán Jarvell Blakemore es un agente del reino de Kandala que trabaja al servicio de su majestad, Lucas Ramsay Southwell, el rey de Kandala, y que procede con la total autoridad que le confiere la corona. Quienquiera que entregue esta carta a nombre del capitán Blakemore junto al sello del anillo real debe saber que actúa por la gracia de su majestad, el rey de Kandala, con todos los derechos y la autoridad que concede la corona.*

Debajo de la firma de mi padre se encuentra el sello real de cera azul oscura, que solo tenemos Harristan y yo, además de un sello separado de un morado claro que está un tanto agrietado, pero que sigue siendo legible.

Levanto la vista y tomo aire para preguntar por la ubicación del anillo.

Pero Rian ya ha extendido la mano izquierda, en cuyo dedo índice brilla un anillo de oro con el mismo sello del pergamino.

Vaya, vaya.

No es prueba de nada, no del todo, pero se le acerca. Una carta que da fe de la autorización de la corona tiene muchísimo poder. Que yo sepa, Harristan nunca se la ha concedido a nadie. Como soy su hermano, yo no la necesito. Y, hasta ahora, la única persona que había recibido tales poderes por parte de mi padre fue Micah Clarke, el antiguo justicia del rey. Lo mataron junto a mis padres.

Sujeto la bandera que cubre el baúl y la desdoblo ligeramente. Los extremos están deshilachados y los azules y púrpuras hace tiempo que se decoloraron. Los ojales metálicos se han oxidado y, cuando paso una mano por las costuras, noto los efectos de haber estado expuesta al aire del océano.

—No hemos establecido una relación con Ostriario —digo—. ¿Por qué el viaje de tu padre era un secreto?

Rian duda, y percibo que esa vacilación es muy importante. Sus ojos pasan de mí a Harristan y de vuelta a mí, como si estuviera midiendo nuestras reacciones.

—No han establecido una relación con Ostriario ahora, alteza. Pero antes sí.

—No recuerdo que nos hayamos comunicado nunca con Ostriario —dice Harristan con tono firme.

Rian levanta las manos, pero sus ojos resultan igual de firmes.

—Como ya he dicho, quizá estemos en un punto muerto. Solo dispongo de mis cuadernos de bitácora y de mi tripulación. —A su lado, la teniente Tagas guarda silencio, con rostro serio y determinación.

Todos estamos siendo educados y cordiales, pero hay algo que me recuerda a un callejón sin salida. No sé si es por nuestro lado o por el suyo.

—Deben contarnos muchas cosas —dice Quint—. A lo mejor ahora sería un buen momento para servir el té. Estoy convencido de que nuestros invitados agradecerían un refrigerio.

Miro hacia mi hermano. Antes estaba nervioso; me pregunto si lo sigue estando o si la carta de Padre le ha dado un poco más de confianza. Una parte de mí quiere separar a Rian de su teniente para ver qué nos diría la mujer si no estuviese él en la estancia.

Es la misma parte de mí que arrancaba respuestas a los ladrones y a los rebeldes por la fuerza.

«Nadie confía en el justicia del rey cuando no lleva una máscara».

Le prometí a Tessa que mi comportamiento sería mejor. Le dije a Lochlan que era mi intención cambiar la opinión que tienen todos de mí.

Me muerdo la lengua. Me cuesta más de lo que probablemente debería.

—Sí —dice al fin Harristan. Señala la mesa con una mano—. Sentaos.

Nos sentamos. Mientras sirven la comida, Rian se inclina para murmurarle algo a la teniente Tagas, y esta asiente. El chasquido de platos y cubiertos es lo bastante fuerte como para que no pueda entender sus palabras, y seguro que lo han hecho a propósito.

—¿Hay algún problema? —me intereso.

Los criados han dispuesto una docena de cubiertos delante de cada uno, y sé por Tessa que las normas de la etiqueta del palacio pueden llegar a ser un oscuro laberinto para los recién llegados. Sin embargo, Rian selecciona el tenedor adecuado y lo sujeta con los dedos mientras espera a que el rey pruebe bocado primero.

—No, alteza.

—Pues cuéntanos qué comentabais.

—Gwyn está preocupada por el resto de nuestra tripulación —responde—. ¿Se les ha permitido permanecer en el barco?

Habla con voz tranquila, sin tensión, pero es la segunda vez que menciona a su tripulación. De nuevo, no sé si la tensión cae de nuestro bando o del suyo.

—Sí —dice Harristan—. He enviado a varios guardias al puerto para que se aseguren de que los dejan tranquilos. —No toca la comida, pero bebe un sorbo de té.

—Y para que no puedan marcharse —añade Rian.

Es otro dardo del capitán, pero Harristan no muerde el anzuelo.

—Sí.

—Todavía no nos habéis ofrecido demasiadas explicaciones —le digo a Rian—. Me temo que nuestras definiciones de la expresión «de inmediato» son bastante diferentes.

Sonríe, aunque es un gesto un tanto forzado, y a continuación pincha con el tenedor un pedazo de cerdo asado envuelto de jengibre y una loncha de queso.

—Estoy decidiendo por dónde empezar. No estaba preparado para darle una clase al rey de Kandala acerca de la historia de su propio país.

Harristan deja la taza sobre la mesa y pasa un dedo por el borde.

—En ese caso, tenemos algo en común. Yo no he venido a recibir ninguna clase. Dices que antes teníamos relaciones con Ostriario. —Sus ojos se clavan en la compañera de Rian—. Quizá una representante del mismo país puede hablar por sus conciudadanos. ¿Es cierto, teniente?

—Majestad —dice, y ahora que ya no reprende a su capitán con murmullos, detecto cierto acento en su voz—. Tengo entendido que Ostriario antes tenía un acuerdo comercial con Kandala que se echó a perder.

—¿Cuándo? —pregunta mi hermano—. No ha sido desde que yo estoy vivo.

—De hecho —tercia Rian—, creo que…

—Se lo he preguntado a la teniente. —Harristan levanta una mano.

A pesar de que ha guardado silencio durante tanto tiempo, a la mujer no la afecta la interrupción del rey. Mira fijamente a Harristan.

—Antes de que la embarcación del capitán Blakemore atracara en Ostriario hace seis años, no habíamos recibido ningún navío procedente de Kandala en casi treinta años —explica—. Yo era una niña pequeña. Todavía me acuerdo del último barco. —Tiende una mano y da un golpecito a la bandera raída—. Recuerdo los colores que ondeaban en su vela mayor.

De eso hace por lo menos treinta y seis años. Intento hacer los cálculos mentalmente. Por aquel entonces, mi abuelo era el rey. En el otro lado de la mesa, Quint está escribiendo notas. Irá en busca de registros náuticos en cuanto hayamos terminado, no me cabe ninguna duda. Artis está cerca, así que los recibiremos pronto, pero si los barcos zarparon de alguno de los otros dos puertos, será cuestión de unos pocos días.

Aun así, treinta y seis años no es tanto tiempo. Yo casi he cumplido veinte, por lo que creo que me acordaría de haber oído historias de barcos que cruzaron el río. Seguro que habría marineros que las recordarían.

Pero entonces reparo en el anillo que lleva Rian en el dedo. En la carta cuya existencia desconocíamos.

Quizá no. Quizá ese barco de hace treinta y seis años también se marchó de forma clandestina.

—¿Qué le ocurrió a esa embarcación? —pregunta Harristan.

La teniente Tagas duda.

—Le prendieron fuego —contesta Rian, y detecto cierto pesar en su voz—. Murió toda la tripulación.

Al oírlo, Quint levanta la vista de las notas.

—Hubo algunas desavenencias —dice la teniente Tagas—. Entre nuestro reino y el suyo. Como ya he dicho, yo era pequeña. Mi madre era contramaestre de un barco mercante. No estábamos al corriente de todos los rumores que corrían por la corte, pero recuerdo que ese barco se adentró en nuestras aguas y nuestra flota naval fue a encararlo al instante. Dispararon flechas llameantes hacia las velas. El fuego cayó cual lluvia sobre los marineros. Todo aquel que se lanzó al agua recibió un disparo de flecha.

Habla en voz baja y, como Rian, con pesar. Harristan la mira a los ojos.

—¿Por qué?

—Mi madre me dijo que hubo un escándalo que involucró a nuestro rey y al de Kandala. Pero en los muelles se comentaba que se había truncado un acuerdo comercial.

—Un acuerdo comercial —repite Harristan—. ¿Para comerciar con qué?

La mujer toma aire, pero Rian levanta una mano. Es un leve gesto, casi tan solo ha levantado los dedos, pero la teniente se interrumpe.

Rian observa a Harristan y luego a mí.

—Me temo que en esta estancia no hay suficiente privacidad.

—Quint —lo llama Harristan tras barrer la mesa con la mirada—. Despeja la sala.

Todos los criados se marchan sin que se lo exijan. La mayoría de los guardias también, pero cuatro de los guardias personales de Harristan se quedan. Rocco y Thorin están junto a la pared tras la mesa, cerca de mi hermano y de mí, mientras que Kilbourne y Grier permanecen al lado de nuestros invitados.

Quint cierra la puerta tras de sí al marcharse. Se enterará de todo por mí dentro de una hora si no se lo cuenta el mismo rey. En el palacio no sucede nada que Quint no sepa.

La estancia se queda de nuevo en silencio cuando se cierra la puerta.

—¿Confía en sus guardias, majestad? —Rian no aparta la mirada de Harristan.

—Sí.

—Y ¿confía en su hermano?

—Sí —dice Harristan, pero la pregunta me provoca un cosquilleo. Tardo unos instantes en descubrir por qué.

Recuerdo el momento en que estuve en el presidio con Allisander, cuando me encerraron en una celda después de que me atraparan siendo Weston, el forajido. Allisander me estaba amenazando y soltando de todo para sacarme de mis casillas, pero al final metió el dedo en la llaga y en mi relación con Harristan. Siempre he pensado que mi hermano y yo nos llevábamos muy bien, pero hubo algo que dijo el cónsul a lo que pasé semanas dando vueltas.

«Te ha dejado en la cárcel durante un día entero».

Harristan se aclara la garganta, y lo he oído hacerlo suficientes veces como para saber que quiere disimular un ataque de tos. Parpadeo y me concentro en el asunto que nos ocupa.

—Explica el objetivo del acuerdo comercial —digo.

—Primero debo hablarles del reino de Ostriario —responde Rian—. La mayoría de los mapas de Kandala muestran que la zona oriental de Ostriario abarca casi doscientos kilómetros de pantanos que desembocan en una vegetación muy densa. Y estoy seguro de que el Río Llameante sigue considerándose difícil de cruzar. —Arquea las cejas.

—Sí —asiente Harristan—. Pero no lo habéis cruzado. No si habéis atracado en Artis.

—No —concede Rian—. Si uno navega dejando atrás el punto más al sur, puede acercarse a Ostriario desde el oeste.

—El punto más al sur no está habitado —dice Harristan—. Tenemos registros de barcos que intentaron ir por esa ruta. Desde el sur, la costa oeste es una alargada lengua de arena que ocupa cientos de kilómetros. El punto más al norte está formado por acantilados. He leído decenas de cuadernos de bitácora que aseguran que hay una corriente insalvable o una niebla muy densa que parece interminable. Incluso a los marineros que la consiguieron atravesar les resultó imposible atracar.

—Voy a poner a prueba su definición de «imposible», majestad, porque me apuesto a que los marineros de Kandala están sobre todo acostumbrados al mar que se extiende desde Artis hasta los puertos de Solar y Tierras del Tratante, y hasta un niño sería capaz de navegar por allí.

—Disculpa a nuestros marineros inferiores —le espeto—. Así que navegaste hasta el punto más al norte y encontraste... ¿qué?, ¿más arena?

—No. Una cadena de seis islas. Tres están separadas por poco más de un kilómetro de agua en algunos puntos y están conectadas con puentes. Un puente más grande termina en tierra firme, pero no solo uno.

—No tenemos registros sobre islas, capitán Blakemore. —Harristan suspira.

—He pasado seis años en Ostriario, majestad. Yo mismo he recorrido esos puentes. —Extiende un brazo y da un golpecito al cuaderno de bitácora de su padre—. Puede leer las anotaciones de mi padre sobre el territorio.

—El clima que crea la niebla marina ha hecho que nuestro reino esté bastante aislado —interviene la teniente Tagas—. Y protegido.

—¿Protegido de quién? —intercedo.

—De todo el mundo. En las islas hay una sorprendente cantidad de...

Rian vuelve a levantar una mano, y la mujer calla.

—Esta estancia no se va a vaciar más —le aseguro.

Me sonríe, pero la mirada que me lanza es menos jovial y más precavida.

—Cuando nos fuimos de Ostriario, sus gobernantes no sabían que en Kandala había un nuevo rey en el poder. —Hace una pausa—. Su situación es un tanto agitada. Ha habido muchos años de corrupción, de peleas políticas, de enfrentamientos por el trono que condujeron a una guerra civil. Por eso en parte he tardado seis años en regresar. En Ostriario hay muchos ciudadanos que no querían que hubiese acuerdos comerciales con Kandala.

—¿Por qué? —pregunta Harristan.

—Porque al parecer su abuelo era visto como un hombre conspirador y mentiroso que no respetaba los acuerdos que firmaba. En cuanto su padre ocupó el trono, esa imagen no cambió.

—Estás hablando del antiguo rey.

—Estoy respondiendo a una pregunta, alteza. Hay un motivo por el cual el primer capitán Blakemore se marchó siendo un espía y no un emisario.

—Quizá has pasado demasiado tiempo en Ostriario —tercia Harristan—. Mi padre era muy querido por su pueblo.

—De nuevo, me han preguntado el porqué. —Rian alza las manos—. Tan solo puedo contestar con mis propias observaciones.

—Tú eres ostriarina. —Harristan mira hacia la teniente Tagas—. ¿Cuáles son tus observaciones?

—Soy una marinera. No me he movido en los círculos de la realeza. Pero Rian está en lo cierto. En los últimos años, el rey de Kandala no era considerado un aliado ventajoso. Se rumoreaba que nos habían enviado materiales fraudulentos a cambio de nuestros… —Su voz se va apagando, y lanza una mirada hacia Rian—. De nuestros recursos —termina—. El acuerdo salió mal. Por eso el último barco fue atacado.

—¿Qué recursos? —quiero saber.

—Preferiría no decirlo. —Rian se encoge de hombros.

O es muy descarado o es tan solo imprudente. Enarco una ceja.

—¿Preferirías no decirlo? ¿Aseguras ser un agente del rey y preferirías no revelar lo que has descubierto?

—No era un agente de este rey. —Sus ojos se clavan en Harristan.

Me levanto, dispuesto a... a... No sé a qué. A pedirles a los guardias que lo saquen de aquí a rastras. A lanzarlo al suelo y exigirle respuestas. A prenderle fuego casi literalmente.

Una chispa oscura se enciende en su expresión, y sé que está pensando en el momento en que ha mencionado mi reputación. Tiene los hombros tensos, los ojos fijos en los míos.

No está asustado. Está preparado.

Pero pienso en Tessa, en que le prometí que sería un mejor príncipe. Me hormiguean los músculos por la necesidad de actuar.

Si fuera Weston Lark, lucharía con el capitán. Le obligaría a contestar. Haría algo.

Pero Weston Lark está muerto. El justicia del rey no puede pelear con alguien por unos cuantos comentarios malintencionados.

—Así que no nos vas a decir qué ofrecía Ostriario. —Harristan llena mi silencio con palabras—. ¿Qué ofrecía Kandala?

—Acero —responde Rian sin más, como si no nos estuviéramos mirando a los ojos como dos hombres que se preparan para batirse en duelo—. Ostriario tiene poco acceso al hierro. Aquí hay muchísimas minas. Todo un sector recibe su nombre, de hecho.

—Ciudad Acero —digo. El capitán asiente.

—Los puentes que conectan Ostriario con las islas están construidos con acero de Kandala —prosigue—. En algunas zonas, con acero fraudulento. Están empezando a derrumbarse.

—Y necesitan más —deduzco.

—Sí —interviene la teniente Tagas—. Bastante.

Rian le lanza una mirada y la mujer se encoge de hombros.

—Es verdad.

—¿Cuál es tu objetivo? —le pregunto a él—. ¿Te has convertido en un agente de Ostriario? ¿Esa es la razón que explica tu secretismo?

—Sería estúpido si contestase afirmativamente, ¿no cree? —dice—. Pero me he pasado seis años allí, y entiendo la precaución que muestran. Ese país tiene sus propios problemas. —No aparta la mirada de mí—. Como el suyo.

No, he decidido que no me cae bien.

—De acuerdo —dice Harristan—. Ostriario necesita acero, pero no ofrece nada a cambio. No han enviado a un emisario, sino al hijo de un espía que no termina de ser del todo leal al país que lo vio nacer. A pesar de la carta que nos has enseñado, no tengo motivos para creer ni una sola de tus palabras. Dime por qué no debería mandarte de cabeza al presidio y enviar de vuelta a Ostriario a los marineros que han venido contigo.

—Ah. Yo no he dicho que Ostriario no ofreciera nada a cambio. —Rian se levanta.

Los cuatro guardias de Harristan se apartan de la pared al instante. Dos de ellos empuñan las armas.

Rian se queda paralizado y alza las manos.

—Estoy desarmado —les dice a los guardias en voz baja—. Tengo la llave del baúl. Dejen que se la muestre.

La tensión de la estancia se ha duplicado.

—Deja la llave encima de la mesa —le indica Harristan.

Rian frunce el ceño, pero se saca una llave del bolsillo y la lanza sobre la mesa. El objeto metálico traquetea contra la madera.

—Rocco, ábrelo —le ordena Harristan.

El guardia agarra la llave y se aleja con el baúl hacia la pared. Abre el candado con cuidado, como si esperara que fuese una trampa, pero el cerrojo cede con un clic, y él levanta la tapa.

Lo que ve le hace soltar un grito de sorpresa, y Rocco es uno de los guardias más estoicos de Harristan. No es un hombre que grite así como así.

—¿Qué pasa? —dice Harristan—. ¿Qué es?

Rocco da la vuelta al cofre. Está repleto de pétalos blancos. Hay suficientes como para aprovisionar a todo el palacio durante semanas. Quizá incluso a todo el Sector Real.

—Flores de luna —murmura.

—Sí —asiente Rian—. He oído decir que a lo mejor las necesitaban, ¿no?

CAPÍTULO CINCO

Tessa

Me muero de curiosidad por saber qué pasa con el barco que ha llegado hasta Artis, pero todo aquel a quien le puedo preguntar al respecto está ocupado con ese asunto. Una de las cosas más duras de conocer a Corrick como el príncipe que es —y no como Weston Lark, el forajido— es que siempre está rodeado de obligaciones, deberes y ataduras a consecuencia de la posición que ocupa. Ya no vamos a un taller secreto en las oscuras horas de la mañana. Estamos en el palacio, que está abarrotado de guardias, criados y cortesanos, todos atentos a cualquier rumor que se propague sobre el justicia del rey.

Por lo tanto, me toca esperar. Por lo menos ya no tengo más obligaciones, así que puedo quitarme este vestido.

Para mi sorpresa, al regresar a mi habitación veo que me espera un mensaje. Me lo entrega uno de los mayordomos de las puertas principales. No lleva sello, no es más que un garabato.

Tessa:

Ojalá la reunión hubiese ido mejor. No sé si tienes permiso para salir del palacio, pero esperaba que a lo mejor pudiésemos quedar y volver a ser amigas. Me dirigiré hacia la Confitería Woolfrey por si se da la casualidad de que puedas ir. Ha pasado mucho tiempo desde la última vez que bebimos un tazón de chocolate juntas. Te echo de menos.

Un beso,

K

Ay, Karri. Tengo que llevarme una mano al pecho.

No le falta razón. Ojalá la reunión hubiese ido mejor, sí.

La Confitería Woolfrey es una tienda de dulces de Artis, cerca del local de la señora Solomon, donde Karri y yo trabajábamos juntas moliendo hierbas para crear pociones y remedios. Solíamos quedar para tomarnos un chocolate caliente por lo menos una vez al mes, para reírnos y chismorrear sobre los frívolos clientes que visitaban el negocio de la señora Solomon.

Los recuerdos me forman un nudo en el corazón.

Quizá sea una señal. Quizá Karri y yo podamos encontrar una manera de convencer al príncipe Corrick y a Lochlan para llegar a algún tipo de acuerdo.

Tengo que avisar a una criada para que me ayude a desatarme el vestido. Aunque, si Karri ha dejado el mensaje en las puertas principales, ya debe de haber pasado cierto tiempo hasta que ha llegado a mí. No quiero que piense que no tengo ninguna intención de aparecer.

Me miro el vestido de seda que llevo. Soportaré llevar un corsé unas cuantas horas más.

Me aliso las faldas y me encamino hacia la escalera de entrada del palacio, donde le pregunto a uno de los lacayos si puede pedirme un carruaje.

—Sí, por supuesto, señorita Tessa. —Me hace una ligera reverencia.

El sonrojo se apodera de mis mejillas. Hace semanas, ni siquiera había estado nunca dentro de un carruaje y ahora puedo pedir uno cuando se me antoje.

—Gracias —digo, pero el criado ya se ha ido para atender las necesidades de otro cortesano.

Como voy a ir sola, no espero un carruaje demasiado ostentoso, pero me sorprende ver una calesa abierta de dos asientos de madera oscura con adornos dorados. El caballo es enorme con manchas grises y lleva un arnés de cuero, cuyas hebillas y tiras brillan bajo la luz del sol. El conductor me saluda inclinando el sombrero y coloca un escalón de madera para ayudarme a subir.

—¿Hacia la plaza mayor de Artis, señorita?

Dudo durante unos segundos. Sé cómo se verá en Artis un carruaje como ese, aunque sea pequeño. Sé cómo se verá en Artis a una joven con un vestido elegante.

Recuerdo cómo habría visto yo a alguien así.

—¿Señorita? —El cochero me mira fijamente.

—Eh… Sí. —Vacilo, pero termino subiendo. El conductor arrea al caballo y nos ponemos en marcha, traqueteando sobre los adoquines.

En el Sector Real, nadie me presta atención porque los carruajes parecidos son muy comunes. No es hasta que atravesamos las puertas principales y salimos hacia los poblados acuciados por la pobreza de la Selva cuando de pronto me doy cuenta de que la gente se detiene para contemplarme. La mayoría son miradas curiosas, atraídas por algo resplandeciente y veloz.

Pero algunas de las miradas son hostiles. Algunas cabezas niegan con desprecio. Una mujer pellizca el brazo de su hija por observarme y luego me fulmina con la mirada mientras sacude la ropa de la colada.

No, no, quiero gritar. *No soy uno de ellos. Soy como vosotros.*

Pero no puedo, claro.

El cochero malinterpreta mi silencio.

—No se preocupe, señorita —grita para hacerse oír por encima de los cascos del caballo, que chasquean por el camino—. Nadie le creará problemas.

—No estoy preocupada —respondo, pero mi voz se pierde en el viento y bajo el estruendo del carruaje.

En cuanto atravesamos el bosque frondoso de la Selva, las calles de Artis están más concurridas, y la calesa debe reducir el ritmo. Hay otros carruajes tirados por caballos, carros de carga que proceden del puerto. Es un día cálido, así que hay muchos niños congregados junto a la fuente de la plaza mayor, salpicándose agua unos a otros mientras chillan y ríen. Aquí también me observan, pero no con la misma hostilidad que en la Selva.

Nos detenemos delante de la confitería y, por primera vez, me fijo en los grumos de pintura que rodean el marco de la puerta o en los ladrillos rotos que forman la entrada. La madera que envuelve la ventana está envejecida, y el ventanal está agrietado en una esquina. Pequeñas imperfecciones en las que nunca había reparado, pero de repente resultan más que evidentes comparadas con la brillante perfección del Sector Real.

El conductor baja de un salto para ofrecerme una mano, y me siento un poco absurda por tomársela. Antes trepaba por la muralla que circunda el Sector Real y nunca me lo pensé dos veces. Ahora acepto ayuda para bajar de un carruaje. Todo lo del Sector Real siempre parece una ilusión.

—¿Ato al caballo y la espero, señorita? —me dice el cochero.

—¡Ah! Yo… —Me interrumpo. Veo la silueta de Karri en el interior del establecimiento. Un hombre suelta un pesado suspiro al intentar conducir su carromato cargado hasta los topes para rodear la calesa que se ha detenido y que bloquea la calle—. No —digo—. No es necesario.

—¿Está segura? —El hombre no parece convencido.

—Sí —le aseguro. Soy capaz de volver andando. Ahora que noto en mí los ojos de todo el mundo, ojalá hubiese ido caminando hasta Artis.

Karri aparece en la puerta de la confitería.

—¡Tessa! —grita, y es evidente que se alegra mucho de verme—. ¡Has venido!

Se abalanza hacia mí y yo acepto encantada el abrazo que me ofrece. Es amable, la conozco muy bien y huele a los gofres de vainilla y azúcar moreno de la tienda.

—Pues claro que he venido —digo.

Mi amiga da un paso atrás y me sujeta por los hombros.

—Qué elegante estás. En el palacio casi no te he reconocido.

Me ruborizo, más avergonzada que agradecida.

—Debería haberme cambiado de vestido. Es que no quería hacerte esperar.

—¡No! ¡Estás preciosa! Además, acabo de llegar.

Ah. Qué idiota soy. Ella ha tenido que ir andando.

Tiro de la costura de mi corpiño, que ahora me resulta más incómodo.

—Estoy intentando encajar. A los médicos de palacio ya les cuesta tomarme en serio.

Karri vacila y, durante unos instantes, creo que el encuentro será un tanto extraño. Pero al final asiente con decisión.

—Pues peor para ellos. Ven, entremos. El chocolate lo acaban de preparar. —Enlaza el brazo con el mío—. Me alegro mucho de que hayas venido. Estaba… —Su voz pierde fuerzas—. Estaba muy preocupada.

—Sigo siendo tu amiga —murmuro.

—Y yo, la tuya. —Me da un apretón en el brazo. Se lo devuelvo y sonrío.

Una parte de la tensión que notaba en el pecho ha desaparecido. Estaba en lo cierto. Encontraremos una forma de solucionar las cosas. Ella y yo. Juntas. No necesitamos que esos hombres tan arrogantes se entrometan en la misión de ayudar a la gente de verdad.

Y entonces me acompaña hasta una mesa y veo a Lochlan sentado ahí.

Me llevo un pequeño sobresalto y le suelto el brazo a Karri.

Lochlan no parece demasiado contento de verme.

—Has venido —comenta sin más—. Supongo que me toca invitar a mí, pues.

—Eh… ¿Cómo?

—No creía que fueras a venir —dice Karri en voz baja—. Ha apostado y todo.

Ah. Estupendo. Me he dado de bruces con su mal genio.

—No hace falta que me invites —mascullo entre dientes—. Ni a mí ni a ella. Puedo pagar los chocolates a la taza.

—No me cabe ninguna duda.

—¿Vas a ahuyentar a todo aquel que te ofrezca algo? —digo—. En el palacio esa estrategia te ha funcionado a las mil maravillas.

—Le estaba diciendo a Karri que no pasa nada si sois amigas, que está todo bien, pero que has cambiado de bando. —Me sostiene la mirada con valentía.

—¿A qué te refieres?

Me mira de arriba abajo con frialdad.

—Ya no queda ni rastro de la forajida, ¿verdad? —Señala hacia la puerta que da a la calle—. Bonito carruaje. ¿Eres demasiado importante como para caminar o qué?

—No soy demasiado importante como para caminar. He tardado un poco en recibir el mensaje. No quería hacer esperar a Karri.

Lochlan aspira aire y se le oscurecen los ojos, pero Karri le da un fuerte empujón en el hombro.

—No discutáis —dice—. Puede que ya no sea una forajida, pero Tessa es mi amiga.

—Eso es lo que dices tú. —Se levanta de la mesa y me hace una reverencia de mentira—. Perdóneme, señorita Tessa. Permítanme ir a buscar sus dulces, damas.

Abro la boca para protestar, pero Karri me aferra la mano.

—No —dice—. Déjale. Quizá un poco de azúcar le cambia el humor.

Suspiro, pero me siento a esperar a que Lochlan vuelva del mostrador.

Para mi sorpresa, un silencio muy raro se instala entre Karri y yo. Nunca había ocurrido. Solíamos pasarnos horas y horas sentadas hablando. Todavía recuerdo el día que supo que yo soñaba despierta con el forajido Weston Lark, mucho antes de que me enterase de que era el príncipe Corrick. El recuerdo me hace sonreír.

«Háblame de sus manos», me había dicho entonces, y yo me ruboricé como una niña pequeña.

—Me alegro mucho de que me mandaras un mensaje —le aseguro.

Mi comentario parece cargarse la tensión, porque ella también sonríe.

—Y yo. —Hace una pausa y sus ojos se desplazan hacia Lochlan, en pie junto al mostrador—. No se fía de ellos en absoluto,

Tessa. Ese cónsul ha sido espantoso. Es obvio que no le importa nada. —Duda, y percibo el miedo que le tiñe la voz—. Esta mañana, Lochlan estaba preocupado por si la reunión era una trampa. Por si nos estabais atrayendo hacia el palacio. El tiempo que hemos estado allí, no dejaba de esperar que nos arrastraran hacia el presidio.

—No era una trampa. Karri, yo nunca os tendería una trampa.

—Ya lo sé. Pero es que todavía hay gente que cree que «Weston Lark» no era más que un espía que fue a buscar más delincuentes a los que colgar.

—No. —Frunzo el ceño—. A él le importa la situación. A todos nos importa. El rey quiere encontrar el modo de cerciorarse de que haya suficientes medicinas para todo Kandala, en serio. Pero todos tenemos que estar de acuerdo. No solo las élites y no solo la gente de la Selva. Todos. Corremos mucho peligro.

—Lo sé. —Duda—. Lochlan ni siquiera pensaba que los rumores del barco de Ostriario estuvieran fundados. Creía que era un ardid para poner fin a la reunión, hasta que ha oído los murmullos por las calles.

—¡Tampoco es un ardid, Karri! Harristan y Corrick no lo harían nunca.

Me mira fijamente y su voz se enfría un poco.

—No hace mucho, estabas a mi lado delante de las puertas del sector y exclamabas cuánto los odiabas.

Sus palabras me golpean como si fueran un bofetón. Tiene razón. Los odiaba. Fue ella la que me reprendió por haber hablado de traición en voz alta.

Pero fue antes de que supiera quién era Weston. Fue antes de que supiera cuánto se estaban esforzando el rey y su hermano.

Fue antes de que a Corrick y a mí nos atraparan los rebeldes. Antes de que a él lo torturaran.

Antes de que todo el sector fuera pasto de las llamas en un intento por enseñarle a Harristan lo desesperados que estaban.

Así están las cosas.

—Es verdad. —Tiendo un brazo y le pongo una mano encima de la suya—. Esto no es fácil para nadie.

Durante unos segundos, se queda paralizada, y me preocupa que nos hayamos alejado demasiado.

Pero al final gira la mano y me aprieta la mía.

—Lo conseguiremos —susurra.

Asiento con fuerza y entrelazo los dedos con ella.

Lochlan regresa junto a la mesa.

—Su chocolate a la taza, señorita Karri. —Sus ojos belicosos se dirigen hacia mí—. Y el suyo, señorita Tessa.

Se está burlando de mí y me provoca para sacarme de mis casillas. No entro en su juego.

—Muchas gracias por su amabilidad, señor Lochlan.

Podría haberlo dicho con delicadeza, pero no. Lo digo con sinceridad. La sorpresa le demuda el rostro, y se sienta al lado de Karri. Aprieta la mandíbula, pero no añade nada más.

—Sospechas de ellos —murmuro—. Ya lo sé. Yo también sospechaba. Tienen mucho que compensar.

—Tú confías en ellos. —Me observa fijamente.

No sé si es una acusación o una pregunta, pero asiento.

—Sí.

—¿Por qué? ¿Por qué? Sabes lo que han hecho. —Mira hacia Karri—. Las dos estabais presentes cuando dio la orden de ejecutarnos a los ocho.

—Ya has visto al cónsul Sallister. Ya has visto cuánto poder tiene. No paraba de amenazar con retener las flores de luna si el príncipe Corrick no hacía lo que él quería…

—Y ¿se supone que es un consuelo que el rey no sepa controlar a sus cónsules? Sigue amenazando con retener las flores de luna. He oído lo que ha dicho sobre los problemas con los envíos y con los agricultores. Puede que el rey lo obligue a cosechar él mismo las flores, pero no deja de ser un solo hombre.

—No lo entiendes. No van a... No se trata de...

—No. —Se incorpora del asiento y se apoya sobre la mesa—. Tú sí que no lo entiendes. Para nosotros es una cuestión de vida o muerte. —Me fulmina con la mirada—. Para ellos es como si fuera un juego. Las élites creen que van a convencer a los tontos de la Selva para que se tomen menos medicina de la que les entregaban antes.

Se cierne sobre mí, y trago saliva con dificultad. No quiero apartar los ojos de él en este momento, pero estamos llamando un poco la atención. A nuestro alrededor se oyen susurros. La jovencita bien vestida está siendo atacada por alguien que seguramente en la vida ha tenido un puñado de monedas.

Y seguro que también han oído lo que acaba de decir.

—Lochlan —murmura Karri—. Es mi amiga. Déjala en paz.

Pero no contradice lo que ha dicho él.

Lochlan no se mueve. Su mirada sigue clavada en mí.

—A lo mejor antes sí era tu amiga, Kar —dice—, pero ahora debes tener cuidado.

Sé que están preocupados, pero me cuesta empatizar con él cuando se pone así. No quiero tenerle miedo. Si estuviéramos en el palacio, no lo tendría. Pero estamos en una confitería y acabo de recordar el momento en que se ha abalanzado sobre la mesa hacia el cónsul Sallister.

—¿Por qué me has pedido que viniera hasta aquí? —pregunto con voz serena—. Está claro que no quieres hablar.

—Te ha invitado Karri —responde—, no yo.

—Pues quizá deberías dejar que ella hablase conmigo —digo con una vocecilla. No lo puedo evitar.

Veo el instante preciso en que se percata de mis temores, porque se echa hacia atrás con los ojos como platos.

—¿Me tienes miedo? ¿Compartes cama con el justicia del rey y me tienes miedo a mí?

—Lochlan. —Karri le sujeta la muñeca.

—Yo no comparto nada con nadie —gruño, sin duda ya con las mejillas al rojo vivo.

—Y por eso no puedo confiar en ti —dice en voz baja—. Porque no confío en él. El príncipe no es idiota. Te convenció de que era un forajido rebelde en la Selva porque resultaba provechoso para sus necesidades como justicia del rey. Y ahora ha encontrado la manera de darle menos aún a la gente, y te ha convencido de que es por el bien de todos.

Sus ojos me llenan la visión, pero me niego a apartar la mirada.

—Mi medicina funciona —le aseguro—. No es ninguna trampa, Lochlan. Ven a ver cómo mido los elixires. Ven y te lo enseñaré.

—A lo mejor tan solo te ha engañado para que lo creyeras. A lo mejor esas personas se toman una dosis doble cuando no estás presente para así darte pruebas. —Me examina—. Está claro que te ha engañado para que pensases que eras de gran ayuda. El pobre príncipe torturado al que nadie soporta. Y tú te lo has tragado, ¿verdad?

Se me ha formado un nudo en el pecho, y a este paso me voy a echar a llorar.

—Solo te digo que mantengas los ojos bien abiertos. Solo te digo cómo se ve desde aquí. Si no estás compartiendo la cama con él, alguien seguro que sí. Es el hermano del rey. En cuanto no le intereses para sus objetivos, tú también terminarás colgada de una soga.

—Te equivocas —susurro, pero hay una parte de lo que dice que me remueve la conciencia y me siembra dudas que ojalá pudiera eliminar.

Debe de percibirlo en mi cara, porque insiste:

—¿No te das cuenta —añade con tono peligroso— de que podrías desaparecer esta misma noche y todo, absolutamente todo, volvería a ser igual que antes?

El temor parece perforarme el corazón desde ambas direcciones.

—¿Eso se supone que es una advertencia o una amenaza?

—Tal vez no deberías haberte alejado del palacio sin guardias —dice con una sonrisa.

—Tal vez no —exclama una voz tras de mí—, pero con los que he traído yo basta y sobra.

Se me acelera el corazón al oír la voz de Corrick. Lochlan vuelve la cabeza. De pronto, soy muy consciente del tenso silencio que se ha adueñado de la tienda, de que somos el centro de atención. Me pregunto cuánto habrá oído la gente. Me pregunto cuánto habrá oído el propio Corrick.

«Si no estás compartiendo la cama con él, alguien seguro que sí. Es el hermano del rey».

No debe de haber oído esa parte. De lo contrario, supongo que Lochlan no seguiría en pie.

Los trabajadores de detrás del mostrador nos miran entre montañas de caramelos envueltos y varias chucherías, y hay una anciana un par de mesas más allá que se ha quedado boquiabierta al ver al príncipe, quien ha entrado acompañado de media docena de guardias.

Los ojos de Lochlan se ensombrecen por el odio, pero se fija en los guardias que llenan el espacio tras el príncipe.

—Las chicas han quedado para pasárselo bien —dice. Hace una pausa antes de añadir—: Alteza.

Los ojos de Corrick vuelan hasta mí. Veo cómo me mira de arriba abajo.

—Maravilloso. —Habla con voz cordial, casi agradable, pero lo conozco muy bien—. ¿Te lo estás pasando bien, Tessa?

No. Rotundamente no.

Pero no lo puedo decir, porque da igual lo que piense yo de Lochlan: no quiero avivar la tensión que hay entre ellos.

—Karri me ha mandado un mensaje después de la reunión —contesto—. Hemos quedado para tomar un chocolate. —Me obligo a sonreír—. Como en los viejos tiempos.

Karri vuelve a estar vacilante, como en el palacio. Observa a Corrick, luego a mí, y al final se aclara la garganta.

—Sí. Le he escrito. Para tomar algo. Alteza.

Los ojos de Corrick regresan hacia mí, y asiento ligeramente.

—Muy bien —dice—. Dejaré que retoméis vuestra amistosa conversación. Disculpad la interrupción. —Le lanza una mirada fría a Lochlan, pero sigue hablando con gran cortesía—. Gracias por el sabio consejo. Les diré a los guardias que no se marchen. —Mira hacia la mesa—. Quizá beba algo mientras espero.

Karri me mira y sacude las manos. Se levanta de pronto, y su silla chirría contra las baldosas del suelo.

—No es necesario, alteza. Ya nos íbamos. Usted… quédese con mi tazón. Ni siquiera lo he probado.

Me pongo de pie para detenerla.

—Karri —murmuro.

Mi amiga vacila, pero después se inclina para darme un beso en la mejilla.

—Sigue siento aterrador —me susurra al oído antes de apartarse—. Y, si sirve para algo, estoy de acuerdo con Lochlan.

No sé qué responder a eso. Aunque en realidad no tengo tiempo de hacerlo. Karri toma la mano de Lochlan y los dos se marchan.

CAPÍTULO SEIS

Tessa

Obviamente, espero que Corrick me ofrezca el brazo y me lleve hacia su carruaje, pero señala con una mano mi silla y me lanza una mirada expectante.

—¿Nos sentamos?

No sé qué decir. Algunos de los guardias se han retirado para colocarse junto a la pared, con uno apostado afuera, mientras que hay dos tan cerca de la mesa que seguimos siendo el centro de atención. No quiero observar al príncipe perpleja como la mitad de los que están en la tienda, así que aprieto los labios con fuerza. A estas alturas he asistido a tantas clases de etiqueta que sé evitar los errores en lo que se refiere a protocolo real en público.

Me agarro las faldas y hago una breve reverencia.

—Por supuesto. Gracias, alteza. —Me siento en la silla.

Su expresión no cambia, pero en sus ojos prende una chispa, como si estuviera divirtiéndose. Toma asiento delante de mí y gira el asa de la taza de Karri en su dirección.

—Te veo sorprendida —dice.

—Es que estoy sorprendida.

La señora Woolfrey se acerca a toda prisa. Es una mujer alta y rolliza con la piel un poco morena y pelo rizado, que lleva recogido en unas trenzas en la coronilla. Siempre me ha caído bien, así que sonrío, pero ahora mismo, como todos los demás, tan solo tiene ojos para el príncipe Corrick. Hay gente que lo mira asustada, pero otros tan solo están asombrados. El rey y su hermano quizá no sean muy queridos, pero sin duda sí muy respetados, aunque sea un respeto que nace del miedo. Las historias sobre el justicia del rey sentado en una tienda normal y corriente alimentarán los rumores durante días.

Admito que, en cuanto dejas a un lado su reputación, el príncipe Corrick está de buen ver. Tiene unos ojos azules muy bonitos, un rostro lleno de ángulos y unas cuantas pecas que le quitan un poco de seriedad, aunque una cicatriz estrecha sobre una ceja se la devuelve de inmediato. Es tan tarde que una sombra de barba ha empezado a crecerle para oscurecer su mandíbula. Los botones plateados de su chaqueta de brocado centellean, y en su cintura queda a la vista el mango enjoyado de un puñal. Sé que se pasa bastantes horas entrenando con los hombres de armas del palacio, así que no es ajeno al ejercicio físico, pero tiene las manos limpias, con dedos largos y elegantes, y las palmas suaves y sin callos. Está muy fuera de lugar entre los agricultores y los estibadores que han ido a la confitería a darse un capricho dulce después de un día duro de trabajo.

—Alteza —se apresura a saludarlo la propietaria de la tienda antes de hacer una reverencia—. Permita que una de mis muchachas le prepare una nueva taza.

—No es necesario —dice.

—Insisto —prosigue con efusividad con una mano ya hacia la taza.

—Insisto en que no es necesario. —Corrick levanta la vista.

No habla con voz contundente, pero es que al príncipe nunca le ha hecho falta. Irradia una fría confianza que siempre parece imperturbable. La certeza de que las cosas saldrán como él quiera. Con el rey ocurre lo mismo.

Las manos de la señora Woolfrey se quedan paralizadas, y al poco se las apoya en ambos costados. Abre los labios como si quisiera decir algo, pero no sabe qué.

—La avisaremos si necesitamos algo —añade Corrick.

—Ah... Sí. Por supuesto. —Hace otra rápida reverencia antes de regresar tras el mostrador. En la tienda, las conversaciones se retoman.

Corrick agarra una cuchara y remueve el chocolate como si estuviera la mar de tranquilo.

—¿Por qué estás tan sorprendida? —me pregunta como si no nos hubieran interrumpido.

—No es para nada el sitio en que alguien esperaría encontrar al justicia del rey —contesto en voz baja—. Les estás dando suficientes chismorreos para una semana.

—¿Solo una semana? —Levanta la taza y bebe un sorbo. Arquea las cejas—. Está bastante bueno. Quizá el justicia del rey debería adoptar esta nueva costumbre.

—No sé si la señora Woolfrey se repondría de la conmoción. —Yo ni siquiera he tocado mi taza—. ¿Por qué no has querido que te preparara otra?

—Porque estoy bastante seguro de que la que le ha preparado a tu amiga Karri no está envenenada.

Lo dice con la misma calma con que ha hablado hasta ahora, pero me hace dudar antes de rodear mi taza con las manos. Conozco el lado bueno de Corrick, el hombre que desea ayudar a su pueblo. Me olvido de que todo el mundo sigue viéndolo como Corrick el Cruel, uno de los hombres más terroríficos de todo Kandala.

—Claro —murmuro. Ahora me preocupa la taza que Lochlan ha dejado delante de mí. Suelto el asa.

—Toma. —Con un dejo amable en la voz que no oirá nadie que no esté sentado a esta mesa, me acerca la taza.

Lo miro a los ojos y detecto la calidez que desprenden. La amabilidad. La certeza.

Es lo que nunca permite que nadie vea.

Es lo que la gente como Lochlan debe ver.

—Gracias —digo, aunque no puedo decir que no me afecte su gesto. Bebo un sorbo.

Está riquísimo.

—Por cierto, Lochlan tenía razón —tercia Corrick—. No deberías salir del palacio sin protección.

—No soy nadie importante.

—Me temo que discrepo. Ha tenido suerte de que uno de mis guardias no le ha clavado una flecha en la espalda por haberse cernido sobre ti de esa forma.

—Vaya. —Me atraganto con el siguiente sorbo—. Entonces habría sido una segunda reunión bastante interesante. —Dejo la taza sobre la mesa, pero al levantar la vista me llama la atención un leve movimiento detrás de Corrick. Un hombre y una mujer están sentados cerca de la ventana, pero el hombre fulmina al príncipe con la mirada. Es mayor, con poco cabello ya y con una espesa barba gris, pero tiene brazos muy musculosos. En su camisa hay manchas de sudor y unos cuantos hilos sueltos sobre los hombros. Su piel está bronceada por el sol y curtida como si fuera un estibador.

Aprieta un puño con fuerza sobre una rodilla.

—Te veo preocupada. —Corrick bebe otro trago, relajado.

—Hay un hombre ahí. —Hablo con voz muy baja—. Te está mirando fijamente.

—Ah.

Observo a los guardias para ver si se han dado cuenta. No lo sé. Pero por lo menos me parecen atentos. Cuando vuelvo a girarme hacia el estibador, intercambiamos una mirada y se sobresalta. Afloja el puño a propósito y se dispone a mirar por la ventana.

—¿Tú no estás preocupado? —Me concentro de nuevo en Corrick.

—Cuando he encontrado tu nota en tus aposentos, sí, estaba preocupado. —Se encoge de hombros ligeramente—. Cuando los guardias me han dicho que has salido sola, sí, estaba preocupado. —Me mira a los ojos—. Que un hombre me fulmine con la mirada forma parte de mi rutina, Tessa.

—No tenías que preocuparte. Estaba bien. Sabía que estabas ocupado con otras cosas.

—La gente sabe lo importante que eres para el rey. —Su voz es sensata, pero una pizca de la amable calidez se abre paso en ella—. Que eres importante para mí. —Me roza una mano con la suya.

No es habitual que me toque en público. Me empiezan a arder las mejillas.

—Bueno.

Sonríe, y noto esa calidez de la cabeza a los pies. He estado el suficiente tiempo en la corte como para saber que una sonrisa sincera del príncipe es algo muy infrecuente.

Cuando era Weston Lark, sonreía a menudo. Siempre que le provoco una sonrisa a Corrick, es un recordatorio tanto de quién es como de quién ya no puede volver a ser.

El estibador adusto vuelve a observarlo, y una parte de mi calidez desaparece. Me aclaro la garganta.

—¿Qué ha pasado con…? —Vacilo, pero estamos tan cerca del puerto de Artis que es más que evidente que la gente se habrá enterado de la embarcación que ha llegado de Ostriario—. ¿Qué ha pasado con el barco? —le pregunto—. ¿Me lo puedes contar?

—Aquí no. Pero por eso en parte he venido a buscarte.

—¿En serio? —Arqueo una ceja—. ¿Qué...?

Un estallido de rabia me interrumpe. El estibador explota en su asiento y se abalanza sobre el príncipe. La luz arranca destellos a una daga, y suelto un grito.

No sé si Corrick ve mi reacción o si ha oído acercarse al hombre, pero se pone en pie en un rápido movimiento y me empuja hacia los guardias antes incluso de que yo me dé cuenta de que me ha levantado de la silla. El hombre se estampa contra él y los dos se desploman. Se dan un golpe con la mesa y las tazas se bambolean hasta volcarse. La porcelana se hace añicos y el chocolate me salpica las faldas.

—¡Estaríamos mejor sin ellos! —grita el hombre. Blande un puñal, y se me para el corazón—. ¡Terminad la revolución! ¡Matadlo! ¡Matad al...!

Corrick le asesta un puñetazo en el cuello. Las palabras que soltaba el tipo se interrumpen con un gorgoteo, pero empuña la daga de todos modos. Los guardias no serán lo bastante rápidos.

Pero no hace falta que lo sean. Corrick lo bloquea y lo tumba boca arriba en el suelo. El puñal sale volando sobre las tablas. Ni siquiera he visto al príncipe desenfundar su propia daga, pero ahí está, contra el cuello del hombre, justo cuando los guardias se acercan con los arcos cargados y preparados. Uno retiene a la mujer que acompañaba al hombre, que grita cuando le retuercen el brazo hacia atrás. Uno de los guardias dirige el arco para apuntar hacia la cabeza del tipo.

Tomo una brusca bocanada de aire. Una de las chicas de detrás del mostrador suelta un chillido.

—No —dice Corrick, con una voz tan tranquila como cuando le ha dicho a la señora Woolfrey que no le preparase otra taza.

El guardia del arco vacila y levanta la vista, a la espera de recibir una orden.

El filo de Corrick sigue apretándole el cuello al hombre, que respira con dificultad, pero en ese momento el desconocido entrecierra los ojos y le escupe a la cara al príncipe.

Un reguero de sangre aparece alrededor del puñal y gotea hacia el suelo.

—Les he cortado la lengua a otros por mucho menos —le espeta Corrick con un tono grave y despiadado que yo nunca había oído.

Estoy paralizada, como todo el mundo que está en la tienda. Espero a que Corrick lo suelte, a que les pida a los guardias que se lo lleven de aquí, pero no se mueve.

El reguero de sangre se vuelve más oscuro, más espeso. El cuchillo se ha clavado más.

El hombre suelta un jadeo antes de ahogarse con sus propias palabras; la rebeldía se ha convertido en miedo.

—Por favor —resuella—. Por favor.

Yo estoy pensando lo mismo que él. *Por favor, Corrick. Por favor*. Debo morderme la lengua para no verbalizarlo en alto.

Corrick se inclina hacia el hombre. La sangre sigue manando.

—Así que suplicas cuando es tu vida la que corre peligro.

Una lágrima cae de uno de los ojos del tipo y va al encuentro de la sangre que le recorre el cuello.

Tengo un nudo en el estómago y no sé qué hacer. Da igual quién sea Corrick para mí, ya que sigue siendo el justicia del rey para los demás. No puedo interferir.

Pero tampoco puedo verlo matar a alguien. No puedo.

Me clavo las uñas en las palmas.

Al cabo de unos instantes eternos, Corrick exclama:

—Llevadlo al presidio. Será sometido a juicio como los otros.

Y, a continuación, limpia el puñal en la camisa del hombre y se lo guarda en la funda.

Me martillea el corazón tan deprisa que se niega a calmarse. Creía que iba a presenciar una ejecución. Por el tenso silencio que reina en la tienda, todo el mundo creía lo mismo que yo, también el hombre a quien los guardias están poniendo en pie a rastras.

Todos siguen mirando al príncipe Corrick con una mezcla de horror y fascinación, como si fuera a decir: «Era broma» y a rebanarle el cuello a ese hombre de todos modos.

Cuando el príncipe se gira hacia mí, sus ojos buscan los míos, y no me cabe duda de que verá el terror que no ha desaparecido por completo.

Los guardias sacan al hombre de la tienda. Uno ha empezado a hacerle preguntas a la mujer, que se retuerce las manos en tanto lanza miradas a Corrick, aterrorizada.

El príncipe los ignora a todos y me ofrece un brazo.

—Por lo visto, ya no tenemos una bebida que compartir. Necesito tus servicios en el palacio. ¿Nos vamos?

—Ah... —Tengo que salir de mi trance—. Sí. Claro. —Le apoyo una mano temblorosa en el brazo. A él se le da muy bien ocultar sus emociones, pero yo no tengo ni por asomo la misma práctica.

Empieza a conducirme hacia la puerta, pero se detiene antes de cruzar el umbral para mirar hacia el mostrador.

—Señora Woolfrey —dice.

La mujer palidece y seguro que espera que la acuse de haber estado en cierto modo involucrada en lo sucedido. Al responder, su voz suena temblorosa e insegura:

—Sí... Sí, alteza.

Corrick saca un puñado de monedas y se las tiende.

—El chocolate estaba muy bueno. Los guardias ayudarán a limpiar el desaguisado, pero le pediría que preparase una lista con todos los destrozos. Mandaré a un mayordomo con el dinero para cubrir los gastos.

La mujer se sorprende y abre los ojos como platos al recibir suficiente cantidad de plata para cubrir los gastos de todo un mes.

—Alteza. No es... No ha sido nada.

—Tanto da. —Asiente en su dirección—. Por las molestias, pues. Se lo agradezco.

Y después me acompaña a cruzar la puerta y subimos en su carruaje, que nos espera en la calle.

En mi trayecto de ida a la confitería, he atraído mucha atención, pero no es nada comparado con las miradas que recibimos en el viaje de vuelta, sentados en el carruaje carmesí del príncipe y seguidos por media docena de guardias. Me sigue martilleando el corazón en el pecho y me tiemblan los dedos sobre las faldas. Tengo los ojos clavados en la ventanilla, así que veo a todos los que nos miran fijamente.

«Les he cortado la lengua a otros por mucho menos».

Siempre que intento olvidar quién era Corrick, el mundo parece resuelto a recordármelo. Quiero preguntarle si era verdad o si solo lo ha dicho para causar efecto.

Pero me temo que ya conozco la respuesta.

Corrick está sentado en el asiento opuesto del carruaje, y hay una parte de mí que quiere ponerse a su lado, ocultarme entre sus brazos durante el breve trayecto de vuelta al palacio. Hay otra parte de mí que quiere echar a correr para huir de todo lo que acaba de suceder.

No puedo hacer ni lo uno ni lo otro. En nuestra relación, todo es enormemente complicado. Cuando me mudé al palacio, parecía muy simple. Y sencillo. Corrick y yo salíamos a dar paseos, jugábamos a algo o cenábamos tarde en un balcón. Me daba besos robados a la luz de la luna y yo saboreaba su aliento y recordaba lo que sentía al estar en la Selva, cuando éramos los dos contra el alba.

Pero al final descubrí que en su vida no hay nada simple. Soy una boticaria que trabaja al servicio del rey, y él es el segundo en la línea de sucesión. Yo soy una muchacha de la Selva y él, el justicia del rey. Cualquier cortejo sería analizado, observado y juzgado. Una noche, durante la cena, oí a una mujer que le decía a su acompañante que le parecía muy bonito que el príncipe le permitiese a su querida que jugara a las medicinas.

El mismo Lochlan me ha dicho algo parecido: «Si no estás compartiendo la cama con él, alguien seguro que sí. Es el hermano del rey».

Nuestra tarea para conseguir suficientes medicinas para todo Kandala es demasiado importante como para emponzoñarla con rumores de que solo estoy en el palacio por capricho del príncipe. Los paseos nocturnos se acabaron. También los besos robados y las cenas privadas.

Y ahora estoy perdida e insegura.

Y me molesta que duden acerca de mis habilidades. Que piensen que por el mero hecho de ser de la Selva mis teorías, mis investigaciones y mis medicinas se consideren inferiores, solo porque no me educaron en el Sector Real. Que crean que la única razón por la que estoy en el palacio es por Corrick, no porque verdaderamente tenga algo que ofrecer.

Quizá cuando entregábamos medicinas siendo forajidos yo no estaba ayudando a todo Kandala, pero por lo menos tenía la sensación de que ayudaba a alguien.

Así que me quedo sentada delante de Corrick y me contento con observar el paisaje que va quedando atrás, mientras me muero por tocarlo. Cuando por fin aparto la mirada de la ventanilla, supongo que el príncipe también estará contemplando la borrosa naturaleza, pero me está mirando a mí.

—No te preocupes —me dice—. El carruaje soportará unos cuantos disparos de arco.

Vaya, eso no me había preocupado hasta ahora.

—¿Crees que alguien nos va a disparar flechas?

—No, pero tampoco esperaba que alguien se me abalanzara con un puñal en una confitería.

—¿Tienes miedo? —Intento parecer tan serena como él, pero mi voz suena hueca.

Y él deja de hablar con tono alegre.

—No es la primera vez que me atacan. Sé defenderme. Los guardias han cumplido con su labor y lo han hecho bien.

Me aliso las faldas y frunzo el ceño. Podrían haberlo matado. Podría haber sido él el asesino. ¿Cómo soporta día tras día esta situación?

Me pregunto si se habrá arrepentido de la forma en que les ha dicho a los guardias que llevaran al hombre al presidio. Supongo que el justicia del rey de hace un mes habría hundido el puñal un poco más para mandar un mensaje. No quiero pensarlo, pero es que me da miedo la respuesta, así que no formulo la pregunta.

Corrick me está observando, y su voz se vuelve muy precavida.

—Sé que Karri es tu amiga, pero no me fío de Lochlan. —Hace una pausa—. Tú tampoco deberías.

Miro de nuevo por la ventanilla porque no quiero contemplar sus ojos.

—Lochlan le dijo lo mismo sobre mí… con respecto a ti.

—Estaba molesto por cómo ha ido la reunión. Podría haber sido una trampa.

—No era una trampa.

—Ni siquiera tendría que coaccionar a Karri. Ella no se enteraría. Solo necesitaba que fueras tú. —El príncipe entorna los ojos—. Aunque lo odio, no es estúpido. Podría haberte echado algo en el chocolate para que te sintieras algo mareada y tuvieran que ayudarte a salir…

—Corrick. —Le devuelvo la mirada—. No era una trampa. Es normal que esté nervioso. Para ellos es una cuestión de vida o muerte. Lo recuerdas.

—Para nosotros también es una cuestión de vida o muerte. —Corrick no aparta los ojos de los míos, y su tono es muy firme—. Ya te ha utilizado contra mí antes.

Cuando nos secuestraron y Lochlan descubrió que Weston Lark era en realidad el príncipe Corrick. Casi lo mataron a golpes. No quiero pensar en eso.

Tampoco quiero pensar en que Lochlan esté utilizando a Karri para ponerla en mi contra.

—Eso fue diferente —digo.

—¿Ah, sí? ¿Por qué?

No me está cuestionando, en realidad no, pero noto cierto ardor y un cosquilleo en la piel. No sé cómo el día ha podido torcerse tanto. Frunzo el ceño.

—¿Estás asustada? —me pregunta al cabo de unos instantes.

Aunque me cuesta bastante, trago saliva. No puedo mirarlo a los ojos, pero asiento.

—Los guardias llevarán al hombre al presidio. Será sometido a un juicio. No fuiste tú su objetivo.

No sé cómo responder, así que mantengo la vista clavada en la ventanilla.

—O ¿soy yo el que te da miedo? —murmura.

No contesto, y él emite un gruñido de irritación y se pasa una mano por la nuca.

—Lo siento —digo.

—Dios, Tessa, no quiero que lo sientas. —Hace una pausa—. Iba a matarme. Ese era su propósito.

—Ya lo sé. Lo he oído. Es que… —Me interrumpo y contengo la respiración. A veces pienso en mi posición y en lo que he conseguido. Estoy ayudando al rey a encontrar un mejor camino para tener medicinas para todo el mundo.

Pero cuando pienso en todo lo que han hecho mal ellos dos, me pregunto si estaré en el bando correcto.

—No pensaba matarlo —añade entonces Corrick—. Pero he tenido que hacerle creer que sí. He tenido que hacerles creer a todos que sí.

Detesto que me lo haya hecho creer a mí también.

—¿Por qué? —susurro.

—Porque el justicia del rey no puede volverse blando de un día para otro. La gente ya está envalentonada. Hace unas pocas semanas, nadie se habría atrevido a atacarme en público. —Vuelve a proferir un gruñido—. Era mucho más fácil cuando éramos forajidos.

Quiero estar en desacuerdo, pero no puedo. Sí que era más fácil.

—Ahora nadie confía en nadie.

—Bienvenida a la vida en la corte. —Se recuesta contra los cojines.

Arrugo el ceño. Los dedos han dejado de temblarme, pero noto un nudo de infelicidad en mis entrañas.

—¿Qué ha pasado con el barco de Ostriario? ¿De verdad me necesitabas para algo o ha sido solo para sacarme de la tienda?

—Ah. Sí. Quiero que observes unos pétalos de flores y me digas si de verdad son de flor de luna.

—¿Los médicos de palacio no estaban seguros?

—Sí, pero como no detectaron la diferencia con los pétalos que Allisander nos estaba enviando al palacio, todavía no he decidido si son incompetentes o unos traidores.

—¿De dónde han venido?

—El capitán Rian Blakemore ha llegado con un baúl repleto de pétalos.

—¿El emisario?

—El espía, más bien. En teoría, mis padres enviaron a su padre hace años. Dice que en el barco tiene dos docenas de baúles con flores de luna y los medios para conseguir más. Asegura que el rey de Ostriario quiere empezar a negociar porque les faltan recursos como el hierro y el acero. En Kandala hay mucho, claro.

Hay un deje en su voz que no puedo pasar por alto.

—No te crees al espía.

—Todavía no lo sé. Pero Harristan lo ha invitado a cenar con nosotros. —Se extrae un reloj enjoyado de un bolsillo de la chaqueta y observa la esfera—. Llegaremos a tiempo para que te prepares..

—¿Estoy invitada? —Arqueo las cejas.

—¿Te he vuelto a sorprender?

—Un poco.

—Quint también asistirá. El capitán Blakemore ha hecho bastantes referencias a mi reputación, así que Harristan ha pensado que sería positivo que asistieras para que la conversación sea un poco más...

—¿Sincera?

—Distendida. —Corrick sonríe.

—¿Harristan también irá acompañado?

—No. —Parece extrañado—. ¿No te has dado cuenta? Mi hermano nunca va acompañado.

Dudo. No he pasado demasiado tiempo en la corte, pero sí el suficiente en el palacio como para acostumbrarme a las personas más importantes. Algunos de los cónsules están casados, como Roydan Pelham, un anciano que siente devoción por su esposa, mientras que los otros parecen cambiar de cortesanos con la misma regularidad con la que yo me lavo la cara.

Hasta este momento, no había pensado en que Harristan nunca tiene a nadie a su lado. Ni siquiera lo he visto llevar a cabo el más mínimo flirteo relajado.

Aunque la verdad es que pensar en Harristan haciendo algo de forma relajada es casi un motivo para echarse a reír.

Cuando el sector estaba bajo el ataque de los rebeldes, Harristan y yo nos adentramos juntos en los bosques de la Selva. Me dijo que era fácil amar al rey cuando todo el mundo tiene salud y la barriga llena, pero no tanto cuando todo el mundo está enfermo y hambriento. Harristan siempre es estoico y reservado, pero recuerdo que se le resquebrajó la compostura, solo ligeramente, cuando le dije que alguien podría quererlo.

Corrick presencia cómo le doy vueltas al asunto.

—No confía en nadie, Tessa. Demasiada gente ha intentado aprovecharse de nosotros. —Hace una pausa y baja la voz, aunque estemos a solas—. Y sería difícil mantener en secreto su persistente enfermedad. No creo que vaya a dejar que nadie se le acerque tanto.

Eso me pone triste. No puedo expulsar de mi cabeza los comentarios de Lochlan, así que le termino preguntando:

—¿Y tú? ¿El justicia del rey ha tenido alguna compañía frecuente?

Intento hablar con tono desenfadado, pero me clava una mirada, y sé que comprende cuál es mi verdadera pregunta.

—Ay, Tessa. —En sus ojos veo un brillo que es cálido y travieso al mismo tiempo—. Antes que tú, nadie se había atrevido.

CAPÍTULO SIETE

Corrick

En el palacio, las cenas a menudo son un gran banquete que se celebra y se sirve en el enorme comedor que está detrás del salón, con decenas de cortesanos, invitados y diplomáticos que crean una cacofonía que suele resultar extenuante antes de que cualquiera pruebe un bocado. A mí no me afecta demasiado, pero Harristan detesta ser tan accesible, así que no me sorprende que me digan que vamos a cenar en la Sala Perla.

Es una elección interesante, porque es una estancia elegante, pero no demasiado. Las paredes lucen un gris claro, y están ornamentadas con unas cenefas azul oscuro que van de punta a punta y que parecen brillar tenuemente. Conforme te acercas, ves una diminuta hilera de perlas engarzadas en el diseño. La mesa es un bloque de mármol blanco, cubierto por unos adornos florales formados por unos lirios azules del mismo color que el patrón florido de los cojines. Los criados están preparados para servir vino y bebidas más fuertes. Hay una mesita llena de exquisiteces junto a la ventana, que da a los jardines traseros del palacio. Se ve el Arco del Martillo de Piedra, un arco de antorchas suspendidas que cuelgan sobre un estanque.

Para mi sorpresa, Tessa y yo somos los primeros en llegar. Harristan no ha aparecido aún. Tampoco el capitán Blakemore, la verdad.

Tessa está a mi lado, deslumbrante con un vestido de terciopelo verde oscuro con gran escote que se ciñe a sus curvas. Le han recogido y fijado el pelo para que le cayera por la espalda, con horquillas verdes y plateadas que le apartan los mechones de la cara. Está muy elegante, y cada centímetro de piel desnuda que exhibe me recuerda su vulnerabilidad.

Cuando he visto que Lochlan se cernía sobre ella, me ha apetecido ordenarle a un guardia que le disparara con el arco.

No sé a quién quiero engañar. Me ha apetecido hacerlo yo.

Después de verla asustada en el carruaje, me alegro de no haberlo hecho. Ojalá pudiera retroceder en el tiempo y borrar la inquietud de su mirada.

«¿Soy yo el que te da miedo?».

No me ha contestado, pero eso lo ha dicho todo.

Detesto esta obligada distancia que nos separa. Debería hacer un anuncio oficial de cortejo. El tiempo que pasamos juntos es demasiado público, está demasiado cargado de política. Nuestros instantes a solas son demasiado breves, limitados a los paseos a oscuras detrás del palacio o a las partidas de ajedrez antes de desayunar. Pero me preocupa que algo más vaya a debilitar nuestros esfuerzos. La situación es ya bastante delicada.

Pienso en el hombre de la confitería. Si Tessa y yo anunciáramos lo nuestro, ella sería un objetivo.

Pero, claro, si anunciáramos lo nuestro, la llevaría a mis aposentos y no saldríamos en una semana.

Tengo que dejar de pensar en eso.

—¿Vino? —le ofrezco.

Niega con la cabeza y se pone una mano sobre la barriga.

—Si empiezo a beber vino, no recordaré cuál es el tenedor correcto.

Sonrío y me inclino para hablarle en voz baja antes de acariciarle la barbilla con un dedo.

—Con ese vestido, nadie se fijará en tus cubiertos.

Se ruboriza, pero me lanza una mirada triste.

—Vale. Quizá una copa. —Le hago un gesto a un criado, y Tessa añade—: No pierdas los nervios, Corrick.

—Tú tampoco. —Mi sonrisa se ensancha.

Acepta la copa, pero la ligera sonrisa desaparece de su rostro.

—¿Los cónsules asistirán a esta cena?

Me giro y veo a dos cónsules que se aproximan: Roydan Pelham, de la Región del Pesar, y Arella Cherry, de Solar. No han visitado demasiado el palacio desde que los rebeldes lo atacaron, y dudaba de que los hubieran invitado a la cena. Hace meses, llegué a pensar que estaban involucrados en la rebelión. Han dejado claro que no tuvieron nada que ver, pero eso no hace que su comportamiento previo fuese menos sospechoso. Los sectores de ambos lindan con Tierras del Tratante, que no tiene cónsul, así que los dos gestionan la zona, pero le he dicho a Harristan que eso debe cambiar. Han disfrutado de demasiadas reuniones secretas, de demasiadas oportunidades para urdir planes.

Tal vez no estuvieran involucrados en la última rebelión, pero eso no significa que no estén tramando una por su cuenta.

A veces creo que esa idea es un tanto decepcionante. Arella a menudo me cuestiona, pero sé que es porque desea cambiar las cosas a mejor. Y Roydan fue el único cónsul que nos dedicó un ápice de amabilidad cuando murieron nuestros padres.

Arella le sujeta el brazo a Roydan, aunque estoy seguro de que es más por el bien de él que por el de ella. El cónsul le triplica la edad y camina con paso tembloroso.

—Cónsules —los saludo.

Arella me hace una breve reverencia y Roydan asiente en mi dirección. Es demasiado anciano como para inclinarse.

—Alteza —dice. Le lanza a Tessa una sonrisa amable—. Señorita Cade.

Su calidez me perturba. Es que no me lo imagino tramando nada vil.

—Cónsules —responde Tessa un poco avergonzada. Sé que está valorando si debería alejarse y brindarnos privacidad, pero quiero que la conversación sea agradable, así que le agarro una mano.

—No sabía que os uniríais a nosotros en la cena —les digo.

—No nos uniremos —tercia Roydan—. Arella y yo cenaremos en el salón. Esperaba poder robarte un minuto de tu tiempo, Corrick. No quiero ser un incordio.

—No eres un incordio.

Me da una palmada en el hombro como si yo tuviera diez años y me hubiera portado bien.

—Harristan me ha preguntado si recuerdo que mandáramos barcos de guerra hacia Ostriario. Estaba preocupado por el capitán que ha llegado.

—Yo también. —Enarco una ceja—. ¿Lo recuerdas?

—Sí. Vagamente, aunque no me acuerdo de si muchos llegaron hasta Ostriario. —Sonríe hacia Tessa—. Dicho lo cual, soy un anciano y mi memoria ya no es lo que era. —Hace una pausa—. Pero sí que recuerdo que hubo peleas entre Ciudad Acero y Tierras del Tratante. Arella y yo hemos repasado los cuadernos de bitácora porque por lo visto hay algunas inexactitudes desde hace décadas. Quizá desde hace un siglo. Y sí que parece que hemos estado enviando toneladas de acero de forma regular a media docena de ciudades desconocidas. Y no solo acero. Explosivos y madera. Arella y yo llevamos semanas intentando descifrarlo, y hemos empezado a pensar que eran nombres en código para designar destinos secretos, porque no los hemos encontrado en ninguno de nuestros mapas. Y Harristan me comentó que este hombre asegura que hay varias islas al oeste de Ostriario.

—Sí —asiento—. Eso asegura.

—Los registros de envíos se interrumpieron —añade Roydan— hace treinta o cuarenta años. Ya no vuelven a citarse esas ciudades, aunque creo que quizá se referían a las islas que ha mencionado el capitán. —Hace una pausa y luego se mete una mano en el bolsillo del abrigo para sacar un trozo de pergamino—. Os he escrito los nombres de esas ciudades.

Desdoblo el papel y leo la letra temblorosa de Roydan.

IRIS

KAISA

ROSHAN

ESTAR

SILVESSE

FAIRDE

—¿Sabes cuántas islas mencionó que había? —me pregunta.

Seis. Tal vez sea una coincidencia o tal vez la prueba que sostenga la historia del capitán. Pero no quiero dar alas a los rumores.

—La verdad es que no me acuerdo —miento—. ¿Por qué se detuvieron los envíos?

—No lo sé. —Se encoge de hombros ligeramente—. Y en Tierras del Tratante no ha habido nadie a quien preguntarle desde… En fin. —Sus ojos se nublan por la tristeza, y vuelve a darme otra palmada en el hombro.

Desde que nuestros padres fueron asesinados por el cónsul de Tierras del Tratante.

Aparto de mí cualquier emoción antes de que se forme. Miro a Arella porque con Roydan no puedo mostrarme frío.

—Antes de nada, ¿por qué estabais investigando los cuadernos de bitácora?

—Cuanto más tiempo pase el sector de Tierras del Tratante sin cónsul, más oportunidades habrá para la corrupción —responde con dureza. Sus ojos marrones se mantienen clavados en los míos—. Por ejemplo, los explosivos utilizados en el palacio procedían de ese sector.

No sé si está haciendo una acusación o una afirmación.

—Eso he oído por ahí. ¿Sabes algo al respecto, Arella?

—Sé que la gente desesperada toma medidas drásticas para sobrevivir.

—Vamos. —Roydan le da una palmada en la mano—. El príncipe tiene asuntos que atender.

De haber sido cualquier otra persona, Arella le habría dado un golpe en la mano. Como me pasa a mí, siente debilidad por Roydan, así que se limita a suspirar.

—Deberíamos ir hacia el salón antes de que se llene demasiado.

Pero la consulesa no se mueve, y sé que está esperando a que los invite a unirse a nosotros. La curiosidad que le empaña los ojos es clara como el agua. Estoy seguro de que todo el mundo se muere por conocer al emisario de Ostriario.

Pero si ella no va a ser sincera y directa conmigo, yo tampoco.

—No querría retrasaros más —les digo.

Arella acepta la derrota y me hace una breve reverencia, y acto seguido se marchan.

Vacío media copa de vino de un trago.

—¿Es verdad? —Tessa me está mirando fijamente—. ¿Kandala mandaba acero a Ostriario?

—Acero y explosivos. —Doblo el pergamino y me lo guardo en el bolsillo de la chaqueta—. No sé si de forma amistosa u hostil.

—Quizá de las dos. —Bebe un sorbo de vino y luego baja la copa lentamente—. Acaba de llegar el cónsul Sallister.

Frunzo el ceño y me giro para seguir su mirada. Tiene razón. Allisander ha entrado en la sala. Lleva del brazo a una muchacha, una joven que no he visto nunca en la corte. Como mi hermano, él raramente va acompañado, pero en el caso de Allisander no se trata de desconfianza. O no del mismo tipo, al menos. Siempre le preocupa que alguien esté interesado en su dinero.

Nadie se interesaría por su encantadora personalidad, eso seguro.

Espero que me evite, pero nunca me sonríe la fortuna. Empieza a avanzar hacia nosotros, e intento no soltar un suspiro.

—¡Corrick! —exclama—. Me gustaría presentarte a Laurel Pepperleaf, la hija de uno de mis barones. He insistido en que os acompañásemos en la cena.

Suspiro para mis adentros. Preferiría contar con la compañía de Roydan y de Arella.

No conozco personalmente a Laurel Pepperleaf, pero he oído hablar de ella. Es la hija de Landon Pepperleaf, uno de los terratenientes más ricos del sector de Allisander. Es más hermosa de lo que él merece, con una cabellera rubia larga y brillante, y labios pintados de rojo intenso. Lleva un vestido de satén amarillo con diamantes engarzados en todas las costuras. Es tan caro como provocativo, y me intriga tanto que la miro a los ojos mientras me preocupa si está con Allisander porque quiere o porque lo quiere él.

—Laurel —la saludo—. Es un placer.

—Alteza. —Hace una breve reverencia. Me mira a los ojos, atrevida, pero no percibo ninguna falta de respeto—. El placer es mío.

—Te presento a Tessa Cade —digo, porque Allisander preferiría caer fulminado por un rayo que prestar atención a la joven que me acompaña—. El rey le ha pedido que nos asesorase acerca de las dosis del elixir de flor de luna.

—He oído hablar de sus investigaciones, señorita Cade —responde Laurel—. Me resultan bastante interesantes, sobre todo porque nuestra producción se ha reducido a la mitad.

—¡Ah! -—se sorprende Tessa—. A mí también. Disculpe... ¿Ha dicho que su producción se ha reducido a la mitad?

—Sí —interviene Allisander—. Como ya he comentado, estamos teniendo bastantes problemas por las condiciones climáticas y por la falta de trabajadores, aunque vosotros vayáis prometiendo más medicinas gratuitas.

—Y por eso me encantaría que me hablara más sobre sus teorías —añade Laurel—. Le he pedido al cónsul Sallister que nos presentara durante el tiempo que pase en la corte.

—¿De veras? —Miro hacia Allisander y bebo un trago de vino.

El cónsul me devuelve la mirada sin pestañear.

—Y aquí estamos, presentándonos todos. —Da un sorbo a su propia copa.

La puerta de la sala se abre y espero ver a mi hermano, pero se trata de Quint. Se dirige hacia nosotros. Allisander parece dispuesto a gruñirle algo, así que lo invito a acercarse. Hubo un tiempo en que el cónsul podría haber echado a Quint de una habitación gracias a su posición, pero ahora mismo Allisander vive de prestado, por lo que me trae sin cuidado si lo irrito.

—Quint —digo—. Únete a nosotros. —Agarro una copa de vino de un criado que estaba cerca y se la ofrezco a mi amigo—. ¿Conoces a Laurel Pepperleaf?

—De hecho, sí. —Acepta la copa y asiente en dirección hacia Tessa y Laurel—. Me alegro de que las dos estén aquí. El rey llegará en breve.

—¿Los marineros también asistirán a la cena? —Allisander tuerce los labios. Lo dice como si esperase que esos hombres y mujeres desembarcaran en el palacio procedentes de una balsa en estado precario.

—¿El emisario? Sí. El capitán Blakemore y unos cuantos miembros de su tripulación.

—Me han dicho que cuentan con sus propias provisiones de flor de luna. Seguro que no te crees lo que aseguran, Corrick. Hay ladrones por todo Kandala. Esos pétalos podrían proceder de cualquier lugar. Este supuesto capitán podría haber cargado un barco en Solar, navegado durante un día y atracado en Artis contando esa misma historia.

—Tessa ha examinado los pétalos —contesto—. Son auténticos. —Hago un pausa—. Y dudo de que procedan de Prados de Flor de Luna. Tú sustituiste tus pétalos en un envío fraudulento, ¿no es así?

Allisander respira hondo, preparado para estallar, pero Laurel interviene:

—Mi padre está sumamente interesado en las exportaciones de nuestro sector. Creo que no verán ni un solo envío fraudulento más, alteza.

—Me alegro —digo.

Allisander está arrugando el ceño. Se gira hacia Laurel.

—Deberíamos ir a por unos refrigerios. —No espera a que le responda, sino que da media vuelta como si quisiera conducir a la joven hacia otro extremo de la mesa.

En cuanto no pasa ni un segundo desde que se han marchado, Quint me susurra:

—Por lo visto, el barón Pepperleaf ha anunciado que le gustaría aspirar a cónsul si Allisander es apartado del poder.

—Vaya, ahora entiendo por qué la muchacha ha insinuado que él come de su mano.

—¿De verdad la producción se ha reducido a la mitad? —Tessa me mira fijamente.

—Ya lo has oído durante la reunión con Lochlan. —Pongo una mueca—. Podemos exigir lo que queramos, pero si es cierto que hay problemas con las provisiones, no hay mucho que hacer. No puedo controlar el clima. ¿Qué voy a hacer? ¿Amenazar con encerrar a sus trabajadores en el presidio?

—Entonces, cambiar de cónsul sería positivo, ¿no? ¿Quizá arreglaría las cosas? Sobre todo si se opone a la forma de proceder de Allisander.

—Quizá —digo. La veo tan esperanzada que detesto tener que ser pragmático—. Si se opone de verdad.

—¿A qué te refieres?

—Me refiero a que cuesta creer que el barón más rico de Allisander no supiera qué estaba pasando.

—O sea... —Aprieta los labios—. Crees que solo dice lo que vosotros queréis oír mientras Allisander esté en apuros.

—Sí. Y que su hija aparezca en la corte con tanto entusiasmo por tus descubrimientos es sospechoso. Ya has visto lo que ocurre cuando la gente cree que estoy cortejando a otra. Hay todavía más espacio para engaños. —Pongo los ojos en blanco y bebo un sorbo de la copa.

Tessa no responde nada. Al contemplarla, veo que está dolida y que frunce el ceño de verdad.

Dios.

—Tessa... No quería decir que...

—¡No! No, ya lo sé. —Se le han humedecido ligeramente los ojos, pero parpadea varias veces. Suelta una exhalación y luego se bebe media copa de un trago—. No pasa nada. Siempre olvido que hay motivos para que tu hermano y tú seáis tan… cínicos.

—Como ya te he dicho, bienvenida a la corte.

—Gracias. Odio estar aquí.

Estoy confundido. No sé si en sus palabras hay un poso de sinceridad o no, pero desconozco si mi corazón podría aceptar la verdad ahora mismo. Entrechoco la copa con la suya.

—Salud.

—Menudo par. —Quint suspira y mira hacia Tessa—. No dejes que te conviertan en una cínica también a ti, querida.

—¿Cómo consigues evitarlo tú? —le pregunta.

—Porque ya he visto los cambios que has provocado en el palacio.

—Bueno, esta tarde he estado a punto de presenciar un asesinato, así que no sé si estoy haciendo gran cosa.

Los guardias abren las puertas de nuevo. Vuelvo a esperar que sea mi hermano. Sin embargo, quien entra es el capitán Blakemore, acompañado de la teniente Tagas y de otros dos hombres que deben de ser miembros de su tripulación. Ambos son mayores que él, por lo menos le llevan diez años. Una parte de mí creía que regresarían con las ropas raídas que vestían en nuestra primera reunión, pero es evidente que les han dado suficiente tiempo para volver al barco a arreglarse. Su atuendo no es propio de Kandala, pero tampoco resulta extranjero en exceso. Rian se ha afeitado, se ha arreglado el pelo y viste prendas que son más elegantes de lo que me imaginaba. Lleva una chaqueta de piel y no de lana, con botones situados en diagonal sobre su pecho, y botas con hebillas, sin cordones. Es obvio que es el más joven del grupo, y es igual de obvio que es quien manda.

—Oh —murmura Tessa, y hay un ápice de sorpresa en su voz que no puedo ignorar de ninguna de las maneras.

—¿Oh? —La miro y arqueo una ceja.

Titubea y baja la voz.

—El capitán no es como esperaba.

—Mmm. —Apuro la copa. Un criado me da otra de inmediato.

—Alteza —dice el capitán Blakemore cuando llega hasta nosotros—. Es un placer volver a verlo. Intendente Quint. —Asiente hacia el encargado del palacio antes de hacerle una reverencia a Tessa con modales impecables—. Es un placer todavía mayor conocer a su encantadora acompañante.

Es un comentario sin más, algo que yo mismo he dicho a cientos de cortesanos y cortesanas a lo largo de los años, pero Tessa es tan formal que se lo toma a pecho. Se ruboriza y se agarra las faldas para devolverle la reverencia.

—Soy Tessa Cade.

—La señorita Cade. —Enarca las cejas—. La boticaria, entonces.

—Sí. —Parece sorprendida, y un tanto contenta, de que él sepa quién es.

—En los muelles, he oído unas historias fascinantes acerca de una forajida llamada Tessa que se coló en el palacio para anunciar una mejor cura. —Su sonrisa se ensancha.

—Bueno —responde ella—, ya sabe cómo son los rumores. Solo quiero ayudar a la gente.

—Sí que sé cómo son los rumores. —Los ojos de Rian se desplazan hacia mí antes de regresar sobre los de Tessa. Ahora en su expresión hay menos flirteo y más curiosidad genuina—. Con suerte, nos sentarán juntos. Me muero por conocer la verdad.

Se sentará a mi lado.

Casi se lo digo. Casi se lo gruño. Las palabras están en la punta de mi lengua, ardientes y posesivas, pero todas y cada una de ellas sonarían engreídas y machistas, así que me las trago con otro sorbo de vino.

—Yo me muero por conocer más cosas sobre Ostriario —añade Tessa—. Hace semanas, le pregunté a Corrick si podría ser una posible fuente de pétalos de flor de luna.

—Espero ayudar a que eso sea una realidad.

—Ya veremos —digo yo.

—Supongo que sí lo veremos, alteza. —Al fin me mira fijamente.

Quint debe de percibir la tensión que zumba entre nosotros porque dice:

—Capitán Blakemore, creo que no hemos conocido a los otros miembros de su tripulación.

—Por supuesto —asiente Rian con amabilidad, como si no existiese tensión alguna—. Les presento a Sablo, mi teniente segundo. —Señala a un hombre con pecas que mide más de un metro ochenta, muy musculoso, con la cabeza rapada, mejillas rosadas y una poblada barba rojiza recortada con esmero—. Y a Marchon, mi timonel y contramaestre. —Rian señala al otro, que es tan enclenque y moreno como fornido y pálido es Sablo. Lleva el pelo más largo, peinado hacia atrás y atado a la nuca.

—Alteza —dice Marchon con voz grave y áspera, con el mismo acento que Gwyn—. Les estamos agradecidos por habernos invitado a cenar esta noche.

Sablo me dirige un asentimiento.

—Sablo no habla —añade Rian.

—¿Por decisión propia? —me sorprendo.

—No —responde el capitán, con un matiz protector en la voz que me recuerda a lo dispuesto que se ha mostrado antes a defender a su gente.

—Un placer conoceros a los dos —digo, pero observo el tamaño de Sablo y me pregunto si no será algo más que un simple marinero. Se mueve con una rigidez que me recuerda a los entrenamientos militares. También Marchon, ahora que me fijo en los dos. No es tan alto como Sablo, pero tiene los hombros tan anchos que seguramente será fuerte. Podrían ser guardaespaldas… o asesinos. Sin duda, los guardias los habrán registrado en busca de armas antes de permitirles la entrada en el palacio.

Lanzo una mirada hacia la pared, donde el capitán de la guardia solo ha apostado a cuatro hombres. Habrá más cuando llegue Harristan, pero no demasiados como para agobiar a los presentes, ya que en teoría es una cena informal.

Freno esos pensamientos en seco.

Quizá Tessa y Quint estén en lo cierto. Quizá sea demasiado cínico.

Desde el otro lado de la estancia, Allisander contempla a los marineros con los labios fruncidos. No sé si le molesta que puedan tener acceso a flores de luna —y arrebatarle, por tanto, los beneficios— o si es tan esnob que los considera inferiores a él. Conociendo a Allisander, es probable que sean las dos cosas.

Pero me giro hacia Rian porque Roydan me ha dado una idea.

—Capitán, uno de nuestros cónsules ha encontrado unos cuadernos de bitácora muy antiguos de un sector sureño, que documentan unos envíos y que tal vez confirmen parte de vuestra historia.

—Es una noticia excelente. —Levanta las cejas.

—Eso espero. —Hago una pausa—. Has dicho que había cinco islas en la costa oeste de lo que conocemos como Ostriario.

Me mira con cautela, como si sospechara que le he tendido una trampa.

—Sí que hay islas, pero he dicho que había seis.

—Dime sus nombres.

Mi orden lo descoloca un poco, pero alza la mano izquierda con la palma hacia abajo y luego gira la muñeca para señalar hacia la izquierda con los dedos. Se toca el dorso de la mano.

—Si imagina que esta es la isla principal, Fairde, sobre cada uno de los dedos están todas las demás. —Se da un golpecito en cada uno, empezando por el pulgar—. Iris, Kaisa, Roshan, Estar y Silvesse.

A mi lado, Tessa suelta un suspiro, y sé que ha reconocido los nombres de la lista, igual que yo. Aun así, observo a Rian con atención. En su expresión no detecto picardía.

No sé qué significa todo esto, pero es importante.

—¿He superado su prueba, alteza? —Me mira con los ojos entornados.

Un heraldo da un golpe con su alabarda cerca de la puerta principal.

—Su majestad, el rey Harristan.

Todo el mundo se gira hacia la puerta para recibir a mi hermano.

Pero yo me inclino hacia Rian y le murmuro:

—Todavía no.

CAPÍTULO OCHO

Tessa

No sé cómo, pero termino sentada justo delante del capitán Blakemore, pero eso no propicia que hablemos. Harristan ha estado interrogando al marinero y a su teniente acerca de Ostriario y de su infraestructura. De todos modos, seguro que es lo mejor. Me escuece un poco que Corrick me haya dicho que el interés de Laurel por mis métodos quizá fuera una estrategia para encumbrar a su padre en el poder. Me alegro de no estar sentado al lado de ella.

En el extremo opuesto de la mesa, Quint entabla una animada conversación con Allisander y Laurel sobre las peticiones de seda kandaliana procedentes de Tierras del Tratante, y es una charla tan detallada e insustancial al mismo tiempo que tengo grandes sospechas de que le han encargado que mantenga ocupado al cónsul tanto como le sea posible. Sablo está sentado al lado del capitán Blakemore y es tan imponente como Rocco, mi miembro preferido de la guardia personal del rey. Sablo escucha todo lo que se dice y observa a Corrick y a Harristan como si no confiara en ellos. A su izquierda, el contramaestre Marchon parece aburrido por la cháchara de Allisander y Quint, pero está demasiado lejos de mí como para que podamos ponernos a hablar.

Por lo tanto, sorbo con educación la cuchara de la sopa y me pregunto cómo es posible que algo tan sencillo como proporcionar medicinas a la gente enferma esté empañado por las negociaciones políticas y las intrigas palaciegas.

Me apetece tantísimo ponerme mis faldas remendadas y trepar por la muralla del sector que casi noto cómo me hormiguean los pies para echar a correr.

—La veo un poco triste, señorita Cade.

Levanto la vista y veo que el capitán Blakemore me está contemplando fijamente, y percibo una calidez en sus ojos grises que me dificultan apartar la mirada. Me esperaba encontrar a alguien mayor y soso, no un hombre joven con tez bronceada, pelo negro resplandeciente y unos hombros que sugieren una gran fuerza.

—No estoy triste —respondo—. Es que no tengo nada que decir cuando se habla sobre los pedidos de seda —mis ojos se desplazan hacia el extremo de la mesa— o los envíos de acero.

—A mí tampoco me interesa demasiado la seda —dice con una sonrisilla—. Pero en lo que a acero se refiere, sé que Ostriario lo necesita. Urgentemente. Después de la guerra, muchos barcos mercantes quedaron dañados. El país intenta reconstruirse, pero sin barcos y sin puentes, transportar bienes se ha convertido en un reto mayúsculo.

—Y ¿usted quiere ayudarles?

—Sí.

Corrick recibiría esa información con escepticismo, de la misma forma en que ha dudado del entusiasmo de Laurel hacia mi trabajo. Eso significa que probablemente yo también debería. Sin embargo, a diferencia de Laurel, cuyo padre no es más que otro hombre que ansía ostentar poder en Kandala, el capitán Blakemore no tiene nada que ganar. No está exigiendo nada y no arrincona a nadie con promesas vacías y amenazas arrogantes.

Sé que se están tratando cuestiones políticas de alto nivel. El capitán pide acero de parte de Ostriario y ofrece pétalos de flor de luna a cambio. Pero en cierto modo lo ha anunciado como si fuera algo más sencillo: está pidiendo ayuda y también la ofrece a cambio.

—Yo también quiero ayudar —le aseguro.

—Ya lo sé. Como he dicho, en los muelles he oído rumores. Cualquier persona dispuesta a colarse en el palacio con un plan para curar a la gente y no herirla debe de ser muy valiente, sin duda. Sobre todo teniendo en cuenta las duras penas que hay aquí en Kandala para quienes infringen la ley.

—No sé si soy valiente —digo, pero no puedo evitar que cierto rubor me coloree las mejillas—. Solo estoy decidida.

—Es prácticamente la misma cosa, ¿no cree? —Bebe una cucharada de sopa, un gesto que pretende restar importancia a su comentario—. Yo era joven cuando enviaron a mi padre a Ostriario, pero los castigos que impartía la corona no eran tan extremos como ahora, que recuerde.

—Hace seis años, en Kandala vivíamos una situación distinta —tercia Corrick, y doy un brinco al saber que hemos llamado su atención.

—Por lo visto, en muchos aspectos. —El capitán come más sopa. Sus ojos se clavan en los míos de nuevo—. ¿Cree usted que las acciones del justicia del rey han sido eficaces para mantener la paz?

A mi lado, Corrick se pone rígido. Sabe lo que pienso yo sobre el justicia del rey, mucho antes de saber que el generoso forajido Weston Lark era el mismo príncipe que ejecutaba a ladrones por urdir contrabandos y traiciones.

«Odio al príncipe», le decía a menudo a Wes, seguido de «te odio» cuando supe que era Corrick.

En la estancia se ha instalado un silencio, como si esa pregunta, formulada con suavidad, hubiera atraído la atención de todos los presentes por la carga que reviste. Incluso Allisander me está observando, deseoso de oír lo que voy a contestar.

Se me ha congelado la boca, los pensamientos dan vueltas por mi cabeza.

—Me gustaría saber qué opinas —interviene Harristan, pero no lo dice con aspereza. Una de las cosas que más me gustan de él es que, cuando me pregunta por mi opinión, quiere conocerla de verdad. Pero sigue siendo el rey, y nunca debe resultar áspero para acelerarme el pulso. Dejo la cuchara en la mesa y me aliso las faldas.

—Creo que el justicia del rey lo ha hecho lo mejor que ha podido durante una época muy complicada.

Debajo de la mesa, la mano de Corrick busca la mía y me da un apretón cálido y firme.

El capitán Blakemore me dedica una débil sonrisa y come un poco más de sopa.

—No pretendía que mi pregunta la pusiera incómoda. —Hace una pausa—. Ni en peligro. Discúlpeme, señorita Cade.

No corro peligro, pero quizá sería poco político que se lo dijera. Esta conversación se parece a caminar sobre una cuerda floja.

—No estabas aquí, capitán —dice Corrick—. No has visto la desesperación por obtener medicinas ni qué era capaz de hacer la gente para conseguirlas.

—He visto que dentro de las murallas de este sector todo el mundo parece bastante sano, mientras que fuera no es así. —El capitán no aparta la mirada. Habla con el mismo tono sereno con que antes se ha dirigido a mí—. He visto que yo he traído medicinas, algo que afirman necesitar mucho, y que me tratan con suspicacias y hostilidades.

—¿No hace ni un día que has regresado a Kandala y ya te atreves a criticar abiertamente a tu rey? —Corrick se incorpora—.

Es evidente que no te esfuerzas demasiado en mostrar lealtad a tu país de nacimiento.

—¿Desea lealtad o desea obediencia, alteza?

—Para ser un hombre que al parecer quiere proteger a su tripulación, no te iría mal lo uno ni lo otro. —Corrick lo mira fijamente a los ojos.

—No amenace a mi tripulación. —El capitán se queda muy quieto.

Ha pronunciado las palabras en voz baja, haciendo énfasis en cada sílaba. Su réplica restalla en la estancia como si fuera un relámpago.

Corrick aprieta la mandíbula, y sé que una parte de él quiere que al capitán lo lleven a rastras hasta el presidio. Es la misma parte que me ha hecho pensar que le rebanaría el cuello al tipo de la confitería.

Se me forma un tenso nudo en el pecho, y quiero decir algo para deshacer el enfrentamiento. Es como cuando estaba sentada con Karri en la confitería: hay demasiados elementos en juego, demasiada gente a la que contentar.

Pero es Laurel quien toma la palabra.

—Su llegada ha ocurrido en un momento muy interesante, capitán Blakemore. Nuestro sector se ve obligado a proporcionar medicinas para el pueblo de Kandala, y de pronto aparece usted, dispuesto a negociar el precio para otro país.

—¿Deben obligar a sus sectores a proporcionar medicinas —el capitán no ha apartado la mirada de Corrick— cuando la gente está muriendo sin parar?

La censura que tiñe su voz es imposible de ignorar.

—No hay prueba de que en Ostriario tengáis flores de luna —salta Allisander—. Queréis nuestro acero y conseguir un buen trato. ¿Qué prueba tenemos de que vais a volver con las medicinas que estáis ofreciendo?

—Es una pregunta muy pertinente —asiente el rey.

—No dispongo de más pruebas de las que ya les he mostrado.—El capitán Blakemore levanta las manos—. Pero dispongo de un barco. Les invito a regresar a Ostriario conmigo para finalizar en primera persona las negociaciones con el rey.

—Es imposible que pienses que el rey de Kandala se subirá a un barco con nada más que tus promesas —rezonga Corrick.

—Pues venga usted. —El capitán le lanza una mirada oscura pero pícara al príncipe—. Si le interesa, le sugiero que no le haga daño a mi tripulación. Ya sabe que sus marineros son incapaces de llegar a Ostriario.

—¿Quién dice que tu tripulación necesite a su capitán? —salta Corrick.

—Corrick —susurro.

—No navegaré bajo las órdenes de nadie más —asegura Marchon, y es probablemente la primera vez que habla desde que se ha sentado a la mesa.

—Yo tampoco —se suma la teniente Tagas.

Sablo golpea la mesa y luego se golpea el pecho. Asiente para mostrarse de acuerdo.

El capitán Blakemore sonríe, y sus ojos se iluminan con algo parecido al puro placer.

—Eso sí que es lealtad —dice.

—Impresionante —interviene el rey. Su voz fría y grave socava la tensión que ardía en la sala—. Es una muestra de tu gran personalidad.

Incluso Corrick lo mira sorprendido.

El capitán podría regodearse, y una parte de mí es lo que espera. Sin embargo, la sonrisa que esbozaba se suaviza y su expresión desprende la misma sinceridad que cuando me estaba hablando solo a mí.

—Gracias, majestad.

Corrick parece un resorte a punto de saltar, pero la intervención del rey ha mitigado un poco su rabia.

—He navegado en muchos barcos —nos informa Marchon—, bajo las órdenes de muchos capitanes. —Asiente hacia Blakemore—. Cuando se desató la guerra entre las islas, el capitán fue el único que se quedó cerca de la orilla para recoger a los supervivientes. No le importaba en qué bando luchaban. Si estaban heridos y sangraban, él les brindaba asistencia.

El dejo de franqueza de su voz me hace plantearme si Marchon fue uno de los que estaban heridos y sangraban. Miro hacia Sablo, el hombre que no habla.

«¿Por decisión propia?», le ha preguntado antes Corrick.

«No», le ha respondido el capitán.

El capitán Blakemore ve cómo mis ojos se desplazan entre los miembros de su tripulación.

—Todos tenemos una historia, señorita Cade. Seguro que usted haría lo mismo.

—Sí —digo—. Sin duda.

Mira hacia Corrick, pero no añade nada.

Varios criados entran en la sala con bandejas repletas de comida y nos distraen con el siguiente plato. Retiran los enseres de la sopa y colocan vajilla limpia sobre la mesa. La conversación trivial se retoma, espoleada por Quint, que mira hacia Marchon y le pregunta:

—¿Contramaestre y timonel? Dígame, ¿no duerme nunca?

A mi lado, el príncipe guarda silencio, sus movimientos son tensos y precisos. Corrick está demasiado curtido en la política cortesana como para ocultar cualquier emoción cuando sea necesario. Quiero tender un brazo y agarrarle la mano, dirigirle una mirada o una palabra o algo que termine de despojarlo de la tensión. Cuando éramos forajidos en la Selva, era muy fácil consolarnos.

Aquí, en el palacio, siempre parece imposible.

Sobre todo porque estamos sentados justo delante del capitán Blakemore, y es evidente que Corrick no se fía ni de una sola de las palabras que salen de su boca.

—¿Tu ofrecimiento ha sido sincero? —se interesa Harristan.

—¿Qué ofrecimiento? —El capitán bebe un sorbo de la copa de vino.

—El de volver a Ostriario para gestionar las negociaciones directamente con el rey.

—Sí.

—Debe de ser una broma. —Allisander observa desde el extremo opuesto de la mesa—. Los cónsules nunca lo apoyaríamos.

—¿Los cónsules mandan sobre el rey? —El capitán Blakemore pasa la vista de uno a otro—. ¿Tanto tiempo he estado fuera?

—No —le asegura Harristan. Se aclara la garganta y bebe media copa de un trago.

Observo su gesto y me pregunto si estará disimulando un ataque de tos. Debería pedir que le trajeran un té, pero sé que no lo hará.

—No has sustituido a Leander Craft —dice Allisander—. Ciudad Acero sigue sin cónsul. Desde que murió el rey Lucas, no has sustituido al líder de Tierras del Tratante. Invitas a los líderes rebeldes a negociar con esta boticaria sin experiencia mientras tus sectores languidecen, y ahora encima te prestas a abandonar Kandala…

—Ya basta —lo interrumpe Harristan—. Estás aquí solo en virtud de lo que puedes ofrecerle a tu país, cónsul, y ya has indicado que no serás capaz de ofrecer todo lo que prometiste.

Me pregunto si Laurel Pepperleaf añadirá algún comentario, pero se limita a beber un sorbo de su copa. Le encantaría ver a Allisander condenarse a sí mismo, supongo.

Quizá sí que se me ha pegado un poco el cinismo de Corrick.

El capitán Blakemore me mira, y en sus ojos percibo un ápice conspiratorio. Baja la voz.

—¿Líderes rebeldes, señorita Cade?

—Por lo visto, no ha oído todos los rumores. —Pongo una mueca.

—No tenía intención de ir yo —prosigue Harristan. Observa a su hermano—. Me refería al ofrecimiento del capitán Blakemore a Corrick.

Al oírlo, el príncipe se sobresalta. También el capitán. Es un sutil movimiento de sorpresa, pero es el primer indicio de que está tan descolocado como el propio Corrick.

—Como quieran. —Se recupera enseguida—. Creo que en Ostriario estarán ansiosos por conocer sus condiciones.

—Has dicho que el gobierno era un tanto inestable —recuerda Corrick.

—Ya no tanto como antes. Hace pocos años murió el viejo rey. Tenía tres hijos y dos hijas, todos ilegítimos. Varios hermanastros, muchos sobrinos y sobrinas. —Hace una pausa y empieza a hablar más lento por la emoción—. Como he comentado, las peleas por el trono derivaron en una guerra civil. Isla contra isla. Durante años.

Me lo quedo mirando. Esos ojos grises se alejan brevemente, y apura la copa de vino.

—Está triste —murmuro.

—No. —Parpadea y me observa. Hace una pausa—. Bueno. Quizá. La guerra es... la guerra. Mi padre murió en esas batallas.

—Lo siento, capitán Blakemore. —Frunzo el ceño.

Su expresión oscila, como si lo hubiera sorprendido.

—Gracias, señorita Cade.

Tal vez Corrick piense que todo es una farsa, pero la pena del capitán a mí me parece sincera.

—Por favor, llámeme Tessa.

—En ese caso, llámame Rian y tutéame. —Asiente y me lanza una breve sonrisa.

—¿Quién salió victorioso? —pregunta Harristan entre la emoción, como si tal cosa.

—Galen Redstone se adueñó del trono —responde Rian—. Aunque no sé si puede considerarse una victoria. Era hijo ilegítimo y su principal rival era un tipo llamado Oren Crane, el hermanastro del rey.

—¿Su tío? —digo.

—Sí, pero no creo que se conocieran demasiado antes del conflicto. Durante el transcurso de los meses, el poder cambió muchas veces de manos.

—Y ¿qué le sucedió a Oren Crane? —se interesa Harristan—. ¿Lo mataron?

—No. Pero se granjeó tantos enemigos que comenzó a perder aliados, uno a uno, hasta que no tuvo más alternativa que ceder. Ahora el país se ha estabilizado con este nuevo liderazgo, y los esfuerzos se han concentrado en la reconstrucción y no en la guerra. Por eso estoy aquí.

—Así que eres un hombre cercano al nuevo rey —deduce Corrick.

—¿Cercano? No. Pero he pasado suficiente tiempo en las orillas de Ostriario como para ganarme la confianza de la gente. Y verdaderamente me interesa ayudarlos a reconstruir el país. Conocía el conflicto que los enfrentaba con los antiguos reyes de Kandala, pero tengo el barco de mi padre y su sello. Me ofrecí a navegar hasta aquí de buena fe. —Le sostiene la mirada a Corrick—. Sería un placer escoltar al justicia del rey y hacer de intermediario con la corte de Ostriario.

—No necesito que hagas de intermediario —dice Corrick.

—Entonces, me limitaré a dirigir el barco. —Rian sonríe.

—¿Y las fiebres? —pregunto—. ¿No te preocupa llevar la enfermedad hasta Ostriario?

El capitán duda unos instantes y mira a los presentes.

—Se rumorea que no son contagiosas. Que no hay patrón alguno ni motivo que explique quién se ve afectado. ¿Es así?

—Sí —admito.

—En Ostriario están tan desesperados por conseguir acero que estoy dispuesto a arriesgarme a provocar un contagio, por lo menos a pequeña escala. —Se queda reflexionando—. Si se convierte en un problema, contamos con suficientes flores de luna para paliar sus efectos.

—¿Cuáles son tus condiciones? —le pregunta Harristan—. ¿Qué pides para llevar a buen término las negociaciones?

—¿Mis condiciones? —Rian se recuesta en la silla y pasa la mirada entre el rey y el príncipe—. ¿Esperan que les pida cofres llenos de plata? ¿Tienen muchos de los que desprenderse?

—No me tomes el pelo.

—No le estoy tomando el pelo. No lo hago por mí. Necesitamos el acero. Ustedes necesitan pétalos de flor de luna. —Lanza una sombría mirada hacia el extremo de la mesa—. Ya que al parecer sus propios paisanos son reacios a proporcionárselos.

—«Necesitamos el acero» —repite Harristan—. Tu padre quizá fuera leal a Kandala, pero tú claramente has cambiado de bando.

Rian duda y frunce el ceño.

—No se trata de bandos. Me he pasado un cuarto de mi vida allí, majestad. No había manera de huir de los enfrentamientos. Me obligaron a tomar partido, como a todo el mundo. —Hace una pausa—. Quiero que los dos países tengan lo que necesitan y no veo por qué no podrían llegar a entenderse con el rey en persona. Parece un hombre razonable. Y también quiere reconstruir su nación. —Vuelve a fulminar a Allisander y a Laurel con la mirada—. No quiere aprovecharse del sufrimiento del pueblo para llenarse los bolsillos.

Mi corazón late con un ritmo constante. Puede que sea una ingenua, pero me lo creo. Me creo lo que dice. Y no solo por la firmeza de sus convicciones. Es por la lealtad de su tripulación. Por la forma en que Marchon lo ha mirado cuando ha dicho que recogía a los heridos y a los que sangraban. Por la forma en que todos han asegurado que no navegarían bajo las órdenes de nadie más. Acaba de rechazar cofres de plata cuando sin duda está en posición de exigirlos. Es la primera vez que oigo a alguien hablar de esperanza y de promesas sin añadir condiciones ni advertencias.

Quizá por eso me armo del suficiente valor como para mirar a Corrick y decirle:

—Deberías ir.

—Conque debería ir, ¿eh? —No ha apartado la mirada del capitán.

—Sí. Porque yo quiero ir contigo.

Gira la cabeza como si le acabara de decir que me apetece saltar del tejado.

—¡Tessa!

—¡Quiero ir! —exclamo—. Es obvio que el cónsul Sallister no desea proporcionarnos suficientes medicinas. Si en Ostriario hay flores de luna, podríamos ayudar a todo Kandala, Corrick. Podríamos ganar suficiente tiempo para proteger a más gente mientras preparamos una mejor cura. Podría ser la llave que nos dé el modo de acabar con esta enfermedad.

La mesa se queda en silencio, y me doy cuenta de que mi voz ha sonado cada vez más fuerte y apasionada. Entre los presentes, el capitán Blakemore me mira con las cejas arqueadas.

—Disculpa a la niñita boticaria del príncipe, capitán —dice Allisander desde el lugar que ocupa en el extremo—. No sabe casi nada de política ni de negociación.

—Al contrario —salta el capitán. Sus ojos no se apartan de los míos—. Creo que la señorita Cade sabe bastante.

—Encontrar más medicinas no debería ser cuestión de negociación —salto, acalorada.

—No —asiente Corrick—. No debería. —Aprieta la mandíbula, y no sé si es por rabia hacia Allisander o por preocupación hacia la propuesta del capitán. Seguro que por las dos.

—Majestad —tercia Laurel—, seguro que ha pensado que podría ser una trampa o un ardid.

—¿Por qué iba a querer engañarles? —pregunta el capitán Blakemore—. En Ostriario hay más que suficientes flores de luna que ofrecer como comercio justo. Vuelva a subirnos al barco y regresaré con más para demostrarlo. —Lanza de nuevo una mirada hacia el cónsul—. Pero tardaría varias semanas. Quizá un mes o más. Por esta conversación percibo que están bastante desesperados.

—Pues sí —digo—. Además —añado pensando en el modo en que el príncipe ha ido a buscarme a la confitería—, ¿en quién más vas a confiar para inspeccionar sus provisiones?

Corrick duda, y sé que lo he convencido.

Pero luego miro hacia delante con aire vergonzoso.

—Pero no sé si estoy invitada… —si lo llamo Rian, quizá Corrick empiece a arder, así que lo evito—, capitán Blakemore.

Me sonríe, y detecto un destello de diversión en sus ojos. No es estúpido.

—Sería un placer, señorita Cade.

—Si aceptamos tu propuesta —dice Harristan—, reuniré a un grupo de marineros para que os acompañen.

Al oírlo, Rian levanta la vista.

—No.

Harristan arquea una ceja.

—Como están abiertos a negociar los términos —prosigue Rian—, añadiré una sola condición: nada de marineros ni de timoneles. Solo un barco: el mío. Ya han indicado que están preocupados por los contagios, y el rey de Ostriario sigue lidiando con una tensa corte. Su pueblo está recuperándose de la guerra. Si ustedes son capaces de llegar a un acuerdo con el rey, estaré encantado de enseñarles a sus marineros a navegar por el mar abierto más allá del punto más al sur del país. Pero hasta entonces no seré responsable de llevar fuerzas navales de un posible enemigo hasta las aguas de Ostriario.

Harristan guarda silencio durante un buen rato... y después se echa a toser.

Lo observo, alarmada. Todos los presentes me imitan.

Solo es una tos, breve y controlada al instante. Harristan le lanza una mirada un tanto molesta a Corrick, que ya parece dispuesto a saltar de la silla.

El capitán lo presencia todo y, acto seguido, extiende las manos.

—Comprendo sus dudas —dice—. Si prefieren que regrese con una carta o una petición, será un placer.

Harristan reflexiona y luego mira a Corrick.

—Debatiremos tu propuesta, capitán Blakemore. —Hace una pausa—. Si no son marineros, enviaré a guardias con mi gente. Qué menos.

—Entendido. —Rian asiente.

—Si la señorita Cade irá, a mí también me gustaría ir —tercia Laurel desde la otra punta de la mesa.

—Debe de ser una broma —se apresura a protestar Allisander.

—No lo es —le asegura la muchacha—. Me gustaría estar al corriente de las negociaciones para asegurarme de que se mantenga un comercio justo.

—Capitán —interviene Marchon. La voz bronca del contramaestre atrae la atención de todos los presentes—. El *Perseguidor del Alba* no es un ferri de pasajeros. Hay un tope de camarotes y de personas.

—En efecto —asiente Rian. Mira hacia Harristan—. Limitaré a sus invitados a seis. Incluidos los guardias.

—Doce —propone el rey.

—Seis. —Cuando Harristan frunce el ceño, el capitán añade—: No es negociable. Estoy pensando en la seguridad de mi tripulación y de su gente, majestad.

Es un hombre muy firme. Y recto. Es fascinante comparado con el rey, que se ha visto obligado a negociar y a engatusar para mantener el control; también comparado con Corrick, que se ha visto obligado a matar para mantener el control.

Aunque, claro, el capitán Blakemore tiene un barco y una pequeña tripulación. Harristan y Corrick tienen todo un país asolado por la enfermedad y la desesperación.

—Daré un paso atrás para que vayan más guardias. —Miro hacia Corrick—. O lo que sea que necesites.

Sus ojos lucen un azul gélido, pero se suavizan al clavarse en mí.

—Todavía no he aceptado ir.

Rian nos observa a ambos.

—Esperaré su decisión, alteza —dice. Y me sonríe nuevamente—. Señorita Cade, espero que pases la criba.

CAPÍTULO NUEVE

Corrick

A medianoche, hace rato que se ha terminado la cena y el cielo está muy oscuro al otro lado de la ventana de mi hermano, ya que las nubes ocultan las estrellas. Durante el día hace demasiado calor como para encender el fuego, así que la chimenea no arde y un viento cálido entra por la ventana para revolver los papeles que cubren la mesa de Harristan.

Estoy despatarrado en su silla. Hemos recibido informes de los muelles de Artis que confirman que hace unos treinta años partieron barcos en «misiones de exploración» que nunca regresaron. Después de cenar, Harristan ha ido a hablar con Roydan para formularle más preguntas incisivas que han activado los recuerdos del anciano. Roydan dice que sí que recuerda muchos debates acalorados acerca del precio del hierro que se producía en Ciudad Acero. Dice que Barnard Montague, el antiguo cónsul de Tierras del Tratante, solía quejarse por no recibir una porción de los beneficios cuando el acero debía atravesar su sector.

No podemos preguntarle directamente a Barnard Montague porque estuvo implicado en el asesinato que acabó con la vida de nuestros padres… y él murió en el ataque.

Yo debería estar repasando los detalles, procurando establecer paralelismos. Debería intentar desentrañar los riesgos y las recompensas. Debería urdir un plan, una estrategia. Debería calcular el peligro de viajar a un país relativamente desconocido y meditar si la posibilidad de traer más medicinas hasta Kandala merece la pena.

Sin embargo, no dejo de reproducir mentalmente los instantes en que el capitán Blakemore ha llamado la atención de Tessa. Es muy lista, muy amable y muy empática.

Por desgracia, él parece ser igual. He visto cómo lo ha mirado su tripulación cuando se ha referido a la guerra. Es imposible fingir esa clase de lealtad.

«Necesitamos el acero. Ustedes necesitan pétalos de flor de luna. Ya que al parecer sus propios paisanos son reacios a proporcionárselos».

No se parece en nada al momento en que le he puesto un puñal en el cuello al hombre de la confitería. Ni a cuando he tenido que romper las esperanzas de Tessa acerca del interés de Laurel Pepperleaf en sus descubrimientos.

«Gracias», me ha dicho. «Odio estar aquí».

Yo también.

Los celos no son una emoción que ocupe mi cerebro demasiado a menudo. Soy el hermano del rey, así que en contadas ocasiones ansío algo. Me he pasado años recluyendo el miedo y la rabia y la decepción a un lugar donde nadie los viera. Con los celos no tengo práctica.

Además, el sentimiento no me lo despierta el capitán Blakemore. No del todo. Apenas lo conozco.

Me siento así por todo lo que no puedo ser para Tessa.

—Corrick —me llama Harristan.

Su voz me trae de vuelta al presente.

—¿Qué?

—Te he preguntado si te fías de él.

—No estoy seguro. Hay una parte de mí que quiere confiar.

Pienso en el hombre que ha aparecido esta tarde en el palacio. Es encantador. Muy educado y, aun así, entregado por completo al vínculo que lo une a su tripulación y a su misión. Su historia es sólida, desde la bandera hasta el barco, pasando por el anillo que lleva. Su gente no ha causado ningún problema, y Harristan estaba en lo cierto: su lealtad sí resulta impresionante. Es una muestra de la gran personalidad del capitán Blakemore, sobre todo cuando no ha pedido nada más que una oportunidad para iniciar el comercio entre los dos países. No ha exigido monedas, joyas, ni siquiera un navío mejor o una tripulación más grande; y podría haber pedido todo eso, sin duda.

—¿No lo sabes de verdad o es que te preocupa que haya llamado la atención de Tessa? —me pregunta.

Ha dado tanto en el blanco que frunzo el ceño.

—¿De veras crees que ha llamado su atención?

—Cory. —Suspira y se pasa una mano por la cara.

—Vale. —Yo suelto otro suspiro de exasperación—. No desconfío de él. —Hago una pausa—. Estoy seguro de que tú también habrás caído en la cuenta de que, si ha conseguido llegar hasta aquí ileso e invisible, el nuevo rey de Ostriario bien podría haber enviado toda una marina para esperar a ver qué respondemos.

—Sí. Lo he pensado. No he detenido una revolución para adentrarme ahora en una guerra.

Una guerra que no ganaríamos. Ahora mismo no. Harristan no necesita que yo se lo diga.

—Si me envías a mí, complicaremos las cosas con los rebeldes. Supongo que podría quedarse Tessa, pero de todas formas ya desconfían de nosotros. Seguro que creen que cualquier flor de luna que recibamos de Ostriario irá directa al Sector Real.

—También he pensado en eso. —Me está observando para medir mi reacción—. Y por eso creo que deberías ir con Tessa, porque está dispuesta. —Se me acelera el corazón, pero mi hermano añade—: Y también con el rebelde Lochlan.

—¿Cómo? ¿Por qué?

—Porque el capitán Blakemore ha limitado nuestro número a seis, y así podremos incluir a tres guardias. Laurel Pepperleaf también pedirá ir, pero se lo negaré. Quiero mandarle a su padre el mensaje de que no voy a consentir más a su sector. Si hay otras fuentes de medicinas, tenemos el deber de explorarlas, y no pienso arriesgarme a que los de Prados de Flor de Luna interfieran en las negociaciones cuando ya están amenazando con reducir a la mitad su producción. Veremos qué nos puede ofrecer Ostriario y negociaremos en consecuencia. La mitad de los cónsules ya estaban dispuestos a derrocarnos, Corrick. Es una delicada balanza desde todas las direcciones.

—No, si eso ya lo sé. Pero ¿qué tiene que ver con Lochlan?

—No representa a ningún sector desde una posición de autoridad. Que nosotros invitemos a uno de los rebeldes en lugar de a alguien con posición privilegiada se verá como una demostración de confianza, y creo que servirá para convencer a la gente de la Selva y también a los habitantes de los sectores más ricos de que estamos pensando en las necesidades de todos nuestros ciudadanos.

—Y así lo sacamos del medio para que no pueda planear ningún ataque mientras estoy fuera. —Me lo quedo mirando.

—Eso también. —Harristan esboza una pícara sonrisa.

No se la devuelvo. Él no deja de ocultar la tos que tiene, los cónsules no son de fiar y hace apenas unas pocas semanas nos atacaron.

No quiero dejarlo solo.

Pero si Ostriario tiene medicinas, no creo que debamos esperar. No creo que podamos esperar.

Mi vida, como siempre, se divide en dos opciones pobres.

Alguien llama a la puerta, y los dos levantamos la vista, sorprendidos. Es pasada la medianoche. Me pregunto si será Quint. Es la única persona de todo el palacio que duerme menos que yo, y el único que podría requerirnos a estas horas.

—Majestad, el guardia Rocco ha pedido una audiencia —anuncia un guardia.

Eso sí es una sorpresa. Arqueo las cejas y miro a Harristan. Rocco se ha pasado buena parte del día junto al rey.

—¿Acaso no ha terminado su jornada hace varias horas?

—Sí. —Harristan arruga el ceño—. Hazlo pasar.

El guardia cruza la puerta y se cuadra, aunque ya no lleva el uniforme de palacio ni la armadura. Creo que nunca lo había visto con ropa de calle, pero no resulta menos intimidante con pantalones de piel de becerro y jubón abrochado.

—Majestad —lo saluda. Sus ojos vuelan hasta mí—. Alteza. Perdonen que los interrumpa. Sé que es muy tarde.

—Estás perdonado —digo, porque siento más curiosidad que fastidio.

—Habría enviado un mensaje a través del capitán de la guardia —Rocco mira hacia mi hermano—, pero he considerado más apropiado venir a hablar con usted directamente.

—Adelante, Erik.

—¿Ese es tu nombre? —Parpadeo, sobresaltado.

—Sí.

—Creo que no lo he oído nunca. —No sé qué es lo que me sorprende más, que Harristan lo llame por el nombre de pila o el hecho de que yo nunca haya pensado en él. Quizá las dos cosas. Ese hombre me salvó la vida, me da que debería haber sabido cómo se llamaba.

Tal vez sea porque tengo expresión aturdida, porque el guardia me saluda con un asentimiento irónico y añade:

—Es un placer conocerlo, alteza.

Es tan mordaz que casi me hace sonreír. No conozco demasiado bien a ninguno de los guardias de Harristan, pero Rocco me cae bien desde el día en que atacaron el palacio. Probablemente debería caerme mejor por haberme salvado la vida, pero no es por eso. Es porque estuvo dispuesto a obedecer mi orden de romperle los dedos a Allisander para evitar que el cónsul derrocara a mi hermano.

Pero, bueno, eso dice más sobre mí que sobre el guardia.

—Adelante, Rocco. —Harristan me fulmina con la mirada.

—Tengo entendido que van a escoger guardias para ir hasta Ostriario. El capitán Huxley supone que no elegirá a nadie de su guardia personal, pero me gustaría presentarme voluntario.

—¿Por qué? —le pregunta el rey.

—El capitán Blakemore no permite que ningún marinero de Kandala embarque en su navío. —Rocco me mira fijamente—. Pero creo que el riesgo al que se expone el justicia del rey es bastante alto.

—¿Así que crees que deberían ir miembros de la guardia personal del rey? —digo—. Ahora mismo, el peligro que corre Harristan es aún más alto.

—No es que no esté de acuerdo, pero es que debería embarcar algún marinero leal a Kandala. Alguien con experiencia para conocer la ruta que se seguirá y cómo dirigir un barco. —Duda—. Alguien que pueda regresar con el barco si le ocurre algo al capitán Blakemore.

—No voy a poder disfrazar a un marinero de guardia —dice Harristan.

—No, majestad, pero podría enviar a un guardia que conozca el mundo de los barcos. Yo crecí en los muelles de Solar.

Mi hermano y su esposa todavía navegan la ruta de comercio que bordea Solar y Ciudad Acero. El año pasado, en primavera, me uní a ellos cuando tuve una semana de descanso.

Interesante. Harristan y yo intercambiamos una mirada.

—Así que serás un marinero y un espía —digo.

—Un guardia —insiste con una mueca algo triste—. Haré que vuelva con vida, alteza, y también podré asegurar que regresemos a salvo, independientemente de lo que le pueda suceder al capitán Blakemore. —Asimilamos sus palabras en tanto él mira a Harristan—. Quería proponerlo antes de que hicieran algún anuncio oficial para que no haya cambios en el futuro que puedan suscitar preguntas.

Veo cómo mi hermano le da vueltas al tema en la cabeza, examinándolo desde todos los ángulos en busca de lagunas en el plan. Cuando repara en una, no es una cuestión en la que yo hubiera pensado antes.

—Es una buena sugerencia —dice—. ¿No querías comentárselo al capitán de la guardia?

—El capitán Huxley todavía no ha descubierto cómo tuvieron acceso al palacio los rebeldes durante la revuelta inicial. —El guardia duda—. Ya he visto con qué rapidez Rian Blakemore y su tripulación han oído rumores por todo el Sector Real, unos rumores bastante concretos sobre usted, alteza, y también sobre la señorita Tessa. Si le transmitiera mis habilidades al capitán Huxley, me preocupa que ya no habría modo de mantenerlas en secreto.

—¿Estás insinuando que el capitán de la guardia es un fallo en la seguridad? —Ahora se ha ganado mi atención absoluta.

Rocco nos observa a mi hermano y a mí alternativamente. Quizá forme parte de la guardia personal del rey, lo cual implica algunos beneficios, pero no es un oficial. Lanzar una acusación infundada contra el capitán de la guardia podría significar el cese de su labor, y parece que acaba de darse cuenta de que se ha acorralado a sí mismo.

—Adelante —lo incita Harristan—. Responde sin miedo.

Rocco vuelve a vacilar, pero al final asiente, y me percato de que tal vez no confíe en el capitán de la guardia, pero sí que confía en mi hermano.

—Se sabe que el capitán Huxley ha aceptado alguna que otra moneda a cambio de chismes sobre la familia real. Si alguien empezara a hacer preguntas, creo que es probable que él hiciera la vista gorda si le pusieran una moneda en la mano.

—¿Hay algún otro guardia con tus conocimientos náuticos? —pregunta Harristan.

—Que yo sepa no, pero, como ya he dicho, no quería indagar y sembrar dudas.

—Muy bien. —Harristan asiente—. Acepto tu propuesta. Enviaré a tres guardias. Elige a los dos que creas que son más adecuados para el encargo y tráeme sus nombres mañana cuando empiece tu jornada. Cualquiera menos Thorin. No hables con el capitán de la guardia. Le diré que os he elegido yo.

—Sí, majestad. —Rocco abre los ojos como platos.

—Ya te puedes ir —le dice Harristan.

—Al capitán de la guardia le dará un síncope cuando sepa que no has contado con él para tomar la decisión —comento cuando Rocco ya se ha marchado.

—Rocco se ha ganado la oportunidad de formar a su propio equipo. —Hace una pausa—. Y confío en que se acompañe de guardias que serán leales.

—No me gusta que no confíe en el capitán Huxley. —Por su culpa no quiero irme, pero no lo verbalizo—. ¿Por qué le has pedido que no seleccionara a Thorin? Seguro que habría sido su primera opción.

—Porque te marcharás. —Por primera vez, veo en sus ojos la preocupación que ya siento en mi interior—. Necesito a alguien en quien yo también pueda confiar, Cory.

Cuando salgo de la habitación de mi hermano, es tan tarde que supongo que Quint estará durmiendo, pero cuando avanzo por el pasillo hacia sus aposentos, me lo encuentro despierto ante una botella de vino medio vacía y un libro al que le quedan pocas páginas.

Al llegar, su puerta estaba ligeramente entornada, pero la termino de abrir. Quint mete un trozo de papel en el libro para marcar por dónde se ha quedado y, a continuación, lo suma a la montaña de libros y papeles que recubren su mesa. Los criados limpian y ordenan sus aposentos como los de cualquier otro residente del palacio, así que mi amigo no vive en habitaciones desastrosas, pero hay una buena dosis de caos, como si una cosa llamara su atención justo antes que otra.

Aparto la chaqueta que ha dejado abandonada en la otra silla, la lanzo a los pies de su cama y me desplomo en la silla. No me pregunta si quiero una copa de vino, tan solo me mira y me la sirve.

—Es tarde —dice—. No te esperaba.

—A estas horas nunca estoy durmiendo. —Arqueo una ceja.

—En la cena, parecías dispuesto a cortarle la cabeza al capitán Blakemore. Creí que te pasarías la noche haciendo que Tessa olvidase incluso que un barco ha atracado en el puerto.

Frunzo el ceño y bebo un trago de vino. Probablemente debería, sí, pero me preocupaba que algún pensamiento lúgubre y celoso encontrase la forma de salir de mi cabeza. Además, ella ya estará durmiendo.

Creo.

Ojalá pudiera dejar de pensar en el momento del carruaje en que la he visto asustada... Una parte de ese miedo se lo inspiraba yo.

Es demasiado complicado. Aparto esos pensamientos y me concentro en las cuestiones más inmediatas.

—He hablado con Harristan sobre la propuesta de Blakemore.

—¿Vas a ir?

—Sí.

Sus cejas dan un brinco. Quizá no esperaba tan deprisa una respuesta tan rotunda.

—Tessa tenía razón —digo con un suspiro—. Y, por más que lo deteste, parece un hombre bastante sincero. Si están dispuestos a proporcionarnos medicinas a cambio de acero, tenemos una obligación para hacer lo imposible por proveer a nuestro pueblo. —Le confieso la sugerencia de Harristan de que llevemos a Lochlan y también la propuesta clandestina de Rocco.

—No me gusta que haya incertidumbre entre los guardias de palacio —murmura Quint—. Sobre todo ahora.

—Estoy de acuerdo. —Pienso en el día que Tessa se coló en el palacio. Siguió a unas muchachas por la entrada de los criados, y, aunque despedí al guardia que no se fijó en ella, esta es la primera vez que examino ese momento desde una nueva perspectiva. ¿Y si el guardia estaba preparado, o incluso sobornado, para permitir la entrada de un rebelde en el palacio?

Pero Tessa lo hizo porque le dio por ahí. No era una asesina.

¿Acaso ese mismo día alguien más se coló en el palacio?

Ha pasado demasiado tiempo. Es imposible saberlo.

Suspiro.

—Cualquier tipo de inestabilidad entre los guardias pone en peligro a Harristan. Me pregunto si hay otros que piensen parecido sobre el capitán Huxley. —Hago una pausa, pensativo—. Y me pregunto si será el único que actúa así.

Quint tiende un brazo hacia una de sus carpetas y escribe una nota en una página.

—Muchos de los guardias hablan con las muchachas de las cocinas. Buscaré un motivo para visitarlas y veré qué consigo averiguar. —Deja la pluma para mirarme a los ojos—. No eres tan duro como antes. Me pregunto si eso habrá envalentonado a algunos disidentes.

Emito un gruñido. Aunque me apetece estar en desacuerdo, esta tarde un hombre se ha abalanzado sobre mí con un puñal en medio de una confitería. Todavía tengo un nudo en el pecho por la indecisión. Detesto ser Corrick el Cruel, pero detesto aún más la idea de que no ser Corrick el Cruel vaya a provocar nuevos problemas.

Sobre todo si voy a irme de Kandala.

Un día Tessa me preguntó por qué no daba un paso atrás para renunciar a mi papel y me perdía en la Selva siendo Weston Lark, si tanto odiaba la vida en el palacio.

«No puedo abandonar a mi hermano».

Fue lo que le dije.

Y ahora es justo lo que estoy haciendo. Hace pocas semanas, los rebeldes irrumpieron en el palacio, y escapamos por los pelos. ¿Harristan sería capaz de escapar si se quedara solo? Tal vez llevo a Lochlan conmigo, pero eso no significa que no haya cien personas más que podrían construir un explosivo.

Ojalá pudiera acudir a Tessa, pero me aterra admitir debilidad en estos instantes, como si dar voz a mis temores fuera a volverlos más reales. Daría cualquier cosa por ponerme una máscara, bajar por una cuerda e ir en su busca al taller, como hacía antes. Ahora todo es igual de peligroso, y en cierta manera, diez veces más complicado.

Y, de todos modos, Weston Lark está muerto. Frunzo el ceño y me paso una mano por el pelo.

—Corrick.

La voz tranquila de Quint me saca de mi trance, y me doy cuenta de que esta noche es la segunda vez que me pasa.

—¿Qué?

—Aunque me encanta ser testigo de tu silenciosa angustia, deja que te recuerde que es muy tarde.

Tiene razón, estoy siendo un maleducado. Suspiro, apuro la copa de vino y me levanto.

Pero entonces me detengo. Quint no estaba durmiendo. Estaba leyendo. Su puerta estaba abierta.

Había una copa de vino vacía esperando.

—Nunca me habías echado de tus aposentos —mascullo.

—No te estoy echando exactamente.

—Quint. —Finjo sorpresa—. ¿Esperabas a alguien?

—No inventes dramas para mí si los tuyos son demasiado insoportables. —Me mira.

Seguramente esté en lo cierto, pero he encontrado un cabo suelto y me apetece tirar de él para desmontar el tapiz.

—¿Quién es? —le pregunto.

—Nadie. En serio.

Engañaría a cualquiera del palacio, incluido a mi hermano, pero yo conozco a Quint demasiado bien. Me inclino hacia delante.

—Mientes.

—Tienes cosas mucho más importantes de las que preocuparte… —Suspira.

—Dime que es el capitán Blakemore, anda, porque eso solucionaría la inmensa mayoría de nuestros problemas.

—Lo dudo, la verdad.

—Como amigo tuyo que soy —añado con tono conspiratorio—, me veo en la obligación de advertirte que no me ha dado la sensación de que estuviese interesado en…

—Corrick.

Me detengo.

—De verdad. —Me fulmina con la mirada—. No es el capitán Blakemore, y no es en absoluto tan salaz como estás imaginando. Pero esta noche no vas a sacarme nada más.

—De acuerdo. —Sonrío y, durante unos instantes, me alegro de que me haya dado otra cosa en la que centrar mi atención y que me aleje de cuestiones que resultan imposibles de solventar—. Disfruta de tu visita.

Pronuncio «visita» como si significara una cosa totalmente distinta, pero Quint no muerde el anzuelo. Agarra el libro que estaba leyendo cuando he entrado.

—Que descanses, alteza.

—Sí, claro, intendente Quint. —Mi sonrisa es ya de oreja a oreja—. Dejaré la puerta abierta al marcharme.

Pero junto a la puerta vacilo. Unos segundos de distracción no bastan para enterrar todas mis preocupaciones.

Quint levanta la vista. Me conoce tan bien como yo a él, porque de su voz desaparece cualquier provocación.

—De veras que no te estaba echando. Siéntate si quieres. ¿Te apetece jugar al ajedrez?

Me lo pienso unos instantes, pero es evidente que estaba esperando a alguien, así que niego con la cabeza.

—Tienes razón. Debería retirarme.

Pero sigo sin moverme. Quint aguarda.

—Nunca ha tenido que enfrentarse a esto solo —murmuro.

—Tú tampoco. —Me mira fijamente.

Esa idea es estremecedora. Pero… tiene razón, por supuesto. He pensado en todos los peligros que corre Harristan. No he pensado en que será la primera vez que nos separemos desde que murieron nuestros padres. No he pensado en que embarcaré en un navío para negociar el precio del acero con un rey al que no conozco de un reino del que sé bien poco.

Debo expulsar las inquietudes de mi cabeza, o de lo contrario echaré a correr por el pasillo para decirle a Harristan que he cambiado de opinión.

Pero vuelvo a mirar a mi amigo, una de las pocas personas del palacio en quien confío a ciegas.

—Cuida de él, Quint.

—Te doy mi palabra —asiente.

CAPÍTULO DIEZ

El forajido

Es tarde y estoy cansado.

Recorro los caminos vacíos de la Selva con paso vivo. El cielo es de un negro intenso, las luces ocultan todas las estrellas y bañan el bosque de oscuridad y de sombras siniestras. Una lluvia neblinosa llena el aire. La luna es tan débil que bien parece un recuerdo.

Esta mañana dejo monedas con menos cuidado. Un puñado por aquí, unas cuantas por allá. No espero ver mensajes en el polvo ni tocar ningún regalo. Solo quiero hacer lo que puedo antes de que alguien repare en mi ausencia.

Me meto una mano en la riñonera para sacar un puñado de monedas y avanzo para dejarlas detrás del hacha de la quinta casa.

—No te enfades, Zorro —dice una voz suave.

Me da un vuelco el corazón, pero hay una parte de mí que no está sorprendida. Suspiro y doy media vuelta.

—Me diste tu palabra, Violet.

—Ya lo sé, ya lo sé. —Emerge de las sombras temblando en su camisón. Tiene los ojos muy abiertos y candorosos—. Empezaba a pensar que quizá me lo había imaginado. ¿Sabes? Como si hubiera sido un sueño. Tenía que asegurarme de que eras real.

—Soy real. —Miro hacia sus pies, descalzos sobre la hierba. Todavía lleva un vendaje bien atado, pero no es la misma muselina raída que usé yo—. ¿Qué tal el pie?

—¡Bien! —susurra, y noto un tono alegre en su voz, como si estuviera aliviada al no verme enfadado—. Le conté a mi madre que me pasó en el establo.

Asiento y dejo las monedas en el tocón junto al hacha antes de volverme para irme.

La chica se desliza sobre la hierba para caminar a mi lado.

Suspiro y sigo andando. Puede que, si no digo nada, se aburra y se marche a casa.

No tengo tanta suerte.

—¿A dónde irás ahora? —me pregunta.

—Al sitio del que he venido, si insistes en seguirme.

—Mi primo no cree que seas de la Selva. Tienes demasiadas monedas. Por eso llevas una máscara, ¿verdad? ¿Por qué la escogiste de color rojo? ¿Eres…?

—Violet. —Me giro hacia ella.

—¿Qué? —Sus ojos me devuelven la mirada, como platos e inocentes.

—Vete a casa.

—Pero es que quiero ayudarte.

—No puedes. —Miro hacia el suelo—. Y, aunque pudieras, vas descalza. Terminarás con una herida peor que una de punta de flecha.

—Siempre voy descalza. Desgasté las últimas botas que tenía, y mi madre dice que habrá vuelto a nevar antes de que encuentre las monedas suficientes para comprarme otro par.

Ah.

A pesar de lo que hago, a veces me olvido de lo desesperada que está alguna de esta gente.

Meto una mano en la riñonera y extraigo varias monedas más.

—Toma —digo con brusquedad—. Deberían bastar para comprar unas botas que duren hasta el invierno.

—¡Oh! —Las acepta y se las mete en un bolsillo de su camisón—. Gracias, Zorro. Pero se las daré a Toby. Vive en la puerta de al lado. Su padre se ha roto el brazo, así que no puede trabajar en el molino. Mi madre les ha estado preparando pan extra. —Baja la voz—. La madre de Toby murió el invierno pasado.

No sé qué decir. Quiero darle otro puñado de monedas, pero hay una parte de mí que se pregunta si se las ofrecerá a otro vecino.

Violet observa el camino y frunce el ceño.

—¿No tienes más monedas que dejar?

—Sí. —Me vuelvo y retomo la marcha.

—¡A lo mejor la gente nos ve y piensa que somos Wes y Tessa! —exclama andando a mi lado.

Lo dice como si fuera lo mejor que podría ocurrir.

—La cuestión es que nadie nos vea —digo.

—Pero yo te vi.

—Y lo lamento, hazme cas…

Un grito suena en algún punto más adelante en el camino, y maldigo antes de adentrarme en los arbustos arrastrando a Violet conmigo. Ella chilla por lo repentino del gesto, y le tapo la boca con una mano.

—Calla —le mascullo al oído con voz grave y áspera.

Asiente rápido detrás de mi mano. Se le ha acelerado la respiración e intenta forcejear contra mí para intentar ver el camino. Es evidente que los pasos que oigo se dirigen hacia nosotros.

—Cómo odio tener que pasar por aquí —dice un hombre—. La reunión de los rebeldes no debería tener lugar hasta finales de la semana que viene.

La reunión de los rebeldes. Me quedo paralizado.

—Ya lo sé —gruñe otro tipo—. Pero he visto las monedas en un peldaño. Ese ladrón está hoy por ahí.

Me enfurezco. No soy un ladrón. Violet alarga el cuello para ver tras de mí. Me martillea el corazón en el pecho suplicando que actúe.

Miro hacia abajo. Llevo prendas negras y marrones, invisibles a la luz débil de la luna, pero su camisón es pálido y será una especie de faro en la oscuridad.

—Quítate la máscara —me susurra.

—¿Cómo? —Mis ojos se clavan en ella.

—Quítate la máscara. Di que llevas a tu hermana enferma a buscar a un médico.

—¿Qué...?

Me lanza una mirada exasperada, como si el loco fuera yo, y luego se recuesta sobre mi hombro con dramatismo, con la cabeza inerte y los ojos medio abiertos. Pierde las fuerzas con tanta rapidez que apenas puedo sujetarla antes de que se desplome.

Maldita sea.

—¡Mira! —exclama un hombre, y suelto un improperio para mis adentros—. ¿Qué es eso de ahí?

Me quedo paralizado. No puedo quitarme la máscara. No puedo.

O... quizá sí. Es noche cerrada y la luna apenas arroja luz. No identificaría a ningún oficial de la patrulla nocturna, y yo casi nunca tengo motivos para estar en la Selva. Las posibilidades de que alguien me reconozca a estas horas son bajas.

Pero no son nulas.

—Muévete, Zorro —me sisea Violet.

Levanto un brazo y me quito la máscara; me paso una mano por el pelo para revolvérmelo y luego me guardo la tela de seda roja en mi riñonera. Me yergo y la arrastro intentando rodearla bien con los brazos.

Violet no me ayuda en absoluto. Me impresionaría su compromiso a la causa si no estuviera tan molesto.

—¡Quién anda ahí! —grita otro hombre, y oigo el clic de un arco al ser cargado con una flecha.

Esto podría salir muy mal. Respiro hondo para poder despojar mi voz de tensión.

—¿Es la patrulla nocturna? —exclamo—. Necesito llevar a mi hermana con el médico. —Intento incorporar a mi voz un tono lastimero, pero no estaba preparado para actuar, y seguro que sueno más bien irritado—. No puede caminar.

Violet consigue perder más fuerzas todavía y casi se me escurre. La sujeto con más fuerza y al final la levanto en volandas. Pesa menos de lo que pensaba.

Y luego ya no puedo pensar nada porque veo dos arcos que me apuntan directamente.

He visualizado este escenario una docena de veces, pero mi imaginación no me había preparado para la oleada de miedo que me perfora el pecho. Casi no puedo respirar. Durante unos segundos, me da vueltas la cabeza porque es evidente que no me han reconocido y es igual de evidente que lanzarían las flechas sin pensárselo dos veces. Estoy solo, está oscuro y no hay nadie alrededor. Nadie se daría cuenta. No hasta dentro de varias horas.

—Por favor —digo. Tengo que aclararme la garganta porque me cuesta respirar—. Mi… mi hermana.

Violet suelta un grave gemido de dolor.

Uno de los hombres baja el arco y se nos acerca.

—¿Qué le pasa?

No ha sido lo bastante sensata como para hacer caso al forajido enmascarado que le ha dicho que se fuera a casa.

—No lo sé —respondo—. Me la he encontrado así —y, tras pensarlo, añado—, señor.

En mis brazos, Violet empieza a tener arcadas, y son tan realistas que casi me engaña también a mí. El hombre se echa hacia atrás.

La tiendo hacia el otro hombre con el arco.

—No puede dejar de vomitar, señor. ¿Podría ayudarme a llevarla?

Él también da un paso atrás.

—Ay, ay, Will —gimotea Violet. Se lleva una mano a la barriga—. Creo que va a salir por el otro lado.

Como consiga que sea verdad, la voy a soltar de inmediato.

Pero el primer guardia agarra al otro por el brazo y tira de él hacia atrás.

—Pues llévala hasta el médico —me espeta—. Y ve rápido. No deberíais salir de casa pasada la medianoche.

—Sí —me apresuro a decir, asintiendo como un tonto—. Sí, señor. Gracias, señor.

El hombre mira a Violet y tuerce el gesto al oírla gimotear de nuevo, pero al final da media vuelta y se adentra en la oscuridad.

Empiezo a caminar siguiendo el camino principal. Violet sigue inerte en mis brazos y no emite ningún ruido más allá de los gemidos de dolor.

Al final, los hombres desaparecen de nuestra vista y me quedo sin aliento por haberla llevado tanto rato en brazos. Aunque esté delgada, no es una muchacha bajita. En cuanto la oigo gemir de nuevo, le digo:

—Ya basta. Se han ido.

Y, en ese momento, salta de mis brazos y me sonríe.

—He sido bastante buena, ¿verdad?

—Lo suficiente —admito. Me meto una mano en la riñonera para recuperar la máscara.

—¡Te he salvado la vida, Zorro!

—Te has puesto en peligro al seguirme.

Me frunce el ceño. La ignoro y desato el nudo de la máscara roja para poder volver a ponérmela.

Al hacerlo, sin embargo, veo que me está observando.

Quizá no esté tan oscuro como pensaba.

Aprieto la mandíbula y me doy la vuelta para contemplar el bosque. Esta noche me he arriesgado demasiado ya.

—Olvida lo que has visto.

—No quiero —dice, embelesada—. Eres mucho más atractivo de lo que imaginaba.

Su comentario es tan inesperado que me arranca una sonrisa. No es más que una niña, pero no quiero herir sus sentimientos.

—Es un honor, Violet, pero mi corazón es de otra persona.

—¿En serio? —Suspira—. ¿Y es algo estable?

Eso me hace reír.

—Bastante. —Me ato el nudo y me giro de nuevo—. ¿Quién es Will?

—Mi primo. —Hace una pausa—. ¿Tú cómo te llamas?

—Zorro va bien. —Dirijo la vista al camino y luego hacia el cielo—. ¿Qué es esa reunión de rebeldes de la que hablaban? ¿Sabes algo?

Violet niega con la cabeza… y luego asiente.

—Mi madre dice que los benefactores tienen un nuevo líder. Pero no es uno de los cónsules.

Interesante.

—¿Sabes dónde es la reunión?

—No, pero la gente suele reunirse en la comuna. ¿Sabes dónde está?

Sí, pero niego con la cabeza.

—No es importante. ¿Podrás volver a casa sana y salva?

Me asiente. Saco otro puñado de monedas de mi riñonera y se las tiendo.

—Estas son para un par de botas.

Toma aire para protestar, pero entorno los ojos y termina asintiendo.

—Sí, Zorro. —Suspira.

Cuando acepta las monedas, me la quedo mirando en la oscuridad.

—Tal vez no pueda volver hasta dentro de un tiempo.

—¿Qué? —Abre los ojos como platos—. ¿Por qué? ¿Es por mi culpa? ¿He hecho…?

—No. No es por tu culpa. —Vacilo. Ya me ha visto la cara, y espero no tener que lamentarlo. No puedo permitirme darle más información—. Volveré cuando pueda, pero ahora tengo obligaciones que me…, que me mantendrán alejado unos cuantos días. Quizá unas semanas.

Quizá eternamente. Pero eso no lo digo.

—Pero… pero te necesitamos.

Me encojo y luego miro hacia el Sector Real.

—Ya lo sé. Pero ahora mismo hay otros que me necesitan más.

CAPÍTULO ONCE
Tessa

Siempre me sorprende lo rápido que suceden las cosas cuando la gente dispone de dinero. Cuando trabajaba para la señora Solomon, recuerdo que una vez tuvo que esperar cuatro semanas para enviar unas cremas a una compradora de Solar solo porque la mujer no estaba dispuesta a pagar a un carretero para que hiciese un viaje especial. Pensé que las cremas se enranciarían después de haber pasado tanto tiempo expuestas al calor del verano, pero la señora Solomon las mandó de todos modos arguyendo que no era culpa suya que la compradora no quisiera pagar un extra para una entrega más rápida.

Pero en el Sector Real parece que solo es necesario que alguien tome una decisión, y a continuación al cabo de unas pocas horas reciben cuanto quieran en su puerta. Si es el rey, a veces es cuestión de minutos. Después de conocerlo, nunca he considerado a Harristan un hombre frívolo, pero hay ocasiones en que pide algo a la ligera, totalmente ajeno al tiempo y al esfuerzo requeridos para complacer sus deseos. Si pide un té, lo recibirá más deprisa de lo que se tarda en hervir el agua. Si pide una estimación de los envíos de acero que se han hecho desde Kandala en los últimos cincuenta años, los asistentes deberán enfrentarse a montañas de papeles que revisar en una hora.

El rey ha aceptado la misión a Ostriario, y el grupo del viaje se ha dispuesto y equipado en cuestión de unos pocos días. Alguien hizo mis maletas antes de que me confirmaran que me iría. No conozco todos los detalles porque Harristan y Corrick han estado buena parte de la semana ocupados, pero es obvio que formo parte de la comitiva. La ansiedad hace que se me acelere el corazón a menudo.

Pero ya ha anochecido y han pasado tres días desde la llegada del barco, y apenas he visto a Corrick desde la cena que compartimos con el capitán Blakemore. La tensión del príncipe fue transparente en la mesa. Es obvio que no le cae bien el capitán, pero es difícil discutir con una fuente de pétalos de flor de luna cuando la gente sigue muriendo y los rebeldes siguen exigiendo una revolución. Sé que Corrick ha estado inmerso en los planes que urdían el rey y él, pero me ha dejado con mucho tiempo para contemplar el techo y reproducir mentalmente las conversaciones una y otra vez. No dejo de recordar la voz de Rian: «¿Deben obligar a sus sectores a proporcionar medicinas?».

El capitán es un hombre muy recto. Su tripulación le es muy leal.

El pueblo de Kandala siente terror hacia el príncipe Corrick. En la confitería, durante un breve instante, a mí me provocó terror. Me pregunto qué dice eso sobre él.

Y sobre mí.

A menudo me pregunto qué pensarían mis padres del lugar en el que estoy ahora. Sé que habrían apoyado que robase medicinas para distribuirlas por la Selva. A fin de cuentas, empezaron haciéndolo ellos. Pero al final he acabado en el palacio.

He acabado trabajando para el príncipe, y a veces me pregunto si ahora estaré ayudando a alguien.

No me gusta la deriva que toman mis pensamientos. Siempre parecen viajar en direcciones que no me apetece explorar.

Pero sí que creo que mis padres estarían orgullosos de lo que voy a hacer. Me marcho a Ostriario. Para ayudar a negociar y obtener medicinas. Un día estuve en las sombras con Corrick y le dije que debíamos iniciar una revolución... y más tarde ayudé al rey a detener una. Pero desde entonces he estado atrapada en estancias anticuadas, trabajando con los médicos o intentando negociar con Lochlan. Todo es muy... muy lento. Muy ineficaz. Echo tanto de menos las carreras nocturnas con Wes que a veces me despierto en plena noche y me preocupa llegar tarde al taller, antes de recordar que estoy en el palacio... y que Wes no existe.

Alguien llama a mi puerta, y me da un vuelco el corazón. Quizá por fin ha encontrado algo de tiempo para venir a verme. Como siempre, mi futuro resulta incierto. Necesito mirar a los ojos azules de Corrick y oír la calidez de su voz. Necesito eliminar el recuerdo del hombre en el suelo de la confitería, con la daga de Corrick haciéndole sangre en el cuello. Necesito recordar por qué estamos juntos en esto, por qué confío en él.

Pero aparece un guardia.

—Su majestad, el rey Harristan —anuncia.

QUÉ.

Debo taparme la boca con una mano para no exclamarlo en voz alta. El rey nunca me visita. Si quiere verme, me manda llamar.

Me atraganto con las palabras.

—Ade... ¡Adelante! —balbuceo. Apenas tengo tiempo de levantarme antes de que se abra la puerta de par en par, y acto seguido el rey está en mi habitación—. Majestad —digo con una breve reverencia.

La puerta se cierra tras él, y no puedo evitar mirarlo fijamente. Siempre hemos tenido una relación un poco extraña. Aunque explorásemos la Selva juntos e hiciésemos frente a los rebeldes codo con codo, en ocasiones lo olvido todo cuando está en el palacio y es... el rey. Es el hermano de Corrick, pero sigue siendo el hombre más imponente al que conozco. Creo que no he estado a solas con Harristan desde..., en fin, nunca.

Al parecer, Harristan no se da cuenta o no le da importancia, porque no pierde el tiempo.

—Los vientos han cambiado —dice sin preámbulos—. Al capitán Blakemore le preocupa que se avecine una tormenta, y en esta época del año podría durar días. Mis consejeros están de acuerdo. —Hace una pausa—. En lugar de esperar a ver cómo es la tormenta, os marcharéis esta misma noche.

Me lo quedo mirando. *Esta misma noche.* Ojalá supiera interpretar su tono. Me retuerzo las manos.

—Sí, majestad.

—Espero que te asegures de que en Kandala todo el mundo siga recibiendo la dosis correcta del elixir de flor de luna a diario —prosigue—. Quint ha dispuesto que embarquen tus herramientas de boticaria, además de una provisión de flores de luna del palacio. —Se detiene, y una nueva carga lastra su voz—. Te estoy confiando esta misión, Tessa.

Respiro hondo, pero asiento.

—Sí, lo sé.

—Todos albergamos la esperanza de que el capitán Blakemore tenga acceso a medicinas que surtan el mismo efecto, pero ya nos han engañado antes.

—Entiendo.

—Los materiales estarán encerrados en tu camarote. No permitirás que nadie más prepare las medicinas. ¿Queda claro?

Por fin. Por fin lo detecto en su voz. El miedo.

Me apresuro a asentir.

—Sí, queda claro.

—He preparado cuatro semanas de medicinas. Irás con el príncipe Corrick, por supuesto, y también os acompañará Lochlan Cresswell.

—¿Van a enviar a Lochlan? —Mis cejas dan un brinco.

—Sí. Si enviamos un contingente de Kandala para ir en busca de una mejor fuente de flores de luna, me ha parecido beneficioso mandar representantes de todo mi pueblo.

Vaya. No sé qué decir. Lo estoy observando como si me hubiera dicho que el cielo es de color verde.

—¿No estás de acuerdo con mi decisión? —me pregunta.

—No. Es que… me ha sorprendido.

—Espero que sirva para ganar la confianza de los rebeldes. Tres guardias irán con vosotros. Rocco y Kilbourne, de mi guardia personal, así como Silas, de la guardia del palacio. —Duda—. Si tienes alguna duda sobre las medicinas, sobre el capitán o sobre cualquier otra cosa, debes comunicárselo a Corrick, o si no a Rocco. A nadie más. Ni siquiera a los otros guardias. ¿Me he expresado con claridad?

Me lo quedo observando para intentar descubrir qué sucede. No me lo está contando todo.

No va a añadir nada más, así que trago saliva y asiento.

—Sí, majestad.

Harristan me contempla, y su escrutinio es intimidante. A veces, cuando estoy delante de él, tanto me entran ganas de gritarle para que haga algo como de darle un abrazo.

Como es el rey, no puedo hacer nada de eso.

Harristan baja la voz un poco, lo suficiente como para que no haya peligro de que nadie lo oiga fuera de esta habitación.

—Al rebuscar entre registros y cuadernos de bitácora, hemos podido corroborar parte de la historia del capitán Blakemore —me informa—. Pero no deja de ser un viaje arriesgado, Tessa. El capitán Blakemore parece muy sincero con su deseo de ayudar tanto a Ostriario como a Kandala, pero aun así podría ser un intento de separarme de mi hermano con un objetivo que nadie haya imaginado.

Enviar al príncipe Corrick es un riesgo, pero entiendo por qué el rey no quiere mandar a otra persona.

Harristan no se fía de nadie más.

El rey siempre resulta estoico, incluso en los momentos en que debería parecer vulnerable. Recuerdo a Corrick sentado en el carruaje explicándome por qué Harristan nunca ha contado con compañía, y es un tanto desolador. Si alguien necesita cuidados y amabilidad, el rey seguramente figuraría en lo alto de la lista. A menudo pienso en los hermanos reales y me pregunto si se comportarían de modo distinto si, después de que mataran a sus padres, los cónsules hubieran sido lo bastante pacientes como para permitirles unos instantes de gracia, en lugar de pelear por el trono y por saber quién podría ostentar un mayor poder.

—Tengo una última petición que hacerte —dice el rey—. Y es una petición que me gustaría que quedara entre nosotros. —Hace una pausa—. Entre tú y yo. Mi hermano no debe saber nada.

—¿Puedo preguntar qué es antes de aceptar? —Vacilo.

—Me gustaría que prepararas un mes entero de elixir. Solo para mí.

—¿No confía en sus médicos? —murmuro con el ceño fruncido.

—Me preocupa que en el palacio la deslealtad haya arraigado más de lo que habíamos imaginado. Hay muy poca gente en la que confíe, Tessa. Tres de ellos vais a embarcar esta noche.

Ahora comprendo por qué Harristan quiere que sea un secreto. Si Corrick supiera que su hermano está tan preocupado, no se marcharía.

—No puedo preparar medicinas que duren todo un mes. No serían eficaces. —Una nube de tormenta le nubla la vista, así que continúo—: Un día me dijo que había pasado mucho tiempo con los médicos de palacio. Si se lo dejo todo preparado, ¿usted podría terminar la mezcla diaria?

Me está observando, pero durante unos segundos veo un destello de miedo e incertidumbre que le atraviesa los rasgos.

—No sería difícil —añado—. Puedo preparar frascos con casi toda la mezcla, pero tendría que moler usted los pétalos de flor de luna, y luego verter el polvo. Puedo separar los pétalos para que no deba pesarlos. ¿Dispone de algún sitio donde ocultarlo todo?

—Sí. Enviaré a Quint a buscar todo lo que consigas preparar.

Quint. Seguro que Corrick echa de menos a su amigo, pero me alegro de que el intendente del palacio se quede aquí para atender a Harristan. Asiento rápidamente.

—Lo haré ahora mismo. Lo etiquetaré todo.

El rey asiente y da un paso atrás, y el destello de miedo e incertidumbre vuelve a atravesar sus facciones. Estoy a punto de extender un brazo para darle un apretón en la mano.

Pero al final el destello desaparece, y vuelve a ser el rey imponente de siempre.

—Adiós, Tessa —dice.

Hago una nueva reverencia.

—Adiós —digo, una palabra que tiene más peso del que debería—, majestad.

Sin terciar nada más, el rey abre la puerta y desaparece en el pasillo.

He vivido toda mi vida en Artis, así que conozco los muelles que se alzan en ambas márgenes del Río de la Reina. Mis padres solían viajar en ferri por el río una vez a la semana para curar a los trabajadores de los dos puertos. Recuerdo haber observado boquiabierta algunos de los grandes navíos en que viajaban los ciudadanos ricos por el río o los gigantescos barcos de carga que siempre estaban abarrotados de cajas con bienes de todo Kandala. Las banderas y las velas siempre ondean al viento, los trabajadores gritan instrucciones desde cualquier dirección. Decenas de tiendas ocupan las calles alrededor de los muelles, así que es una zona muy animada y bulliciosa, sobre todo en verano.

La enfermedad de la fiebre siempre corre libre junto al río, y nunca he podido descubrir si es por la cercanía con los distritos habitados por los trabajadores o por el contacto constante de los barqueros con otras enfermedades que los vuelve más susceptibles a padecerla. Mi padre decía que en los muelles tarde o temprano todo el mundo acabaría con fiebre y tosiendo.

Es tarde cuando mi carruaje se detiene en los muelles, pero hay mucha más gente de la que imaginaba. Las calles atestadas están iluminadas con lámparas de aceite y alguien ha instalado unos cuantos focos eléctricos para señalar hacia el embarcadero donde están amarrados los navíos más lujosos.

Al bajar del carruaje, diviso el barco de inmediato, porque es imposible confundir uno que cuenta con todo un contingente de guardias reales que rodean la pasarela, a la espera de la llegada del justicia del rey. Harristan se está despidiendo de su hermano en el palacio en una especie de breve ceremonia pública, pero a mí me han enviado antes para que me cerciorase de que las provisiones médicas son las que deberían ser. No me importa, porque así tengo ocasión de admirar el barco sin todos los guardias y el boato que acompañarán al príncipe Corrick. En el cielo hay nubes bajas, así que las velas están extendidas y, al ondear, lucen un tono gris bajo la luz de la luna que se filtra. El nombre *Perseguidor del Alba* está pintado con letras blancas a lo largo del casco. No es tan grande como los demás barcos, pero mucho mayor de lo que me esperaba después de que el capitán Blakemore se negara a recibir a más de seis personas.

Aunque es obvio que el capitán también está preocupado. Por eso no quería dar la bienvenida a bordo a ningún marinero ni timonel. Este viaje exige confianza por ambas partes.

Pretendo esperar con el carruaje, pero Rocco y Kilbourne están junto a los guardias, formando una fila con los demás. Llevan el uniforme de palacio, de colores azul y morado, y unas cuantas armas en las manos, pero a diferencia del resto de los guardias, no visten armadura.

Recuerdo que el rey me ha dicho que solo transmita mis dudas a Rocco, a ningún otro guardia. Debe de confiar en los otros dos si ha aceptado que emprendieran el viaje, pero su advertencia sigue reconcomiéndome.

Cuando me acerco, Rocco levanta la vista y me asiente.

—Señorita Tessa.

—Rocco —digo—. Me alegro mucho de que vengas con nosotros. —Y lo digo en serio. La mayoría de los guardias de palacio son educados conmigo, pero Rocco siempre ha sido amable, y se me ha abierto un poco. Thorin y él nos salvaron la vida a todos cuando el palacio fue atacado, y eso ha creado un vínculo entre nosotros que parece trascender los rangos y los títulos.

Rocco asiente hacia el hombre que está a su lado.

—Kilbourne también vendrá con nosotros. El guardia Silas ya ha embarcado.

Kilbourne no es tan alto como Rocco, pero sin duda es igual de ancho de hombros. También es algo mayor, quizá se acerca a la treintena, con el pelo rubio muy corto y mejillas coloradas.

—Kilbourne —digo—. Es un placer conocerlo.

—Igualmente, señorita Tessa. —Me sonríe—. Es un honor que me hayan elegido para este viaje.

Lo dice de una forma bastante curiosa, y, cuando me dispongo a desentrañar el porqué, Rocco interviene con sequedad:

—Se refiere a que la paga es generosa. La esposa de Kilbourne está esperando a su tercer hijo.

Vaya, qué bonito.

—¡Enhorabuena!

Su sonrisa se ensancha y sus mejillas se vuelven más rojas.

—No quería dejarla sola, pero Sara me ha echado por la puerta. Quiero comprarle una casa antes de que nazca el bebé.

Es tan frío e indomable como el resto de la guardia personal del rey, pero al hablar de su esposa y de su futuro bebé, le brillan los ojos, y percibo el cariño que tiñe su voz. No es solo cariño: es emoción.

—¿Cuándo sale de cuentas? —le pregunto.

—A finales de otoño, creemos.

—Y ¿se encuentra bien?

—Muy bien, gracias. —Asiente con una mirada aún más arrobada.

Me cae bien. Me alegro de que venga. En su presencia hay algo tranquilizador que ya me ha calmado los nervios.

—¿Sin armadura? —les digo.

—Viene con nosotros guardada en un baúl —me informa Rocco—. Nos la pondremos en cuanto lleguemos a Ostriario.

—Si un guardia armado sube a bordo del barco —exclama una voz tras de mí—, se convierte en un ancla.

Al volverme, veo que el capitán Blakemore está recorriendo la pasarela que conecta con su barco. Lleva el pelo oscuro un tanto revuelto y tiene los ojos ensombrecidos, pero, a pesar de todos los guardias, está más relajado aquí que durante la cena. Es evidente que en su barco se siente como en casa. Lleva la chaqueta desabrochada, que deja ver una corta daga atada a su cintura.

—Señorita Cade —me saluda, y me hace una reverencia.

Se la devuelvo con las mejillas sonrojadas para mi desgracia. Creo que nunca me acostumbraré a que alguien me trate con modales de la corte, sobre todo fuera del palacio.

—Capitán Blakemore.

—Los guardias no van a embarcar —dice Rocco, y en su voz hay un dejo que en cierto modo convierte el comentario en un aviso.

—Preferiría que nadie embarcara —salta el capitán con una sonrisa. Me ofrece un brazo—. Señorita Cade, ¿quieres embarcar?

—Llevo cosas de las que no puedo desprenderme. —Hago una pausa—. Esperaré a que un mozo las suba.

—Como gustes. Pero detesto dejarte bajo la lluvia ahora que hay gente que ya ha escogido camarotes.

Ah.

No sé qué decir ni qué hacer.

—Ah, disculpa. —Los ojos del capitán Blakemore buscan los míos—. ¿Vas a compartir camarote con el príncipe Corrick? Si prefieres a que llegue para que elija, puedo…

—¡Oh! No. Yo… Nosotros… Él es… Yo… —Me interrumpo y vuelvo a sonrojarme porque no esperaba una pregunta como esa, y sin duda no estoy preparada para responderla. No creo que Corrick quiera que compartamos camarote—. Vengo en calidad de boticaria. Ocuparé mi propio camarote, capitán.

Él contempla las emociones que se suceden en mi rostro y luego se incorpora.

—Por supuesto, señorita Cade. Perdona. Mi conjetura ha sido demasiado atrevida. —Hace una pausa—. Una vez más, me da la sensación de que he formulado una pregunta que te pone… en peligro.

—¡No! No soy… Él no es… —balbuceo. Su expresión es muy sincera. Por eso mi tartamudeo es todavía más estúpido.

—La señorita Cade se ha ganado el favor del rey —me salva Rocco—. Y su protección.

De nuevo, sus palabras implican una leve advertencia, y los ojos del capitán brillan por la curiosidad.

—Tomo nota.

Tampoco sé qué responder a eso. Una ráfaga de viento asciende del agua oscura para rodearnos y revolverle a él el pelo y a mí las faldas. Unas cuantas gotas de lluvia me salpican las mejillas.

—Se avecina una tormenta —digo—. ¿Es seguro zarpar por la noche?

—Los vientos enseguida nos ayudarán a dejarla atrás. —Sonríe—. El agua es el agua, señorita Cade. La de hoy no será la única noche que pasemos en el mar.

—Ah. Sí, claro. —El viento sopla entre nosotros, esta vez más fuerte, y me estremezco en tanto más gotas de lluvia me caen sobre la cara.

Detrás de mí, Rocco dice algo demasiado bajo como para que yo lo oiga, pero al cabo de unos instantes veo que Kilbourne está sacando mi arcón de boticaria del carruaje.

—Me aseguraré de que sus cosas lleguen bien hasta su camarote —dice. Asiente hacia el capitán.

Abro la boca y luego la cierro.

—Bueno, supongo… supongo que podríamos resguardarnos de la lluvia.

El capitán vuelve a ofrecerme un brazo. Tras unos segundos, lo acepto.

La pasarela no es demasiado larga; cuando llegamos al final, veo que en la cubierta principal hay lámparas colgadas a intervalos y siluetas sombrías que atan cuerdas y mueven cajas. Reconozco a la teniente Tagas y a los otros presentes en la cena, pero hay unas cuantas personas a las que no conozco. Se están gritando órdenes y directrices unos a otros en un ambiente de preparativos apresurados. Sin belicosidad, tan solo con una clara camaradería. Son marineros que están acostumbrados a trabajar juntos. No, es más que eso. Son marineros a quienes les gusta trabajar juntos. Es muy diferente a la tensión que envuelve a los guardias del puerto. La misma tensión que se ha adueñado del palacio.

El nudo de preocupación que tengo en la barriga se afloja un poco.

La cubierta principal es enorme, con tres mástiles que sujetan unas velas pesadas, dos de las cuales ya están desplegadas. El mástil más alto está en el centro, mide casi diez metros y cuenta con una viga transversal y un puesto del vigía en la cima. Las cuerdas que amarran el barco al puerto se tensan y crujen conforme el viento sacude las velas. En la parte delantera, hay una zona más alta que conduce hacia la proa, que está vacía, pero la parte trasera —la popa, creo— tiene un par de puertas que deben desembocar en los camarotes de los oficiales. Por todas partes parece haber cuerdas, cadenas y jarcias, y veo a dos hombres que arrastran cajas hacia una abertura de la cubierta que debe de llevar hacia una escalerilla. El barco se mece con el viento, y el tipo más joven resbala en la mojada cubierta. La caja se desploma y cruje contra los tablones. La madera se agrieta y se astilla, pero la caja sigue intacta, aunque a duras penas.

El hombre mayor profiere una sonora maldición.

—Te he dicho hace una hora que las guardaras en la bodega.

—Y yo te he dicho que…

El capitán Blakemore suelta un breve y agudo silbido.

—Caballeros.

Los dos se sobresaltan y miran hacia nosotros. El tipo mayor parece avergonzado.

—Lo siento, capitán. —Su acento ostriarino es más marcado que el de las personas que han asistido a la cena. Asiente en mi dirección—. Señorita. —Pero a continuación se vuelve para fulminar con la mirada al otro mientras sujeta la caja—. Intenta no romperme el pie esta vez, Brock.

Brock agarra el otro extremo y se ríe, burlón.

—En cuanto hayamos cargado las cajas, tengo intención de romperte la cara.

De acuerdo, quizá no a todos les guste trabajar juntos.

El capitán me mira con los ojos brillantes, pero habla con voz calmada.

—Disculpa a mi tripulación. A veces son un tanto malhablados.

Me he dado cuenta de que él también tiene acento. En la cena no me había fijado. Supongo que es más fuerte ahora que ha regresado junto a sus compañeros. Es otra cosa que se le ha pegado en los seis años que ha pasado en Ostriario, deduzco.

—Crecí cerca de los muelles —digo para restar importancia a su preocupación—. No me resulta desconocida la lengua de los marineros.

El barco oscila fuerte contra el muelle, y hundo los dedos en el brazo del capitán Blakemore hasta que recupero el equilibrio.

Pero entonces una segunda ráfaga inclina la cubierta en dirección contraria y me precipito hacia delante hasta estamparme contra su pecho.

No le cuesta nada sujetarme y ponerme recta; por lo visto, no tiene ningún problema con el movimiento del barco. Respiro hondo porque estamos demasiado cerca. Sus ojos son muy oscuros a la débil luz de la luna.

Detrás de mí, Kilbourne se aclara la garganta.

Procuro enderezarme.

—Lo siento. Hace mucho viento. —Una nueva racha me revuelve las faldas, y casi vuelvo a caerme. Ojalá se me hubiera ocurrido ir con pantalones—. ¿Qué...? Ay, ¿qué íbamos diciendo?

—Me decías que no te resultaba desconocida la lengua de los marineros. —El capitán me sonríe.

Al final voy a tener que lanzarme yo misma por la borda.

—Me refería a que...

—Ya sé a qué te referías. —Sigue sonriendo, pero sus ojos se vuelven apreciativos—. En ese caso, sabes de barcos.

—¡Ah! No. Bueno, un poco. Crecí aquí, en Artis. Pero mi padre era boticario. Solíamos tratar a los estibadores. —Me estremezco—. Lo he visto todo. Insolaciones, irritaciones en invierno, la tos de agua salada de los meses de verano, las quemaduras por las cuerdas que...

El barco se balancea y casi vuelve a lanzarme a los brazos del capitán. Incluso Kilbourne se tambalea con mi arcón.

—Lo siento —me disculpo de nuevo—. Seguro que me acostumbro en un abrir y cerrar de ojos.

El capitán Blakemore me sujeta el brazo, pero esta vez mira hacia el cielo y frunce el ceño. Ya no tiene un aire desenfadado.

Los dos hombres de antes regresan de debajo de la cubierta, y el capitán se dirige a ellos.

—Brock, comprueba la jarcia de allí. —Mira hacia la cubierta y silba—. ¡Gwyn! —grita—. Despliega la vela principal. Quiero zarpar en cuanto haya embarcado el príncipe. —Sin esperar un segundo, se gira hacia mí—. Venga, señorita Cade. Vamos a buscar cobijo.

CAPÍTULO DOCE

Corrick

A pesar de todos los recuerdos que tengo de mi hermano escabulléndose de palacio cuando era joven, no tengo ninguno reciente. El rey puede ir donde quiera, hacer cuanto quiera, ver a quien quiera. Nunca hay ninguna necesidad de escabullirse.

Pero esta noche lo encuentro escondido en mi carruaje, envuelto en una capa. Estoy tan preocupado por el viaje que casi llamo a un guardia a gritos antes de reconocerlo.

—No armes un escándalo —me murmura.

Me late el corazón tan deprisa que me quedo sin palabras durante unos segundos. Me he detenido en la puerta del carruaje, y un mozo tras de mí me pregunta:

—¿Alteza?

—Sí. —Me obligo a llenarme los pulmones de aire—. Pongámonos en marcha. —Le lanzo una mirada a mi hermano al subir al carruaje y cierro la puerta tras de mí—. Tienes suerte de que no haya sacado un arma —susurro.

Afuera, la lluvia empieza a repiquetear en el techo del carruaje, y el cochero azuza a los caballos. Cuando comenzamos a avanzar sobre el adoquinado, espero a que Harristan tome la palabra, pero no dice nada, así que yo tampoco. El carruaje traquetea sin parar, hasta que al final digo:

—¿Qué estás haciendo?

—Quería despedirme de ti.

—Acabas de hacerlo.

Y es verdad. No ha sido nada ostentoso, ya que salimos antes de lo previsto, pero me ha deseado buen viaje en el salón delante de los pocos cortesanos que estaban presentes. Ha dicho algo propio de un rey y me ha aferrado la mano, pero yo apenas le he prestado atención, pues los pensamientos me chillaban por el simple hecho de que esté pasando esto.

—No, Cory —dice con voz grave y baja—. No me he despedido.

El sentimentalismo de ese comentario me asombra. No me puedo creer que haya venido. No me puedo creer que esté aquí.

En realidad, ni siquiera recuerdo la última vez que compartimos un carruaje. Fue antes de que murieran nuestros padres, eso seguro. En cuanto lo coronaron rey, el peligro era demasiado alto como para meternos a los dos en el mismo vehículo. Debería pedir que detuvieran el carruaje ahora mismo.

Pero no lo hago.

—Ninguno de tus guardias está conmigo —digo con voz bronca—. ¿Cómo has entrado aquí?

—Le he dicho a Quint que esta vez necesitaba usar yo su discreción.

Arqueo una ceja. Esta semana Quint está siendo una caja de sorpresas.

Aunque tal vez no sea una sorpresa. No son amigos, ni siquiera se caen demasiado bien, pero Quint jamás le negaría nada al rey.

—¿Cómo vas a regresar? —le pregunto—. ¿O pretendes viajar de polizón? Seguro que llevo un baúl atado al carruaje.

—Ya lo he pensado.

Está de broma, pero detecto una pizca de verdad.

Odio que haya una parte diminuta de mi cerebro que desee que fuera posible.

Tal vez él también, porque una triste luz prende sus ojos al decir:

—Le daré una cuantas monedas al cochero para que me devuelva al palacio.

—Le provocarás un ataque al corazón. —Sonrío.

—Supongo que podría caminar, si no.

Me lo imagino cruzando a pie las puertas del palacio como si fuera un ciudadano normal y corriente. No lo haría jamás. No podría. Los rumores no dejarían de correr durante semanas.

Pero es un juego que me divierte.

—Es una noche nubosa —digo—. Ten cuidado con los ladrones.

Harristan esboza una radiante sonrisa entre las sombras. Me recuerda a las veces en que nos marchábamos a los sectores siendo muchachos, cuando nadie sabía quiénes éramos. Como rey estoico, es tan serio que a veces me olvido de que sabe sonreír así.

La lluvia arrecia y golpea el techo con fuerza. El trayecto hasta el puerto es breve. Mi hermano me sostiene la mirada, y su sonrisa desaparece.

—¿Tienes miedo?

Es la única persona capaz de preguntármelo directamente, y también la única persona a quien yo le daría una respuesta del todo sincera.

—Un poco. —Hago una pausa—. ¿Y tú?

—Un poco. —Vacila, y luego tose débilmente.

—No hace falta que nos vayamos hoy. —Me detengo—. Podríamos esperar.

—¿Quieres esperar? —me dice.

Es una pregunta legítima. Podría responderle que sí y él pondría fin a la aventura.

Pero lo hemos hablado con nuestros consejeros y con algunos de los mejores marineros de Artis, y la mayoría se ha mostrado de acuerdo en que irnos con la tormenta nos proporcionaría vientos fuertes para un viaje corto… y menos peligroso.

Retrasarnos ahora podría parecer consecuencia del miedo y de la indecisión. Y no creo que sea una buena manera de empezar a entablar negociaciones con el nuevo rey de Ostriario.

—No —respondo. Debajo del carruaje, el terreno cambia a medida que nos acercamos a los muelles. Entre las nubes densas y el mal tiempo, cuesta ver algo al otro lado de la minúscula ventana del carruaje, pero sí consigo discernir las letras que decoran el casco. *Perseguidor del Alba*.

Dios. Incluso el nombre del barco parece un tanto excesivo.

Barro los muelles con la mirada. No veo a Tessa, pero sé que se ha marchado antes que nosotros. No tengo ni idea de si Lochlan ya ha embarcado. Hay una parte de mí que cree que Harristan debería haberlo encerrado en el presidio y haber difundido que estaba en el barco. Quizá estemos a tiempo todavía. Me muerdo una uña.

—Cory.

—Qué. —Miro a mi hermano.

—¿Quieres esperar? —Habla enfatizando con calma cada palabra.

Sus ojos buscan los míos, y yo hago lo propio. No dejo de pensar en lo que me ha dicho Quint, en que esta es la primera vez que Harristan y yo haremos algo de este tipo separados. Es algo tan enorme que me constriñe el pecho. Nunca hemos estado separados. Ni cuando éramos jóvenes y nos escabullíamos rumbo a la Selva con unas cuantas monedas de plata en los bolsillos, ni cuando asesinaron a nuestros padres ni cuando los rebeldes irrumpieron en el palacio y corrimos para salvar la vida.

—Harristan, ¿tú quieres que espere?

No me contesta, y el carruaje se detiene. De repente, ya no se oye ningún traqueteo de cascos sobre los adoquines, y el silencio se instala entre nosotros.

Un mozo empieza a abrir la puerta.

—Alteza…

—Aún no. —Me inclino hacia delante y cierro la puerta. Bajo la voz hasta que apenas es más que un susurro y repito la pregunta—. ¿Quieres? ¿Quieres que espere?

Mi hermano respira hondo… y empieza a toser.

Frunzo el ceño.

Levanta una mano y luego suelta una lenta exhalación.

—Estoy bien.

Aprieto la mandíbula. Cómo odio esto.

—Tenemos una oportunidad para hacer algo bueno, Cory —dice—. Padre era muy querido. —Hace una pausa—. No quiero que mi legado esté formado por el miedo y la rabia. Quiero ser… mejor.

Suena esperanzado. No recuerdo la última vez que oí a Harristan sonar esperanzado.

—Yo también —coincido.

Mi hermano asiente y me tiende una mano.

Se la agarro. Harristan no es dado a muestras de cariño, pero me aprieta la mano con fuerza. Durante un breve segundo, se me forma un nudo en la garganta, y no sé si voy a ser capaz de bajar del carruaje.

Pero entonces parpadea y me suelta, y luego me revuelve el pelo y me tira ligeramente de él como hacía cuando éramos más jóvenes. Resoplo y lo aparto de un manotazo, y acto seguido me acerco a la manecilla de la puerta.

—Corrick —murmura antes de que llegue a abrir.

—¿Qué? —Me giro.

Tarda unos instantes en hablar y, en ese silencio momentáneo, percibo el peso de sus emociones.

—Vuelve sano y salvo, hermanito.

—Te lo prometo —asiento—. Espérame aquí y regresaré.

Y abro la puerta y me adentro solo en la lluvia.

Los mozos y los criados llevan paraguas, pero el viento es tal que la lluvia me ha empapado las botas y el cuello de la camisa cuando llego a la hilera de guardias que se han congregado para mi partida. Todavía soy una maraña de emociones por mi hermano, estoy lleno de dudas y preocupaciones sobre el viaje; Rocco me informa de que Tessa ya ha embarcado junto a Kilbourne y Silas.

—El capitán Blakemore ha querido resguardar a la señorita Tessa del mal tiempo —dice Rocco.

Cómo no.

—Excelente —respondo sin más. Miro hacia los guardias que se han cuadrado bajo la lluvia—. ¿Y Lochlan?

—También ha subido. El guardia Silas lo vigilará de cerca hasta que decidamos que no supone una amenaza, alteza.

—Bien pensado —digo, aunque no estoy del todo seguro de su elección. De todos los guardias a los que Rocco podría haber seleccionado, yo no habría pensado en Silas. Es más joven que yo, y dudo de que alguna vez le hayan encargado algo más importante que proteger carruajes vacíos. Apenas lleva seis meses como miembro de la guardia. Pero su familia posee varias minas de hierro en Tierras del Tratante y una importante empresa de envíos por barco.

Por lo tanto, el guardia no es ajeno al hierro y al acero, y es probable que también sepa de embarcaciones. Será un valor añadido en el momento en que necesite a un guardia con experiencia.

Observo la pasarela y saco el reloj del bolsillo. Las gotas de agua enseguida empapan la esfera. En los muelles hay hombres y mujeres gritando órdenes, y sigue lloviendo a cántaros. No esperaba —ni quería— ninguna clase de boato, pero sí que esperaba que alguien del *Perseguidor del Alba* nos escoltara hasta el interior del barco.

O quizá tan solo esté molesto porque Tessa ha embarcado con el capitán, mientras que yo estoy aquí, empapado, y el rey de Kandala está escondido en un sombrío carruaje a la espera de que me marche.

Esa idea resulta un tanto engreída, y la detesto. Seguro que están ocupados preparándose para partir con este tiempo.

—¡Capitán! —chilla una mujer en la cubierta—. Creo que ya ha llegado.

—¿Los he hecho esperar? —le pregunto a Rocco.

El guardia toma aire para contestar, pero antes de que pueda hacerlo el capitán Blakemore aparece por la pasarela y la cruza con agilidad hasta aterrizar justo delante de nosotros.

—Alteza —me saluda con poco aliento—. El barco está listo para zarpar. —Las velas del navío ondean con el viento, y el capitán mira hacia el cielo—. Si sigue queriendo adelantar a la tormenta, no deberíamos esperar mucho más.

—Disculpa nuestra tardanza —digo, pero estoy seguro de que mis ojos dicen: «Te voy a lanzar por la borda ahora mismo».

—Disculpas aceptadas, alteza. —Una chispa de desafío prende en sus ojos, que dicen: «Venga, inténtalo».

Pero mira hacia Rocco y luego da un paso atrás y tiende una mano.

—¿Subimos?

Mis pies casi se niegan a moverse. No quiero subir.

Pero estoy haciendo el tonto, claro. Me obligo a cruzar la pasarela. Me da un vuelco el corazón cuando piso los tablones de madera y el mundo parece inclinarse. Debo respirar hondo para despejarme la mente. *Voy a abandonar a mi hermano.*

El capitán Blakemore recorre la pasarela justo detrás de mí. Rocco nos sigue a los dos. En algún punto al final de la rampa está Tessa, cuya presencia me llena de calidez, pero también Lochlan, que seguramente tarde o temprano será un problema. Solo contamos con unos pocos guardias, que los trabajadores de la cubierta superan en número.

La voz de Harristan restalla entre el ruido de las gotas de lluvia que golpean la cubierta.

—Capitán.

El capitán Blakemore se vuelve, sorprendido. Yo también. Una punzada de alarma recorre a los guardias que esperan en el muelle, y muchos de ellos se desplazan para rodear al rey.

Harristan los ignora a todos y sube a la pasarela. Rocco enseguida se aparta para dejarlo pasar. Mi hermano se dirige hacia Rian, y percibo fuego en sus ojos.

—Espero que el príncipe Corrick regrese ileso —dice, y en su voz detecto algo que creo que nunca había oído en él. La promesa de una venganza envuelve cada una de las sílabas.

El capitán no se amedrenta y le sostiene la intensa mirada.

—Entendido, majestad.

La lluvia arrecia, pero mi hermano no se mueve.

Harristan necesita verme irradiar confianza, así que le doy una palmada en el hombro.

—No tengo duda de que el capitán Blakemore y yo seremos viejos amigos cuando estemos de vuelta.

—Me alegra oírlo, alteza. —Rian sonríe pícaramente y lo fulmino con la mirada.

—¿Quieres que me deje subir al barco o no?

Harristan suspira como si estuviera cansado de nosotros, pero en ese momento se echa a toser.

Frunzo el ceño.

—Te aguarda tu carruaje —digo, como si estuviera planeado desde el principio y nadie debiese sorprenderse al ver a mi hermano saliendo del puerto—. Resguárdate de la lluvia. No deberíamos retrasarnos más.

Mi hermano asiente y da un paso atrás.

—Adiós, Cory.

No sé por qué, pero es más duro ahora que en el carruaje.

Sin avisar, una decena de recuerdos aleatorios se mezclan con mis pensamientos. La vez que se derramó té en la chaqueta antes de una reunión con los cónsules, así que me quité la mía y se la presté para que nadie lo viera desarreglado. La vez que nos escapamos a la Selva y un vidente intentó engañarme para robarme las pocas monedas que llevaba, pero Harristan comprendió el engaño y recuperó mi dinero de la palma del hombre. La vez que se quedó sin aliento en la arena de entrenamiento y su rival, el mismísimo Allisander, se aprovechó del momento para lanzar a mi hermano al suelo. Por aquel entonces yo tenía solo diez u once años, pero trepé por la verja y derribé al futuro cónsul. El maestro armero tuvo que separarnos.

La vez que Harristan se agachó para ocultarse cuando asesinaron a nuestros padres.

Mi garganta amenaza con cerrarse, así que expulso los recuerdos de mi mente.

—Adiós —digo, y mi hermano regresa al muelle.

—Sígame, alteza —me indica el capitán Blakemore antes de que mi corazón empiece a martillear al pensar que ha llegado el momento. Ni siquiera espera a ver si lo sigo, sino que se limita a recorrer la pasarela hasta el final—. La señorita Cade ha insistido en permitirle a usted elegir primero su camarote.

Si hay algo que podría provocarme una oleada de calidez en el centro del pecho, es la mención de Tessa. Aquí no estoy solo. No del todo.

Me aparto el pelo mojado de la frente y avanzo con Rocco a mi lado.

«Espero que el príncipe Corrick regrese ileso».

Las palabras de mi hermano, y su vehemencia, se suman a la oleada de calidez.

Pero luego recuerdo la respuesta de Rian.

«Entendido, majestad».

No le ha asegurado nada. No le ha prometido nada.

Tan solo lo ha entendido.

—Estate muy atento —murmuro en dirección a Rocco.

—Sí, alteza. —Mira hacia el capitán, que camina delante de nosotros—. Le doy mi palabra.

CAPÍTULO TRECE

Tessa

Solo llevo media hora en el barco, pero mi estómago ya amenaza con vaciarse sobre los tablones del suelo de mi camarote. O del camarote de Corrick. Ya lo decidirá cuando llegue. Todavía no hemos zarpado, pero ya estoy a punto de buscar entre mis materiales de boticaria porque me iría muy bien roer una rama entera de raíz de jengibre. Me habría encantado esperar a Corrick en los muelles. Aunque llovía, por lo menos era tierra firme. Me llevo las manos a la barriga y me pregunto por qué se ha retrasado tanto. He visto el brillo de preocupación en los ojos del capitán Blakemore cuando ha mirado hacia el cielo.

Unos pasos veloces atraviesan los tablones de madera de la planta superior, avanzando decididos. Intento no preguntarme si la tormenta está siendo peor de lo que imaginaban, si ya es demasiado tarde para zarpar con seguridad. En el rincón opuesto de la estancia hay un ojo de buey muy grande, una ventana gruesa protegida con barrotes de acero, y la lluvia ha estado golpeando en el cristal desde que he entrado. He procurado no mirar hacia allí porque no veo más que las lámparas de gas de los muelles, que se mueven de un lado a otro.

—Como no estáis acostumbrados a estar en el mar, os hemos asignado los camarotes traseros —me ha dicho el capitán Blakemore al enseñarme la estancia—. Aquí el movimiento debería ser más suave. —Y luego ha señalado hacia el techo y ha dicho que encima están las estancias de los oficiales y las salas de navegación, pero en ese momento me estaba esforzando para no volver a estamparme contra él.

Ya lamento que haya ocurrido una vez.

Me pregunto si Kilbourne se lo comentará a Corrick. Recuerdo la llama de intriga que ardía en los ojos del capitán cuando me ha preguntado si iba a compartir camarote con el príncipe. Parece la clase de detalle que un guardia personal no pasaría por alto.

Alguien llama a la puerta.

—Señorita Tessa —me llama Kilbourne—, tiene visi…

Me da un brinco el corazón. Gracias a Dios. Ha llegado. Ni siquiera espero a que Kilbourne termine la frase antes de abalanzarme sobre la puerta y abrirla.

Me detengo en seco. No es Corrick. Es Lochlan. Me mira con dureza y aprieta la mandíbula.

Se me cae el alma a los pies.

No he visto a Lochlan desde que montó un escándalo en la confitería, y dudé cuando me dijeron que nos acompañaría en el viaje. Detrás de él se encuentra un joven con uniforme de palacio, a quien evidentemente le han asignado que vigilase a Lochlan para que no se meta en problemas. Parece más un estudiante que un guardia.

Y también tiene tan mala cara como yo.

Lochlan no pierde tiempo con preámbulos. Se saca una bolsita de tela del bolsillo y me la tiende.

—Toma —dice con voz áspera, pero no desagradable.

—¿Qué es?

—De parte de Karri. Para el mareo. —Me mira de arriba abajo muy deprisa—. Caramelos de menta. Y unos cuantos de jengibre. Los ha preparado esta mañana cuando se ha enterado de que nos íbamos tan pronto. —Hace una pausa—. Creo que te irán bien.

—Ah. —Su comentario anula una parte de mis recelos. Acepto la bolsa justo cuando el barco oscila de nuevo. Tengo que agarrarme al marco de la puerta para no estamparme contra Lochlan.

Ya se me hace la boca agua, y meto una mano en la bolsita para sacar uno de los caramelos.

—Gracias —digo al meterme uno en la boca—. ¿Tú no los necesitas?

—También me ha dado unos cuantos a mí —contesta—. Pero en verano siempre trabajo con las barcas pesqueras. No me suelo marear. —Observa cómo me aferro a la madera con la mano—. El movimiento será más suave cuando nos alejemos del puerto. Las velas están desplegadas, así que estamos forcejeando contra las cuerdas.

En su voz no hay agresividad alguna, y me recuerda a la amabilidad con que se dirige a Karri. Yo solo lo conocía como el rebelde que torturó a Corrick y que intentó reducir a cenizas el palacio, pero debe de haber otra faceta suya que es reacio a mostrar. Karri es demasiado inteligente, demasiado perspicaz. No estaría con un hombre como él así como así.

—Ten cuidado, Lochlan. A este paso, me engañarás y pensaré que eres amable.

—Soy amable —me asegura. El barco se mece, y él se mueve para compensar la oscilación y lanza una mirada seria hacia el techo—. Sabía que nos harían esperar a que llegara el maldito…

—Te sugiero que no termines la frase —dice Kilbourne, y toda la calidez que irradiaba su tono ha desaparecido.

—¿Qué vas a hacer? —le pregunta Lochlan—. ¿Me vas a lanzar por la borda? No creáis que no sé por qué me habéis «invitado».

—Te han invitado como muestra de confianza —le digo.

Pone cara de sorpresa y suelta una breve carcajada de desdén. Cualquier rastro de amabilidad se ha esfumado.

—Lo penoso es que lo pienses de verdad. Karri te quiere, así que me limitaré a asumir que eres una ingenua, porque cualquier otra cosa resultaría insultante.

—Ah, estupendo. Me alegra que no quieras ponerte a insultarme.

Lochlan da un paso hacia mí, y me da un vuelco el corazón.

Debe de ver el miedo en mi expresión, porque se detiene.

—Una vez más, me tienes miedo a mí, cuando deberías tenerle miedo a él. Es probable que creas que te ha traído para algo más que para calentarlo por las noches. —Se me encienden las mejillas, pero no ha acabado—. Resulta que eres lo bastante lista como para conseguir que la flor de luna funcione mejor, pero eres demasiado boba y no te das cuenta de que el justicia del rey es un sucio mentiroso al que habría que encadenar al timón…

Kilbourne lo empuja contra la pared contraria con tanta fuerza que las puertas se zarandean. El gesto es tan repentino y violento que suelto un gritito y me llevo las manos sobre el vientre. Quizá sea educado, pero no deja de ser un guardia. Incluso Silas está sorprendido, pero se recompone más deprisa que yo. Le pone una mano a Lochlan en el hombro para inmovilizarlo y mira hacia Kilbourne como si quisiera preguntarle si van a ir más lejos.

Lochlan no forcejea, tan solo me mira.

—¿Lo ves?

—Ya te había advertido —tercia Kilbourne.

Unos pasos resuenan en dirección contraria, y al girarme veo que se acerca el capitán Blakemore, seguido de Corrick y de Rocco.

Los pasos del capitán se ralentizan cuando presencia la situación. El pasillo es estrecho, pero espera a que el príncipe esté junto a él.

—Alteza, ¿su gente va a suponer un problema?

Los ojos de Corrick viajan de mí a Lochlan.

—A mí no me parece que la que provoca el problema sea mi gente. Silas, acompáñalo de vuelta a su camarote.

Lochlan se yergue como si quisiera replicar, pero al final suelta una exhalación y niega con la cabeza. Me mira.

—Espera y verás. —Hace una pausa, y luego le lanza una mirada de puro odio a Corrick—. Y cuando ocurra —me dice—, no dejes de decirle a Karri que la amaba. —Pasa entre el príncipe y el capitán, y entra en una estancia al fondo del pasillo.

Corrick me contempla. Tiene el pelo mojado, las ropas brillantes donde la lluvia le ha calado los hombros de la chaqueta. Sus ojos, como siempre, resultan penetrantes.

—¿Te ha hecho daño?

—No —respondo. Veo que sigo aferrando la bolsita de caramelos de Karri—. No ha hecho nada malo. —Al pronunciar esas palabras, no sé si cuentan la verdad. Han pasado demasiadas cosas en poco tiempo—. Me ha traído unas medicinas de parte de Karri.

—¿Te encuentras mal, señorita Cade? —me pregunta el capitán Blakemore.

—Es que tengo que acostumbrarme al movimiento del barco —contesto. Hay demasiada tensión en el pasillo y quiero deshacerla. Pero no sé cómo—. Corrick, yo… no sabía qué camarote querrías.

—Cualquiera me servirá —dice. Sus ojos no se han apartado de los míos—. Capitán, te doy las gracias. —Y entonces, sin vacilar, me agarra la mano, me guía hacia la habitación a mi espalda y nos encierra en el interior.

Antes de saber quién era en realidad Weston Lark, nunca había visto al príncipe de cerca, si es que llegué a verlo bien alguna vez. Pero las pocas veces que lo divisé, recuerdo que siempre parecía un hombre distante y frío, con una mirada gélida e implacable. El perfecto justicia del rey. El perfecto ejecutor.

La noche que me sorprendió colándome en el palacio fue la primera vez que lo conocí por quien era en verdad, y nunca olvidaré la mirada de pánico, miedo e incertidumbre que le torció el gesto durante un breve instante, antes de volverse frío, duro e impertérrito, la máscara más completa que se ha puesto nunca.

Son los mismos ojos que me observan ahora mismo.

—¿Estás segura? —me pregunta con cierta exigencia en la voz, una exigencia producto de la preocupación—. He visto que el guardia lo apartaba. ¿No te ha hecho daño?

—No —le aseguro—. No me ha hecho daño. Solo estaba… fanfarroneando. Kilbourne no tendría que haberle pegado. —El primer caramelito se disuelve, y ya me noto mejor de la barriga. Decido comerme uno de menta.

Corrick me contempla, pero no dice nada. Ojalá supiera interpretar su expresión.

—¿Quieres uno? —Le ofrezco la bolsita.

Titubea, pero al final niega con la cabeza.

—No. Gracias.

El camarote está bastante a oscuras, iluminado solo por una lámpara de aceite que cuelga de la pared. No necesito nada más para ver la tensión que le agarrota los hombros.

Debería haberlo esperado en los muelles.

Al cabo de unos instantes, el caramelo me asienta el estómago y puedo respirar hondo, y quizá eso reduce la tensión del camarote, porque Corrick también suspira. Se pasa una mano por el pelo mojado y luego empieza a desabrocharse los botones de la chaqueta. En cuanto termina, se la quita y la lanza sobre el respaldo de una silla.

—¿Te gusta este camarote, pues? —le pregunto.

—¿Cómo? —Sus ojos se clavan en los míos.

—El capitán Blakemore me ha preguntado qué camarote me gustaría ocupar, y le he dicho que debía esperar a que tú eligieras el tuyo primero.

—Conque te ha preguntado eso. —Entorna los ojos un poco más.

Como me pasa con sus ojos, su voz tampoco la sé interpretar.

—Eres el justicia del rey. Me ha parecido que era apropiado…

—Por Dios, Tessa. Me da igual qué camarote ocupo.

Está muy molesto. Lo peor de todo es que no sé qué es lo que lo inquieta más. ¿Dejar a su hermano? ¿Viajar a Ostriario? ¿Lochlan? ¿El capitán Blakemore?

El barco se mece y me da un vuelco el estómago; una vez más, trastabillo. Corrick me sujeta suavemente por la cintura.

—Debemos de estar saliendo del puerto.

—¿Por qué todo el mundo mantiene el equilibrio sin problemas? —me quejo.

—Ah, yo no. Te he agarrado para no perderlo.

Es broma, pero su voz suena tan grave que no resulta divertido. Le doy una palmada en el brazo de todos modos y me medio sonríe, pero no me suelta. Levanta una mano para apartarme un mechón de pelo de la mejilla.

—Me alegro de que estés aquí —murmura. En su tono, oigo muchas cosas que no verbaliza: deseo, esperanza, temor… Me recuerda al momento en que he estado con Harristan en mis aposentos—. Harristan se ha escondido en mi carruaje para venir hasta aquí —añade entre susurros.

—¿En serio? —Arqueo las cejas.

Corrick asiente.

Quiero estar sorprendida, pero… en realidad no lo estoy. Estoy emocionada. Una de las cosas que más me gustan de los dos hermanos es el cariño que se tienen. Ojalá permitieran que los otros lo presenciaran. Es el rasgo que más los humaniza.

—Se ha encarado al capitán Blakemore y le ha exigido devolverme sano y salvo. Creo que a los guardias les ha dado un síncope.

Me hace sonreír, pero brevemente, pues oigo la inquietud que le tiñe la voz.

—Harristan está asustado.

Espero que Corrick diga algo valiente, como por ejemplo: «El rey no le teme a nada».

Pero no.

—Todos lo estamos, Tessa.

Quiero acariciarlo, pero dudo porque estoy muy acostumbrada a guardarme las emociones cuando estoy con él en público. Pero estamos a solas. No estamos en el palacio. El peligro que corre él, que corremos los dos, es enorme. Me pregunto qué le habrá dicho el rey antes de ver a su hermano subir a un barco rumbo a un país desconocido. No sé si se lo puedo preguntar.

Tal vez no sea necesario. Las emociones están ahí, en su mirada.

Tiendo una mano y se la pongo sobre la mejilla.

Corrick respira hondo y cierra los ojos. Sigue aferrándome la cintura, pero ya no me está ayudando a no perder el equilibrio, sino que me está abrazando, que es algo muy distinto. Hay algo en el gesto que me recuerda a los días que pasamos en el taller, cuando oíamos el estrépito de las alarmas del sector y nos preocupaba la patrulla nocturna.

Suspiro y me apoyo en su fuerza.

—Yo también me alegro de que estés aquí.

Abre los ojos y me mira; mueve las manos y me recorre el vientre con los pulgares. Es un movimiento diminuto, pero me acelera el corazón.

No sé si he emitido un ruido, si he respirado o si brillan chispas en el aire, pero los ojos azules de Corrick se oscurecen un tanto, y acto seguido sus labios se posan sobre los míos.

Al principio va lento, controlado, buscando mi respuesta. Después de semanas de paseos castos, modales cortesanos y besos breves al atardecer, casi me derrito entre sus brazos. Cuando me abandono a sus caricias, gruñe más seguro, me persigue los labios con los suyos, y noto la dureza de sus dientes y el roce de su lengua. Sabe a menta… O quizá soy yo la que sabe a menta, intensa y dulce. Me estrecha contra sí hasta que me sonrojo y una oleada de calor me atraviesa la barriga. La única vez que me ha besado así fue en la Selva. En el taller. Oculta tantas partes de su ser que al final me había olvidado de que podía llegar a ser así, una atracción ardiente y una pasión desbordante.

Su mano asciende sobre mi cuerpo, cada vez más atrevida, hasta que con el pulgar llega al corpiño de mi vestido, provocándome llamaradas en las entrañas y robándome cualquier pensamiento claro de la cabeza. Me estremezco y profiero un gemido, y es lo único que necesita oír él para desatar un poco los lazos del corpiño. Su boca se posa sobre mi cuello y sus dedos dejan atrás los lazos para recorrer las curvas de mi piel.

—Oh —susurro, porque no se me ocurre ninguna otra palabra. Respiro hondo. Seguro que alguien llamará a la puerta en cualquier momento para reclamar al príncipe, pero ahora mismo me trae sin cuidado. Tengo el estómago lleno de mariposas—. Oh.

Sonríe al ver mi reacción y levanta la cabeza para volver a besarme. Su brazo me rodea la espalda y me tira hacia él, y esta vez estamos tan apretados que lo noto absolutamente todo. El barco vuelve a bambolearse y me recuesto en su cuerpo, y ahora ha llegado su turno de emitir un gemido.

—Hace mucho tiempo que quería estar contigo a solas —dice, y es imposible no reparar en el deseo de su voz. No sé si se refiere al tiempo que hemos vivido los dos en el palacio, donde hay ojos curiosos y oídos atentos por todas partes, o si se refiere al tiempo que pasamos juntos en la Selva siendo Wes y Tessa, cuando le daba tanto miedo que lo descubrieran que nunca me dejó verlo sin la máscara.

Sea como fuere, da igual. Vuelve a besarme y sus dedos se cuelan debajo de mi corsé de tal modo que gimoteo contra sus labios.

—Chist —susurra, y en sus ojos brilla una chispa traviesa, como si estuviéramos conspirando—. No les demos a Rocco y a Kilbourne demasiado en lo que pensar.

Las mejillas me arden intensamente, pero mis pensamientos se han quedado atascados en ese comentario, que extingue algunas de mis llamaradas internas. Una parte de mí no quiere que se detenga. Ansío la fuerza de sus manos y el calor de su boca. Quiero que siga hasta que toda la tela esté en el suelo.

Pero otra parte de mí sabe que solo se siente libre porque estamos fuera de palacio, donde al príncipe Corrick jamás lo sorprenderían acostándose con una… una plebeya.

«No les demos a Rocco y a Kilbourne demasiado en lo que pensar».

Esas palabras podrían significar muchas cosas, y seguro que se refiere a que quiere protegerme de los oídos indiscretos de los guardias.

Pero ahora, después de haber escuchado a Lochlan hablar de los motivos de Corrick para invitarme a este viaje, bastan para apagar todo mi ardor. Porque esa frase en parte parece insinuar que se quiere proteger a sí mismo.

Corrick se da cuenta de inmediato, porque vuelve a mirarme a los ojos.

—¿Tessa?

—Yo… Es que… Deberíamos… —No hago más que balbucear porque mis pensamientos, por no hablar de mi cuerpo, no estaban preparados para un cambio tan abrupto. Debo respirar hondo para recomponerme. Abrocho los lazos de mi corsé para volver a ceñírmelo—. Tienes razón. No deberíamos darles a los guardias motivos para chismorrear. —Tengo las mejillas al rojo vivo, y ya sé que me va a costar mirar a Rocco a los ojos—. Llevamos demasiado tiempo aquí. Seguro que no es adecuado…

—Tessa. —Me agarra las manos con las suyas para obligarles a permanecer quietas.

Durante unos segundos, se lo permito. Estoy observando el borde de su camisa, la suave columna de su cuello. Sus dedos cálidos se entrelazan con los míos.

Agacha la cabeza y busca mis ojos con la mirada.

—Hablemos —dice con suavidad, con amabilidad. Su tono no es en absoluto una orden.

Libero las manos y termino con los lazos mientras evito su mirada. No sé qué decir. Mis emociones forman un tapiz enmarañado, tengo nudos en el estómago de nuevo. Mis pensamientos se estrellan unos contra otros, y odio, odio mucho, que Lochlan haya sembrado dudas en mí.

Pero ahora esas dudas existen y se aferran a mi mente, reacias a soltarse.

—Lochlan cree que lo has traído para asegurarte de que se caiga por la borda —digo—. Dime que no es cierto, por favor.

Corrick parpadea y se echa hacia atrás. Tarda unos instantes en responder.

—No derramaría ni una lágrima si sucediera eso. Es imposible que te llegue por sorpresa.

No es una sorpresa, pero tampoco es la respuesta que quería oír.

—¿Por eso lo has traído? ¿Harristan y tú queréis libraros de él?

No sé qué es lo que me empuja a hacerle esa pregunta, la verdad. Tampoco es que Lochlan y yo nos profesemos un gran cariño. Pero a pesar de todas sus promesas, sé todo lo que ha hecho Corrick. El justicia del rey es temido en todo Kandala por una razón.

Y quizá la idea de que le haga preguntas sobre mí es demasiado aterradora e insoportable.

Los ojos de Corrick se han alejado de aquí tan deprisa que es como si estuviera encerrada en un camarote con un desconocido.

—Podría haberle rodeado el cuello con una soga en el puerto, Tessa. —Me lo dice con voz fría y plana—. Podría haberles pedido a los guardias que le clavaran una flecha en el pecho. Podría haberlo encadenado a un poste y haberle prendido fuego durante…

—¡Para! —exclamo—. ¡Para ya!

—Como he dicho en el pasado, soy el encargado de convertir las pesadillas en realidad. Si quisiera verlo muerto, no necesitaría subirlo a un barco. Hazme caso, preferiría que nos acompañara otro guardia.

Mi corazón da un brinco, y me ruborizo por un motivo diametralmente opuesto al de hace cinco minutos. No sé cómo es capaz de ocultar sus emociones tan rápido. Ahora mismo, es un don que desearía tener.

—Cualquiera de esas cosas habrían sucedido en público —murmuro—. En un barco, puedes afirmar que se ha caído o que lo han matado…

—¿Quieres acusarme de algo?

Su voz suena grave y peligrosa, y, durante medio segundo, recuerdo al capitán Blakemore, que en los muelles me ha transmitido su preocupación por que yo esté en peligro.

Odio los derroteros que han decidido tomar mis pensamientos. Debo tragar saliva y cuadrar los hombros, y me ato el corsé más fuerte.

—No —contesto—. Espero que este camarote te resulte aceptable. Yo… me retiro al mío. —Me giro hacia la puerta.

Corrick me agarra del brazo y suelto un grito. Espero que tire de mí, pero no lo hace. Sus dedos son amables, lo cual no debería sorprenderme, pero así es. Cuando me oye respirar hondo, me suelta de inmediato. Algo se rompe en su mirada.

—Tessa. Por favor. Detente. Dime qué ha pasado.

—Has dicho que has esperado demasiado.

Frunce el ceño, pero asiente.

—No he sido yo la que te ha hecho esperar —añado.

Se queda paralizado durante un buen rato, con la mandíbula apretada mientras me mira. Es el hermano del rey. No puede hacer promesas ni declaraciones. Yo sé que no puede.

Me vuelven a arder las mejillas, pero le sostengo la mirada.

—No me merezco ser tratada como si fuera un secreto, Corrick.

Un músculo de su mandíbula tiembla. Ojalá dijera algo. Ojalá hiciera algo.

—Perdóname —masculla al fin, con el tono educado y cortesano que casi siempre emplea—. No era mi intención.

Ya lo sé, quiero decirle, pero es que no lo sé. Como con el hombre de la confitería o con la presencia de Lochlan en este barco, no lo sé. No estoy segura.

Por lo tanto, hago una reverencia formal, como si no me estuviera ahogando en el sabor de sus labios.

—Gracias, alteza.

Eso lo golpea como un dardo. Casi veo el impacto. Da un paso atrás y me dirige un asentimiento.

—Espero que duerma bien, señorita Cade.

Eso me golpea como un puñal. Se me cierra la garganta y se me nubla la visión, y debo dar media vuelta y encaminarme hacia la puerta.

Al abrirla, oigo su voz, suave y suplicante.

—Tessa.

Pero la puerta ya está abierta, y Rocco y Kilbourne forman en el pasillo.

Tampoco los miro a ellos. Dejo que la puerta se cierre tras de mí y recorro el pasillo para encerrarme en el último camarote libre. Sola.

CAPÍTULO CATORCE

Corrick

Lo cierto es que no pensaba que las cosas pudieran empeorar.

Quiero ir tras ella, pero no sé cómo podría solucionarlo. ¿Profesarle mi amor? ¿Suplicar su perdón? ¿Ofrecerle el reino en bandeja?

Ni siquiera sé si ella querría algo de eso. No puedo ofrecerle el reino, no me pertenece. Le pertenece a mi hermano. Y ahora mismo Kandala no es un gran premio. Es como si le ofreciera un nido de avispas.

Ojalá supiera lo que le ha dicho Lochlan. En este momento, quiero hacerle todo lo que he dicho que le haría.

Las palabras de Tessa no dejan de retumbar en mi mente.

«No he sido yo la que te ha hecho esperar».

No. No ha sido ella.

Lo peor de todo es que no me lo ha dicho como censura. Me lo ha dicho… como si lo entendiera. Sabe quién soy. Sabe cuál es mi papel. Sabe que cualquier promesa va aparejada con el peso de la corona.

También sabe quién soy desde los últimos cuatro años. El justicia del rey, uno de los hombres más temidos de todo el país.

No lo ha dicho, pero no hace falta. Lo he oído en su voz cuando me ha preguntado por mis intenciones con Lochlan. Cuando le he agarrado el brazo, casi se ha encogido.

Necesito concentrarme. Aquí tengo deberes. Una obligación hacia mi rey y hacia mi país. No debería haber entrado en este camarote y haber iniciado… eso.

Pero al subir al barco no he dejado de pensar en que el capitán Blakemore la ha invitado a embarcar antes de que llegara yo ni en que durante la cena le ha propuesto que se tutearan. No he dejado de pensar en sus palabras acerca de la lealtad, el honor y el deber, y cómo sus comentarios han hecho que mis esfuerzos para proteger Kandala parecieran equivocados e ineficaces.

No he dejado de oír lo que ha exclamado cuando lo ha visto aparecer en el salón. *Oh.*

Se ha parecido demasiado al modo en que lo ha dicho cuando mis dedos han encontrado los lazos de su…

Debo obligar a mis pensamientos a detenerse en seco. No sacaré nada positivo.

Me desplomo en el costado de la estrecha cama y me paso las manos por la cara. No estaba preparado para sustituir el deseo y la lujuria por la rabia y la frustración, y mi cuerpo todavía no se ha acompasado con lo que pienso. En el camarote hace demasiado calor. Y es demasiado pequeño. En este preciso instante, iría al campo de batalla a librar una guerra. Me bajo las mangas de la camisa y luego empujo los puños hacia arriba con brusquedad.

El barco se mece y oscila, pero menos que en los muelles. Por fin debemos de haber salido al Río de la Reina.

Es un hecho. Me marcho. Abandono Kandala.

Estoy abandonando a mi hermano.

Experimento demasiadas emociones, y chocan unas contra otras. Me pongo en pie y me dirijo hacia la puerta. No tengo ni idea de qué voy a hacer, pero necesito hacer algo o me precipitaré yo mismo por la borda.

Cuando tengo en la mano el pomo de la puerta, sin embargo, dudo. Apenas llevo media hora en este barco, pero no es necesario que nadie sepa que estoy molesto, sobre todo mis propios guardias. Llevo cuatro años siendo el justicia del rey. Sé cómo tragarme el malhumor. Un espacio reducido nunca ha servido para guardar bien los secretos. Si mis guardias rumorean que Tessa y yo nos hemos peleado, al cabo de unas horas se sabrá en todo el barco, y eso es lo último que me interesa.

Doy un paso atrás y vuelvo a pasarme las manos por la cara. Hay un espejo diminuto en el rincón, cerca de la jofaina vacía, pero sigo lanzando chispas por los ojos, así que aparto la mirada. Me bajo las mangas y me abrocho los puños de la camisa.

Ojalá estuviera aquí Quint. O Harristan.

Se me forma un inesperado nudo en el pecho, pero encierro la emoción con las demás. Camino hacia la pequeña claraboya con barrotes y contemplo la oscuridad exterior. Los barrotes me recuerdan a la celda de una cárcel. En la penumbra, tan solo brillan unas cuantas luces tenues en la orilla. Cuento hasta diez. Cuento hasta cien.

Y luego vuelvo a comenzar.

Al final se me pasa la rabia. Ya no estoy soltando fuego por la boca.

Alguien llama a la puerta de mi camarote, y volteo la cabeza. Se me acelera el corazón. Quizá Tessa haya regresado. Quizá todavía tenga la posibilidad de arreglarlo.

Agarro el pomo de la puerta y la abro.

No se trata de Tessa. Es Kilbourne. Hay dos hombres detrás de él, y los dos llevan baúles pesados que resplandecen por el agua de la lluvia.

—Alteza —dice el guardia—. Han cargado sus baúles, aquí los tiene.

Me lo quedo mirando. Estoy intentando decidir si sabe qué ha ocurrido entre Tessa y yo.

Quizá no sea tan capaz de tragarme esa emoción como pensaba.

Mientras me debato, uno de los hombres se aparta un mechón de pelo de la frente.

—Cada vez pesan menos, alteza. —Y el otro suelta un ruido como si intentara reprimir una carcajada.

Entorno los ojos, y me tienta la idea de hacerles cargar con los baúles durante toda una hora, pero sería ruin. Sé lo leal que es la tripulación a Rian. No quiero que estén todos en mi contra.

—Disculpad —digo—. Dejadlos dentro.

Y los entran. No lo hacen con demasiada amabilidad. Sin apenas lanzarme una mirada, los hombres dejan los baúles y luego vuelven a salir al pasillo. Uno de ellos se limpia el sudor o la lluvia, o las dos cosas, de la frente al marcharse.

Estoy irritado, y es probable que no tenga ningún derecho a estarlo. No son mis criados.

—¿Dónde están los otros guardias? —le pregunto a Kilbourne.

—Silas está adecentando nuestro camarote. Rocco está paseando por el barco. —Kilbourne se queda contemplando el vacío pasillo y baja la voz—. El capitán nos ha prometido enseñárnoslo cuando hayamos dejado atrás la tormenta, pero Rocco no quería esperar tanto.

Interesante. E inteligente, quizá. Miro por el pasillo hacia las dos puertas cerradas. Me pregunto cuál será la del camarote de Tessa.

—¿La señorita Cade está cómoda?

—Que yo sepa sí. —El guardia vacila, me examina y, en ese momento, sé que se ha fijado en la súbita salida de Tessa de mi camarote.

Tiene la deferencia de no mencionarlo, y se lo agradezco.

—¿Qué le ha dicho Lochlan? —le pregunto.

Kilbourne suelta un lento suspiro.

No llevo más de media hora en el barco y ya estoy agotado.

—Dímelo.

—Ha insinuado que el rey lo ha subido a este barco con la intención de hacerlo desaparecer. Y que usted era un mentiroso que merecía terminar encadenado al timón. —Titubea—. Y que solo ha invitado a la señorita Tessa para… para que le haga compañía.

Aprieto la mandíbula.

—En la cama —añade.

—Gracias, Kilbourne. —Lo miro a los ojos—. Ya lo había entendido.

—Sí, alteza.

Suspiro y vuelvo a cerrar la puerta de mi camarote. No me sorprende que Tessa empezara preguntándome por mis intenciones, sobre todo porque no he hecho nada para calmar sus miedos. De hecho, es probable que los haya avivado.

Necesito acción, pero no estoy en el mejor estado mental para ir a buscarla. En realidad, me gustaría retorcerle el pescuezo a Lochlan. Me agacho junto al primer arcón y lo abro. Las ropas de arriba están un poco húmedas porque la lluvia se ha colado por entre el forro de piel del baúl, y suspiro antes de disponerme a colgar las prendas en las perchas del armario. Podría pedirle a alguien que lo hiciera por mí, pero ahora que tengo las manos ocupadas con la ropa, me acuerdo de los olores del palacio, tan diferentes al tufo a agua de mar y a pescado que parece desprender todo lo que hay a bordo del *Perseguidor del*

Alba. Seguro que Geoffrey, mi ayuda de cámara, ha seleccionado cada pieza con esmero, porque todo resulta práctico en un viaje por mar, con unas cuantas prendas más majestuosas para cuando lleguemos a Ostriario.

Y entonces, en el fondo del baúl, encuentro una chaqueta de montar de cuero raído que está atestada de recuerdos, aunque creo que hace años que no me la pongo. Frunzo el ceño porque no imagino qué habrá llevado a Geoffrey a meterla en mis arcones. Es de cuero de calidad, con unas puntadas de decoración, un cinturón en la parte baja y hebillas por el pecho, pero en un barco no voy a necesitar una prenda de montar. La verdad es que, además, estoy bastante seguro de que es de Harristan…

Me quedo paralizado, asediado por un recuerdo. Yo tenía catorce años, así que Harristan había cumplido los dieciocho. Era finales del otoño, y nuestros padres todavía vivían. Estábamos visitando al cónsul de Tierras del Tratante. Mis padres querían que Harristan fuese en carruaje, porque el aire más frío siempre parecía empeorar sus problemas respiratorios, pero mi hermano ya había alcanzado una edad en que podía negarse. Cabalgó a mi lado durante kilómetros de caminos abarrotados de hojas… y sufrió las consecuencias. Para cuando llegamos a la hacienda del cónsul, Harristan no podía pronunciar toda una frase sin jadear ni resoplar.

En cuanto entramos, se recuperó enseguida, pero después de horas de tés, comidas y chismes delante de una chimenea, me empezó a aburrir el protocolo real. Dejé a mi hermano y a mis padres, y me escabullí hacia la penumbra de los establos. Oí murmullos en el cuarto de aperos, pero no les di demasiada importancia hasta que supe qué estaban haciendo los mozos de cuadra: se burlaban de mi hermano.

—Voy… —un fingido resuello— a… —otro—. Voy a… —El muchacho empezó a toser de forma exagerada.

—¿Qué le ocurre, alteza? —Otra carcajada—. ¿Qué va a hacer?

No lo pensé. Derribé a uno de ellos. Ni siquiera supe a cuál. Comencé a asestar puñetazos antes siquiera de saber a quién estaba golpeando.

Los establos estaban casi desiertos, y seguro que no esperaban que el joven príncipe se pasara por allí. Obviamente, al principio no supieron quién era yo, porque el muchacho, que era mayor y más corpulento, me lanzó al suelo antes de que uno de los otros le agarrara el brazo para detenerlo. Todos se me quedaron mirando asustados, y recuerdo haber pensado que iban a acabar conmigo… o a salir huyendo.

Sin lugar a dudas, los habría vuelto a derribar, pero Harristan apareció por la puerta del cuarto de aperos.

Sus ojos volaron de mí, con el labio ya hinchado, a los mozos de cuadra, y su mirada se oscureció. La tensión se adueñó de la estancia durante lo que pareció una eternidad, y supe que los muchachos se preguntaban qué futuro les deparaba.

—Cory —dijo Harristan al fin—. Madre me ha enviado a por ti. El cónsul Montague está preparándose para la cena. —Miró hacia los mozos—. Que vuelvan al trabajo antes de que Padre venga a buscarte.

Estaba claro qué era lo que insinuaba. Me puse en pie y los muchachos salieron corriendo para encontrar algo que hacer al instante.

Me pasé una mano por la mandíbula, y me sorprendió encontrar sangre sobre mis nudillos. Harristan suspiró y extrajo un pañuelo para limpiarme la sangre de los labios.

—No puedes librar todas mis batallas, hermanito.

Quise rechazar el pañuelo, pero sabía por propia experiencia que Madre se enfurecería si veía pruebas de una pelea en mi camisa.

—¿Los has oído?

Se encogió de hombros y puso los ojos en blanco.

—¿Crees que no he oído algo parecido en boca de nuestros propios sirvientes? —No esperó a que le contestara, tan solo se desabrochó la chaqueta—. Toma. Póntela. Te has desgarrado la camisa. Madre se enfadará mucho.

Me puse su chaqueta y me la abotoné.

Su chaqueta. Esta chaqueta.

Había olvidado aquel suceso por completo.

Ahora, acaricio las solapas con los dedos. Es imposible que Geoffrey la hubiese metido en el arcón.

Y eso significa que ha sido mi hermano.

Recuerdo que esta noche se ha colado en mi carruaje. Busco en los bolsillos por si me hubiera dejado una nota en uno, pero no hay nada.

Me vuelvo a sentar en el extremo de la cama y aspiro. La chaqueta huele a cuero repujado y a paja, con un matiz casi imperceptible de sudor equino. Suspiro y me tumbo en la cama; noto el movimiento del barco debajo de mí y escucho el repiqueteo de la lluvia contra la ventana del ojo de buey. Me llevo la chaqueta hasta el pecho y cierro los ojos.

«No puedes librar todas mis batallas, hermanito».

Eso cambió cuando me nombró el justicia del rey. He librado muchas de sus batallas en perjuicio de mí mismo.

Y seguro que libraré muchas más. No quiero decepcionarlo.

No quiero decepcionar a Tessa.

Como de costumbre, las dos opciones parecen contrapuestas.

Pero ahora mismo me quedo tumbado observando el techo, inhalando los débiles aromas que me recuerdan a casa, y aparto de mí las preocupaciones durante unos cuantos minutos.

No quería quedarme dormido, pero bueno. Cuando me despierto, estoy en la misma postura que antes, tumbado en la cama contemplando la oscuridad, y el barco se sigue meciendo. Durante un instante, experimento una aterradora desorientación porque no recuerdo dónde estoy. Pero enseguida me recompongo y me incorporo de pronto, con lo que la chaqueta de mi hermano cae sobre mi regazo. La lámpara de aceite se ha apagado y en el camarote hace frío. No tengo ni idea de qué hora es, y está demasiado oscuro como para poder ver el reloj de bolsillo.

Está demasiado oscuro como para poder ver nada.

Pero tengo la chaqueta, así que meto los brazos en las mangas y avanzo por el camarote en penumbra lentamente con los brazos extendidos hacia delante.

Aun así, me golpeo la espinilla con un baúl y reprimo una maldición, y después me apoyo en la pared.

Por lo menos de esta forma consigo llegar a la puerta.

Tiro del pomo y luego entorno los ojos ante la repentina luz. En el pasillo hay dos lámparas colgadas. Rocco estaba sentado en el centro con las piernas cruzadas, pero se pone en pie antes de que yo haya terminado de abrir la puerta del todo. Sobre los tablones de madera estaban dispuestas varias cartas, que se desordenan un poco por su rápido gesto.

—Alteza —dice, sorprendido.

—Perdona —me disculpo—. Me he cargado tu partida.

—No pasa nada.

Mis pensamientos siguen siendo un tanto frenéticos y alocados, y al mismo tiempo me siento despierto del todo y deseoso de dormir más. Es una sensación que recuerdo de mis paseos matutinos con Tessa. Saco el reloj del bolsillo y observo la esfera.

Las tres y media de la madrugada.

No me parece descabellada la hora.

Vuelvo a mirar hacia Rocco y me froto los ojos.

—¿Te encargas tú de la guardia nocturna?

—Kilbourne me relevará al alba. —Sus ojos examinan mi vestimenta, y me doy cuenta de que, aparte de la chaqueta, llevo las mismas prendas que cuando embarqué, botas incluidas.

Y me siento como un estúpido.

Multiplicado por dos cuando miro por el pasillo y veo que la puerta de Tessa está cerrada.

Me concentro en Rocco de nuevo, que me está observando como si pensara si está en su derecho para sugerirme que regrese a la cama. Es bastante posible que yo parezca estar de resaca.

Ojalá.

—Kilbourne me ha dicho que antes has recorrido el barco —le digo.

—Así es.

—Dame diez minutos, Rocco. —Me froto los ojos una vez más—. Y luego me gustaría que me contaras qué has descubierto.

—Yo… Sí, por supuesto.

Vacilo antes de encaminarme hacia mi camarote.

—Y préstame una de tus lámparas, si no te importa.

En cuanto regreso a mi camarote, tardo menos de diez minutos en sentirme más persona. No esperaba que hubiera agua corriente, pero me alegra encontrar un cuarto de baño privado con un cántaro y una jofaina para que me lave. Me cambio la camisa por una prenda menos arrugada con la esperanza de que me haga sentir más entero. Pero no. Quiero volver a guardar la chaqueta de mi hermano en el baúl porque no tiene sentido que esté aquí, pero en su presencia hay algo que me resulta reconfortante. Y, además, hace frío. Me la pongo.

Me dirijo hacia la puerta y me detengo ante el siguiente arcón; me pregunto qué encontraré en el interior. Es muy pesado, y recuerdo que uno de los hombres de Blakemore ha comentado con ironía que cada vez pesaba menos. Abro los pestillos y levanto la tapa.

Bajo la luz de la lámpara veo brillar varias botellas. Vino, *whisky*, ron y brandi; un completo surtido de bebidas alcohólicas procedentes del palacio. Y también hay un abridor.

Quint, te quiero.

Estoy totalmente convencido de que pretendía que las sacara para impresionar a los dignatarios de Ostriario, o quizá para dárselas como regalo al rey Galen Redstone, pero ahora mismo me trae sin cuidado. Agarro la botella de brandi, le quito el tapón y bebo a morro.

Dios, Tessa.

Bajo la botella y vuelvo a ir hacia la puerta. Rocco ha recogido las cartas y está cuadrado en posición de firmes en el tenue pasillo.

Una vez abierta la puerta, señalo la mesita y las sillas que están atornilladas al suelo.

—Entra. Siéntate.

Rocco acepta la botella que le ofrezco y cruza el umbral. Es lo bastante alto como para tener que agacharse un poco para pasar por la puerta.

—Podemos esperar al alba, alteza, si lo prefiere.

—No. —No hay ningún vaso en mi camarote, pero encuentro cuatro tazas de madera en una cajita atornillada también a la mesa. Extraigo dos, sirvo la bebida y me dejo caer sobre una silla.

El guardia se lo queda mirando y se desploma en la silla delante de mí.

—El *Perseguidor del Alba* está bien equipado —dice—. El rey les pidió a los guardias que registraran el barco cuando el capitán

Blakemore dijo quién era y de dónde venía, y por lo visto sus cuadernos de bitácora son coherentes. Hay suficientes provisiones a bordo para una tripulación de su tamaño. Los marineros parecen competentes, aunque quizá un poco toscos. Algunos son veloces y ariscos. Son leales a su capitán.

—¿Te fías de él?

—No.

Arqueo una ceja y Rocco se encoge de hombros.

—Nos ha dejado subir a muy pocos. Parece razonable, pero el barco es lo bastante grande como para albergar a diez personas más. Las cubiertas inferiores están en gran parte vacías. En estas circunstancias, si se desata una pelea, nos superarán en número. Son más del doble que nosotros si asumimos que la señorita Cade tal vez no pueda pelear. Por no hablar del rebelde. —Pone una mueca—. Quién sabe en qué bando elegiría luchar llegado el momento.

—En el bando que consiguiera arrojarme al fondo del océano. —Agarro mi taza y la vacío de un trago—. ¿Qué más?

—En teoría no es un barco de combate, pero en la cubierta del medio hay varios cañones atados. Se lo hemos preguntado al capitán Blakemore y…

—¡Cañones!

—Sí. Una decena. Nos ha explicado que los cañones están en el barco desde que su padre salió de Kandala, y que sería costoso quitarlos, así que los han amarrado en la popa.

—¿Y podría ser verdad?

—Sí. —Empuja la taza hacia mí—. Y también podría ser mentira, alteza.

—Lo he servido para ti.

—Ya lo sé.

Hay una parte de mí que desea no haber encontrado la botella y otra que quiere apurarla entera.

—Así que estamos en un barco que no es de combate pero que podría serlo si fuera necesario.

—Sí. —Rocco se recuesta en el respaldo de la silla—. ¿Tiene algo con lo que escribir? Le enseñaré la disposición del barco.

Busco debajo de las botellas de alcohol y hallo una caja con plumas y una nueva carpeta de piel con un montón de pergaminos.

—Nos han asignado camarotes de la popa —Rocco dibuja a toda prisa— con la promesa de que son los mejores porque son más grandes y el movimiento aquí es menor. Podría ser cierto... o podría ser que nuestro pasillo es corto y sería más fácil dejarnos atrapados si resultase necesario. Pero también nos proporciona una especie de ventaja: un solo hombre puede hacer guardia en el pasillo. Descartado un ataque frontal, no hay manera de sorprender al guardia. Pero para ir hacia arriba o a las cubiertas inferiores, para escapar, debemos dirigirnos al centro del barco. Aparte del capitán y de la teniente primera, los camarotes de la tripulación se ubican en la proa, con acceso a todo: la galería, las cubiertas con las armas, la bodega...

—¿Dónde está el capitán?

Espero que Rocco haga otra marca en el dibujo, pero señala hacia el techo.

—El capitán Blakemore y la teniente Tagas duermen justo encima de nosotros.

Levanto la vista hacia las vigas pesadas y me pregunto cuánto aislarán de los ruidos. Respiro hondo y estudio el diagrama del guardia.

—¿Dónde están los cañones?

—Una cubierta por debajo. —Traza otra línea—. Los orificios de disparo están cerrados, y los cañones están guardados aquí. —Hace otra marca—. Y aquí.

—¿Hay un arsenal de munición?

—Sí. Cerrado con un doble candado. Pero los guardias que registraron el barco dijeron que estaba completamente abastecido.

—¿De qué?

—No lo sé. Es lo único que figuraba en su informe. «Completamente abastecido». Estaban buscando mercancías de contrabando, no armas, así que creo que no se les ocurrió hacer una lista de la munición. —Se detiene—. Lo he preguntado al recorrer el barco, pero los tripulantes no tienen la llave. Es cierto que nos persigue una tormenta. Eso no lo han podido fingir.

—Tendré que pedir que me enseñen el barco. —Me paso una mano por la cara y, antes de que pueda pensármelo mejor, vacío la segunda taza. Mi voz ya se ha vuelto un poco ronca por la primera—. ¿Cuáles son las posibilidades de que me encuentre secuestrado, Rocco?

—La historia del capitán parece sólida, y ciertamente ha aportado pruebas: el anillo, los cuadernos de bitácora, la bandera... Si es un secuestro, la tripulación no está al corriente. No percibo un aura de maldad.

Yo tampoco, pero una de las primeras afirmaciones de Rocco ha sido que no se fía del capitán. La tripulación no tiene por qué saber que es un secuestro si acto seguido reaccionará tal como el capitán Blakemore le pida.

—¿Pero...? —lo aliento.

—Estoy intentando averiguar qué tripulante es reacio a navegar y cuál no. Si llegamos a ese punto, Kilbourne se encargará de Sablo y de Marchon. Silas vigila a Tagas, mientras que yo me ocupo de Blakemore, aunque Tagas sería nuestra mejor apuesta para mantener el barco a flote. Tiene una hija entre la tripulación, así que podríamos utilizarla, y si desbancamos al capitán necesitaremos echar mano de algo para influir en alguien con cierto rango.

Habla con un tono sorprendentemente implacable y pragmático. En pocas ocasiones lo oigo en boca de alguien que no sea yo.

Me lo quedo observando, y por alguna razón recuerdo que Harristan lo ha llamado Erik cuando no vestía uniforme de palacio. Es un nivel de familiaridad que me inquieta porque nunca me había dado cuenta. Rocco y los demás deben de haber mantenido conversaciones parecidas a esta con mi hermano en todo momento. Mi dominio siempre ha sido el presidio, los contrabandistas y los castigos que se merecen. Los prisioneros, los guardias y la patrulla nocturna. Como él es el rey, el dominio de mi hermano ha sido… pues todo Kandala.

Valoro el tono de Rocco y me percato de que Harristan debió de mantener conversaciones parecidas sobre mí tras la llegada de Tessa al palacio. Me gustaría saber cuánto tardó en interesarse por mis secretos, si fue después de la conversación que tuvo con Tessa o si fue porque Allisander difundió mentiras sobre sus propios errores.

—¿Durante cuánto tiempo sospechó mi hermano de mí? —le pregunto a Rocco.

Es un cambio de tema un tanto brusco, pero él lo acepta sin inmutarse.

—Solo durante los últimos meses.

Responde con suma tranquilidad, con tono desenfadado, como si ese lapso de tiempo no debiera ser una sorpresa. Sin embargo, esas palabras me asestan tal golpe que casi me derriban de la silla.

—¿Meses? —repito, y ahora Rocco tiene la decencia de sobresaltarse.

—Sí, alteza. Creía que lo sabía.

No. No lo sabía. Mi cerebro intenta repasar meses de recuerdos, todos los minutos que estuve sentado junto a mi hermano, evaluando a los cónsules, hablando de los contrabandistas a los que deteníamos, decidiendo la mejor manera de mantener el orden y el control en las calles de Kandala. Todas las veces que estuve en su habitación escuchando su respiración, preocupado por si era presa de las fiebres. Recuerdo cada minuto que me he pasado intentando no destruirme a mí mismo por él, y resulta que él estaba ocupado sospechando de mí.

Pienso en la chaqueta, que mi hermano ha metido en el fondo de mi baúl.

—¿Has mantenido alguna conversación como esta con él? —le pregunto—. ¿Sobre mí?

Rocco no contesta.

—Respóndeme.

—No voy a traicionar la confianza del rey.

—¿Cuál de vosotros era el encargado de vigilarme?

De nuevo, no dice nada.

—¿También sospechaba de este viaje? —insisto con amargura—. ¿Le preocupaba que de alguna manera yo fuese a tramar algo con el capitán Blakemore? ¿Por eso estás tú aquí?

Rocco me sostiene la mirada sin pestañear.

—El propio rey me ha ordenado —contesta con calma— que me asegurase de que usted regrese a Kandala ileso.

Eso podría significar muchas cosas. Ojalá pudiera cruzar el pasillo e ir en busca de Tessa. Pero no puedo, claro que no.

Suelto un largo suspiro. No estoy enojado ni decepcionado con Rocco. Además, si pretendo sobrevivir a este viaje, lo necesito a mi lado.

—De acuerdo —rezongo—. Consejo. —Es lo que siempre dice mi hermano cuando quiere que sus guardias formulen un plan. No sé si yo lo he dicho alguna vez.

Rocco no vacila, pero seguro que es porque lo ha oído miles de veces.

—De momento, le recomiendo que haga lo que esté en su mano para disfrutar del viaje. No permita que nuestras sospechas salgan a la luz. Cuanto más crean que somos pasajeros de buena fe, más cosas descubriremos. Bajarán la guardia. Que Lochlan sea quien busque problemas, ya que parece estar tan dispuesto. No será una distracción para nosotros, pero sí para ellos. —Hace una pausa—. Y yo no le contaría a la señorita Tessa esas dudas.

Frunzo el ceño y me imagino a Tessa en su camarote. *No me merezco ser tratada como si fuera un secreto, Corrick.*

Debo hacer acopio de toda mi fuerza de voluntad para no encogerme. Tal vez yo me haya enamorado de Tessa Cade, pero una vez más recuerdo que ella no se enamoró del príncipe Corrick, el justicia del rey.

Se enamoró del forajido Weston Lark.

Se enamoró de un hombre que no existe.

Quiero servirme otro vaso de brandi.

—Rocco —digo—, no hace falta que te preocupes por eso.

CAPÍTULO QUINCE

Tessa

Cuando me incorporo en la cama, por el ojo de buey veo el cielo morado propio del alba y estoy desorientada durante unos instantes. Sé dónde estoy, pero me sorprende haber dormido tan bien. Apenas recuerdo haberme quedado dormida. El movimiento del barco, que al principio me provocaba náuseas, terminó tranquilizándome después del desafortunado desencuentro con Corrick.

Pero ahora es de día, y él no se ha presentado ante mi puerta. Esperaba que viniese a disculparse. O, como mínimo, a intentar arreglarlo.

Y no. Y ya es de día.

Me sigue ardiendo la boca con el recuerdo de su beso.

Quizá sí que soy una ingenua.

El príncipe embarcó como un huracán, me encerró en su camarote sin dudar y me rodeó con los brazos como si fuera un hombre hambriento delante de un gran banquete. Percibí la emoción que le nublaba los ojos, igual que con el rey Harristan cuando acudió a mi habitación a pedirme que le preparara las medicinas. Este viaje es importante para los dos. Los ojos de Corrick estaban rojos, pero sus manos irradiaban calidez y seguridad. Ansia. Desesperación. Deseo.

Y luego todo se desmoronó. No sé si fue culpa mía… o suya.

Me paso las manos por la cara. Por lo menos tengo trabajo que hacer.

Después de hacer mis necesidades, hurgo en uno de los baúles que me dejaron aquí anoche. Si hace viento, no quiero llevar faldas, así que me alegra encontrar pantalones, botas y chalecos junto a las prendas más formales. En cuanto me visto y me hago una trenza en el pelo, rebusco en mis materiales de boticaria para encontrar las bolsas individuales de flor de luna. No tardo demasiado en moler los pétalos y preparar seis frascos, aunque la oscilación del barco me hace derramar más de lo que me gustaría. Tendré que ir con más cuidado cuando prepare las dosis de la noche.

Uno de los frascos es para mí, y el resto los guardo en una bolsita de terciopelo que me meto en el interior del chaleco. Cuando estoy lista, me dirijo hacia la puerta y me encuentro con Kilbourne en el pasillo.

El guardia no parece sorprendido de verme.

—Señorita Tessa —me saluda, y luego me dedica una sonrisa—. Buenos días.

—Buenos días —respondo—. ¿Sabe qué hora es?

—Las seis y media —dice sin comprobarlo siquiera en su reloj—. Rocco acaba de retirarse.

Me pregunto si han preparado un horario muy estricto. No esperaba que hicieran guardia durante la noche, pero no debería extrañarme.

Siento ansiedad e incertidumbre, pero de ninguna de las maneras voy a encerrarme en mi camarote a esperar una conversación que claramente no va a suceder.

—Me voy hacia la cubierta principal —lo informo—. Necesito tomar un poco el aire.

—¿Debería despertar a su alteza?

—¡No! —exclamo demasiado deprisa. Debo aclararme la garganta—. No. Gracias.

—Puedo pedirle a Silas que la acompañe.

Pienso en el guardia, que seguramente debe de ser más joven que yo.

—No, no es necesario.

Durante unos segundos, imagino que Kilbourne insistirá. Aunque tengo claro que no soy una prisionera, no es ningún secreto que en Kandala todo el mundo sospecha de esta misión. No estoy del todo segura de cuánta libertad dispongo aquí, y lo último que quiero es una sombra en forma de guardaespaldas que me siga dondequiera que vaya. Pero deben de haber acordado que no pueden estar en todas partes al mismo tiempo, porque lo veo asentir.

—Avisaré al príncipe de su paradero cuando se despierte.

Seguro que es lo máximo a lo que puedo aspirar.

—Gracias. —Dudo con una mano sobre la bolsita del elixir. Quiero dejársela para que todos tomen una dosis en cuanto se levanten, pero el rey fue muy claro al exigir que nadie se entrometa con mis medicinas, incluidos los guardias. Extraigo un frasco—. Esta es su dosis de la mañana —le digo—. Si no le importa, ¿podría advertir a todo el mundo cuando se despierte de que tengo las dosis preparadas?

—Sí, señorita Tessa.

Asiento y me guardo de nuevo la bolsita en el bolsillo interno del chaleco.

Es temprano, pero no veo a nadie al dirigirme hacia las escaleras. Cuando salgo a la cubierta, el viento me zarandea los mechones de pelo y las cintas de mi chaleco. El barco se hunde y se alza con la corriente, pero con menos violencia que ayer. Estamos a varios kilómetros de la orilla, así que solo diviso los edificios más altos y el resplandor ocasional de los faros de las ciudades que son lo bastante afortunadas como para tener electricidad. Las velas ondean y restallan encima de mí y el viento me ruge en los oídos.

Levanto la vista hacia las estrellas, apenas visibles a estas horas, y veo que la tormenta sigue detrás de nosotros, una línea densa de nubes oscuras y moradas que se ciernen en la distancia. Pero parece que le ganamos la partida al tiempo, ya que el cielo de buena mañana está despejado desde nuestra posición hasta el rosado horizonte. El sol se asoma ligeramente y baña de dorado la zona de Artis que linda con la margen oriental del Río de la Reina.

—Señorita Cade —me llama una voz masculina, pero apenas es audible por el viento, y doy media vuelta—. ¡Aquí arriba! —exclama, y miro hacia el cielo, hacia la maraña de cuerdas y telas que forman las jarcias y las velas. Durante unos segundos, el balanceo del barco me marea y extiendo una mano para agarrarme al mástil, pero al final lo veo. El capitán Blakemore, por lo menos a casi diez metros de mí, tiene un pie en el extremo de una cuerda y el otro apoyado en el mástil principal.

—¡Buenos días, capitán! —le grito.

El cielo sigue siendo demasiado tenue como para dejarme ver gran cosa, pero de pronto detecto el resplandor de su sonrisa.

—Las jarcias estaban torcidas —responde tirando de las cuerdas—. Bajo dentro de nada. En mi camarote tienes café, si te apetece. No tengas en cuenta el desorden.

Café. En Kandala no abunda y es espantosamente caro porque las plantas solo crecen bien en la zona al sur de Solar. Es el sector menos popular, así que hay menos gente para labrar los campos. La mayoría de los agricultores ganan más dinero en Crestascuas y en Prados de Flor de Luna, donde crecen las flores con las que preparamos el elixir. No conozco a nadie de fuera del palacio que haya probado el café. Un día se lo pregunté a Corrick, y me puso una mueca y me dijo que sabe a tierra caliente. En palacio no lo sirven, solamente si alguien lo pide.

Pero aquí me lo ofrecen en un barco como si fuera tan común como un vaso de agua. Es casi tan sorprendente como la calma con que el capitán me ha dicho que puedo entrar en su camarote. Es muy distinto a Corrick, quien comparte tan poco de sí mismo que cada concesión parece más bien un robo. Me intriga tanto esta confianza inesperada que avanzo por el barco en movimiento para dirigirme hacia las puertas del fondo de la cubierta. Hay tres, y dudo durante unos segundos.

—La de babor. —Eso no me ayuda demasiado, pero enseguida añade—: La de la izquierda. —Y giro el pomo.

Su camarote es más grande de lo que me esperaba. Una mesa redonda gigantesca preside el centro de la estancia, con libros y mapas desperdigados por todos lados: cartas de navegación y mapas de países, ríos y estrellas. Algunos están clavados, mientras que otros están sujetos con libros y cuadernos. En una de las paredes que no tiene ventanas hay un reloj enorme, cuyo tictac retumba en el cerrado espacio. Debajo de él hay tres espadas largas, enfundadas y sujetas con pequeños ganchos de madera, acompañadas de dos lanzas, atadas del mismo modo. Hay varios ganchos vacíos, pero el descolorido de la pared me confirma que las armas suelen estar aquí. Me pregunto dónde estarán.

En un rincón hay una pequeña estufa de carbón que llena el camarote de calidez y un cazo de hierro colado en una ranura en lo alto. Las otras tres paredes están repletas de ventanas, así que veo la parte trasera del barco, así como la zona occidental —la de babor, me recuerdo—, y también la cubierta principal.

El viento silba entre los goznes de las ventanas y sacude ligeramente la puerta. No quiero tocar el café ni ninguna otra cosa en realidad, pero me permito observar los mapas.

Nunca he visto un mapa detallado de un país que no sea el mío, y ante mí veo un mapa en que aparecen Kandala y las islas de Ostriario, además de dos grandes masas de tierra al norte y al oeste. Con los ojos como platos, recorro los límites de las islas, todas mucho más grandes de lo que pensaba, y que se extienden hacia el oeste, todas ellas conectadas con los puentes que mencionó el capitán Blakemore. En conjunto, la tierra es casi tan grande como Kandala. No sé si Corrick lo habrá visto.

Rememoro la forma en que anoche me fui de su camarote, por no hablar de la forma en que no vino tras de mí, y dudo de que tenga ocasión de preguntárselo en el futuro inmediato.

En la cubierta hay movimiento y llama mi atención; al levantar la vista, veo que el capitán está bajando por el mástil con rapidez y agarrado a las cuerdas mientras el barco se mece de un lado a otro. Está a unos tres metros de la cubierta cuando salta sobre los tablones de madera como si estuviéramos en tierra firme. Tiene el pelo oscuro despeinado por el viento y las mejillas un tanto sonrojadas por el frío aire matutino. Lleva la chaqueta abierta y, debajo, una camisa marrón que se ha desabrochado en el cuello, con lo cual queda a la vista la zona bronceada de sus clavículas. En la cintura le cuelga un corto puñal y en el muslo porta atado otro más largo. Creo que nunca lo había visto armado.

Al poco, llega junto a la puerta y me clava los ojos, y me doy cuenta de que lo estaba contemplando fijamente.

No me resulta desconocida la lengua de los marineros.

Aquellas palabras prenden de repente en mi mente, y noto cómo me ruborizo. Cuando el capitán acciona el pomo y cruza el umbral, me fijo de nuevo en los mapas.

—Nunca había visto un mapa completo de Ostriario —le digo. Debo aclararme la garganta. Seguro que estoy hablando demasiado deprisa—. Cuando mencionaste las islas, no se me ocurrió que fueran tan grandes.

—Como sucede con los sectores de Kandala, todas son diferentes en ciertos aspectos. —Da un paso hacia mí; huele a mar, a viento y a sol. Las señala y las nombra, y recuerdo cómo las enumeró con los dedos y la palma: Fairde, la mayor del centro, seguida de Iris, Kaisa, Roshan, Estar y Silvesse. Apoya el dedo en Kaisa—. Aquí es donde crecen las flores de luna. Es la isla más al norte y una de las más pobladas. Se conecta con Fairde mediante dos puentes, aunque fueron destruidos durante la guerra.

—¿Es la capital?

—Fairde es la capital, sí. —Señala hacia la costa sureste—. Aquí había una ciudadela, Tarrumor. La residencia real llegó a llamarse el Palacio del Sol porque el patio central estaba pavimentado con oro y todas las ventanas estaban hechas de vitrales rojos y amarillos. Era bastante espectacular, la verdad.

—¿Ahora cómo lo llaman?

—De ningún modo. —Vacila, y su voz tropieza con el silencio—. El palacio sigue en pie, pero gran parte de la ciudadela está en ruinas. Sin los puentes, es difícil reconstruirlo todo rápido.

Le aprieto una mano. Sé que no nació en Ostriario, pero como le dijo a Corrick, se ha pasado un cuarto de su vida allí. Perdió a su padre allí. Y fue durante una época en que la guerra desmembraba al país.

—Lo siento —murmuro.

Levanta la vista, sorprendido, y retiro la mano.

—No pretendía ser una descarada —digo.

—No estás siendo una descarada. Estás siendo amable. —Me mira con demasiada intensidad, así que trago saliva y vuelvo a concentrarme en el mapa.

Él imita mi gesto y mueve un dedo hacia el espacio al sur que ocupa el océano que separa los dos países.

—Aquí los vientos pueden llegar a ser muy fuertes, tranquilamente cincuenta nudos en un día despejado, y la corriente que llega del Arroyo de Silvesse, lo que vosotros conocéis como el Río Llameante, empuja hacia el océano. Es la zona más difícil de navegar, sobre todo comparada con lo que verás en cuanto abandonemos el Río de la Reina. Al sur de Solar, el agua es tan clara y tranquila que podrías nadar junto al barco durante kilómetros. Pero aquí… —Señala un punto del océano donde hay un cuadradito dibujado en el mapa—. Es la zona más complicada. En los mapas de Kandala, es el Amarradero de Beldan. En Ostriario, la Isla del Caos. Los vientos son muy fuertes y las tormentas se forman muy deprisa. El agua se vuelve poco profunda de repente, así que si no andas con cuidado el barco se queda atascado en un banco de arena. Entre el viento y la corriente, aquí es donde la mayoría de los barcos dan la vuelta… o se hunden.

—Y ¿tú no tienes ese problema?

—No voy a decir que vaya a ser fácil. —Se encoge de hombros, pero no hay arrogancia en su gesto—. Los mares tranquilos no forman marineros expertos, señorita Cade. Lo he atravesado antes y puedo conseguirlo de nuevo.

Acabo de verlo trepar casi diez metros zarandeado por el viento cuando el sol no había hecho más que salir por el horizonte, así que me lo creo.

—De verdad que puedes llamarme Tessa —le recuerdo.

Curva la comisura de los labios. Mitad sonrisa, mitad no sonrisa.

—Si lo hago, me preocupa que el príncipe Corrick intente apuñalarme por la espalda.

Que mencione a Corrick me enfurece.

—Más le vale que no —digo, acalorada—. No está en posesión de mi nombre, capitán Blakemore.

—Tampoco está en posesión del mío. —Su semisonrisa se vuelve más auténtica—. Llámame Rian sin más.

Lo dice con tanta calma que borra una parte de mi rabia.

—Ah —murmuro—. Perdona —dudo—, Rian.

Espero que me llame Tessa, pero no es así.

—¿Por qué te has despertado tan temprano? —me pregunta—. Por lo general, a esta hora estoy yo solo en la cubierta.

—Ah, es que soy muy madrugadora. —Después de que haya citado a Corrick, me parece peligroso comentarle los miedos que esta noche me han impedido dormir durante varias horas.

—Agradeceré tu compañía, pues. —Rian sonríe y, al bajar la vista, ve que no tengo ninguna taza en las manos—. ¿No quieres café?

Utiliza un tono tan intrascendente que casi me arranca una carcajada.

—El café es una especie de exquisitez en Kandala, así que no sabía si lo decías en serio.

—Yo nunca bromearía sobre el café. —Parpadea como si lo hubiera ofendido. Se aparta para agarrar dos pesadas tazas de cerámica de un armario bajo—. Y en Ostriario no es una exquisitez. Lo hay a montones. —Con un paño en las manos, levanta el cazo de hierro del fogón y me sirve—. Toma. —Me ofrece la primera taza.

La acepto y huelo el vapor. Sí que huele un poco a tierra, pero no en el mal sentido. No es un olor desagradable. El líquido es de un marrón fuerte, más oscuro que ningún té que haya visto antes.

Me atrevo a beber un sorbo y pongo una mueca aun sin quererlo.

—Ay… Perdona.

Rian se da cuenta y sonríe.

—Es un sabor que te va ganando con el tiempo. —Va en busca de unas cuantas botellas desperdigadas—. Toma. La leche es difícil de conseguir en un barco y en general nos conformamos con leche en polvo. Pero sí que tenemos azúcar. —Me lanza una mirada burlona—. Gwyn ha podido llenar las provisiones de la cocina cuando no nos interrogaba la corona.

Arrugo el ceño y acepto la botella que me tiende.

—Tienes que admitir que has aparecido con una historia bastante curiosa.

—Ya sabía que dudarían de nosotros —dice—. Seguro que siguen dudando.

Suena a provocación. Vierto la leche y el azúcar en mi café, y mantengo la vista clavada en la taza.

—No voy a ser una fuente de chismorreos sobre la familia real.

—No espero que lo seas. Ni necesito que lo seas. En un barco, los secretos tienen una vida muy corta. ¿Crees que no me he fijado en cómo ese tal Lochlan te abordó en el pasillo? ¿Ni en cómo flaqueó ante la llegada del príncipe?

Es tan directo que olvido que no es necesario que capte indicios ni insinuaciones, como ocurriría con cualquiera en el palacio. Me arden las mejillas, pero no respondo.

—Cuando le pregunté a su alteza si su gente iba a ser un problema —Rian llena mi silencio—, saltó de inmediato diciendo que no era su gente la que causaba problemas. Es muy revelador.

—¿Por qué?

—Porque Lochlan sí es su gente, ¿no es cierto?

No le falta razón. Recuerdo todo lo que dijo Lochlan anoche. Tal vez sea tosco y violento, pero el líder de los rebeldes también ha demostrado pizcas de amabilidad. «No dejes de decirle a Karri que la amaba».

Cuando le pregunté a Corrick si era su intención que Lochlan cayera por la borda, me contestó: «No derramaría ni una lágrima si sucediera eso».

A estas alturas, los dos son tan cabezotas que no me apetece ponerme a defender a ninguno de ellos. Aun así, me escuece un poco oír al capitán criticar a mis compatriotas.

He guardado silencio durante demasiado tiempo. En la estancia hace calor y, aunque las ventanas no permiten que el espacio parezca pequeño, me rodea un ápice de intimidad que no me esperaba.

—¿Te estoy poniendo incómoda? —Rian me observa fijamente.

—Ah. No. —Abrumada, bebo un sorbo de café con la certeza de que estará espantoso.

Una intensa calidez me inunda la lengua, y arqueo una ceja. No sabe a tierra en absoluto. Percibo una rica dulzura de leche con toques de canela. Creo que me gusta más que los tazones de chocolate que tomaba con Karri.

—¿Qué opinas? —Rian sonríe al ver mi reacción.

—Creo que por tu culpa ya nunca volveré a tomar té —tercio.

—Me alegro. —Él también bebe un sorbo—. Tengo que comprobar el estado del resto de las jarcias, por si te apetece acompañarme. Pero no dudes en cobijarte del viento si lo prefieres.

Imagino las formas en que Corrick lo convertiría en una treta, una trampa o una manipulación, igual como menospreció los elogios de Laurel Pepperleaf sobre mis habilidades con las medicinas.

Pero luego recuerdo que el capitán me ha invitado a su camarote sin dudar. Que se ha referido a que quiere reconstruir Ostriario y asegurarse de que Kandala reciba las medicinas que tan desesperadamente necesitamos. Que ha profesado un claro deseo de ayudar a todo el mundo, no solo a aquellos que podrían llenarle los bolsillos.

Que me propone que me quede aquí, entre sus pertenencias, mientras él se ocupa de sus deberes como capitán, sin dudar siquiera lo más mínimo.

Al cuerno con tu cinismo, Corrick.

—Me encantaría acompañarte —digo.

CAPÍTULO DIECISÉIS

Tessa

Al parecer, Rian conoce todos los nudos, cadenas, tornillos y tablones. Me podría decir que conoce cada punto que forma el barco, y yo lo creería. Cuando nos detenemos junto a cada mástil, se queda mirando el enrevesado surtido de cuerdas, cadenas y redes, y luego me tiende la taza para trepar a fin de desenmarañar algún embrollo o comprobar algo en que ha reparado. No dejo de prestar atención a su respiración en busca de señales de la fiebre de Kandala, pero no oigo nada. Ni tos ni rastro de fiebre.

—Tu tripulación ha estado en Kandala durante varios días —le digo cuando baja del segundo mástil—. ¿Alguien ha mostrado síntomas de enfermedad?

—Nadie. —Me mira fijamente—. ¿Estás preocupada?

—Me ha sorprendido verte a solas en la cubierta. No pensaba que el capitán en persona comprobaría el estado de cada vela.

—Por lo general se ocupa Sablo —se encoge de hombros y recupera su taza—, pero anoche todos trabajaron hasta tarde para adelantarnos a la tormenta. Somos una tripulación reducida, así que me gusta que duerman horas extra siempre que sea posible.

En ese caso, él se ha encargado de las tareas de la mañana en su lugar.

Normal que la tripulación de Rian le sea tan leal.

—Te puedo ayudar —digo en tanto nos acercamos al siguiente mástil—. Siempre que lo necesites. —Titubeo y me pregunto si mi propuesta estará fuera de lugar—. A ver... No soy una marinera, pero si estás escaso de personal...

Está sorprendido, pero sonríe.

—De acuerdo. —Señala el último mástil con la barbilla—. Trepa hasta arriba y comprueba el estado de las cuerdas.

—Muy bien. —Le tiendo mi taza.

El capitán deja de sonreír y, durante un segundo, espero que me diga: «Era broma», porque es evidente que lo era.

Pero me arrebata la taza.

—Busca indicios de desgaste o de problemas en el grátil. Las velas...

—¿El grátil? —pregunto.

—Es el lado de la vela que va unido y sujeto al mástil. —Me lo señala.

—Vale. —Asiento. Acto seguido, como le he visto hacer con los otros dos mástiles, agarro fuerte las cuerdas y apoyo el pie en el primer escalón para empezar a trepar.

—Es muy arriba —me advierte.

—No me dan miedo las alturas. Creía que habías oído rumores de que Tessa Cade escalaba las murallas del Sector Real.

—En efecto. —Su sonrisa ha vuelto—. Adelante, pues.

Empiezo a subir, pero enseguida constato que no se parece en nada a trepar por una muralla en tierra firme. Cuando llevo casi cinco metros, el viento me golpea en las mejillas y me arranca mechones de la trenza. El barco se bambolea sin avisar, mis pies resbalan de un escalón y el mundo comienza a dar vueltas. Me aferro a la red y aprieto con fuerza las manos.

Mi aliento no es más que una respiración entrecortada, el corazón me martillea en el pecho y espero que Rian me pida que baje.

—Tómate un minuto —me dice en cambio—. Recomponte. Mira hacia el horizonte.

Su voz es firme, paciente, tranquila. Obedezco sus instrucciones y me siento mejor.

Mi pie encuentra el siguiente escalón y sigo subiendo. Ahora voy más lenta, menos segura. El mástil se me antoja más alto que las murallas del sector. Si me suelto, me da la sensación de que me elevaré y me adentraré en el cielo de la mañana.

Cuando solo me queda un tercio de recorrido, me atrevo a mirar abajo y, curiosamente, no veo más que agua. Respiro hondo. Debe de ser una ilusión óptica creada por el vaivén del barco, pero todo parece muy lejano. El navío se endereza unos instantes y luego vuelve a inclinarse por el viento. Me aferro a las jarcias y al mástil, y cierro los ojos, pero entonces la situación empeora. Me hundo y me balanceo y me aferro. Durante un minuto. O una hora. No tengo ni idea.

—Vamos, señorita Cade. Es imposible que ya estés cansada.

Su voz suena justo delante de mí, y suelto un grito. Al abrir los ojos, veo que Rian está junto a mí, al otro lado del mástil, con los dedos enganchados en la misma maraña de cuerdas. No cuelga desesperado como yo. Más bien parece que pudiera pasarse el día aquí arriba.

—Puede que haya sido demasiado valiente —murmuro, y sonríe.

—No. Lo justo y necesario.

Mis dedos se niegan a soltarse.

—Si consigues que me traigan la comida, creo que me quedaré aquí el resto del día.

Se echa a reír.

—No sería una anécdota demasiado buena, creo. —Levanta la vista—. Solo te quedan otros tres metros.

Respiro hondo y miro hacia arriba.

Tiene razón. De hecho, solo faltan tres metros.

—De todos modos —añade—, o subes o bajas. Tres metros no harán gran diferencia si te caes.

—Vaya. —Jadeando, suelto una breve carcajada—. Menudo consuelo.

—¿Verdad?

Pero en cierto modo sí que es un consuelo. Vuelvo a tomar aire y clavo los ojos en las cuerdas individuales antes de levantar una mano hacia el siguiente tramo. Y luego hacia el siguiente. Y hacia el siguiente. Al cabo de un minuto, alcanzo la viga transversal que sujeta las velas, y estoy resollando, en parte aterrorizada y en parte maravillada. Todavía soy incapaz de mirar hacia abajo y apartar la vista de los objetos que tengo ante mí. Un trozo de madera. Unas cuantas cuerdas.

Tardo un minuto en darme cuenta de que he salido a la cubierta porque tenía una misión que cumplir, y recorro las vetas de la madera con los ojos. Me siento un poco tonta, porque es evidente que Rian va a repetir lo que haga yo, pero se me acelera el corazón ante la oportunidad de hacer algo peligroso de nuevo. Wes y yo nos pasamos mucho tiempo ocultándonos de la patrulla nocturna y escabulléndonos por caminos oscuros, mientras que las últimas semanas han sido una sucesión interminable de reuniones en el palacio, mediciones de dosis con los médicos y notas de porcentajes de éxito.

Wes.

He pensado en Wes. No en Corrick.

Sin avisar, el recuerdo me provoca escozor en los ojos. Por supuesto que Corrick ya no puede salir a hurtadillas y seguir robando flores de luna del Sector Real. Los rumores ya son lo bastante estrambóticos. No puede volver a ser quien era. Yo ni siquiera sé si lo quiero.

Parpadeo para rechazar las emociones y analizo cada una de las cuerdas por separado. Al principio, todas me parecen idénticas, pero luego me doy cuenta de que la segunda empezando por el final tiene una especie de nudo.

—¡Allí! —exclamo señalando hacia delante—. Creo que en esa hay…

Me interrumpo con un grito cuando veo que Rian vuelve a estar delante de mí en el extremo opuesto de la cuerda.

Él también se ha fijado en el nudo.

—No tiene nada. Es por el viento. —Se detiene y se gira hacia mí, a solo unos pocos centímetros de distancia. Sus ojos son más claros que los de Corrick, un azul tan difuminado que termina siendo gris. Me observa fijamente—. Pero bien visto. Estoy impresionado.

—Gracias. —Noto calor en las mejillas.

—De nada. —Hace una pausa mientras el viento restalla entre nosotros—. Aparta la mirada de las cuerdas. Las vistas merecen la pena. Te lo prometo.

Contengo la respiración y muevo los ojos hacia la izquierda… Tiene razón. El mar se extiende hacia todas direcciones y el cielo es de un suave morado. Debajo de nosotros, las velas principales ondean y ocultan buena parte de la cubierta. Desde aquí arriba, es como si hubiéramos subido una escalera hacia el paraíso.

—Es como si volara —murmuro.

—Cuando era joven, pensaba lo mismo. —Su sonrisa se vuelve triste—. Mi padre solía decir que, si no iba con cuidado, una ráfaga de viento me podría empujar hacia las nubes.

Lo echa de menos. Lo noto en su voz. Me pregunto cuánto tiempo hará que murió el capitán Blakemore y cuánto tiempo llevará Rian haciendo de emisario… o de espía.

Antes de que se lo pueda plantear, me hace él una pregunta a mí:

—¿Lochlan será un problema, señorita Cade?

Contemplo la red de cuerdas y niego con la cabeza.

—Odia a Corrick... —Me detengo porque no sé si ahora debería hablar sobre él con más formalismos—. Odia al príncipe Corrick, pero no creo que sea un problema en el barco. —Dudo—. Me contó que en verano trabaja en los muelles. Quizá también esté dispuesto a ayudar. Si os faltan manos.

—No... Me refería a si será un problema para ti.

Ah.

—No lo sé —susurro. Abro la boca para añadir algo más, pero se me queda paralizada la lengua. No estoy segura de qué podría decir exactamente.

Lochlan nos hizo prisioneros a Corrick y a mí. Nos arrastró por el barro en dirección hacia un motín que pretendía matar al justicia del rey.

Pero Lochlan no tenía más opciones. Por terrible que fuese, entiendo por qué lo hizo.

Trago saliva y noto un nudo en la garganta.

Rian me mira a los ojos, y sé que está intentando descifrar mi expresión y averiguar qué clase de conflicto hemos subido a su barco.

—¿Y el príncipe? —me pregunta con tono muy precavido.

No he sido yo la que te ha hecho esperar.

Las palabras que le dije a Corrick me abrasan el corazón, y el ardor vuelve a apropiarse de mis mejillas.

—El príncipe quiere lo mejor para Kandala —respondo—. No causará ningún problema. Está deseoso de encontrar nuevas fuentes de flores de luna.

Rian se pasa una mano por la mandíbula.

—Igual que antes —dice con amabilidad—, me refería a ti.

El viento silba entre nosotros, un breve arrullo formado por las distintas ráfagas, y estamos tan cerca que casi respiramos el mismo aire. No estaba preparada para este tipo de preguntas, sobre todo en lo alto de un mástil.

—Estamos volando —añade Rian—. Aquí nadie podrá oírte. Habla sin miedo.

—En la cubierta hablaría sin miedo —protesto.

—¿Seguro?

Una ardiente tensión me constriñe el pecho, y no sé qué decir.

—Por supuesto.

Pero en realidad no lo puedo dar por supuesto.

—En la cena, vi cómo se sobresaltaba la gente cuando hablaba el rey —dice Rian—. Vi cómo mirabas al príncipe antes de tomar la palabra. —Duda—. Aunque me repita, te aseguro que no quiero decir nada que te ponga en peligro.

—¡No estoy en peligro! —exclamo, y frunzo el ceño por haber perdido los nervios por su comentario, cuando no es él quien lo merece. Al mismo tiempo, me pregunto si estará en lo cierto. ¿Parece que esté sometida a los deseos de Corrick y de Harristan? ¿Parece que esté en peligro?

El recuerdo de Corrick con un puñal sobre el cuello del hombre de la confitería se ha grabado a fuego en mi cerebro con la misma claridad que la vez que lo encontré en los escombros del presidio después de uno de los primeros ataques de los rebeldes. Acababa de rebanarles el cuello a dos prisioneros. No dejo de pensar en las advertencias de Lochlan en el pasillo. De pronto, resultan demasiado certeras.

También pienso en Karri, que en la confitería se inclinó hacia mí para susurrarme: «Sigue siendo aterrador».

Rian se me queda mirando durante un buen rato.

—En los muelles, corren decenas de rumores sobre una muchacha llamada Tessa que colaboraba con un hombre llamado

Wes para robar flores de luna y ayudar a la gente. Se cuenta que fue una forajida de las más valientes que ha habido nunca. Que arriesgó la vida para colarse en el palacio y avisar de que conocía una medicina mejor.

No fue el motivo por el que me colé en el palacio, pero es mejor que decir que pretendía asesinar al rey después de creer que a Wes lo había matado el príncipe Corrick.

—Las dosis que daban eran demasiado altas —comento—. Intentamos convencer a la gente de que una dosis menor podría bastar. Todavía nadie confía en la corona.

—Pero confían en ti. —Hace una pausa—. Aunque Wes y Tessa desaparecieran de la Selva.

Lo dice como si supiera la verdad, si bien el príncipe nunca ha confirmado directamente su papel en lo ocurrido. Todo sucedió muy rápido aquella noche, y seguro que nadie podría demostrar nada. No sé qué más decir.

—Sí que confían en ti —insiste Rian—. Y no solo el pueblo. El príncipe Corrick te ha sumado a la comitiva para que te asegures de que las flores de luna de Ostriario sean las mismas que las de Kandala. Un guardia ha dicho que te has ganado la protección y el favor del rey, además. No creo que sea una minucia.

—No —susurro—. No es una minucia.

—Lo que he oído decir de ti no tiene nada que ver con los rumores que vuelan sobre el justicia del rey. —Se detiene y me mira a los ojos—. Seguro que comprendes que me confunda la compañía que frecuentas y que me pregunte si estás en peligro o si estás a su lado por decisión propia. ¿Es cierto que el príncipe Corrick colgó cadáveres de las puertas del Sector Real para evitar que hubiese más robos?

El tono reprobatorio de Rian es más que evidente.

Ni siquiera se lo puedo negar. Ojalá pudiese. Nunca olvidaré esos cuerpos, los puñales que emergían de las cuencas de los ojos, las flores de luna sobre los cadáveres que colgaban al sol de verano. A veces huelo algo podrido y el hedor activa recuerdos de la peste, del zumbido de las moscas, de los guardias que se burlaron de mí por observar el escenario horrorizada. Activa recuerdos de mi terror y de mi pena al ver el cuerpo de mi amigo expuesto de esa forma.

Corrick, pienso. *Lo hizo Corrick.*

El cadáver que vi no era el de Wes. En realidad, no. Y el hombre que colgaba era un ser repugnante. A veces debo recordarlo también.

Pero el príncipe quiere ser mejor. Quiere actuar mejor. En la confitería, podría haber ejecutado al hombre ahí mismo, y no lo mató. Hizo que lo arrestaran y lo llevaran al presidio.

Aunque no sé qué hizo con él después de eso.

—Te he molestado —dice Rian.

—No. —Pero tal vez sí—. Corrick intentaba mantener el orden. —Mi voz suena áspera—. Los sectores, los cónsules… —Mi voz se interrumpe con un gruñido de frustración—. No sabes cómo era. Todo el mundo tenía una idea distinta de lo que era correcto.

—A veces lo que es correcto no es discutible ni una cuestión de opinión. Para ti es obvio que lo que hacían no era lo correcto.

No lo formula como si fuera una pregunta. Lo formula como si lo supiera. Como si estuviera de acuerdo.

—No —respondo, con voz tan baja que casi se la lleva el viento—. No lo era.

—Es muy duro cuando hay gente que cree que no tiene nada que perder —dice—. Vi lo que sucedió en Ostriario durante la guerra.

Es verdad. Él sobrevivió a una guerra. Nosotros tan solo aplazamos una revolución.

—No falta mucho para que estalle una guerra en Kandala —murmuro.

—Ya lo sé. Espero que podamos evitarlo.

«Podamos». Se refiere a la corte de Ostriario como una aliada de Kandala para comerciar con acero y con pétalos de flor de luna.

Pero durante unos instantes, con sus ojos tan cerca de mí, me da la impresión de que se refiere a nosotros. A Rian y a mí.

El viento me roba el aliento y el barco se hunde y se eleva. Aprieto las cuerdas con los dedos, cierro los ojos y trago saliva.

Rian apoya una mano sobre la mía con calidez y firmeza.

—Tranquila —dice—. No te vas a caer.

—¡Capitán! —exclama una mujer desde más abajo, y abro los ojos de golpe.

—¿Se ha quedado atascada? —grita otro hombre—. ¿O crees que él la ha atado ahí arriba?

Alguien se echa a reír.

—Mi tripulación ya se ha despertado. —Rian sonríe.

Me sonrojo al darme cuenta de que estamos suspendidos en el aire muy juntos.

—Supongo que deberíamos bajar.

Asiente, pero no hace amago de descender.

—Por lo general, soy el primero en salir a la cubierta, señorita Cade. —Hace una pausa—. Por si mañana te apetece ayudarme a comprobar el estado de las jarcias.

Respiro hondo y lo miro a los ojos.

—Por supuesto, capitán Blakemore. Será un placer echar una mano.

CAPÍTULO DIECISIETE

Corrick

Cuando me despierto por segunda vez, la luz se cuela por la ventana y baña mi cama. Desde el ojo de buey no veo el sol, pero el cielo es azul y la orilla está tan lejos que bien podría ser una ilusión. Las olas resplandecen bajo los rayos de sol y el barco se mece. Me froto los ojos y espero que la conversación que he mantenido en plena noche con Rocco haya sido un sueño, que haya sido producto de mi imaginación.

Pero no.

«¿Durante cuánto tiempo sospechó mi hermano de mí?».

«Solo durante los últimos meses».

Meses. Y Harristan no me ha dicho nada.

No debería molestarme tanto. Lo cierto es que debería haber sospechado de mí desde hace años.

Me encerró un día entero en el presidio. Me pregunto si me ha subido a este barco para deshacerse de mí con la misma destreza que con Lochlan.

Pero antes de que me marchara se coló en el carruaje. Amenazó al capitán.

Me ha enviado la chaqueta. Paso un dedo por la solapa.

Ojalá pudiera hablar con mi hermano. Mi garganta amaga con cerrarse, pero consigo tomar aire. Qué absurdo. No soy un niño pequeño.

Quiero hablar con Tessa... Sin embargo, resulta irónico que también me haya cerrado esa puerta.

Me duelen las articulaciones debido a lo poco que he dormido esta noche. O tal vez ahora sí que estoy de resaca. Debería iniciar una pelea con Lochlan y poner fin a esto cuanto antes. O con el capitán. Seguro que está cerca de aquí. A lo mejor sería más satisfactorio.

O a lo mejor es que tengo hambre.

Todas esas opciones implican salir de mi camarote. Busco mi reloj de bolsillo y descubro que ya es media mañana. Tardísimo para mí. Debería haberle pedido a uno de los guardias que me despertara.

Me lavo la cara, me miro en el espejo y me doy cuenta de que también podría invertir unos cuantos minutos en afeitarme. Es la primera mañana en que me levanto en este barco. No tiene sentido que analice mis sentimientos.

Valoro la posibilidad de dejar la chaqueta en el baúl, pero en la prenda hay algo que me sigue llamando a gritos, así que me la vuelvo a poner. Para cuando salgo del camarote, estoy presentable y he encerrado bajo llave mis tumultuosos pensamientos. El justicia del rey, Corrick el Cruel, está preparado para afrontar las decisiones del día.

Kilbourne está en el pasillo, cerca de unas escaleras, pero se dirige hacia mí al verme.

—Alteza.

—Kilbourne. —No me cabe ninguna duda de que los guardias han comentado todo cuanto ha ocurrido en las últimas doce horas, pero están tan bien entrenados que no van a decir nada ante mí. Aun así, mientras Kilbourne viene hacia mí, recuerdo la conversación que he mantenido hace unas horas con Rocco.

¿Cuál de vosotros era el encargado de vigilarme?

Me pregunto si sería el propio Rocco.

Esos pensamientos forcejean unos contra otros en tanto Kilbourne se aproxima y se cuadra delante de mí.

—Si quiere, le refiero el informe de la mañana.

—Adelante.

—Silas está en la cubierta con Lochlan y Tessa. Rocco se ha retirado a las seis. Nos relevará a uno de nosotros a mediodía, a no ser que usted lo haga llamar antes.

Lochlan. Recuerdo que en el pasillo se cernió sobre Tessa.

—¿Lochlan y Tessa están juntos en la cubierta?

—No lo sé. Yo he estado apostado en el pasillo.

Porque me he quedado dormido. Frunzo el ceño. Estoy hambriento e irritado, y me da la impresión de que he perdido el control de todos los aspectos importantes de mi vida.

Y estoy en medio del Río de la Reina rumbo a… a saber qué.

—La señorita Tessa se ha despertado antes que Lochlan —prosigue Kilbourne—. He podido ver un trozo de la cubierta principal desde las escaleras. Esta mañana ha trepado por un mástil junto al capitán Blakemore, pero ahora ya parece que toda la tripulación se ha despertado. No creo que Lochlan suponga un peligro para ella.

—Un momento… ¿Has dicho que ha trepado por un mástil?

—Sí, alteza. —Hace una pausa—. Me ha parecido que estaban de buen humor.

Pongo mala cara. Me entran ganas de salir a toda prisa hacia la cubierta y exigir respuestas, pero sé que eso no hará más que reforzar la ilusa idea de que lo que ha sucedido me preocupa.

¿Qué fue lo que me dijo Rocco anoche? «Haga lo que esté en su mano para disfrutar del viaje. Cuanto más crean que somos pasajeros de buena fe, más cosas descubriremos».

De acuerdo. Kandala es más importante. Guardaré mis sentimientos a buen recaudo. No en vano llevo años haciéndolo.

Me aliso la chaqueta y miro a Kilbourne a los ojos. Hablo con voz alegre, como si nada de lo ocurrido me molestara lo más mínimo.

—Supongo que en el barco habrá una cocina. ¿Sabes dónde está?

—Sí.

—Bien. ¿Has desayunado? Me muero de hambre.

La cocina está ubicada en la proa del barco, en dirección opuesta a nuestros camarotes y una cubierta por debajo. Conforme nos acercamos, en el aire percibo un olor de fondo a pescado ahumado y a cerveza, pero el aroma que sobresale es el de algo dulce que se está cocinando. En cuanto cruzamos la puerta, descubro que la «cocina» no es más que una hilera de hornos construidos en una pared, además de unos grandes fogones. No hay ventanas, así que aquí hace bastante calor, y una capa de sudor enseguida me perla la frente. Donde hay espacio, cuelgan cazos, sartenes y utensilios, también sobre las mesas y los bancos atornillados al suelo.

Una mujer de mediana edad está sacando una bandeja llena de hogazas diminutas de uno de los hornos con expresión seria. Una niña está cerca, cortando verduras en una de las mesas. No debe de tener más de siete años, pero blande el cuchillo con la precisión de un cirujano. Cuando sus ojos se posan en el guardia y en mí, el cuchillo se queda quieto durante unos segundos, pero al poco retoma la labor sin pronunciar palabra. Una fina línea se forma entre sus cejas, así como una sombra de fruncido en los labios.

Maravilloso. No sé qué he hecho para ofender a una niña, pero por lo visto lo he conseguido.

La mujer deja los panes en una mesa cubierta de harina y, a continuación, hace una reverencia con poco entusiasmo.

—Alteza. —Se limpia el sudor de la frente y apenas me dirige una mirada—. Querrá desayunar un poco, deduzco.

También parece molesta, y frunzo el ceño.

En Kandala nadie me habla así. No me ofende, de verdad que no, pero incrementa mi frustración. No sé cómo comportarme. Es imposible que todos estén enfadados porque no adule a su capitán. Tal vez necesitemos flores de luna, pero ha sido él quien ha acudido a nosotros en busca de acero.

—De hecho, sí. —Hago una pausa y me pregunto cuánto tardará Rocco en despertarse y en querer comer algo—. Y también para mis guardias.

—Hace dos horas que he guardado el desayuno. Ahora estoy preparando el almuerzo.

—El almuerzo nos va bien.

—Estará listo dentro de una hora. —Saca varios huevos de un armario y empieza a cascarlos sobre un bol. La niña me mira con el ceño fruncido y empieza a cortar las verduras con energías renovadas.

—¿De verdad está enojada porque no he llegado a tiempo para desayunar?

—¿Enojada? —Suelta una carcajada, pero vacía de humor. Más bien como si le costara asimilar mi osadía—. Tengo que alimentar a seis personas más. Estoy ocupada. —Empieza a batir los huevos con rapidez.

Intento imaginar que tratan a Harristan de esta forma. Soy incapaz de visualizarlo.

Pero tampoco me imagino a mi hermano bebiendo chupitos de brandi a las tres de la madrugada porque una chica lo haya rechazado. Harristan habría llegado a tiempo para el desayuno.

Podría ir a buscar al capitán y quejarme, y seguramente él obligaría a la cocinera a prepararme el desayuno, pero eso no haría que nadie de la tripulación me viera con mejores ojos. No me parece buena idea granjearme la enemistad de la cocinera. También estoy convencido de que Blakemore soltaría alguna ocurrencia que me haría sentir incómodo. No, gracias.

—¿Cómo se llama? —le pregunto a la mujer.

—Dabriel —responde. Asiente en dirección a la niña—. Y ella es Anya. No le caen bien los desconocidos.

Pronuncia «desconocidos» como si hubiéramos subido al barco como unos piratas. La niña me lanza una mirada sombría, pero sigue en silencio. Sus manos se mueven veloces al cortar las verduras, pero veo una decena de cicatrices que le recorren los antebrazos. Unas líneas rectas y finas que debió de infligirlas el filo de un arma.

—¿Es su hija?

—No. Es hija de Gwyn.

De Gwyn. Así que la niña es la hija de la teniente Tagas, la que Rocco comentó que podríamos usar en nuestro beneficio. Durante unos instantes, me sorprende la brutal practicidad de su sugerencia. Pensaba que se refería a un miembro más joven de la tripulación. No me había imaginado que se refería a una niña.

Siento el justicia del rey, me he visto obligado a hacer cosas espantosas, pero nunca le he hecho daño a ningún niño. Seguro que corren rumores de que he metido a criaturas en una cazuela hirviendo, pero la verdad es que no suelo interactuar demasiado con los más pequeños. En parte es por mi pésima reputación y en parte por el frío desinterés de mi hermano, pero en general casi nunca hay niños en palacio.

En la Selva, cuando pude adoptar la identidad de Weston Lark, fue muy distinto. Conocí a decenas de familias y tranquilamente a unos cien niños.

Ayudé a cavar tumbas para algunos cuando las medicinas no bastaron.

Quizá Anya percibe mi repentina incomodidad, porque levanta la vista y me evalúa con sus ojos oscuros. No debería ser amable con ella por si las advertencias de Rocco terminan convirtiéndose en una realidad, pero los remordimientos ya han empezado a devorarme las entrañas.

—¿Son para el almuerzo? —le pregunto.

La niña duda y al final niega con la cabeza.

En ese caso, las verduras que está cortando son obviamente para la cena, pero digo:

—Ah, así que estás preparando la comida para los peces. ¿La lanzarás por la borda? ¿Quieres engordar a los peces?

Me mira como si no supiese decidir si estoy loco o si soy idiota. Dabriel nos observa, y está claro que cree que las dos opciones anteriores son correctas.

Anya vuelve a negar con la cabeza.

—¿Son para dárselas a las gaviotas, pues? No creo que a las gaviotas les gusten las zanahorias, la verdad.

Una sonrisa minúscula empieza a asomar.

—Son para la cena —susurra.

—¿Vamos a cenar gaviotas? —exclamo fingiendo horror.

—¡No! —Ahora sí que sonríe ampliamente—. Las zanahorias.

—Ah. Así que solo cenaremos zanahorias.

—No solo zanahorias. También patatas. —Extiende las manos como si yo no pudiese ver las verduras bien cortadas que ocupan la mesa—. Y Dabriel se encarga del pescado.

—Ah. Así que tú eres la jefa de cocina. Debería haberme dado cuenta. —Asiento—. Manejas muy bien el cuchillo. Ahora lo veo clarísimo. Debería haberte preguntado a ti por el desayuno.

Suelta una risilla y luego me tiende un trozo de zanahoria.

—Toma.

—Mi guardia también tiene mucha hambre. ¿Puedes cortarlo por la mitad?

Se echa a reír a carcajadas y me entrega un segundo trozo.

Los acepto y le dirijo un asentimiento.

—Estoy profundamente agradecido, señorita Anya. Prometo que mañana no llegaré tarde al desayuno.

Me sonríe, pero me giro para tender una mano hacia Kilbourne y ofrecerle nuestro «desayuno». Esta vez es él quien me mira como si estuviese loco.

—Cierra la boca, Kilbourne —le indico.

Me obedece, y a continuación acepta un trozo de zanahoria.

—Quédate los dos —le digo mientras nos giramos hacia la puerta—. Ha sido mi culpa que no pudieras comer nada.

—Alteza —me llama Dabriel a mi espalda.

Me vuelvo y suerte que tengo buenos reflejos, porque me lanza una manzana, y luego una hogaza de pan caliente.

—Y para su guardia —dice, y me lanza un segundo par. Kilbourne los atrapa en el aire.

—Mis agradecimientos —le dice.

—Y los míos —añado.

—Pero no se acostumbren. —No me sonríe.

Pero yo a ella sí. Es una nimia victoria, y bastante intrascendente, pero por primera vez desde que subí a este barco, tengo la sensación de que he hecho algo bien.

CAPÍTULO DIECIOCHO

Tessa

En cuanto todos lo que están a bordo se han despertado, la cubierta se ha convertido en un frenesí. En la calma del alba, mientras el viento hinchaba las velas y no había nada más que los ruidos del agua del mar, me costaba imaginar que hubiera gran cosa que hacer. Pero cuando la tripulación de Rian se ha puesto en faena, he empezado a preguntarme cómo es posible que tengan tiempo de dormir. Las velas raídas se han remendado y las jarcias se han reparado en los puntos que el capitán ha identificado por la mañana. Las vigas transversales se han ajustado al cambio de los vientos y a las corrientes del río, y enseguida he comprobado que todas las cuerdas parecen interconectadas: si una se afloja, hay que apretar en algún otro punto.

Mi ofrecimiento de ayudar iba en serio, pero es obvio que la tripulación está muy unida y acostumbrada a trabajar en equipo. No parece que haya un sitio para mí, sobre todo cuando hay tanto por hacer. Cuando Rian les ha pedido a Gwyn y a Marchon que fueran a su camarote, ha quedado claro que debían tratar asuntos serios, y no he querido entorpecerlos. A través de las ventanas, los he visto revisando mapas y tomando notas a toda prisa; seguro que también han hablado de los recién llegados al barco. No se me ha escapado que han mirado en mi dirección bastante a menudo.

Vigilo a la tripulación, atenta por si oigo alguna tos o voz ronca. No sé si alguien se queja del frío o del cansancio. No han pasado demasiado tiempo en Kandala, pero sigue inquietándome que la enfermedad de las fiebres irrumpa en este barco. Me alegra no oír nada preocupante.

Brock y Tor son los dos hombres que estaban peleando anoche en la cubierta, pero creo que no se odian, sino que tan solo les encanta discutir. Se han pasado la mañana limpiando el óxido de unas cadenas y preparando las redes de pesca. Acto seguido, cuando las han arrojado por la borda, se les han unido otros para subir la captura a la cubierta. A esas alturas, Lochlan ya ha aparecido y yo me he tensado porque no sabía si volvería a atacarme, pero apenas me ha mirado a los ojos. Ha aceptado la medicina que le he ofrecido, ha visto trabajar a los hombres y se les ha unido.

Supongo que a él no le ha costado nada encontrar su propio lugar.

Luego han despedazado los peces, han reparado las redes y han limpiado la cubierta. En ningún momento he visto a Corrick ni a ningún otro guardia que no fuera Silas, que está apostado en la proa del barco, seguramente para poder vigilarlo todo a un tiempo. Para cuando la mañana da paso al mediodía, las olas se han vuelto más violentas, de vez en cuando salpican los costados del barco y me obligan a quedarme cerca del mástil, puesto que me aterroriza caerme por la borda. No sé si valdría más que regresara a mi camarote.

Y entonces oigo un grito de uno de los hombres, luego una maldición, y de pronto estalla un altercado donde los hombres estaban despedazando a los peces. Todos se han puesto en pie y la tensión se palpa en el ambiente. Al principio, no sé qué está pasando, pero veo que Lochlan le da un empujón a Brock.

El otro hombre se endereza, pero no le devuelve el golpe. Está hablando, pero no oigo qué dice. Tiene un cuchillo en uno de los puños apretados.

Lochlan vuelve a empujarlo. Brock aprieta los dientes y agarra mejor el cuchillo con los dedos.

El corazón me da un brinco. Tan solo puedo pensar en el momento en que Rian le preguntó a Corrick si su gente iba a causar problemas, y ni siquiera llevamos un día entero en el barco.

—¡Eh! —grito. Avanzo por la cubierta rezando por no tropezar ni resbalar—. ¡Silas!

Pero Silas ya ha reparado en la pelea en ciernes y se dirige hacia allí. Apenas soy consciente de que alguien camina tras de mí, y no veo que se trata del capitán Blakemore hasta que me pone una mano en el brazo y me obliga a detenerme.

—Tranquila —dice—. No le deis más importancia de la que merece.

—Se van a pelear…

—En mi barco no se pelea nadie. Así no. —Suelta un silbido, y la mitad de los hombres se sobresaltan e intercambian una mirada. Muchos de ellos dan un paso atrás del lugar en que Brock y Lochlan echan chispas por los ojos. Incluso Silas vacila con la mano en un arma.

—Brock —le sisea Tor—. Brock, es el capitán.

Es como si la presencia de Rian fuese mágica, porque Brock parpadea lentamente y levanta la vista. Toda la tensión desaparece de su semblante.

—Lo siento, capitán. —Señala a Lochlan con la cabeza—. Estábamos haciendo el tonto. No sabía que era tan sensible.

Lochlan toma aire y aprieta los puños como si estuviese dispuesto a abalanzarse sobre él. Espero que Brock retire lo dicho, pero no. Da un paso atrás y se aparta, y veo que el rebelde se prepara para perseguirlo.

—Lochlan. —La voz de Rian suena grave y tranquila, pero en su tono hay algo que exige atención. Cierta confianza. Cierta seguridad.

Surte efecto, porque Lochlan aprieta la mandíbula y levanta la vista. No sé si espera una regañina o un castigo, pero sus ojos irradian agresividad como cuando mira a Corrick.

—¿Qué?

—Te he visto tirando de las redes con la tripulación. —Rian hace una pausa y contempla la muñeca de Lochlan, que sigue vendada de cuando se la rompió—. ¿El brazo no te da ningún problema?

La pregunta debe de haberlo sorprendido, porque el rebelde tan solo parpadea.

—Me las arreglo bien. No me importa trabajar.

—Agradezco que nos eches una mano. Me cerciorare de que se te compense por el tiempo que nos ayudes. —El capitán mira hacia los demás—. Y vosotros más vale que terminéis con los peces si no queréis que Dabriel suba aquí enseguida.

Esta mañana solo he estado un minuto con la cocinera, pero la amenaza de su mal genio debe de ser general: los hombres gruñen, esquivan a Lochlan y vuelven a las posiciones que ocupaban antes, Brock incluido. La tensión parece haberse disipado.

Lochlan no se mueve, pero la belicosidad ha abandonado su rostro. Mira de los hombres al capitán como si no supiera cómo proceder.

—Venga, hombre. —Tor se dirige a él—. Te contaré la vez que Brock estaba intentando convencer a una chica hermosa para que bailaran juntos y estuvo a punto de cagarse encima. En la misma pista de baile. Todo el mundo se apartó de él.

Brock agarra un cuchillo y suspira con la resignación de alguien que ha oído una historia vergonzosa demasiadas veces.

—Estás delante de una dama, Tor.

—Fue culpa tuya. Te dije que no bebieras el ron especiado de Iris. —Tor me observa y esboza una sonrisa—. Lo siento, señorita Cade.

Lochlan se sienta al lado de Tor con algo de inseguridad, pero levanta un pez y acepta el cuchillo que le tiende otro miembro de la tripulación.

—Gracias, capitán. —Levanta la vista y, acto seguido, vacila—. Siento el alboroto.

Me quedo paralizada. Creo que nunca he oído salir una disculpa verdadera de la boca de Lochlan.

—No pasa nada —se limita a contestar Rian con voz tranquila y agradecida.

Casi me entran ganas de mirarlo fijamente. Creo que lo estoy mirando fijamente.

Al final, se aparta de la tripulación.

—Señorita Cade. Me alegra ver que sigues en la cubierta. Me preguntaba si querrías... —Debe de haber visto mi expresión, porque se interrumpe—. ¿Qué pasa?

—Es... Yo... No... —Soy incapaz de formar una pregunta coherente—. Pensaba que iban a empezar a lanzarse puñaladas. ¿Cómo lo has evitado?

—Ha sido un poco de orgullo herido entre hombres, nada más. —Se encoge de hombros.

Me lo quedo mirando y pienso en las veces que he visto enfrentarse a Corrick y a Lochlan. El príncipe fue el que le rompió la muñeca, pero ahora mismo no me parece el momento de comentarle ese detalle al capitán.

—Nunca había visto a Lochlan recular. —Bajo la voz—. Creía que tendrías que... —Me estrujo el cerebro para dar con un castigo que haya oído impartir en un barco—. No sé, encadenarlo a la proa.

Suelta una breve risotada, pero como si no le hubiera hecho gracia.

—Y luego me preguntas por qué me preocupa haberte puesto en peligro.

—¿Cómo?

—Supongo que a tu justicia del rey no le temblaría el pulso a la hora de encadenarlo a la proa. Seguro que habría hecho algo peor. Y ¿por qué? ¿Por haberse molestado por unas cuantas palabras desconsideradas? —Sus ojos se clavan en su tripulación. Lochlan se ríe de algo que acaba de decir Tor—. Solo llevamos un día alejados del puerto. Si empezara a colgar a la gente así como así, sería un viaje muy incómodo. Para mi gente y también para la tuya.

Recuerdo que los hombres han retomado sus tareas con buena disposición. Que él ha dicho: «En mi barco no se pelea nadie». Incluso yo estaba preparada para poner fin a la pelea mediante violencia y por eso he llamado a Silas de forma automática, pero Rian ha apaciguado la situación con unas cuantas palabras.

No es solo que la gente sea leal a él. Es que confían en él.

Como esta mañana en lo alto del mástil, corro el riesgo de ruborizarme por su culpa. Aparto la mirada en el preciso instante en que el barco se mece, y me quedo sin aliento. Tiendo una mano automáticamente y lo agarro del brazo. Es cálido y robusto, y de nuevo recuerdo que anoche me estampé contra su pecho bajo la lluvia.

Y luego recuerdo lo que empezó a decir. Tengo que aclararme la garganta.

—¿Qué era…? ¿Qué era lo que te preguntabas?

—Sí, capitán —salta Corrick desde mi derecha—. ¿Qué era lo que te preguntabas?

Cómo no.

Me giro y miro al príncipe. Anoche, Corrick tenía los ojos un poco idos y las emociones plasmadas en la cara. Hoy está encerrado en sí mismo, tan serio como de costumbre. Lleva una chaqueta de cuero hasta las caderas que es de un marrón tan oscuro que es casi negro. Los botones y las hebillas están abrochados y sus ojos azules, afilados e inescrutables. Al recordar cómo me estrechaba con los brazos, quiero estremecerme. Ese Corrick ya no está en ninguna parte.

No sé qué decirle. Ha pasado demasiado tiempo ya. ¿Le debo una disculpa? ¿Me debe él una disculpa?

Su expresión no cambia, pero veo cierto movimiento en sus ojos cuando se fija en mi mano sobre el brazo de Rian. Suelto la manga del capitán.

—Sablo se ha hecho un corte en el brazo con las jarcias —nos cuenta Rian—. Se niega a que le cosan la herida, pero ya que disponemos de una boticaria a bordo, le he dicho que te pediría que le echaras un ojo. —Hace una pausa y mira hacia Corrick—. Con su permiso, alteza.

—Si Tessa está dispuesta —tercia Corrick.

—Por supuesto —aseguro. Sablo. El hombre enorme de barba rojiza que vi en la cena. No podía hablar. No me había dado cuenta hasta ahora de que esta mañana no lo he visto en la cubierta.

—Siempre se encarga de la vigilancia nocturna —informa Rian—. Pero ya debe de haberse despertado. Podemos bajar. —Le lanza una fría mirada a Corrick—. Puede acompañarnos si quiere.

—¿Puedo? —El príncipe lo mira con la misma frialdad.

—Vayamos a ver a Sablo —intervengo con entusiasmo antes de que estos dos empiecen a pelearse—. Tendré que ir hasta mi camarote a por mi bolsa.

—Yo te acompaño —se ofrece Corrick—. Seguro que el capitán quiere avisar antes a su oficial. Y la señorita Cade podrá contarme los detalles de lo que ha hecho esta mañana.

A la señorita Cade le gustaría volver a sentarse junto al mástil.

Los ojos de Rian se desplazan hasta mí en busca de aceptación.

Dudo, pero al final asiento.

—Quizá podamos volver aquí —propongo—. O a tu camarote, Rian..., digo, capitán. Porque habrá más luz. Por si hay que coserle la herida.

—Sin duda.

Corrick me tiende un brazo y yo no quiero aceptarlo. Para él seguro que no es nada. Tan solo los modales de la corte.

Pero para mí es un gesto personal. Íntimo.

De un día para otro han cambiado muchas cosas entre nosotros; y, a diferencia de coser una herida, no sé cómo arreglarlo. Apoyo los dedos en su manga con cautela y recuerdo el primer día en el palacio, cuando él era mi peor pesadilla y mi mayor aliado, todo unido en el mismo hombre.

Cuando nos damos la vuelta, noto los ojos de la tripulación clavados en nosotros, pero no puedo concentrarme en eso. Estoy concentrada en el príncipe, que está a mi lado, y cuyas emociones son un gran misterio.

Bueno, algunas de ellas. Las emociones que le despierta el capitán no son ningún misterio.

Cuando no hemos hecho más que bajar las escaleras y alejarnos de todos, susurro:

—Él acaba de evitar una pelea, y yo pensaba que tú ibas a empezar una.

—Buenos días a ti también, señorita Cade. —Corrick no habla con susurros—. Parece que tú estás a punto de iniciar una.

—Por supuesto que no. —Frunzo el ceño e intento hablar con la misma frialdad que él, pero da la sensación de que me estoy mofando—. Buenos días, alteza.

—Y ¿con «él» te refieres a Rian? —Hace una pausa dramática—. Ah, disculpa. Al capitán Blakemore.

Me empiezan a arder las mejillas totalmente en contra de mi voluntad. Le suelto el brazo.

—¿Qué pelea ha evitado? —me pregunta Corrick. Una parte de la animosidad ha abandonado su voz, que ahora adopta una auténtica curiosidad.

—Lochlan ha protagonizado un altercado.

—No me digas. —Los ojos de Corrick se dirigen hacia arriba.

—Por lo visto, lo ha comenzado un miembro de la tripulación.

—¿Ves? No será necesario que yo lo lance por la borda. El capitán terminará haciéndolo por mí.

Frunzo el ceño y guardo silencio.

—Es broma —dice.

—Perdona que no estuviera tan segura. —Llegamos hasta mi camarote y abro la puerta.

Corrick me sigue hasta dentro y la puerta se cierra tras él, dejando así a Kilbourne en el pasillo y a nosotros, solos en la estancia. Se apoya en la puerta y se cruza de brazos con una pose bastante siniestra y peligrosa.

Lo ignoro.

Corrick no me imita.

—Kilbourne me ha comentado que esta mañana has trepado por los mástiles con el capitán.

—Pues sí. —Encuentro mis útiles de boticaria a los pies de la cama, y me tomo unos instantes para comerme uno de los caramelos de menta de Karri. La bolsa es lo único que me ha llevado hasta el camarote, pero Corrick no se ha apartado de la puerta.

Yergo los hombros y me lo quedo mirando.

—El capitán estaba comprobando el buen estado de las velas y yo he querido saber lo difícil que era la tarea. ¿Te cuesta creerlo?

—¿Que quisieras saberlo o que no tuvieras miedo?

—Las dos.

—Te he visto detener una revolución. —Clava los ojos en los míos—. No me cuesta creer ninguna de las dos opciones.

En su tono hay algo que me provoca un escalofrío.

—No te cae bien —digo—. No entiendo por qué.

—Tanto da que me caiga bien o mal. Todavía no sé si puedo confiar en él.

—Tú no confías en nadie —resoplo.

Mi comentario lo golpea de una forma que no me esperaba, y no sé cómo lo sé, pero lo sé. Quizá porque entorna ligeramente los ojos, como si hubiera recibido un impacto para el que no estuviese preparado.

—No pretendía ofenderle, alteza.

Lo digo con ligereza, pero veo que le tiembla un músculo en la mandíbula y lamento haberlo llamado así. No me contesta.

Con un sobresalto, me percato de que me encuentro en la lista de las personas en quienes no confía.

—Deberíamos subir. —Doy una palmada a mi bolsa.

Corrick yergue la espalda y abre la puerta, tan caballeroso como siempre.

—Después de ti, señorita Cade.

Me muevo para pasar por delante de él, pero el príncipe me sujeta el brazo y me obliga a detenerme. Me quedo sin aliento y se me acelera el corazón, pero su agarre sobre mi manga resulta suave y cálido.

—Espera —murmura—. Por favor, Tessa.

Anoche también me lo pidió y no le hice caso. Estaba demasiado sonrojada. Demasiado avergonzada. Demasiado enfadada.

Hoy sí que me detengo y levanto la vista. Los ojos del príncipe abrasan los míos, pero su voz recupera la calma y la formalidad.

—Hemos permitido que Lochlan viniera con nosotros porque Harristan creía que se interpretaría como un gesto de buena fe… y porque así también evitábamos que quisiera organizar otra rebelión en mi ausencia. —Hace una pausa—. Por lo tanto, Lochlan tiene razón al pensar que nuestra invitación no fue del todo altruista. Pero yo no lo he traído hasta aquí con la intención de matarlo en mi propio beneficio. Anoche, estaba nervioso por el viaje, por los motivos del capitán, por mi hermano y por su… En fin. —Frunce el ceño y se pasa una mano por el pelo—. Vi que Lochlan se te acercaba amenazante en el pasillo y la rabia se apoderó de mí. Perdóname. Por favor.

Es un buen discurso, y me lo creo de principio a fin. La disculpa es profunda porque sé que habla con el corazón en la mano.

Pero no puedo dejar de pensar en la voz de Rian al decirme esta mañana bajo el viento: «Lochlan sí es su gente, ¿no es cierto?».

Ni en la forma en que Lochlan ha reculado cuando le han brindado la posibilidad de retirarse con dignidad, en lugar de rebelarse contra las oscuras amenazas y los guardias armados. El propio Kilbourne lo estampó anoche contra la pared.

Mis pensamientos no saben qué conclusión extraer porque al final Lochlan sí que me da bastante miedo. Pero sé qué se siente cuando estás acorralado. Las decisiones no parecen tales cuando el mundo solo nos plantea malas opciones. Un día le dije al rey que habría prendido la mecha de la revolución junto a Lochlan si no hubiese entrado en el palacio y encontrado a Corrick. Evitamos una guerra, pero los sentimientos de desdén y menosprecio siguen bien vivos. En ambos bandos.

—Debemos encontrar una forma de lidiar con él —digo.

—He sido educadísimo con el capitán.

—Me refiero a Lochlan.

—Por qué. —Ni siquiera le añade la entonación de pregunta.

—Porque lo habéis arrastrado a un barco para quitároslo de en medio. No es mejor que encerrarlo en el presidio, Corrick. Si quieres arreglar las cosas en Kandala, tu hermano y tú debéis dejar de meter a vuestros enemigos en la cárcel.

Se me queda mirando fijamente, pero me zafo antes de que pueda contestar. Tengo un paciente que tratar y necesito alejarme de la intensidad de sus ojos. Cuando estamos en penumbra, me recuerda demasiado a Weston Lark, que era amable y bueno, y que jamás le habría hecho daño a nadie.

Como siempre, debo repetirme que Wes era una parte del hombre que está ante mí. Que hay bondad en su interior.

Pero solo es una parte.

Y a veces me preocupa que no sea suficiente.

CAPÍTULO DIECINUEVE

Corrick

Cuando estaba en el palacio, nunca me resultaba sencillo ser el justicia del rey, pero podía contar los minutos del día y saber que tarde o temprano las manecillas marcarían las primeras horas de la mañana, que era cuando podía escabullirme a la Selva con Tessa.

Incluso una vez que hubo terminado la treta, porque Tessa estaba en el palacio y ya trabajábamos para dar con una nueva solución, me tranquilizaba saber que estábamos dando lugar a cambios, que la situación iba a ser distinta y que estábamos colaborando para conseguirlo.

Pero conforme pasaban los días, el verdadero cambio empezó a volverse lento e ineficaz. Acaso imposible. Como la reunión que terminó con Lochlan levantándose de la mesa para abalanzarse sobre el cónsul Sallister. Por lo menos en la Selva presenciaba la diferencia que marcaban las medicinas. Como el justicia del rey, solo presenciaba mis fracasos.

Y ahora estoy en el barco, y por todas las miradas reprobatorias que me lanza Tessa, me da la sensación de que parezco un monstruo más ahora que nunca.

Quiere que me lleve bien con Lochlan. Está en la cubierta, limpiando el pescado con los demás hombres de la tripulación.

El sonido grave de sus voces se lo lleva el viento, pero sé que ha encontrado un sitio entre ellos. Una parte de mí envidia esa sencillez.

Cuando recorro la cubierta junto a Tessa, Lochlan deja de hablar y me sigue con la vista. Se inclina hacia el hombre que tiene al lado y murmura algo demasiado bajo como para que yo lo oiga, y luego utiliza el cuchillo para partir el pescado por la mitad.

Sin sutilezas. Quiere hacerme reaccionar.

Lo ignoro.

El capitán está en su camarote junto a Gwyn y a Sablo, pero cuando Tessa y yo entramos seguidos por Kilbourne, es obvio que no es una estancia lo bastante grande como para que quepan seis personas. La mesa de trabajo ocupa demasiado espacio y la estufa bloquea todo un rincón. No me importaría echar un vistazo a los mapas, pero no puedo acercarme a la mesa. Tessa se sienta en un taburete delante de Sablo, que se sujeta el brazo vendado contra el pecho. Pone cara de alarma al ver de repente a tanta gente allí.

Tessa levanta la vista hacia nosotros, pero sus ojos resultan más afilados al mirarme.

—Quizá nos iría bien tener un poco de intimidad.

De acuerdo. Pero no me echa solo a mí.

—Capitán —digo—. Me consta que les has ofrecido a mis guardias un recorrido por el barco. No me importaría hacerlo. —Me detengo—. Si tienes tiempo.

—Sin duda —responde para mi sorpresa. Extiende una mano hacia la puerta—. Usted primero.

Salimos al encuentro del viento. Las velas restallan en lo alto y el cielo azul abarca kilómetros y kilómetros, pero hay unas nubes grises que siguen agolpándose en el cielo que dejamos atrás. Es la tercera vez que subo a la cubierta, pero las dos anteriores estaba concentrado en lo que tenía delante: en Tessa. Ahora aspiro el aire del mar y observo más allá de los mástiles. El olor a pescado nos envuelve, pero no resulta apabullante gracias al viento. Ya he navegado antes por el Río de la Reina, pero nunca así. Nuestros padres solo embarcaban en los mejores navíos, en embarcaciones espaciosas con sirvientes, asistentes y oficiales uniformados. El *Perseguidor del Alba* es un barco decente, pero no está hecho para la realeza. Cuando éramos pequeños, a Harristan y a mí siempre nos recluían en un camarote, lejos de los vientos y de las barandillas. A mi hermano nunca le ha agradado viajar por mar, así que es algo que nunca ha pedido desde que lo coronaron rey. Nuestros viajes hacia los sectores casi siempre transcurren por tierra.

Pero ahora, al sentir el mordisco del viento en las mejillas y cómo sacude mis ropas, desearía haberlo hecho más a menudo. Hay una parte de mí que quiere inclinarse sobre la barandilla porque puede hacerlo.

Ese pensamiento me parece infantil, y decido apartarlo de mi mente.

Lochlan seguro que aprovecharía para lanzarme por la borda.

Cuando miro en su dirección, veo que Rian me está observando.

—¿Primera vez en el mar, alteza?

No sé si la pregunta pretende ser condescendiente o no, pero suena sincera, por lo que decido serlo yo también.

—No —contesto—. En realidad, no. Pero han pasado muchos años. —Lo dejo atrás para encaminarme hacia la barandilla porque la atracción es demasiado potente. Debajo de nosotros, el agua fluye con alarmante velocidad y las olas rompen contra el casco. Marea un poco, pero me gusta.

—Llevamos buen ritmo —me informa—. Ha sido positivo que nos adelantáramos a la tormenta. Con vientos favorables, llegaremos al océano al sur de Solar mañana por la noche. Al día siguiente como muy tarde.

Sí que llevamos buen ritmo, y me pregunto si no será demasiado bueno.

En cuanto dejemos atrás Puerto Karenin, estaré completamente solo.

Debo contener la oleada de temor que me serpentea por la columna y me yergo para alejarme de la barandilla. El capitán extiende una mano, y nos disponemos a caminar hacia la proa del barco.

—He oído que Lochlan ya ha empezado a pelearse —digo.

—A pelearse no —niega—. Solo ha sido un poco de orgullo herido entre hombres. —Hace una pausa, y su voz recupera el tono ligeramente mordaz que usa conmigo a veces—. Usted seguro que lo entiende.

—Te caigo muy mal, ¿verdad?

Esboza una sonrisa, pero es más maliciosa que amistosa.

—¿Esa es la impresión que doy? Creo que al rey alguien lo convenció de que, cuando regresáramos, usted y yo seríamos viejos amigos.

—No seas despectivo, capitán. No te queda bien.

—Jamás soñaría con serlo. —Su sonrisa se ensancha.

Es otro de sus comentarios irónicos, pero no muerdo el anzuelo. Una ráfaga de viento frío agita la cubierta y me tira de la chaqueta, así que meto las manos en los bolsillos.

—Me estás juzgando por los rumores y las opiniones que tienen los demás —digo.

—Puede —asiente con calma.

Hemos llegado a la proa del barco, y desde aquí no veo nada que no sean embarcaciones lejanas y mar abierto; el viento me golpea en la cara y el cielo se extiende sin fin.

—¿De veras se condenaba a muerte por robar flores de luna? —me pregunta.

—Sí. Se sabía en todo Kandala.

—Como el justicia del rey, ¿estaba a cargo de decidir el método de castigo?

—En efecto.

—Y ¿los castigos tenían lugar en público?

—A veces. —Sé que está intentando tenderme una trampa, así que me giro y lo miro a los ojos—. Tú no estuviste aquí al principio, cuando la gente literalmente luchaba a muerte para acceder a la medicina. Mi hermano debía pensar en todo el país. Me ordenó que tomara cartas en el asunto, y eso fue lo que hice.

—Ya veo.

Espero a que añada algo más, pero se queda callado. Nos dirigimos a la barandilla opuesta, en dirección al lugar donde los hombres están limpiando el pescado. Siguen concentrados en su tarea, pero ahora guardan silencio. Seguro que la tentación de oír unos chismes, incluso a bordo de un barco, es demasiado intensa como para ignorarla.

Por suerte, el viento se llevará mis palabras, sobre todo si bajo la voz.

—¿Nada más? —digo—. ¿«Ya veo»?

—Sí. Ahora ya puedo decir que lo juzgo con conocimiento de causa.

Quizá me gustaba más cuando era despectivo.

—Me he pasado cuatro años siendo objeto del odio de todo el mundo. No vayas a creer que me afectará lo que pienses acerca de mí.

—Por supuesto que no. —Me mira—. Yo solo estoy aquí para conducir el barco, alteza.

No se está riendo de mí, pero casi.

—Admito que me sorprende tu valentía. Fuiste tú quien vino suplicándonos acero.

—Porque ustedes no consiguieron llegar hasta Ostriario suplicando flores de luna.

Me enfurezco. Siempre que mantengo una conversación con este hombre, entro en terreno resbaladizo. Me encoleriza su impertinencia y me intriga su entereza.

—¿Te he perjudicado en algo que se me escapa, capitán?

—A mí directamente no. Pero me enviaron a Kandala para ver si el nuevo rey de Ostriario sería capaz de negociar para conseguir acero y poder reconstruir el reino. Esperaba encontrar al rey Lucas, un gobernante conocido por reinar con justicia en todo Kandala. Y resulta que termino acompañado de un hombre que condena a muerte a ciudadanos que se han visto desesperados sin poder hacer nada para sobrevivir.

—No estuviste aquí —le espeto con aspereza—. No conoces las circunstancias. Mi padre tal vez fuese considerado justo, pero nunca tuvo que lidiar con una enfermedad que se iba extendiendo por el pueblo. Sus cónsules mantenían un equilibrio comercial similar entre los distintos sectores. Pero en cuanto se descubrió que la flor de luna era la cura para la enfermedad de la fiebre, hubo un cambio enorme que separó los sectores en dos grupos: los que tenían dinero y poder, y los que no. De repente, sus cónsules (nuestros cónsules, capitán) se atrevían a presionar a la corona, mientras que los ciudadanos de a pie se mataban literalmente unos a otros por la medicina. Hubo que tomar decisiones espantosas, y las tomamos.

—¿Y la decisión fue enojar a los cónsules o ejecutar a la gente?

—La decisión fue restablecer el orden con los métodos que fueran necesarios. La gente ya se estaba muriendo, capitán. Las penas debían ser duras, o de lo contrario no habrían tenido ningún impacto.

Rian guarda silencio durante unos segundos, pero la hostilidad crepita entre nosotros.

—Si a usted yo lo encierro en su camarote sin comida —termina diciendo— y le digo que lo condenaré a muerte si intenta escapar, ¿cuánto tiempo cree que pasará hasta que se atreva a arriesgarse de todos modos?

Aprieto muchísimo la mandíbula. No sé la respuesta.

O, mejor dicho, sí sé la respuesta, pero no me gusta.

No creo que pasase demasiado tiempo.

—Y ¿cuál es el mayor delito de todos? —insiste—. ¿El encarcelamiento? ¿O el castigo?

—Ya te he entendido.

—¿O importa el delito en sí? —prosigue—. Como la misma persona es la responsable de…

—He dicho que ya te he entendido.

Lo interrumpo con brusquedad. La mayoría de los hombres fingían ignorarme, pero al alzar la voz he llamado su atención. Incluso Lochlan me está fulminando con la mirada. Kilbourne debe de haber percibido problemas, porque veo que se acerca.

—Vamos —me dice el capitán, como si la tensión que hay entre nosotros no fuera tan fuerte como el olor a entrañas de pescado o a agua de mar—. Le he prometido enseñarle el barco, alteza. —Sin esperar, sigue caminando, pero vuelve la cabeza para exclamar—: Brock, si no podéis terminar con la captura, Gwyn y yo os echaremos una mano enseguida.

—Me parece que pronto intentarás reclutar a mis guardias. —Lo sigo.

—Si quieren trabajar, no rechazaré un par de manos extra.

—¿Por eso esta mañana le has dicho a Tessa que trepara por los mástiles? ¿Porque necesitas manos extra?

—Se ha prestado voluntaria.

—Y ¿a ti te ha parecido buena idea dejar que mi boticaria subiera por el mástil principal?

—Me ha parecido mala idea sugerir que sería incapaz de subir. —Hace una pausa—. ¿Está celoso?

Su pregunta me arranca una carcajada.

—No.

Pero... quizá sí. No solo por el tiempo que ha pasado con Tessa. Yo he estado encerrado en el palacio durante semanas, rodeado de consejeros y cortesanos y exigencias reales. Levanto la vista hacia la maraña de cuerdas y velas y jarcias que cuelgan por encima de nosotros, y no puedo evitar sentir una punzada de intriga.

Si el capitán no se comportara como un redomado imbécil, se lo admitiría.

Sin embargo, me concentro en la cuestión que nos ocupa. Quiero revisar los mapas de su camarote, pero tendrá que esperar hasta que Tessa haya terminado.

—De momento, me gustaría ver las cubiertas inferiores.

—¿Por dónde preferiría empezar?

—Rocco me ha dicho que hay cañones a bordo. Me gustaría ver el arsenal.

Si lo he sorprendido, no lo demuestra.

—Por aquí.

Llegamos a las escaleras que dan a las cubiertas inferiores.

—En caso de que no haya quedado claro, tú a mí tampoco me caes demasiado bien.

—¿De veras? Ha sido increíblemente sutil.

—Te voy a lanzar escaleras abajo.

Se detiene y se da la vuelta con los ojos entornados.

—No quiera pelearse conmigo.

Lo dice con calma. Con frialdad. Como durante la cena, cuando dijo: «No amenace a mi tripulación».

Me lo quedo mirando fijamente y veo algo en su pose tranquila que me provoca ganas de asestarle el primer puñetazo.

Estoy convencido de que lo ha captado en mis ojos, porque ni se mueve ni aparta la vista.

«Solo ha sido un poco de orgullo herido entre hombres».

Sí. Por supuesto que lo entiendo.

Pero necesito que nos lleve hasta Ostriario. No pienso fracasar en esta misión por algo tan frívolo como el orgullo.

—Está claro que no iniciaría una pelea anunciando mi primer movimiento —digo, y en mi voz no hay ni un ápice de tensión. Miro detrás de él como si el retraso me aburriese—. Enséñame el barco, capitán.

La cubierta de artillería es tal como me lo había descrito Rocco: ancha y polvorienta, con los cañones atados en los extremos opuestos del barco. Los orificios de disparo están cerrados, así que está muy oscuro, pero el capitán trae una lámpara y me muestra el espacio. En la parte delantera del barco hay una sección enorme, con una puerta cerrada detrás de los cañones. Debe de ser el arsenal que me ha comentado Rocco.

—Tengo entendido que aseguras que sería demasiado costoso retirar los cañones —le digo a Rian.

El capitán asiente.

—Los construyeron juntamente con el barco. —Señala la cubierta que queda por encima de nosotros—. Para sacarlos, deberíamos retirar dos cubiertas. Incluso de esa forma necesitaríamos una grúa. Pero así le puedo dar más pruebas de los orígenes de este navío. —Se acerca a uno de los cañones y sostiene la lámpara junto al extremo.

Durante unos segundos, no sé qué me está enseñando, pero entonces lo veo. La marca forjada en el acero de la parte posterior del cañón.

METALURGIA DE CIUDAD ACERO

Los cañones se forjaron en Kandala; y, si se construyó al mismo tiempo, entonces el barco es bastante probable que también.

—La marca aparece asimismo en otros lugares —prosigue Rian—. Dentro de los hornos de la cocina, en algunas de las cadenas que rodean el mástil principal, en unas cuantas de las vigas de acero que refuerzan el casco… Pero esta es la más convincente porque realmente no hay manera de haber embarcado los cañones.

Recorro las letras con los dedos. Sí que resulta convincente.

Levanto la vista y señalo la puerta cerrada con una mano.

—¿Y el arsenal? Rocco me ha dicho que la tripulación no tenía la llave.

—Yo tampoco.

No me lo creo en absoluto. Es el capitán del barco.

—Seguro que podemos odiarnos sin tener que mentirnos —digo.

Me sonríe, y esta vez es un gesto más sincero.

—Sí, podemos, pero no es mentira. No llevo la llave y no voy a recuperarla para complacer sus intenciones.

—Bien que permitiste que los guardias de palacio registraran la armería —rezongo—. Nos aseguraron que estaba bien abastecida.

—Y ¿no se fía de los guardias de palacio?

No, pero no voy a admitírselo. Las meras palabras me provocan un escalofrío por la columna. Ya sospechábamos que algo andaba mal con los guardias de palacio, pero hasta este momento no había imaginado que el viaje pudiera formar parte de ello.

Me sacudo la preocupación antes de que asome en mi voz.

—Personalmente —digo con calma—, me gustaría saber mejor qué hay dentro.

—No.

Es tan poco habitual que reciba una negativa rotunda que estoy más intrigado que irritado.

—¿No? ¿Por qué no?

—Por la misma razón por la que me negué a que subieran marineros o a que nos acompañaran otros barcos. No voy a darles ni a usted ni a su gente acceso a una sala llena de armas que puedan usarse contra mi tripulación.

Me lo quedo mirando fijamente bajo la luz titilante de la lámpara, escuchando el chapoteo del agua contra el casco.

—Mis guardias llevan armas —digo.

—Ya suponía que llevarían armas.

—Por lo tanto, no necesitamos las tuyas.

—Exacto. Lo que contiene esta armería es innecesario de todo punto.

Habla con tanta tranquilidad y con tanta lógica que consigue que mis peticiones resulten ilógicas. No sé si está escondiendo algo o si sus preocupaciones son sinceras. Ojalá Rocco estuviera conmigo. Kilbourne me defendería sin dudar, pero ya he visto que Rocco es mejor compañero desde un ángulo ofensivo.

Pero me molesta que Rian se niegue a abrir la puerta que da a lo que no es más que una simple habitación.

—Te exijo que abras la puerta de la armería, capitán Blakemore. Es una orden. Estoy aquí por autoridad del rey.

Levanta la mano izquierda y su anillo, el que lleva el sello de mi padre, captura la luz.

—Yo también.

La furia me embarga, ardiente y repentina.

—Mi padre está muerto. Cualquier poder concedido por sus órdenes ha quedado rescindido.

—No es cierto. La orden deja clara que la respalda la corona, no el hombre que la porta. El rey Harristan no ha decidido rescindir mi autoridad. Sigo teniendo el anillo. Sigo teniendo la carta.

Me martillea el corazón. Estoy confundido, perdido, intentando encontrar una solución al problema. ¿Lo hemos pasado por alto? ¿Harristan se olvidó?

Está claro que yo sí.

—Da la vuelta. Vuelve a Artis. Lo resolveremos con Harristan ahora mismo.

—No pienso navegar en dirección hacia una tormenta solo porque le moleste una puerta cerrada —dice con tono tolerante aunque a regañadientes, como si yo fuera un niño pequeño con un berrinche—. Si desea que atraquemos en Solar y mandarle un mensaje a su hermano, así se hará. Yo seguiré hasta Ostriario e informaré al rey de que su actitud agresiva y obstinada ha retrasado las negociaciones porque no le he dado la llave de una estancia a la que en realidad no tiene ninguna necesidad de acceder.

Me clavo las uñas en las palmas. El pulso se me ha acelerado. Me da miedo moverme, pues es probable que le dé un puñetazo.

—¡Capitán! —grita una voz desde arriba—. Marchon lo necesita en el timón.

Rian da un paso atrás.

—Dentro de un día más o menos llegaremos a Puerto Karenin. Infórmeme antes de su decisión. —Hace una pausa y le pasa la lámpara a mi guardia—. Le dejo con la luz, alteza.

Lo odio.

En cuanto nace ese pensamiento, recuerdo cuántas veces Tessa pensó eso mismo acerca de mí.

—Capitán —lo llamo cuando ya casi ha llegado junto a las escaleras.

Durante unos segundos, creo que no se detendrá, pero sí.

—Dígame.

—Creo que te has llevado una impresión equivocada de mí.

—Creo que no.

—Verás, ya sé lo que dice la gente de mí. Sé las historias que has oído y he visto cómo me mira tu tripulación. Los rumores tal vez aseguren que soy cruel e implacable, y mi reputación tal vez me describa como un tipo impaciente y enérgico, pero no serás el primero en darte cuenta de que así no haces más que subestimarme. —Le arrebato la lámpara a Kilbourne y doy un paso hacia el capitán—. No te equivoques. Cuando quiera pelea, lo sabrás.

CAPÍTULO VEINTE

Tessa

Me ha alegrado que Corrick se haya ido con el capitán, porque la tensión en el camarote de Rian ha sido lo bastante intensa como para absorber el aire de la estancia. He visto a los dos caminar por la cubierta con actitud en teoría amigable, pero conozco lo suficiente a Corrick como para saber que está inquieto.

Ha estado así desde que embarcó.

Cuando Corrick y Rian desaparecen por las escaleras rumbo a las profundidades del barco, Gwyn suspira.

—Si los dos se peleasen debajo de las velas, yo no sabría por quién apostar —dice.

Sablo suelta una carcajada y luego sisea cuando utilizo las pinzas para quitarle otra fibra de cuerda de la muñeca. Su herida es una quemadura que le recorre el antebrazo, y se le han quedado pegados retazos de cuerda a la piel. En la mano la quemadura es tan profunda que se le ha acumulado la sangre, así que no se la puedo coser, pero sé que debe de ser doloroso.

Le lanzo una mirada de pena.

—Lo siento. —Es un hombre corpulento, casi tanto como Rocco, por lo que había pensado que sería intimidante, pero no lo es. Desplazo la vista de él a Gwyn—. ¿No soy la única que ve que no se caen bien?

—Rian no tolera demasiado bien a los gobernantes que tratan mal a su pueblo.

—Yo tampoco —digo mientras arranco otro trozo de cuerda—. El príncipe Corrick no es la suma de todas las historias que se cuentan sobre él.

—Seguro que no —asiente, y me sorprende—. Ha subido al barco, y eso nos dejó boquiabiertos a muchos de nosotros.

Sablo emite un ruido que suena a «mpf», junta los dedos de la mano libre y hace un movimiento circular.

—Dice que debería haber apostado por él. —Gwyn sonríe.

—¿Habría apostado dinero por el príncipe Corrick? —Levanto la vista de la herida.

El marinero asiente con fuerza, y yo arqueo una ceja.

—A Sablo le gusta ir con el que parte con desventaja —añade Gwyn.

—Ajá —murmuro con una sonrisa—. Pero que no los oiga decir que él parte con desventaja.

Sablo suelta un suspiro entre dientes y se pasa un dedo por el cuello como si le estuviera rebanando el pescuezo a alguien.

Creo que está de broma, pero frunzo el ceño. Recuerdo una noche en que Corrick tuvo que hacer lo mismo porque el cónsul Sallister amenazaba con retener los envíos de medicinas de todo el país.

Pero no se lo puedo decir, claro. No sé cómo defender a Corrick sin dar a conocer todo lo que sé.

Intento llevar la conversación hacia otros derroteros. La teniente ha usado el nombre del capitán como si tal cosa, así que yo también.

—Rian me ha contado que la ciudadela de Ostriario se destruyó durante la guerra. ¿Dónde vive ahora el rey?

—Galen Redstone sigue viviendo en Fairde —responde Gwyn—. Tarrumor quedó reducida a pedazos, pero el rey pudo defender el palacio. Las murallas han desaparecido, así que el palacio es visible desde el mar. Una a una, apaciguó todas las islas. Sigue habiendo focos de rebelión, la mayoría liderados por hombres que no han podido adueñarse del trono, pero casi todos han sido extinguidos. El rey hizo campaña con promesas de reconstruir el país y devolver a Ostriario a su estado anterior. Tal vez no fuera el aspirante con más derecho al trono, pero sí el que hacía promesas más persuasivas. Ha habido demasiados destrozos, demasiados derramamientos de sangre. La gente está cansada.

Sablo gruñe y se golpea el pecho con el brazo ileso. Gwyn sonríe con cierta tristeza.

—Sí —asiente—. Todos estamos cansados.

—¿Lo hirieron durante la guerra? —le pregunto a Sablo—. ¿Por eso no puede hablar?

Unas nubes negras le oscurecen los ojos, pero asiente. Mira hacia Gwyn y me señala.

La teniente suelta un suspiro, y los dos intercambian una mirada. Creo que está sopesando qué contarme.

—En la cena, Rian mencionó a Oren Crane, uno de los hermanastros del viejo rey. Es uno de los pocos que sigue alentando la rebelión. Oren es un marinero experimentado y cuenta con una flota que continúa resistiendo en las aguas de Ostriario. Tiene aliados escondidos en todas las islas. Además, a menudo estaba presente en la antigua corte, algo que lo ayudó a granjearse amistades. Es un hombre inteligente, pero despiadado. No es alguien con quien desearías cruzarte.

—¿Y usted se cruzó con él? —Me dirijo a Sablo.

Las nubes no abandonan sus ojos. Frunce el ceño.

—Sablo era un mercader. Llevaba los barcos de una isla a otra. Es muy conocido en todos los puertos, así que a veces le pagaban para que pasase información.

—O sea, era un espía.

El marinero se toca la frente con un dedo.

—No del todo —añade Gwyn—. Más bien… una forma de mandar un mensaje sin dejar rastro. No hacía falta que nada estuviera por escrito. Sablo es agudo como el mejor de los violines.

El hombre sonríe y asiente.

—Pero entonces recibió un mensaje sobre Oren —prosigue Gwyn— que decía que estaba planeando esconder sus barcos. Sablo sabía que podría vender la información a la gente de Galen Redstone, y ciertamente llegaron deseosos de conocerla…

Sablo hace un movimiento cortante con una mano, veloz y firme por el aire.

—Ya lo sé, ya lo sé —continúa—. No eres ningún chivato. —Los ojos de la mujer vuelven a mí—. Se negó a vender lo que sabía a Redstone y a cualquiera, en realidad. Pero Oren se enteró de que alguien tramaba algo en su contra. Empezó a albergar sospechas y no quiso arriesgarse.

—Creyó que usted lo había traicionado. —Mis manos se han quedado paralizadas sobre las pinzas.

—Hizo que lo molieran a palos hasta casi matarlo. Y luego le cortaron la lengua.

Las nubes de tormenta de los ojos de Sablo se han convertido en un tornado.

—Fue un mensaje —dice Gwyn—. Como ya he comentado, Oren es un tipo despiadado.

—Lo siento —murmuro.

Sablo niega con la cabeza.

—Rian lo encontró —me cuenta Gwyn—. Boca abajo en la arena. El capitán podría haberlo dejado allí, pero no. No ganaría nada salvándolo, pero ya lo oíste en la cena. Rian no es de los que se quedan impasibles ante el sufrimiento de la gente. —Se encoge de hombros—. Y aquí estamos.

Y aquí están.

—¿Usted estaba allí? —le pregunto.

La teniente niega con la cabeza.

—No. Anya y yo nos unimos más tarde. —Se encoge de hombros y aparta la mirada—. Todos llevamos una historia curiosa a cuestas. Seguro que las escuchas todas antes de que lleguemos.

—Eso espero —digo con el corazón.

—¿Y tú qué?

—¿Yo qué? —Levanto la vista.

—¿Cuál es tu historia? No creo que seas tan solo la boticaria del príncipe.

El calor me enciende las mejillas. No ha insinuado nada, pero una vez más recuerdo las amenazas de Lochlan de anoche en el pasillo.

—Yo tampoco soy de las que se quedan impasibles ante el sufrimiento de la gente. Me alegro de que el príncipe Corrick haya detectado el beneficio de eso.

—Yo también —asiente—. Y por eso pienso que en el caso de tu príncipe las apariencias engañan.

—¿De veras? —La miro sorprendida.

—Bueno, vuestro rey debe de estar muy desesperado para enviaros a los dos tan deprisa.

Vacilo antes de asentir.

—Sí. Él y todos.

—Ha sido valiente subirse al *Perseguidor del Alba* —comenta—. Rian es consciente de ello.

Miro por la ventana. El príncipe y el capitán han desaparecido por las escaleras, pero no han regresado aún.

—Ha sido valiente navegar hasta aquí en busca de ayuda. —Hago una pausa, de nuevo con ardor en las mejillas, ya que ha sido un comentario más personal de lo que pretendía—. ¿De verdad no les preocupa llevar la enfermedad de la fiebre hasta Ostriario?

—No. —Niega con la cabeza—. Todos estáis bien. Tenemos flores de luna de sobra.

Supongo que es cierto.

Desplazo la vista hacia el mapa que cubre la mesa.

—Rian ha dicho que no tendríamos problemas hasta que llegáramos a la zona al sur de Ostriario. ¿Las aguas allí son muy turbulentas?

—A veces. —Se acerca a la mesa y señala algunos puntos con los dedos—. Ni siquiera es la navegación la parte difícil. Hay decenas de cuevas ocultas, y la niebla es muy densa en esta época del año.

—Entonces, ¿podríamos golpearnos con algo? —Frunzo el ceño.

Sablo se ríe y, acto seguido, levanta la mano para hacer un gesto que no consigo descifrar. Miro hacia Gwyn.

—Piratas —dice.

—¡Piratas!

Asiente como si no fuera para tanto y luego se encoge de hombros.

—Como ya he dicho, Crane alienta que la rebelión continúe. Hay suficientes hombres que le son tan leales como para crear problemas. Sigue teniendo media docena de barcos en el mar y es un canalla muy listo. El *Perseguidor del Alba* es un barco pequeño, así que es probable que ni siquiera se fijen en nosotros, pero nunca se sabe.

No sé qué expresión me ha demudado el rostro, pero debe de ser cercana a la preocupación, porque de pronto me sonríe.

—No te preocupes. Crane todavía no ha podido ponerle las manos encima a Rian. Y lo ha intentado, hazme caso. El capitán también es bastante listo.

El resto del día pasa sorprendentemente rápido, pero no puedo dejar de rememorar las historias que Gwyn me ha contado sobre los piratas que pueblan las aguas que rodean Ostriario. Tal vez debería decírselo a Corrick, aunque quizá ya lo sepa. Lo he meditado durante un buen rato, presa de la ansiedad, mientras me preguntaba si Corrick y Rian trasladarían su tensión de vuelta al camarote. Pero Rian al final ha salido a la cubierta principal para ir junto a Marchon en el timón, en tanto el príncipe ha seguido desaparecido.

Bien. No tengo ningún deseo de ir a buscarlo.

En cuanto lo asimilo, la tristeza me inunda por dentro. Entre nosotros se ha formado un abismo muy deprisa. Lo odio. ¿Es culpa suya? ¿Es culpa mía?

De todos modos, no puedo quedarme sentada a darle vueltas porque me voy a volver loca. Al final pregunto en qué más puedo echar una mano. Me enseñan una quemadura que necesita un poco de salvia, además de un pequeño corte que parece haberse infectado. Más tarde, Sablo me da aguja e hilo, además de una montaña de redes de pesca que hay que remendar. Me muestra cómo entretejer las cuerdas; sus grandes manos forman con destreza un patrón regular que es lo bastante holgado como para flotar pero lo bastante tenso como para atrapar peces. Al cabo de un rato, se sirve el almuerzo en la cubierta, una decente cantidad de panecillos calientes, queso blando y pescado frito.

Sigo sin ver a Corrick.

Frunzo el ceño y me dispongo a reparar las redes sentada en un banco, justo delante de la barandilla del barco. Tenía muchas ganas de emprender el viaje y de ir en busca de alguna proeza mayor, pero al parecer me voy a pasar todo el trayecto con un nudo en el estómago.

Para cuando el sol empieza a hundirse en el horizonte, el cielo está iluminado en el oeste con tonos rosados, mientras que la tormenta sigue formando una línea de nubes densas al norte, si bien parece más lejos. Gwyn hace sonar una campana para que la tripulación vaya a cenar, pero a mí todavía me quedan unas pocas redes que remendar, así que no me muevo.

Brock me observa desde la otra punta de la cubierta antes de bajar las escaleras y suelta un silbido.

—Venga, señorita. Tor siempre se hace con el segundo plato antes que nadie.

—Bajo dentro de un minuto. —Sonrío.

La cubierta se vacía, pero no todo el mundo baja a la cocina. Para mi sorpresa, Lochlan sigue aquí. Estoy decidida a ignorarlo, pero se encamina directo hacia mí.

Odio que lo primero que pienso sea si alguno de los guardias sigue en la cubierta. Me parece de mala educación buscarlos con la mirada, así que me concentro en las redes.

Lochlan se detiene a poca distancia y guarda silencio durante un buen rato.

—¿No vas a cenar? —me pregunta al final.

—Ahora voy —digo.

Se remueve y cambia el peso de un pie al otro, lo cual me hace levantar la vista.

—Debería pedirte disculpas —dice.

—Vaya. Me has dado tal sorpresa que me voy a caer por la borda.

—No por lo que dije sobre el príncipe —se apresura a añadir.

—Claro que no.

—Pero no debería haber sido tan grosero. Karri nunca me lo perdonaría. —Hace una pausa y se pasa una mano por la mandíbula—. Lo siento, Tessa.

Parece sincero, así que asiento con la cabeza.

—Gracias.

—Ya no... no estoy preocupado porque me lance por la borda.

Arqueo una ceja. Quizá Corrick sí que ha logrado que el rebelde confíe un poco en él.

—No creo que el capitán fuera a permitirlo —añade al poco—, ¿sabes? Es un buen hombre.

Me sorprende la firmeza con que lo ha afirmado. Tanto que mis manos se quedan paralizadas.

—Yo también lo creo.

—Al principio, pensaba que esto era una locura. Una simple treta para hundirme en el fondo del océano. Pero ahora... ahora me preocupa que el príncipe se cargue nuestra oportunidad de conseguir más medicinas. Que le escupa a la cara al rey de Ostriario y que volvamos a casa con las manos vacías.

—El príncipe Corrick tiene mucha destreza política como para hacer eso —digo.

—Bueno. Quizá. —Se rasca la cara y luego mira hacia las escaleras—. ¿Quieres que te traiga algo de comida?

Parpadeo, sorprendida. Durante una fracción de segundo, me doy cuenta de que no debería estar sorprendida. Anoche me trajo los caramelos de Karri. «Soy amable», me aseguró.

Tal vez lo sea y yo nunca me haya molestado en mirar más allá de las apariencias.

—No, gracias —le agradezco—. Bajaré dentro de nada.

Asiente y da media vuelta.

De repente, la cubierta principal está tan vacía como esta mañana, cuando me he despertado. El viento agita mis trenzas y levanta las redes alrededor de mis botas, pero no me importa el silencioso ocaso, en el que los únicos ruidos son de pronto los que emite el barco: las olas que rompen contra el casco, los crujidos de las vigas de madera y los débiles chasquidos de las cadenas atadas a las jarcias.

Cuando un hombre aparece en las escaleras al cabo de unos minutos, sus rasgos están bañados por las sombras, así que deduzco que se trata de un miembro de la tripulación. Pero entonces reconozco la línea de su mandíbula y la familiaridad de sus movimientos. Es Corrick.

Mantengo la vista clavada en las redes. No sé si quiero que se acerque o que guarde las distancias. La aguja sube y baja para cerrar un agujero.

Estoy tan concentrada en mi tarea que no me he percatado de que se me ha acercado hasta que está justo delante de mí. Apenas levanto la vista más arriba de sus botas, pero sé que lleva un plato en una mano y una taza de madera en la otra.

—¿No vas a cenar? —me pregunta.

Habla con voz baja, pero no con vacilación. No sé cómo interpretar su tono.

—Primero quiero terminar esto.

El sol se zambulle un poco más en el cielo y proyecta sombras más largas sobre nosotros.

Al cabo de unos instantes, Corrick da un paso al lado y se sienta en el banco junto a mí.

—Debes de estar hambrienta —dice con gravedad—. Estoy encantado de compartir mi plato, señorita Cade.

En la oscuridad, siempre me recuerda a Wes, y, sin avisarme, se me cierra la garganta.

—No hace falta que lo hagas.

—Ya lo sé. Toma. —Agarra una baya del plato y la mueve hacia mi boca.

Es un gesto demasiado íntimo, y ahora mismo entre nosotros hay demasiadas cosas que no hemos dicho. Durante un interminable segundo, no sé qué hacer.

La baya aguarda junto a mis labios.

—¿Estás seguro de que quieres acercar los dedos a mis dientes? —murmuro.

—Me arriesgaré. —En sus ojos brilla una chispa.

Acepto la baya con cuidado para no tocarle los dedos. La dulzura estalla sobre mi lengua. Sí que estoy hambrienta.

—También tengo una aguja en las manos.

—No me preocupa. Ya has tenido la oportunidad de envenenarme y no lo has hecho. —Me acerca otra baya, y esta la acepto con mayor disposición.

—Pero te he dado un puñetazo debajo del cinturón.

—Creo que he bloqueado ese recuerdo. —Pone una mueca.

Otra baya. Esta vez sus dedos me rozan los labios, y es un movimiento casi imperceptible, pero que me provoca calidez en las mejillas.

Trago saliva con dificultad.

—Tengo que terminar las redes —exhalo más que digo.

—No es necesario.

—He dicho que las terminaría. Me gustaría cumplir mi palabra.

—¿Con quién? —Entorna los ojos—. ¿Con Rian? —Me lo pregunta como si ya esperase la respuesta.

—No. Con Sablo. Es él quien me ha enseñado a hacerlo. Rian se ha pasado toda la tarde ocupado. —Hago una pausa—. Quizá lo sabrías si no hubieras estado todo el día escondido en tu camarote.

—¿Escondido? —Corrick levanta las cejas—. ¿Es lo que crees que he estado haciendo?

—Bueno, has ido a conocer el barco y no has regresado, así que…

—He intentado evitar conflictos, Tessa. —Agarra otra baya, pero esa no me la ofrece. Se la mete en la boca. Sigue hablando en voz baja, pero en su tono percibo ahora un matiz conspiratorio—. He estado hablando con Rocco y con Kilbourne. El capitán tiene una habitación cerrada en el barco a la que no nos permite acceder.

—¿Por qué?

—Dice que está llena de armas que no quiere que tengamos.

—No lo entiendo. —Frunzo el ceño.

—Dice que no quiere que tengamos acceso a armas que podrían llevarnos a arrebatarle el control del barco.

—¿Por qué ibais a querer arrebatarle control del barco?

—Exacto —asiente Corrick—. Me parece una exageración. No me gusta. No me fío. Rian se ha ofrecido a atracar en Puerto Karenin para que podamos desembarcar.

Reflexiono durante un minuto.

—Así que él deja las armas bajo llave porque no se fía de ti y tú estás pensando en abandonar la misión porque no te fías de él.

—¿Tú te fías de él?

Pienso en la conversación que acabo de mantener con Lochlan.

—El capitán tan solo ha sido amable…

—No. Tessa. —Corrick se inclina hacia mí—. Sé que ahora mismo me odias, pero en esto necesito de verdad tu opinión sincera. Por favor.

Su comentario me golpea como si de una flecha se tratara.

—No te odio. —Trago saliva y miro hacia la cubierta. Más miembros de la tripulación suben las escaleras con los platos y las tazas llenos—. No creo que el capitán esté intentando engañar a nadie. He oído parte de lo que ha ocurrido en Ostriario y creo que está preocupado de verdad por su tripulación.

—Cuéntamelo. —Sus ojos azules están fijos en los míos.

Bajo la voz y le cuento la historia de Sablo: que no quiso venderle información al rey Galen, pero que de todos modos Oren Crane lo castigó.

—Gwyn dice que el capitán lo rescató —añado—. Recordarás lo que dijo Marchon cuando estábamos en el palacio, que el capitán buscaba a supervivientes y los recogía independientemente del bando en el que estuvieran. —Dudo al recordar lo que me ha comentado Rian cuando esta mañana hemos estado colgados de las jarcias, a unos quince metros por encima de las aguas revueltas del río.

«Seguro que comprendes que me confunda la compañía que frecuentas y que me pregunte si estás en peligro o si estás a su lado por decisión propia».

—Rian es muy protector —digo.

—Protector —repite Corrick.

Noto que el calor me sube por la garganta, y a continuación clavo la aguja en el último trozo de red.

El príncipe se me queda mirando.

—¿Has conocido a Anya, la hija de Gwyn? —me pregunta.

—¿A la niña? —digo con el ceño fruncido—. La he conocido en la cocina.

—Tiene cicatrices en los brazos. —Señala algunos de los tripulantes—. Muchos de ellos parecen heridos de guerra.

—Bueno, ya nos comentó que estaban en guerra, y Gwyn dice que el capitán no acepta que los gobernantes traten mal a la gente. Quizá todos terminaron en la lista negra de ese tal Oren Crane. ¿Qué te ha contado Rocco?

—Nada de importancia. Toma. —Me acerca otra baya.

—Un momento. —Aparto la cara—. ¿Te has pasado la tarde con tus guardias y no te han contado «nada de importancia»?

—A ver. —Se encoge de hombros y termina comiéndose él la baya—. Nada que pueda contarte.

Con un mohín, reparo la última cuerda de las redes.

—Por supuesto que no, alteza.

—Vuelves a estar enfadada conmigo.

—Anoche subiste al barco y te comportaste como si por fin tuvieras la libertad de tocarme. Hoy apenas me has dirigido la palabra y ahora intentas seducirme para que te cuente secretos.

Sorprendido, parpadea y se inclina más hacia mí.

—No estoy intentando...

—De verdad, Corrick. Si no vas a ser sincero conmigo, entonces déjame en paz. Te llevaré la dosis de la noche a tu camarote después de cenar.

—Tessa. —Se aproxima, pero estoy harta ya. Intento apartarlo de un empujón, pero me sujeta la muñeca.

No me aprieta con fuerza, pero sí con firmeza, y se me entrecorta la respiración.

—Suéltala —exclama una voz masculina.

Primero creo que se trata de Rian, pero no. Es Lochlan. Brock está a su lado, acompañado de algunos otros miembros de la tripulación.

Corrick se queda paralizado. De sus ojos desaparece toda emoción.

Pero no me suelta la muñeca. Me aferra hasta el punto de que no consigo zafarme.

Me lo quedo mirando fijamente. «Corrick el Cruel». Es así como la gente solía llamarlo en la Selva.

Es así como yo solía llamarlo.

Me he quedado sin aliento. No sé qué hacer; él es más fuerte que yo y lo noto en su mano.

—Suéltela. —Es Gwyn.

Rocco ha abandonado las sombras para colocarse junto al príncipe.

—Ahora, alteza.—No veo al capitán, pero oigo su voz. Recuerdo su comentario de esta mañana. «En mi barco no se pelea nadie».

Supongo que en breve vamos a ver si es verdad.

Y entonces Corrick toma la palabra con voz suave y tranquila.

—Señorita Cade, quizá hayas olvidado que tienes una aguja en la mano.

Bajo la vista hasta la aguja que sigo sujetando entre los nudillos, casi invisible en la creciente penumbra.

Corrick deja el plato a un lado y tiende un brazo para arrancarme el objeto de metal de los dedos. Me suelta la muñeca y me sostiene la mirada.

—No quería que te hicieras daño.

Trago saliva. No sé qué decir.

—Si quieres golpearme —me muestra la aguja que tiene en la palma—, por lo menos te pediría que lo hicieras sin nada en las manos.

Acepto la aguja y la rodeo con los dedos, avergonzada. Tenía razón. Me la podría haber clavado en la palma.

Seguimos rodeados por unas cuantas personas, pero una parte de la tensión ha desaparecido.

—¿La oferta es válida para todos nosotros? —tercia Lochlan.

—Te dejaré el plato —dice Corrick ignorándolo—. Sé que tienes hambre. —Se levanta—. Rocco, voy a volver a mi camarote. Quédate con la señorita Cade.

—Corrick —susurro con el corazón muy acelerado.

Sus ojos se clavan en los míos.

—Sé que la gente siempre espera lo peor de mí —murmura—. Pero no sabía que tú también lo esperases.

Niego con la cabeza, pero ya ha dado media vuelta.

Los tripulantes lo dejan pasar y la creciente oscuridad lo engulle por completo.

CAPÍTULO VEINTIUNO

El forajido

Esta noche, no llevo ninguna máscara.

En realidad, no debería estar haciendo esto. La tensión se ha incrementado en el Sector Real ahora que el príncipe Corrick ha subido a un barco rumbo a Ostriario. Los guardias y los centinelas del palacio se han triplicado. Las puertas del sector están cerradas y las murallas están muy bien vigiladas.

Pero aquí, en la Selva, la seguridad es un poco más laxa. Los guardias y los agentes de patrulla extra han debido salir de algún sitio.

No importa. No me deslizo entre las sombras. No es posible que Violet me encuentre en la oscuridad. Esta noche no soy un forajido. Es más temprano que de costumbre, aún falta para la medianoche, y no soy más que un hombre que se dirige a una asamblea.

Me detengo, agarro un puñado de barro y me ensucio un poco las palmas y también el dorso de las manos para mancharme los nudillos. Me paso las manos por los pantalones y luego una por la nuca y por el cuello de la camisa. Otro puñado de tierra, más suciedad sobre mis pantalones, y me revuelvo el pelo con los dedos.

Las voces forman un grave retumbo en la distancia, y detecto unas cuantas notas de lira transportadas por el viento. Seguramente habrá una hoguera. Quizá bailarines o videntes. Sin duda alguna, cerveza.

Mi corazón continúa latiendo demasiado rápido, e intento ralentizar el paso. Pretendo ir más lejos que de costumbre, y sigue habiendo algunas posibilidades de que alguien me reconozca.

Necesito apartar de mí esas preocupaciones.

Avanzo entre los árboles conforme la música y las voces se vuelven más fuertes hasta que, de pronto, ya no estoy solo. El bosque se abre en una especie de claro, y hay personas por todos lados. La hoguera es enorme, rodeada de troncos y tocones y hasta alfombras hechas con briznas de hierba entretejidas. Una anciana sentada en un tocón produce una melodía con su lira, mientras que una niña da vueltas cerca de sus rodillas, con algunas flores remetidas en las trenzas. Unos hombres mayores con barba espesa van pasando jarras de cerveza, y uno se echa a reír y mira hacia mí cuando salgo del bosque.

Casi me tropiezo. Mi corazón da un brinco. Durante unos segundos, espero que todos se giren y miren en mi dirección. Supongo que alguien gritará y me señalará con un dedo.

Sinceramente, creo que en breve me lanzarán una flecha al pecho.

Pero el hombre se vuelve hacia sus compañeros. No sucede nada. Nadie me presta la más mínima atención. No soy más que otro trabajador que busca algo de chismes y comida ahora que ha terminado la jornada, igual que tantas decenas de hombres.

Me paso de nuevo una mano por la nuca y, esta vez, me la noto un poco mojada. En el borde del claro, cerca del camino, hay una sucesión de paradas en las que se vende comida y cerveza, y me dirijo hacia allí.

En la primera no hay cola, así que me acerco al mostrador y el hombre que la atiende me saluda con un agradable asentimiento.

—¿Qué te pongo? —me pregunta.

—¿Qué opciones hay?

—Tenía muslos de pollo asados, pero se me han acabado muy rápido —me informa. Veo fuego en una parrilla tras él; el sudor le empapa el pelo en la sien y oscurece sus mechones rubios. Una barba de unos cuantos días le recubre la mandíbula—. Ya solo me quedan unas tostadas con queso y miel o con carne de venado seca y mermelada.

—La primera, si no le importa —digo.

—Si no le importa —repite con una sonrisa antes de soltar una carcajada, aunque no resulta descortés—. Te das unos cuantos aires, ¿eh?

Me regaño para mis adentros. Interpretar este papel me resultaba tan fácil como ponerme un par de zapatos desgastados, pero ha pasado mucho tiempo. Ya casi he olvidado cómo se hacía. Me obligo a esbozar una sonrisa tímida.

—Bastantes aires, supongo. Casi he olvidado que ya no estaba en el Sector Real.

El hombre se ríe y corta una rebanada de pan de nueces, la cubre con una loncha de queso y coloca la tostada en una parrilla que está encima del fuego que arde tras él.

—¿Trabajas en ese sector?

—Era una entrega. Hemos llevado un caballo de Prados de Flor de Luna. Una niña que necesitaba a un semental gris perfecto. —Resoplo y pongo los ojos en blanco. Siempre digo que trabajo con caballos porque me sale muy natural, y es difícil que la gente lo ponga en duda—. Como si no tuvieran suficientes rocines por ahí. Te juro que la he oído decir que quería que al animal lo herraran con oro.

Me sonríe, aparta la tostada de la parrilla y la mete en un trozo de papel encerado. Vierte algo de miel encima del queso y lo enrolla. El olor es delicioso, ya se me hace la boca agua. Había olvidado lo generosas que eran las raciones en la Selva, y que las vendían por una cantidad irrisoria. Ojalá pudiera darle un puñado de monedas de plata sin revelar mi identidad.

—Así que solo has venido a pasar la noche.

Habla en voz un tanto baja y no consigo captar la intención de su tono, pero me tiende la comida envuelta.

—Sí. Me he enterado de que corrían rumores sobre unos forajidos, así que he querido venir a ver qué oigo por aquí. —Agarro la comida y sus dedos rozan los míos.

El gesto es sutil, pero a propósito. Le clavo la mirada.

—¿Cómo te llamas? —me pregunta.

Lo observo fijamente. Estoy tan pero que tan descolocado que no sé qué decir. He venido en busca de información, pero no estaba en absoluto preparado para... para que alguien coqueteara conmigo. Nadie coquetea conmigo. Nadie se atreve. Además de Violet, que hace unas noches me puso ojitos, no recuerdo la última vez que alguien se refirió a mi aspecto. Nada que me diera a pensar que alguien se fijaba en mí. Pero este hombre, con la camisa arremangada, el pelo empapado en sudor y las llamas del fuego reflejadas en sus ojos, me sostiene la mirada como si fuera lo más natural del mundo.

Mi mente se ha quedado paralizada.

—No pretendía sorprenderte. —Su sonrisa se ensancha—. Me llamo Maxon.

Tomo aire para decir que no estoy sorprendido —aunque lo estoy, y es bastante evidente—, pero me sobreviene un ataque de tos. Me giro y me tapo la boca con el brazo, pero vuelvo a toser. Al inhalar, es como respirar por un paño húmedo, e intento convencerme para superar la oleada de pánico inicial que me embarga cuando no consigo tomar aire.

Es casi imposible. Aquí nadie me conoce. Aquí no le importo a nadie. Si no recupero el aliento, moriré en medio de la Selva y lanzarán mi cuerpo a la pira con todos los demás.

Dios. Qué estúpido he sido. Debería huir de aquí corriendo y volver al lugar del que he salido.

Pero, claro, huir corriendo probablemente supondría una muerte más rápida. Vuelvo a toser y se me empañan los ojos de lágrimas.

—Toma. —Maxon me toca el brazo. En sus ojos hay una clara preocupación, y veo que desliza una taza de té por el mostrador en mi dirección—. Toma, bébetelo.

No sé qué es, pero ahora mismo me trae sin cuidado. Me llevo la taza a los labios.

El agua no está muy caliente y el té es amargo. Casi me atraganto con el líquido. Pero luego logro beber un buen sorbo, seguido de otro, y respirar de pronto ya no parece tan complicado.

Tras dar un último sorbo, me doy cuenta de por qué el té era amargo, y miro hacia Maxon con sorpresa.

—Me has dado flor de luna.

El hombre vacila, pero luego asiente.

—Tenía un poco para esta noche. —Hace una pausa—. Y es obvio que la necesitabas.

Contemplo la taza vacía y luego lo miro a él.

—Pero tú la necesitas.

—Ahora mismo no tengo tos —dice—. Puedo saltarme un día o dos. —Me clava la mirada y se encoge de hombros—. No pasa nada. Tú harías lo mismo por mí, seguro.

En estos instantes, no estoy seguro de nada. Creo que no conozco a nadie que quisiera ofrecerme su dosis sin esperar algo a cambio, y este hombre me ha dado la taza como si nada.

Es una generosidad tan desconocida para mí que me resulta más asombrosa que el flirteo.

La misma sonrisa de antes vuelve a aparecer en el rostro de Maxon, pero esta vez es un poco más dudosa.

—¿A lo mejor ya me he ganado saber cómo te llamas?

Me lo quedo mirando. Me ha dado su dosis de medicina. Es probable que fuera su única dosis del elixir de flor de luna. Hay una parte de mí que quiere decirle cómo me llamo y, además, darle todas las monedas que llevo en los bolsillos.

Pero no puedo, claro.

En su amabilidad hay algo que me recuerda a la joven Violet del bosque y a la inteligencia de que hizo gala para ayudarme a ocultarnos de la patrulla nocturna.

Al final, le devuelvo la sonrisa a Maxon.

—Zorro —digo.

—¿Zorro? —Sonríe—. ¿A secas?

—A secas. —Agarro el pan con queso envuelto y extraigo un puñado de monedas del bolsillo. Le lanzo un asentimiento—. Cuentas con mi más sincero agradecimiento, Maxon.

—Otra vez te pasas con los formalismos, Zorro —bromea, pero se interrumpe cuando ve las monedas que tiene en la mano—. ¡Espera! Esto es… es demasiado. —Cierra los dedos sobre el dinero e intenta devolvérmelo.

Me aparto sin recuperar las monedas.

—Seguro que tú harías lo mismo por mí, ¿verdad?

Desenvuelvo una punta del pan, pego un mordisco al queso con miel y me pierdo entre la multitud.

Se reúne más gente de la que me imaginaba. En la Selva no llevo reloj de bolsillo, pero cuando era joven un astrónomo nos enseñó a saber qué hora era gracias a la ubicación de la luna, y ya casi es medianoche. Estoy cansado y nervioso. Inquieto. Pensaba que sería una asamblea informal, pero hay cientos de personas. Hay más músicos que se han unido a la primera y gente que baila; el ambiente es alegre y festivo. Los barriles interminables de cerveza ayudan. Me quedo en un aparte y espero, aunque ya llevo casi una hora pensando en tirar la toalla. Una multitud ya atacó a «Weston Lark» cuando se descubrió que era el justicia del rey. No quiero que a mí me ocurra lo mismo.

La música por fin termina y los bailarines se quedan quietos. Mientras tanto, la hoguera ha empezado a menguar. Mucha gente se sienta en tocones y en troncos, si bien otros se quedan en pie, ya sea recostados sobre árboles o unos contra otros. Me adentro un poco más en las sombras y me apoyo en un árbol. Las paradas hace rato que han dejado de servir comida, pero en el claro reina el olor a carne asada y a pan dulce. Yo ya he engullido mi porción de pan de nueces. Un silencio se instala entre la multitud, y detecto movimiento entre los árboles. Se acerca alguien importante.

—Me sorprende que sigas aquí.

Doy un brinco, pero se trata de Maxon. Me aclaro la garganta e intento conseguir que el corazón me deje de martillear.

—Quería ver a qué viene tanto alboroto.

—He oído hablar a las lavanderas. Al parecer, va a venir uno de los cónsules.

—¿Cómo? —Vuelvo la cabeza hacia él.

Malinterpreta mi sorpresa y asiente.

—Ya lo sé. Pero no es Beeching.

Se refiere a Jonas Beeching, el cónsul de Artis. No me lo imagino en una asamblea en la Selva. Apenas se ha dejado ver por el Sector Real desde que los rebeldes mataran a su amante durante el asalto al palacio.

De hecho, tampoco me imagino a ningún otro cónsul por aquí.

—¿Quién es? —pregunto.

—Creo que tendremos que esperar para verlo. —Hace una pausa—. Según las lavanderas, era uno de los benefactores.

Allisander. O Lissa Marpetta. Me envuelvo más entre las sombras. Lissa hace semanas que no sale de su sector. No desde que fue acusada de ayudar a Allisander a preparar un golpe de Estado en el palacio. Me debato entre echar a correr como alma que lleva el diablo o quedarme aquí para descubrir qué está tramando.

—Zorro —dice Maxon en voz baja. Se me acerca, pero mis pensamientos están tan revueltos que no me doy cuenta de que me está hablando hasta que me agarra el brazo.

Nadie me toca nunca, y me toma por sorpresa. Desplazo la vista para clavarla en sus ojos.

—Toma. —Me está tendiendo el puñado de monedas—. Es demasiado dinero.

—No —digo—. Quédatelo, insisto.

Frunce un poco el ceño como si estuviera intentando comprenderme, pero entonces un murmullo se alza entre la multitud, y me llama la atención un movimiento procedente de los árboles.

Una mujer alta con tez oscura se acerca al claro. Lleva el pelo recogido a la espalda y ropa muy elegante, pero sencilla.

—Arella —susurro.

Y entonces me fijo en el hombre que la acompaña y me quedo paralizado.

—¿La conoces? —me pregunta Maxon—. No es la del caballo, ¿verdad?

No sé a qué se refiere. No puedo dejar de contemplar al hombre que va con Arella Cherry.

Es Christopher Huxley, el capitán de la guardia del palacio.

Los sigue Laurel Pepperleaf, la hija del barón más poderoso del sector de Allisander.

No sé qué hacer. La consulesa Cherry y el capitán Huxley no son amigos. Laurel Pepperleaf no pinta nada aquí. No me suena que los haya visto hablar nunca. Me late el corazón tan deprisa que mis pulmones no le pueden seguir el ritmo. Me quedo sin aliento, y me preocupa volver a empezar a toser.

—¿Zorro? —dice Maxon.

—Gracias a todos por haber venido —clama Arella, cuya voz se oye sin problemas sobre la multitud—. Sois muchos más de los que me esperaba.

—Los benefactores nos engañaron —exclama un hombre—. Quién sabe si vosotros vais a hacer lo mismo.

—No voy a ofreceros medicinas —responde Arella.

—¿Qué nos vais a ofrecer, pues? —tercia una mujer—. Necesitamos medicinas, y todavía no nos han dado las suficientes. Y se han llevado a Lochlan.

—¡Nadie nos está contando nada! —chilla otro hombre. El estrépito va creciendo y Arella alza los brazos, pero los gritos continúan.

—Si no tenéis medicinas —salta alguien—, ¿qué tenéis?

—Información —contesta la consulesa—. ¡Por favor! Hay patrullas en los bosques…

Otro grito la interrumpe.

—¿De qué nos sirve la información si vamos a morir…?

—¡Información sobre el rey! —grita el capitán Huxley, y su voz resulta aún más potente—. Os está engañando.

—¡Os está diciendo que toméis menos medicina! —Laurel Pepperleaf se añade al escándalo, pero la gente casi engulle sus palabras—. Y ¡solo porque sabe que nunca habrá suficiente para todos!

—¡Lochlan ha ido a buscar más medicinas! —exclama otra persona—. Cuando vuelva, ¡ya lo veréis!

—El barco es una farsa —asegura Arella—. Nunca llegará a Ostriario. El rey intenta apartar al príncipe y a Lochlan.

—Zorro —murmura Maxon.

—¡Tenemos pruebas! —continúa Arella—. Cuadernos de bitácora que demuestran que os ha estado mintiendo a todos.

Mis pensamientos siguen formando una complicada maraña. No entiendo nada.

—Están mintiendo —digo—. Están mintiendo.

—¿Cómo lo sabes? —me pregunta.

Habla con franqueza y me recuerda a cómo antes me ha dado su medicina. Aquí hay personas que son demasiado confiadas, que están demasiado desesperadas. Creerán cualquier cosa que oigan, sobre todo si apesta a escándalo.

Pienso en Violet y en sus ideales románticos sobre Weston y Tessa.

—Di algo —me apremia Maxon—. ¿Quieres llamar su atención? ¿Qué es lo que sabes? ¿Has oído algo en el Sector Real?

—¡No! —Casi lo grito, pero consigo que al final sea un susurro—. No, no digas nada. —Lo último que necesito es que alguien del palacio repare en mí en esta multitud—. Necesito marcharme de aquí.

—¡La patrulla nocturna! —chilla alguien.

Se suceden los gritos y la gente se levanta de los troncos y de los tocones para adentrarse en el bosque.

—¡No! —grita el capitán Huxley—. ¡No estáis haciendo nada malo! Yo hablaré con ellos…

Pero el alboroto ahoga su voz. Esa gente ya ha sufrido el acoso de la patrulla nocturna por haber robado medicinas. No se van a quedar aquí a ver qué sucede.

Y yo tampoco.

—Nos tenemos que marchar.

—Ven. —Maxon me agarra una mano y tira de mí—. Conozco un camino.

Al principio lo sigo, pero nos dirigimos hacia el sur, y yo tengo que ir hacia el norte. Tengo que ir a un lugar seguro. Sin embargo, enseguida me doy cuenta de que es cierto que Maxon conoce un camino, porque este está atestado de matojos, pero él avanza con rapidez y paso firme, y corremos entre las ramas y saltamos sobre árboles caídos. Estoy resollando, pero les pido a mis pulmones que funcionen, tan solo para avanzar un poco más.

Un silbido rompe la noche, y oigo crujidos de madera. Maxon suelta un grito.

—Un arco —jadeo—. Corre. Corre sin parar.

Y corremos. Otro silbido y otro crujido, pero seguimos adelante. Sigue tirando de mi mano como si fuéramos amigos, como si fuéramos algo más, como si no fuéramos dos desconocidos que se han visto por primera vez hace una hora.

Pero al cabo de un rato los silbidos desaparecen a lo lejos y reducimos el ritmo para recobrar el aliento, hasta que al final nos detenemos. Hemos corrido trazando un círculo y en algún punto hemos puesto rumbo al norte, pero estamos muy lejos del tumulto. La cabeza me da vueltas y más vueltas, y reproduce lo que he oído en el claro, mientras también pienso en lo poco que ha faltado para que me dispararan una flecha en la espalda.

Sigo respirando con dificultad, pero Maxon no.

—¿Estás bien? —me pregunta—. Zorro, ¿estás bien?

—Lo estaré. —Toso un poco e intento acompasar mi respiración—. Acabas de salvarme la vida.

—No creo.

—Que sí —insisto—. Estoy en deuda contigo. Lo creas o no, no se trata de una nimiedad.

—Vaya. —Esboza una sonrisa un tanto tímida—. Pues tengo ganas de descubrir a qué te refieres.

Su réplica me hace sonreír aunque no quiera.

—No es lo que te estás imaginando, estoy bastante seguro.

Se ruboriza, y es adorable. Qué encanto. No recuerdo ni una sola vez en mi vida en que haya hecho que alguien se ruborizase.

—Vamos —me apremia—. Debemos salir del bosque.

Vuelve a sujetarme la mano.

Se lo permito.

Un silbido resuena entre los árboles y la punta de una flecha se clava en el centro del pecho de Maxon.

Y luego otra. Y una tercera en una rápida sucesión.

Aterrorizado, abre mucho los ojos y la boca, pero no emite ningún ruido.

Lo estoy mirando fijamente. No respiro. Estoy atrapado en la peor clase de *déjà vu* conforme mi mundo se centra en esas puntas de flecha. La sangre empieza a manar a su alrededor. Un grito surge de algún punto lejano, pero no me puedo mover.

Los ojos de Maxon se apagan. Cae al suelo y me suelta la mano.

Otro silbido, y noto un dolor en la oreja. Durante un terrorífico segundo, creo que es el fin, que me han disparado en la cabeza y que mis últimos pensamientos no serán más que terror y confusión. Pero no, me llevo una mano a la cabeza y veo sangre. La flecha solo me ha hecho un corte, seguramente porque el cuerpo inerte de Maxon al desplomarse me ha ladeado.

Dejo de pensar. Echo a correr.

Más flechas salen volando, pero me agacho y avanzo entre los árboles. Sé lo difícil que resulta golpear a un blanco en movimiento.

Noto un estallido de dolor en la pierna, y casi caigo de bruces. Es en el costado, así que la flecha no se me ha quedado clavada, pero cada paso que doy me provoca una oleada de fuego en el músculo. Me da vueltas la cabeza y no sé si es por la pérdida de sangre o porque no puedo respirar. No suelo correr grandes distancias, pero el miedo es el mejor motivador que existe.

A lo lejos, un hombre suelta un agudo silbido antes de gritar:

—¡Sargento! Deja a ese. Ya tenemos suficientes que llevar a rastras al presidio.

Sigo corriendo porque me preocupa que sea una trampa y que, en cuanto me detenga, una flecha me acierte entre las escápulas. No dejo de ver la cara de Maxon, el miedo y la conmoción repentinos de cuando se ha dado cuenta de que iba a morir.

Me da la sensación de que he corrido eternamente, pero al final mis piernas se niegan a seguir. Mi respiración es hueca e irregular, un débil jadeo del aire que entra en unos pulmones que no quieren trabajar. Me agarro al tronco de un árbol e intento incorporarme para poder orientarme.

Al principio, nada me resulta familiar. Granjas, unos cuantos edificios a lo lejos. Sigo estando en la Selva, pero no sé en qué zona. Ni siquiera sé en qué sector.

Y entonces reconozco un carro. Un porche delantero. Una puerta de establo con una flor pintada a un lado.

El establo de Violet.

¿Me ayudará? ¿Me podré fiar de ella? No estoy seguro. Sí sé que no puedo correr mucho más. Cuando intento caminar, mi pierna insiste en cojear.

Miro hacia abajo. Todo el costado de mis pantalones está empapado en sangre.

Me llevo una mano a la oreja y me encojo. Noto una herida abierta. También tengo el cuello pegajoso.

Maldita sea. Será imposible esconderlo.

Cojeo sobre la hierba y jadeo con cada paso.

Cuando consigo llegar al tocón con el hacha, me debato entre esconderme en el establo hasta que salga el sol o arriesgarme a llamar a la puerta.

No hace falta que tome una decisión. Violet sale de las sombras como cuando me espera noche tras noche.

—¡Has venido! —grita—. Llevo noches durmiendo en el establo. Mi madre cree que estoy algo confundida, pero me da igual. Sabía que tarde o temprano volverías. No puedes... —Sus ojos reparan en mi cuello y se interrumpe mientras se acerca—. Zorro —susurra. Baja más aún la vista—. Zorro.

—Violet —murmuro, y tengo tan poco aliento que la palabra es apenas audible—. Necesito tu ayuda. ¿Me puedes esconder?

—¡Pues claro! Se me da bien esconderme. Me escondía de ti la noche que nos conocíamos...

—Violet.

—Vale. Sí. Uy, hay sangre por todas partes. Ven, ponme el brazo sobre los hombros.

Es esbelta como un sauce. Dudo de que pueda soportar mi peso, pero me sujeta el brazo y medio me arrastra hacia el establo.

—Yo me ocupo de las tareas de la mañana, así que no vendrá nadie hasta la tarde, cuando Will limpia los establos.

—Bien —digo. Los pensamientos se suceden con velocidad—. Necesito que vayas al Sector Real. Necesito que envíes un mensaje.

—¡Al Sector Real! —se asombra.

—Violet, por favor. Escúchame.

—Te escucho.

Pienso en la docena de obstáculos que le barrerán el paso cuando llegue al palacio. Hay lacayos, mayordomos y guardias por todas partes; guardias que tal vez no sean leales al rey, ya que el capitán Huxley estaba en el bosque con Arella Cherry. No sé cómo interpretarlo, y mis pensamientos se niegan a organizarse.

Ya procuraron matarme una vez. ¿Se trata de un segundo intento?

¿Pretenden matar a Corrick?

Un sollozo casi se forma en mi pecho, pero lo reprimo.

—Irás hasta las escaleras del palacio —le indico, y abre los ojos como platos, pero se muerde el labio para guardar silencio—. Hay un mayordomo llamado Gryff. Le dirás que llevas un mensaje privado para el intendente Quint. No se lo dirás a nadie. No dejes de incordiarlo hasta que vaya a buscar a Quint. ¿Me has entendido?

—Sí —susurra asintiendo deprisa—. El mayordomo Gryff. El intendente Quint.

Hago un mohín y doy un traspié. El sudor me recorre la espalda.

—Solo debes hablar con Gryff y con Quint. Con ningún guardia, con ningún otro criado.

—Gryff. Quint. —Vuelve a asentir.

—Le dirás a Quint que Sullivan está herido y que necesita su ayuda. Pero solo puede venir él.

—Sullivan. —Atravesamos las puertas del establo—. ¿Es tu nombre verdadero?

—No. Pero sabrá lo que significa. —Suelto una exhalación y me apoyo en la pared del establo antes de desplomarme para sentarme sobre la paja.

—¿Cómo voy a cruzar las puertas del sector? —me pregunta Violet—. Es noche cerrada.

Maldita sea. En eso no había pensado.

Trago saliva y deslizo una mano debajo de la camisola, donde llevo en un collar el anillo grabado. Me lo paso por encima de la cabeza. No quiero involucrar a los guardias, pero será necesario. Después, me saco el resto de las monedas de plata del bolsillo.

—Zorro —murmura Violet con los ojos más abiertos aún.

—Guárdate el anillo debajo de la ropa. —Le tiendo la cadena con el anillo y las monedas—. Intenta sobornar primero al guardia de la puerta. Dile que quieres dejar una petición en el palacio, pero que tu madre se molestaría mucho, así que debes hacerlo en plena noche.

—Y ¿para qué necesito el anillo?

—Si no acepta el soborno, lo necesitas para que te den acceso al palacio. Aun así, no olvides mi mensaje. Solamente está dirigido a Quint. Utiliza tan solo el nombre de Sullivan.

—No lo entiendo. ¿Por qué iba a ayudarme el anillo a cruzar las puertas?

Hago una mueca y me remuevo. Antes de que se vaya, tendrá que vendarme las heridas.

—Porque soy el rey, Violet. Y este anillo lo demuestra.

CAPÍTULO VEINTIDÓS

Corrick

Esta vez, cuando me despierto antes del alba, me levanto. Según mi reloj de bolsillo, no son ni las seis, pero si en el barco todo el mundo me va a odiar, me parece que es el único momento para evitar una cubierta atestada de miradas reprobadoras.

Es tan temprano que Rocco sigue al otro lado de mi puerta, con una hilera de cartas en el suelo ante sí. Hoy no lo sorprendo, pero empieza a alzarse de inmediato.

—Quédate —le digo haciéndole gestos para que no se mueva—. Quería ir a que me diera un poco el aire.

—Uno de nosotros debería acompañarlo. —Se levanta de todos modos—. Iré a buscar a Kilbourne.

—Como veas.

No espero.

Esta mañana, el agua está más revuelta, y debo aferrarme a la barandilla al subir las escaleras. Unas pocas estrellas siguen brillando en el cielo cuando salgo a la cubierta y la luna pende a lo lejos. Las velas arrojan sombras por todas partes; diviso una silueta junto al timón, pero sea quien sea, la ignoro y me dirijo hacia la proa.

Conociendo mi suerte, seguro que es el capitán Blakemore.

Cuando dejo atrás el mástil principal, veo que esta parte del barco tampoco está desierta. La pequeña Anya está sentada en el castillo de proa, a merced del viento, mientras hace rebotar una bolita dentro de una caja de paredes bajas. Levanta la mirada, sorprendida, al ver que me acerco y suelta una exhalación. Durante unos segundos, recuerdo el modo en que Tessa casi se encogió cuando le sujeté el brazo, y se me forma un nudo en el estómago.

Odio cómo me ven todos. En Kandala estoy acostumbrado, pero me puedo perder en el palacio, donde nadie se atrevería a fulminarme con la mirada.

A bordo de este barco, la condena parece inevitable.

Pero Anya me reconoce y, en lugar de apartarse, sus rasgos se iluminan.

—¿Quieres jugar conmigo?

En realidad, no, pero no voy a hacerle un desplante a la única persona que no parece dispuesta a lanzarme por la borda.

—Claro. —Me siento a su lado. Dentro de la caja hay media docena de figuritas de madera, además de la bolita que hace botar—. ¿A qué jugamos?

—Al juego de las tabas —me dice.

—Tendrás que enseñarme. —De reojo veo que Rocco también ha salido a la cubierta, pero guarda las distancias. Quizá se lleve la misma sorpresa que Kilbourne.

—Nos turnamos —dice la pequeña—. Hago rebotar la bolita y agarro un hueso…

—¿Son huesos? —exclamo fingiendo horror.

—No, bobo. Son de mentira. Mira, fíjate. La hago rebotar otra vez, y luego me quedo dos, luego tres, y si fallo es tu turno…

—Ah —murmuro al comprenderlo de pronto—. Ya sé qué juego es. La matatena.

—No, es el juego de las tabas.

—Bueno, es que en Kandala se llama «matatena». Pero te advierto: se me da muy bien.

Su sonrisa se ensancha. Se inclina hacia delante, burlona.

—No tanto como a mí.

—Venga, adelante. Demuéstralo.

Para mi sorpresa, se le da muy bien. Es rápida y resuelta, y no falla hasta que va por el cuarto intento. Enseguida comprendo por qué juega en una caja: el vaivén del barco mandaría la bolita a botar por la cubierta.

Pero cada vez que agarra una matatena —las tabas, supongo—, se le suben las mangas de la camisola y veo las cicatrices de los dos antebrazos. No son muy largas, van en distintas direcciones y son rectas. Son heridas de un filo, sin duda.

Frunzo el ceño y recuerdo la advertencia de ayer de la cocinera y cómo se le ensombreció el semblante antes de reconocerme. «A Anya no le caen bien los desconocidos».

Pienso en el hecho de que a Sablo le falta la lengua y en lo que me contó Tessa acerca de la ciudadela arrasada y los piratas de Ostriario.

Pienso en la habitación cerrada que Rian se niega a abrir.

Hay una parte de mí que quiere bajar del barco en Puerto Karenin.

Hay otra parte de mí que quiere esperar y busca respuestas.

Cuando hago rebotar la bolita, me doy cuenta de que a bordo de un barco es más difícil de lo que parece. Fallo en el segundo intento.

—¡Ya te lo he dicho! —Anya me sonríe.

—Pues sí. —Le paso la bolita e intento no rememorar la sugerencia de Rocco de que podríamos utilizar a la pequeña si fuera necesario.

—¿De verdad eres un príncipe? —me pregunta.

—Sí.

—¿Por qué no hay una princesa?

—Ah, pues básicamente porque no tengo hermanas.

Por alguna razón, a Anya le resulta muy gracioso, y se ríe tanto que solo consigue atrapar una de las figuras de madera.

—No, que por qué no estás casado.

—¿Casado? Señorita Anya, nos acabamos de conocer. —Agarro la bolita, la hago rebotar y esta vez acierto hasta la tercera.

La niña me arrebata la pelota, pero antes de hacerla rebotar, me mira fijamente.

—¿Por qué te llamas «Alteza»?

—No me llamo «Alteza». —Me hace sonreír—. Me llamo Corrick.

Tuerce el gesto.

—Entonces, ¿por qué…?

—Anya —la llama Gwyn detrás de mí—. Déjalo tranquilo. Además, Dabriel ya está preparada para empezar los panecillos del desayuno.

Anya suelta un grito, se pone en pie y se lleva la caja.

—¡Adiós, Alteza Corrick! —grita mientras baja las escaleras.

Me levanto de la cubierta con calma para enfrentarme a la teniente de Rian. No sé qué opinará de mí, pero ya sé lo que opina el capitán, y recuerdo que anoche Gwyn me dijo que soltara a Tessa. Me pregunto si se ha alarmado al verme sentada junto a su hija.

La mejor parte de mí quiere decirle algo positivo, un comentario alentador, como por ejemplo: «Qué hija tan maravillosa, teniente. Debes de estar muy orgullosa».

Pero la peor parte de mí está tensa e incómoda, y se siente juzgada, así que termino diciendo:

—No te preocupes. Ha sido lo bastante lista como para impedir que la agarrara.

Espero que me conteste alguna mordacidad como haría Rian, pero su expresión no se inmuta.

—No estaba preocupada.

—Anoche se te veía claramente preocupada por la señorita Cade.

—Tampoco estaba preocupada por ella —resopla—. No quería que una panda de marineros exaltados se entrometieran en una pelea de pareja.

No somos pareja.

Esas tres palabras permanecen sobre mi lengua. Dar voz a algo como eso siempre parece lograr que sea más oficial, más definitivo.

Aunque quizá a Tessa le gustaría que lo dijera.

Para cuando he reflexionado al respecto, el momento ha pasado y el viento remueve las aguas y agita las velas. Me meto las manos en los bolsillos de la chaqueta y observo a la teniente Tagas.

—¿No me odias como tu capitán? —le pregunto.

—No hay demasiadas personas a las que odie —contesta—. Usted no figura en la lista. —Vacila—. En Ostriario, la guerra fue brutal y despiadada, alteza. Sé que Rian y usted no son del mismo parecer, pero el capitán ha visto a mucha gente detestable hacer muchas cosas detestables. Yo también.

Pienso en las cicatrices en los brazos de su hija. La mayoría evitaría sacarlo a colación, pero estoy lo bastante afectado como para lanzarme.

—¿Como lo que le ocurrió a Anya?

Se queda paralizada y una llama de rabia prende en sus ojos.

—Oren Crane es un mal hombre.

—¿Él se lo hizo?

—Sí.

—¿Por qué?

—Para castigarme por haberme alejado de él. —Me sostiene la mirada.

Frunzo el ceño.

—Estábamos en guerra —añade, como si eso lo explicara todo.

Puede que lo explique y puede que no. No dejo de pensar en el momento en que Rian me cuestionó, cuando insinuó que Harristan y yo estábamos poniendo a la gente en una situación en la que no tiene más remedio que arriesgar la vida. Sin duda, también debe de haber personas en Kandala que nos tildarían a nosotros de malos hombres. Pero tampoco contábamos con ninguna buena decisión que poder tomar. Por lo menos nosotros no torturábamos a niños pequeños como represalia por algo.

Aunque Rocco bien que sugirió que usáramos a Anya en nuestro beneficio.

Cuando lo dijo, yo pensaba que se refería a una mujer adulta, pero descubierta la verdad no lo he confrontado al respecto.

No me gusta el camino que toman estos pensamientos.

—No he venido hasta aquí para hablar de Anya —dice Gwyn, pues he guardado silencio durante demasiado rato—. Solo intento cerciorarme de que Rian y usted lleguen a Ostriario sin que uno de los dos caiga por la borda. No creo que ninguno de los dos deba desperdiciar una oportunidad de mejorar la vida de la gente solo para saber quién la tiene más grande.

¡Quién la tiene más grande! Me encolerizo.

—¿Le has echado el mismo sermón al capitán Blakemore?

—Sí.

Ah. Por alguna razón, no era la respuesta que esperaba, y me pregunto si será verdad.

Pero acabo de acordarme de la primera reunión en la que asistió la teniente y no riñó a Rian por su actitud, pero casi.

—Me ha contado lo que le ha dicho —añade—. Lo de encerrar a alguien en una habitación y luego amenazar con la muerte si intenta escapar.

—Espléndido. Tal vez debamos formar una asamblea para tratar todas las prácticas de los gobernantes de Kandala y que todos deis vuestra opinión. —A pesar de mis palabras, sigue escociéndome la analogía. No quiero que mi expresión lo revele, así que observo el agua. El sol empieza a asomar en el horizonte y veo la desembocadura del río, allá donde se une con el mar y la tierra desaparece a ambos lados.

Estamos cerca de Puerto Karenin. Voy a tener que tomar una decisión.

No me fío del capitán Blakemore más ahora que cuando subí al barco, pero no me gusta la idea de desembarcar. Da la impresión de que tuviera miedo.

—No estoy intentando opinar sobre nada —replica Gwyn—. Como le he dicho a Rian, usted no ha encerrado a nadie en una habitación.

En eso se equivoca. He encerrado a mucha gente en celdas.

Que piensen lo que quieran de nuestras tácticas. Hemos mantenido con vida a tantas personas como hemos podido.

—¿Por qué ibas a defenderme? —digo—. No sabes nada de mí.

—Sé que Ostriario necesita el acero —responde—. Sé que la corte real de Ostriario apenas se sostiene y que la guerra fue una dura victoria. Le hablé a su chica Tessa acerca de Oren Crane y de otros rebeldes que esperan que se les presente la oportunidad de tomar el control. La gente está cansada y quiere pasar página. Si Rian consigue llevarlo a usted a negociar un acuerdo, sería de gran ayuda para mantener la paz.

Su chica Tessa. Sé que debería concentrarme en el resto de lo que me ha dicho, pero mis pensamientos se han detenido y atascado en esas palabras en particular.

—Por lo tanto, te han enviado a conseguir la paz entre él y yo.

—Quizá esté siendo poco prudente. —Suelta un suspiro—. Pero antes de nada soy marinera, no cortesana. Creo que nadie saldría ganando si desembarcaran en Puerto Karenin.

Oigo un matiz en su voz que me hace pensar, y me la quedo mirando para intentar descifrarlo. Rian y ella han hablado sobre la paz y el comercio justo, sobre la necesidad de ambos países de mantener la paz y conseguir lo que necesitan. Pero desde el momento en que puse un pie en el *Perseguidor del Alba*, he sentido unas sospechas hondas e inquietantes de las que no consigo desprenderme.

No sé dónde se encuentra el mayor riesgo de todos.

—Lo tendré en consideración.

Asiente en mi dirección como si mi respuesta no la sorprendiera.

—Gracias por haberme escuchado. —Vacila antes de asentir hacia el camarote del capitán—. En breve vendrá a comprobar el estado de las jarcias.

—¿Es una advertencia?

Sonríe, y se le arrugan las comisura de los ojos.

—He creído que debía saberlo. Quizá hoy pueda trepar por los mástiles con él.

—Haría lo imposible para no darle un empujón.

Gwyn suelta una carcajada sincera, que me toma por sorpresa y me hace sonreír.

—Tengo que regresar al timón —dice—. Comuníqueme su decisión a la hora de desayunar para que podamos ajustar el rumbo.

—De acuerdo.

Cuando se aleja, no paso demasiado tiempo a solas. Rocco se aproxima.

No dice nada, pero sé que esperará a que le pregunte si hay alguna preocupación que quiera transmitirme. Apoyo las manos en la barandilla.

—No quiere que baje del barco en Puerto Karenin.

—Creo que el capitán tampoco lo quiere. —No señala hacia el horizonte, pero clava los ojos en el agua que se extiende ante nosotros—. ¿Ve los barcos que están a lo lejos?

Contemplo el mar. Tardo unos instantes porque están tan lejos que no me habría fijado si él no me los hubiese mencionado.

—Sí.

—Necesitaría un catalejo para ver con más detalle, pero no es habitual que dos barcos de ese tamaño naveguen juntos.

—¿Te inquietan? —Frunzo el ceño.

—Nos estamos acercando al extremo al sur del río. Como digo, necesitaría un catalejo y un sextante para estar seguro, pero parecen tan lejos que bien podrían estar en el océano.

—Y ¿no crees que sean barcos de Kandala?

—No lo sé. Tendremos que acercarnos más para saberlo con certeza. Podrían ser barcos que aguardan al capitán Blakemore… o que lo aguardan a usted.

Sigo sujetando la barandilla para no dar a entender de qué estamos hablando. El corazón ha empezado a retumbarme en el pecho.

—Consejo.

—El capitán se ha ofrecido a permitirle abandonar el barco. Eso sugiere que no es un secuestro, por lo menos no por su parte.

—Igual que la teniente Tagas. Me ha pedido que la avisase si he tomado la decisión para así cambiar el rumbo. —Dudo—. ¿Le estamos dando demasiadas vueltas?

—Me sentiría mejor si el capitán fuera más sincero con lo que contiene la habitación cerrada. —Hace una pausa—. Que esconda la llave, de acuerdo, pero ¿qué peligro hay en dejarle ver a usted las armas?

—Estoy de acuerdo.

—Y ¿qué nos impide forzar la puerta?

Giro la cabeza.

—Es un candado sencillo. —Rocco se encoge de hombros—. Y es cierto que son pocos marineros. Por la noche hay uno o dos que vigilan, pero durante la tarde la mayoría de la tripulación está durmiendo o limpiando pescado. Nosotros, sus guardias, por lo general solo estamos en activo dos al mismo tiempo.

Mientras el tercero en teoría está durmiendo.

—¿Crees que podrías romper el candado? —pregunto en voz baja. El corazón se me acelera, dividido entre el alivio por que el capitán seguramente sea tan sincero como parece y el terror por que alguien peor asalte el barco y se apodere de él.

—Romperlo no sería un problema —dice Rocco—. Pero dejar rastro sí. —Me lanza una mirada—. El capitán sabrá que lo ha ordenado usted… o que lo ha hecho usted mismo.

No tengo ni idea de cómo reaccionaría el capitán Blakemore si entrara a la fuerza en esa habitación, pero no me cabe ninguna duda de que se lo tomaría como algo personal. Además, no es una historia que me apetezca que llegue hasta el rey de Ostriario. Rian puede decir lo que quiera sobre mi reputación, pero mis acciones en el Sector Real pretendían reforzar leyes que eran bien conocidas. Entrar a la fuerza en una habitación cerrada de este barco sería mucho más difícil de explicar…, y seguro que no demostraría que el rey de Kandala y su hermano están preparados y dispuestos para negociar de buena fe.

Observo el agua, los dos barcos lejanos, el sol que empieza a quemar un camino hacia el alba.

Ojalá pudiera hablar con Tessa.

Recuerdo la cara que puso cuando le sujeté la muñeca, cuando la aguja se apoyaba de forma precaria contra su palma.

Recuerdo a Lochlan tras de mí. «Suéltala».

Como de costumbre, todo el mundo espera lo peor de mí. En parte es por eso por lo que yo espero lo peor de los demás.

En la puerta de la cubierta aparece una cabeza, que se asoma al exterior. Es Tessa, madrugadora como siempre. Está mirando hacia el otro lado, así que no me ve. Se me forma un nudo en el estómago y estoy tentado de regresar a puerto para poder bajar del barco y volver a cómo eran las cosas antes.

Pero si he aprendido algo es que no se puede volver atrás. No puedo borrar los errores que he cometido con Tessa. No puedo curar la enfermedad de la fiebre ni revertir todo lo que Harristan y yo hemos hecho mal por el camino.

No puedo borrar el asesinato de mis padres.

Lo único que puedo hacer es seguir hacia delante.

—Dile a la teniente Tagas que seguimos con el rumbo previsto. —Miro hacia Rocco—. Continuamos hacia Ostriario.

—Y ¿los barcos?

Tessa se gira al fin y me ve. Sus labios forman una fina línea, así que no puedo interpretar su expresión. Sé por propia experiencia que está tan inquieta como yo. Es probable que esté pensando en bajar las escaleras y dirigirse hacia su camarote.

Pero no lo hace.

—Esperaremos a ver qué ocurre —suspiro.

CAPÍTULO VEINTITRÉS

Tessa

No había pensado que él estaría en la cubierta.

A veces recuerdo los momentos que pasé con Karri cuando trabajábamos para la señora Solomon y yo suspiraba por Weston Lark. Mi amiga solía advertirme acerca de que los forajidos tan solo buscaban chicas para engañarlas.

En cierto modo, supongo que tenía razón. Él me engañó.

Durante unos segundos, me pregunto si, después de lo que pasó anoche, Corrick se quedará junto a la barandilla con Rocco para evitar cualquier conflicto incómodo.

Echa a caminar por la cubierta y me tiende una mano.

—Señorita Cade. Confío en que habrás guardado tus agujas.

Ignoro su mano y salgo a la cubierta por mis propios medios.

—Estoy segura de que podré encontrar alguna.

Es la clase de comentario sarcástico que me he acostumbrado a intercambiar con él, tanto si estamos de acuerdo como en desacuerdo. Espero que la habitual llama desafiante prenda en sus ojos, pero… no. Me sostiene la mirada.

—¿Por qué estás tan enfadada conmigo?

No habla muy alto, pero es que Corrick nunca habla muy alto. Lo que le falta de volumen lo suple con intención. Su pregunta casi me golpea como un puñetazo.

—Conoces mi reputación —continúa—. Conocías mi reputación. De hecho, mejor que nadie. —Hace una pausa—. Sabes lo que he hecho. En ambos bandos. —Otra pausa—. Es desalentador creer que has permitido que unos cuantos insultos de Lochlan cambiasen repentinamente la opinión que te merezco. Pensaba que tenías un poco más de personalidad. Tal vez me haya equivocado.

No, un momento. Esas palabras sí que me golpean como un puñetazo.

—No es solo por Lochlan —digo, y debo reunir fuerzas para ser capaz de hablar.

—¿Entonces?

El viento que se levanta del mar nos revuelve la ropa y el pelo. Me quedo observando esos ojos de un vivo azul que conozco tan bien y me niego a apartar la mirada.

—Es desalentador creer que tú has subido a un barco alejado del pueblo y lo has visto como una oportunidad para meterte bajo mis faldas.

Espero que ponga una mueca, pero no lo hace.

—¿De verdad es lo que piensas?

—Es justo lo que hiciste, Corrick.

—Acepto que la acción en sí es cierta. —Da un paso hacia mí—. Pero la motivación no.

Está tan cerca que noto el calor que desprende. Mis emociones forman una buena maraña.

Se aprovecha de mi indecisión para aproximarse más. Cuando habla, su voz suena grave y segura.

—Voy a decir algo que quizá suene muy arrogante y muy cruel —dice—. Así que antes de nada quiero que entiendas que lo que voy a decir es… la verdad. La verdad pura y dura. —Me aparta un mechón de pelo de los ojos—. No tengo intención de hacerte daño.

Trago saliva, pero él aguarda a que yo asiente. Debo respirar hondo.

—Adelante.

Se inclina para susurrar a fin de que nuestras palabras no las oiga nadie más que el viento y el cielo.

—Me conoces desde hace mucho tiempo. Hemos pasado muchas noches juntos. Ha habido muchos momentos en que hemos estado a solas. Alejados del pueblo, como has dicho.

Aunque me ardan las mejillas, me estremezco, pues su tono es bronco y familiar.

—Si lo único que quisiera fuera meterme bajo tus faldas —añade—, te podría haber tenido muy dispuesta en cualquier momento que hubiese elegido.

Me echo hacia atrás tan bruscamente que casi pierdo el equilibrio. Sonrojada, jadeo por la repentina furia. Me clavo las uñas en las palmas tan fuerte que corro el riesgo de hacerme sangre.

No sé si odio a Corrick o si simplemente odio que tenga razón.

—Te he avisado —dice.

—Qué caballeroso —le espeto.

—¿Caballeroso? —Arquea una ceja—. Perdóname si mis ideas de lo que es ser caballeroso no son idénticas a las tuyas. ¿Habrías preferido que hubiera utilizado de otro modo la mesa de nuestro taller? Me parece recordar que te lanzaste a mis brazos en más de una ocasión.

Debo de estar tan roja que bien podría ser un faro. Las posibilidades de que vuelva a darle un golpe en la entrepierna son muy altas, o quizá tan solo desenfundaré el puñal que lleva en la cintura. O quizá le aseste un puñetazo en la cara. O las tres cosas. A la vez. Rocco tendrá que apartarme de él a la fuerza.

—¿Algún problema, señorita Cade? —exclama Rian detrás de mí.

—No —mascullo entre dientes.

—A la señorita Cade le estaba costando recordar los detalles de nuestras interacciones en el pasado —salta Corrick—. Tan solo le he ofrecido un recordatorio.

—Y ¿ella lo quería?

—Dudo de que sea asunto tuyo —dice Corrick con voz un poco seca—, pero está claro que era una invitación por su parte —añade como si quisiera insinuar otra cosa.

Se acabó. Aprieto el puño.

Rian se coloca delante de Corrick y bloquea en parte mi golpe, pero no me lo esperaba y termino alcanzándolo a él en el hombro.

—Lo siento —jadeo.

El capitán me sujeta la muñeca con suavidad, pero habla con voz firme.

—No lo golpees.

—No necesito que me defiendas —tercia Corrick, y seguramente tenga razón. Rocco se ha acercado y es evidente que está prestando mucha atención a nuestro número.

—No lo estoy defendiendo —dice Rian.

—En tu barco no se pelea nadie —murmuro—. Lo siento otra vez.

—No me preocupaba la pelea. Es que no sabía qué respuesta habría si hubieras dado en el blanco con el puñetazo.

Esa idea me provoca un escalofrío que me recorre la columna. Doy un paso atrás y debo frotarme los brazos para repeler el estremecimiento.

—Tus preocupaciones son innecesarias, capitán. —Corrick observa mis movimientos—. Tessa ya me ha golpeado en el pasado. Yo nunca he contraatacado ni tomado represalias. —Hace una pausa—. Quizá no esté de más que recuerdes eso también, señorita Cade.

Es cierto, sí.

No sé cómo hemos llegado hasta aquí. Es como si Weston Lark y el príncipe Corrick se hubieran dividido hasta ser dos personas distintas, como si el forajido agradable y canalla fuera realmente un hombre al que mató el príncipe cruel que está ante mí.

Pero no es así, y tardo más de lo debido en recordarlo. Necesito respirar hondo.

—Tiene razón —le digo a Rian—. Nunca me haría daño. —Da la sensación de que intento convencerme a mí misma, y lo detesto. Fulmino a Corrick con la mirada—. Tal vez no debería haber intentado golpearte. —Mis mejillas vuelven a enrojecerse, totalmente en contra de mi voluntad—. Pero no deberías haber dicho… eso.

—¿Qué es lo que ha dicho? —Rian mira entre el príncipe y yo.

—Es un asunto que solo nos concierne a nosotros, capitán —comenta Corrick—. Seguro que tienes cosas que hacer que te estamos impidiendo terminar.

—Las estoy terminando ahora mismo. Gwyn me ha dicho que usted ya no quiere desembarcar en Puerto Karenin.

—No pienso permitir que regreses a Ostriario con historias de que el hermano del rey era intratable y obstinado.

—¿Cree que el rey no se dará cuenta por sí solo? —Rian se cruza de brazos.

—He subido a tu barco. Bastante deprisa, de hecho, y no ha sido una tarea fácil. Voy a continuar con el viaje, a pesar de tu negativa a ser sincero conmigo acerca de lo que tal vez haya a bordo de este navío. Mi gente no ha provocado ningún problema, y tú has utilizado bastante a mi boticaria en tu propio beneficio sin encontrar ninguna objeción por mi parte. —Corrick da un paso adelante, y el ambiente zumba con animosidad—. No soy un hombre pretencioso, capitán. Y me gustaría pensar que es bastante obvio. Pero soy el justicia del rey y el segundo en la línea de sucesión del trono de Kandala. Tal vez no estés de acuerdo con nuestras leyes, y tal vez no estés de acuerdo con mis opiniones, pero no he causado ningún daño a tu barco ni a tu tripulación. No soy ningún delincuente, y estoy harto de que me tratéis como a uno.

Rian lo mira fijamente, y me pregunto si la tensión al final estallará y alguno de los dos le va a pegar un puñetazo al otro.

Pero el capitán suspira y descruza los brazos.

—De acuerdo.

—¿De acuerdo? —Las cejas de Corrick dan un brinco.

—Sí. De acuerdo. No es un delincuente. Ha subido a mi barco para ayudar a su pueblo. Ha aceptado mis condiciones. No ha hecho ningún daño. —Rian se pasa una mano por el pelo, y no sé si está exasperado o exhausto por esta conversación. Yo lo estoy—. Llevaba razón —prosigue—. Tengo cosas que hacer. —Guarda silencio durante un rato—. Alteza. —Me saluda con un asentimiento—. Señorita Cade.

Acto seguido, se gira.

Vaya. Suelto una exhalación entre dientes.

Pero Corrick no ha acabado. Desplaza los ojos rabiosos hacia mí.

—Enfádate por mis palabras y moléstate con mis acciones. Ódiame si quieres, pero sabes que tengo razón. Nunca te he hecho daño y nunca me he aprovechado de ti. Cuando te colaste en el palacio, hice cuanto pude para protegerte, incluso te ofrecí la posibilidad de marcharte. Te puse una bolsa de plata en las manos, Tessa. Un puñal salido de mi cintura.

Todo es verdad. Trago saliva.

—Corrick…

—No he terminado. Cualquier distancia que guardáramos en la corte se debía a que respeto tu trabajo y valoro tu inteligencia, y no quería darle a nadie motivo alguno para dudar de la integridad de ambas cosas. —Habla muy bajo, pero con fervor; todas sus palabras, todas y cada una de esas sílabas, resultan contundentes—. Lamento que un hombre de principios cuestionables te haya despertado… ciertos recelos.

—¡Ay, deja de ser tan cínico! —le escupo—. Rian no tiene principios cuestionables.

Mi respuesta lo detiene, pero no sé bien por qué. Corrick se me queda mirando, pero no responde.

Al cabo de unos instantes, la tensión es demasiado grande. No la aguanto más.

—¿Qué? —salto.

—No me refería a Rian —dice lentamente—. Me refería a Lochlan.

Ah. Doy un paso atrás.

—¿Nuestro capitán te ha despertado recelos? —me pregunta—. No debería sorprenderme, pero sí que creo que necesito una explicación.

Una vez más, no sé cómo proceder.

—Quizá no necesito una explicación. —Corrick entorna los ojos—. Quizá ya he visto los efectos. Llega a la corte con una actitud que reprueba por completo todo lo que hemos hecho en Kandala, los métodos con que hemos mantenido el orden, y tú estás de acuerdo con lo que dice.

—Pero ¿por qué te sorprende? —tercio—. ¡Pues claro que estoy de acuerdo con él! Cuando eras Wes, tú también habrías estado de acuerdo...

—Pero conoces la verdad, Tessa. Hemos leído los mapas detenidamente, y te he dicho que no es tan sencillo como apropiarse de todos los pétalos de flor de luna que hay en Kandala. Si fuera así, no tendríamos que mantener esas tensas reuniones con los rebeldes. No tendríamos que habernos enfrentado a una revolución. —Ahora está muy enfadado—. Si fuera tan sencillo, yo no habría subido a este barco.

—Ya lo sé.

—Permíteme que lo dude. Creo que te has dado cuenta de que Wes nunca existió, nunca pudo existir, y nunca vas a recuperar nuestras aventuras. Creo que has conocido a un hombre que te puede ofrecer algo más que debates interminables en salas de reuniones ostentosas, y te has adentrado en la nueva oportunidad de marcar la diferencia porque mi manera es demasiado lenta y aburrida.

—Para, por favor. No es así en absoluto...

—Ah, ¿seguro? Porque me he dado cuenta de que tal vez parezca tentador seguir a un hombre con ideales muy claros, pero todavía no has estado en Ostriario. No has lidiado con su rey ni has visto lo que nos aguarda allí. Me acusas de ser cínico, pero te quedas donde estás y afirmas que Rian no tiene principios cuestionables. A lo mejor debería ir a buscar a Lochlan y hacerme amigo de él, porque en esto los dos estaríamos de acuerdo: eres una ingenua...

—No te atrevas a seguir —le espeto—. Solo porque sé más acerca de medicinas que sobre gobernar un país no significa que sea una idiota. Solo porque tú creas lo peor de todo el mundo no significa que no haya buenas personas en el mundo.

—Así me he mantenido con vida, Tessa. Así mi hermano se ha mantenido con vida. Y ahora intento mantenerte a ti con vida. Cuestionas mis principios, pero no cuestionas los del capitán. Me gustaría saber por qué durante la cena aseguró que el clima político de Ostriario era estable y por qué ahora nos cuenta historias de piratas que tal vez acechen en las sombras. Me gustaría saber por qué siente la necesidad de tener una habitación cerrada a cal y canto. No me sorprende que tan solo llevemos un par de días en el barco y que él ya haya conseguido sembrar cizaña entre nosotros.

—No es él quien siembra cizaña —digo.

Corrick aprieta los dientes.

—Me gustaría saber a qué reino le debe lealtad, porque ahora mismo es bastante evidente que no es a Kandala.

—Alteza. —Rocco se ha acercado y lo llama con voz baja, pero con la suficiente urgencia como para interrumpir la diatriba de Corrick. Mira detrás de nosotros hacia la cubierta principal, donde han empezado a congregarse más miembros de la tripulación de Rian. Nadie nos observa directamente, pero es obvio que somos el centro de atención. Otra vez.

Suspiro y doy un paso atrás. Está claro que en un espacio reducido es imposible guardar secretos.

Observo a Corrick, que aprieta la mandíbula. Detesto que lleve razón en tantas cosas.

Pero no en todas. Respiro hondo y me coloco un mechón de pelo detrás de la oreja.

Un grito ininteligible se alza cerca de la parte trasera del barco, y tardo unos instantes en percatarme de que es Sablo, en pie junto al timón. Cuando me aparto de Corrick para mirarlo, veo que lleva un catalejo en las manos y que llama al capitán. Rian se le une y le arrebata el catalejo.

Veo dos barcos en la distancia, pero están tan lejos que no los distingo con detalle. A mi lado, Corrick se ha quedado petrificado. Lo miro y me pregunto si los habrá visto.

En cuanto cruzamos una mirada, a pesar de todo lo que ha ocurrido entre nosotros, sé que los ha visto y que la aparición de esos barcos es en cierto modo importante.

Corrick se concentra de nuevo en el capitán.

—¿Estamos en peligro? —susurro.

—No lo sé —contesta—. Rocco también los ha visto.

—¿Los habrá enviado Harristan?

—Si los ha enviado, no lo ha comentado. —Hace una pausa, y sé que lo está analizando—. Aunque mi hermano hubiera decidido no cumplir con su palabra, hacerlo a mis espaldas no supone ninguna ventaja estratégica. —Se gira para mirar directamente hacia el timón y luego alza la voz—. ¿Hay algún problema, capitán?

Rian baja poco a poco el catalejo. Guarda silencio unos instantes antes de responder.

—Ninguno. Sablo ha divisado unos bergantines en el horizonte.

Corrick me mira.

—¿Crees que dice la verdad? —me pregunta con cierto retintín.

—Sí —asiento, pero por primera vez no estoy segura.

—Quizá podrías ir a averiguarlo —propone Corrick.

—¿Cómo pretendes que lo consiga?

—Bueno, no soy el único que disfruta pasando el tiempo contigo. —Me enfurezco, pero en su voz no hay rastro de arrogancia. Tan solo expone los hechos—. Tampoco el capitán Blakemore es el único. Por lo visto, todo el mundo está dispuesto a contarle cosas a la boticaria. Incluido Lochlan. —Hace una pausa—. Es justamente lo que detuvo a los rebeldes en el bosque. Es lo que detuvo la revolución. A la gente le caes bien. La gente confía en ti.

Abro la boca de nuevo, pero sus ojos perforan los míos.

—Te guste o no, el capitán oculta algo a bordo —añade—. Y ahora hay dos barcos en un lugar en el que no deberían estar. —Se detiene—. Ha llegado el momento de que pienses en tus lealtades, señorita Cade. Dices que no eres ingenua. Pues demuéstralo.

CAPÍTULO VEINTICUATRO

Harristan

Transcurren las horas. Me paso algunas durmiendo, y en gran parte es en contra de mi voluntad. En cuanto me despierto, me sobresalta un gato al subirse sobre mi regazo. Tomo aire y miro alrededor, asustado, pero el establo sigue estando oscuro y la luz de la luna brilla entre las ventanas que se alzan junto a la puerta.

Muevo la pierna ligeramente y el dolor me atraviesa el músculo. Cuando me llevo una mano a la cabeza, descubro que la sangre ha formado una costra en mi oreja y en mi pelo, pero no sé lo grave que es la herida.

Parpadeo y me acuerdo de Maxon, de la amabilidad de sus ojos. Era un completo desconocido, pero me dio medicinas porque yo las necesitaba. Intentó alejarme de la patrulla nocturna.

Y los guardias lo mataron. Lo mataron antes de que yo pudiera hacer algo al respecto.

No sé cómo ha podido hacer esto Corrick durante años. Me acabo de dar cuenta de todo lo que ha arriesgado mi hermano, de la gran culpa que debe de acarrear.

Ojalá él estuviera aquí.

Esa idea se cuela en mi cerebro tan deprisa que se me forma un nudo en el estómago y la calidez acude a mis ojos. Pero no lloré por la muerte de mis padres y obviamente tampoco voy a llorar ahora.

Me imagino a Corrick a mi lado, poniendo los ojos en blanco en el establo.

Dios, Harristan. La próxima vez deja que te acompañe.

Sí, Cory. La próxima vez.

Me quedo dormido de nuevo y me despierto con el canto de un gallo. Las gallinas cacarean al otro lado del establo. El gato está dormido como un tronco en mi regazo, un peso caliente cerca de mi muslo palpitante. El sol de la mañana entra a raudales por la ventana.

De la mañana.

Una oleada de pánico me embarga las entrañas. Hace mucho tiempo que se ha ido Violet. Debe de haber ocurrido algo.

¿La habrán detenido? ¿La habrán retrasado? ¿Y si uno de los guardias la ha encerrado en el presidio? ¿Debo quedarme aquí sentado eternamente?

Y le di mi anillo. Ahora no dispongo de ningún modo de demostrar quién soy. Estoy herido y medio empapado en sangre. Aunque la familia de Violet me encontrase y me creyese —lo cual es dudoso—, no creo que la patrulla nocturna lo hiciese.

Dispararon a Maxon. Le dispararon a él, y ni siquiera había hecho nada malo.

«Tú harías lo mismo por mí, seguro».

Esas palabras ahora parecen tener dos significados. Cierro los ojos con fuerza e intento respirar.

Apoyo las manos en el suelo y me remuevo; el gato se desenrosca, molesto, pero ignoro al animal e intento que las piernas me sostengan. Consigo ponerme en pie, pero me siento mareado. Tengo los pantalones pegados por la sangre y veo el desgarro de la tela, donde la herida sigue sangrando.

Tomo una áspera bocanada de aire y suelto una maldición.

No me puedo quedar aquí sentado. Cojeo hasta el compartimento de una vaca y hago mis necesidades. No estoy tan sediento como para beber la misma agua que el animal, pero poco me falta. La familia de Violet dispone de un caballo, pero cuando cojeo hasta su compartimento, veo que es viejo y tiene el lomo encorvado, seguramente a consecuencia de los arneses, no de llevar a jinetes.

De todos modos, estoy tan mareado que no sé si podría llegar a montar a caballo.

Ojalá tuviera prendas de recambio, pero no veo nada en el establo. Podría intentar dirigirme al Sector Real a pie, pero le he dado a Violet todo mi dinero, así que ni siquiera tengo monedas para pagar un viaje en carromato.

No tengo ni idea de qué opción es peor: la de quedarme aquí a la espera de que alguien me encuentre o la de salir a pleno sol y rezar por que nadie me reconozca.

Recuerdo al capitán Huxley, que estaba junto a Arella y a Laurel.

«Si no tenéis medicinas, ¿qué tenéis?».

«Información sobre el rey. Os está engañando».

Yo no estoy engañando a nadie. Es más bien alta traición, y, aunque deteste admitirlo, me sorprende un poco que esté involucrada Arella Cherry.

Corrick se ha ido. Si no puedo confiar en mis guardias, no me queda nadie.

Quint.

Pero si Arella confabula contra mí, tal vez tampoco puedo confiar en Quint. Quizá ha sido él quien ha mandado encerrar a Violet y ahora está reuniendo a los guardias y a los cónsules para venir a detenerme, a llevarme encadenado hasta el palacio por haber hecho lo mismo que hacía Corrick.

Un escalofrío me sube por la columna, y me dirijo hacia la pared del establo, en la que me deslizo hasta quedarme sentado. La parte más oscura y profunda de mi ser desea echar a correr y ocultarme, perderme en algún sitio. Nadie se enteraría.

Pero eso significaría abandonar el trono.

Abandonar a mi pueblo.

Si alguien merece desprenderse de su papel, ese es mi hermano.

De repente, oigo cascos de caballo, y me quedo paralizado. Vienen varios corceles, así que es imposible que sea solo Quint.

Con sumo esfuerzo, me levanto y apoyo una mano en la pared cuando empiezo a ladearme. Se me acelera el corazón hasta el punto de que noto los latidos en la cabeza. Ojalá tuviera un arma. No sé durante cuánto tiempo ni con qué destreza podría pelear, porque el maestro armero siempre es demasiado blando conmigo. Le pone nervioso que me quede sin aliento.

Pero dudo de que pudiese durar demasiado. Correr cuanto corrí anoche estuvo a punto de matarme.

Y entonces, de pronto, las puertas del establo se abren de par en par. El sol es tan intenso que debo entornar los ojos. Veo siluetas en el umbral. Primero reconozco a Violet, que se precipita hacia mí.

—¡Zorro! —exclama—. ¡Sigues aquí!

—Sigo aquí —digo. Clavo la mirada en los hombres que la siguen. Se apartan del sol poco a poco, y me quedo patidifuso. Veo a Quint, con expresión tensa al observarme. No sé si es un alivio o no, porque no ha venido solo, como le pedí. Está flanqueado por dos guardias, Thorin y Saeth, tan fieros e imponentes como siempre.

No dejo de pensar en las palabras de anoche del capitán Huxley en el claro ni en las advertencias que nos transmitió Rocco a Corrick y a mí antes de marcharse. Thorin y Saeth llevan armas y armadura. Estoy agotado, herido… y desarmado. Podrían matarme ahora mismo y yo no podría hacer nada para impedirlo. Me aferro a la pared del establo con tanta fuerza que varias astillas han empezado a clavárseme debajo de las uñas, y oigo el temblor de mi respiración. Suena solo un poco más alto que el de mi corazón.

Thorin es el primero en reaccionar. Da un paso adelante, y me quedo sin aliento. Me yergo y me recuesto en la pared.

Pero el guardia planta una rodilla en el suelo.

—Majestad. —Al cabo de unos segundos, Saeth y Quint lo imitan.

Un suspiro de alivio surge de mis pulmones, y casi me desplomo contra la pared del establo. Debo pasarme una mano por la cara.

—Levantaos —digo con voz bronca.

Violet mira de mí a ellos y de vuelta a mí.

—¿Se supone que yo también debo hacer eso? —susurra.

—No. —Me la quedo mirando bajo la luz de la mañana—. Has estado mucho tiempo fuera. Creía que te había pasado algo… —Mi mirada desciende hasta sus pies descalzos, que están rojos y lucen ampollas, uno de cuyos dedos está sangrando e hinchado. Levanto la vista de golpe. Hay cosas mucho más importantes por las que preocuparse, pero le suelto—: Te dije que te compraras unas botas, Violet.

Thorin y Saeth intercambian una mirada.

Quint parece no tener claro cómo interpretar esta conversación.

Violet ni siquiera está avergonzada.

—Bueno, era mi intención, pero quise darle unas cuantas monedas más a Toby. Y luego pensé en lo que me dijiste de que no ibas a regresar, y no quería que nadie creyese que Zorro había desaparecido, por lo que he ido dejando monedas en las puertas. Unas por aquí y otras por allí.

Por qué será que no me sorprende.

Hoy, sin embargo, no me irrita. Me recuerda a la amabilidad de Maxon al darme su medicina. Y a la de Violet, que ha arriesgado la vida.

—¿Has corrido todo el trayecto descalza? —le pregunto.

—No todo. He tardado en llegar a las puertas del sector. Y luego no podía encontrar el palacio. Era la primera vez que entraba en el Sector Real. Me podrías haber dicho que estaba justo en el centro.

Miro hacia Quint.

—Que le manden un par de botas.

El intendente abre la boca y luego la cierra. Saca una libretita del interior de la chaqueta y toma nota.

—Por supuesto, majestad.

—Te he dicho que nada de guardias. —Miro entre el intendente y Violet.

—Le he insistido, pero no me ha hecho caso —resopla—. Gryff tampoco. He tardado horas en convencerle para que fuese a buscar al intendente Quint. He tenido que cantar hasta que ya casi no me quedaba voz.

Me da la impresión de que no consigo seguir esta conversación.

—¿Has… has tenido que cantar?

—Sí. No me quería escuchar. Me decía que tu anillo era falso. Por lo tanto, me quedé sentada y canté todas las canciones irritantes que conozco. Y no son pocas, te lo aseguro…

—Ha cantado hasta el alba —tercia Quint—. Mientras tanto, como usted no regresaba, he avisado a Thorin. Empezábamos a urdir una discreta batida cuando una de las criadas ha comentado que había una chica cantando en las escaleras del palacio. —Da un paso adelante, pero luego parece pensárselo mejor. Pasa la vista de mi pierna a mi cabeza, y sus labios forman una tensa línea—. Majestad —murmura—. Discúlpeme, pero está sangrando. —Hace una pausa—. Hemos traído un carruaje cerrado.

—Bien. —Me toco la oreja con una mano y, al bajarla, me sorprende ver que la sangre es reciente—. ¿Quién más sabe lo ocurrido?

—Todavía nadie —responde Quint—. Sullivan es una persona importante. Nada más.

—¿Quién entre la guardia? —Miro hacia Thorin.

—Solo nosotros. —Duda y vuelve a observar hacia Saeth—. Todos sabemos que Huxley siente debilidad por los chismes. Nos hemos cerrado en banda.

Huxley siente debilidad no solo por los chismes, pero no se lo digo.

Me aparto de la pared y Saeth avanza para ayudarme, pero lo rechazo con un gesto. Todavía me noto mareado, pero quiero salir de aquí por mi propio pie.

—Violet —le digo—. ¿Puedo confiar en que guardarás el secreto?

Incluso al formular la pregunta, ya conozco la respuesta. Aunque me lo prometa, aunque me lo jure, es un secreto demasiado grande.

Niega con la cabeza de todos modos, y debo de irradiar rabia, porque la veo levantar las manos.

—Es que se lo he tenido que contar a Toby. —Su expresión se vuelve sombría—. Por si me sucedía algo. Necesitaba que alguien se lo dijera a mi madre.

Como si lo hubiera invocado, un muchacho de unos diez años llega corriendo al establo. También va descalzo y es tan veloz que a Thorin y a Saeth apenas les da tiempo a desenfundar las armas antes de que se detenga.

El chico suelta un grito y cae de culo sobre la paja. Pero no parece asustado, sino más bien fascinado.

—¡He visto el carruaje, Vi! ¿Son auténticos guardias del palacio?

—Lo bastante auténticos —contesta Saeth—. ¿Te ha seguido alguien?

—No —asegura el muchacho. La mirada de Toby los abandona para clavarse en mí y en Quint. Abre los ojos como platos y se pone en pie a trompicones. Le hace una reverencia a Quint, que lleva una chaqueta de brocado rojo medio abotonada—. Majestad.

—Ah… No —murmura Quint. Observa los pies del chico, vuelve a extraer la libretita y garabatea una nota. Mira hacia mí—. Majestad —dice con intención—, tal vez deberíamos marcharnos mientras aún sea temprano.

—¿Él? —Toby me contempla y frunce los labios—. ¿En serio?

Estoy demasiado cansado. Mi noche ha estado llena de temores, de pérdidas y de incertidumbres, y tengo mayores preocupaciones que lo que pueda encontrar en el establo.

—No —digo—. Quint, has dicho que has traído un carruaje, ¿verdad?

No espero a que me responda. Empiezo a cojear. Fuera del establo, hay un carruaje y uno de los caballos de los guardias.

—¡Espera! —exclama Violet—. ¿Volveré a verte?

No. No volverá a verme. Sin embargo, no puedo presenciar la desesperación de sus ojos y decírselo como si tal cosa.

—Soy el rey. Todo el mundo me ve. —Antes de subir al carruaje, me giro hacia ella—. Te doy las gracias, Violet. De corazón.

—Necesitamos a Zorro —susurra con cara afligida.

—Perdóname. —Frunzo el ceño—. Por favor. —Subo al carruaje, seguido de Quint. La puerta se cierra de golpe.

—¡Te necesitamos! —grita la muchacha con voz aguda. Golpea la puerta del carruaje—. ¡Necesitamos a Zorro!

—¡Violet! —la llama una mujer desde cierta distancia—. Violet, ¿qué estás haciendo?

—¡Era el rey, señora Tucker! —salta el chico—. ¡El rey estaba en su establo!

Me quedo paralizado observando a Quint. Su expresión es lúgubre, me recorre los rasgos con la mirada, pero no dice nada.

—¿Qué es todo esto? —insiste la mujer—. ¿Qué está pasando?

—Un hombre se ocultaba en su establo —contesta Saeth—. Se hacía pasar por el rey. Nos lo llevamos detenido, señora.

—No se hacía pasar por el rey —afirma el muchacho—. Era...

Suena un látigo y el carruaje empieza a traquetear.

«Necesitamos a Zorro».

Esas palabras me impactan casi tanto como la muerte de Maxon.

Violet ha corrido descalza. Se ha pasado la noche cantando.

Y ahora me alejo en un carruaje y la abandono.

—Majestad —me llama Quint.

Sobresaltado, lo miro.

—¿Cómo pudo hacerlo Corrick durante tanto tiempo? ¿Cómo pudo soportarlo?

—Tenía a Tessa. —El intendente frunce el ceño—. No estaba solo.

Trago saliva. Yo siempre estoy solo.

Quint saca una botella de agua con tapón de un baúl colocado debajo del asiento y un pañuelo. Humedece una punta y tiende el brazo hacia mí.

—¿Me permite?

—No necesito que me cures.

—Es temprano. Puedo procurar mantenerlo alejado del mundo, pero si no quiere suscitar demasiadas preguntas, deberá estar lo más presentable posible para caminar por el palacio. —Me mira la pierna, que está extendida entre el espacio que nos separa, porque me duele al flexionarla—. Suponiendo que pueda caminar, claro.

Lo fulmino con la mirada. Aunque Quint siempre es respetuoso, no se acobarda con facilidad. Responde levantando el pañuelo.

—De acuerdo. —Le arrebato el pañuelo, pero cuando me lo llevo al cuello, veo que se mancha de más sangre de la que me esperaba. Frunzo el ceño y me doy otra pasada, esta vez por la oreja, y suelto una maldición por el súbito dolor.

—Hágame caso. —Quint se mueve para sentarse a mi lado en el carruaje—. Déjeme a mí. —No espera a que le responda; tan solo me agarra la tela de las manos y vierte más agua de la botella. Varias gotas de sangre caen diluidas sobre el cojín de terciopelo. Cuando me coloca el pañuelo en el cuello, casi doy un salto. Quint no es brusco, pero tampoco es demasiado cuidadoso. Me duele la cabeza y el agua me escuece cuando entra en contacto con alguna herida, así que buena parte de mí desea arrancarle el pañuelo de las manos. Debo contenerme para no retorcerme como un estudiante descarriado.

Pero quizá Quint se da cuenta, puesto que sus movimientos se ralentizan y el pañuelo pasa con más suavidad sobre las heridas.

—¿Con qué frecuencia lo hacías con Corrick? —le pregunto.

—¿Curarle las heridas o ir a buscarlo a la Selva?

No me gustan las implicaciones de ninguna de las dos opciones.

—Las dos.

—En realidad, nunca. —Niega con la cabeza—. Corrick no solía volver herido. —Hace una pausa—. Sin contar la vez que sus soldados lo encontraron con los rebeldes, siempre consiguió regresar por su propio pie. —Se detiene—. Nunca salió para sus paseos nocturnos sin una máscara. Ni siquiera le contó jamás a Tessa quién era.

Me echo hacia atrás y me giro para mirarlo a los ojos.

—¿Me estás reprendiendo, Quint?

—Jamás, majestad. —Limpia de nuevo el pañuelo y lo levanta. Al ver que no me muevo, arquea una ceja.

Suspiro y vuelvo la cabeza. Debo pasarme una mano por la cara. Corrick lo hizo durante unos años. Yo solo durante unas pocas semanas, y he estado a punto de provocar la caída del reino.

A él se le da mejor esto que a mí.

A él se le dan mejor muchas cosas que a mí.

—Pues quizá deberías —digo. El agua está fría, y me estremezco.

—¿Mmm?

—Reprenderme —añado—. Cuando te conté que quería hacer esto, ni siquiera intentaste convencerme de lo contrario.

—Es un honor que crea que yo podría haber convencido de algo al rey de Kandala. —Se detiene, y pongo una mueca cuando pasa el pañuelo por la peor de las heridas—. Me temo que esta habrá que coserla.

—La flecha estuvo a punto de alcanzarme en la cara.

—Ha tenido mucha suerte.

—Mucha suerte. —Debería estar preocupado por mis cónsules y por mis guardias, pero pienso en Maxon, tumbado y muerto en medio del bosque. Mi voz se ha vuelto áspera. Para mi espanto, un nudo me constriñe el pecho. Frunzo el ceño y aparto la mano de Quint—. Ya basta.

El intendente se echa hacia atrás y envuelve la tela para que no gotee demasiado. Yo clavo la mirada en la pared opuesta del carruaje. Entre nosotros se instala un denso silencio, lo cual no resulta demasiado mejor. Me deja demasiado tiempo para pensar.

«Información sobre el rey. Os está engañando».

Arella y Roydan llevan semanas reuniéndose en privado, pero han estado repasando cuadernos de bitácoras. No se me ocurre cómo eso va a estar relacionado con un supuesto engaño por mi parte.

Y sigo sin creer que Arella conspire con Laurel Pepperleaf y con el capitán Huxley. Él es un chismoso, todo el mundo lo sabe, pero nunca pensé que fuera desleal. Laurel asistió a la cena con Allisander y Arella lo detesta a él y detesta todo lo que él representa. Tampoco me imagino a Laurel y a Arella colaborando.

Pero apareció la patrulla nocturna y todo el mundo salió disparado.

Maxon me ayudó… y lo mataron.

Me arden los ojos y parpadeo varias veces.

—Si me permite —empieza a decir Quint.

—No —protesto, y el intendente guarda silencio.

Esto no me gusta. Levanto la vista. Su cabello pelirrojo es casi castaño bajo la tenue luz del carruaje, pero sus ojos son penetrantes. Nunca hemos sido amigos, así que no tengo idea de cuántos años tiene, pero debe de ser mayor que yo. Era un aprendiz cuando entró en el palacio y ya hace años que ocupa el cargo de intendente, así que tendrá… ¿veinticuatro?, ¿veinticinco? No lo he relevado porque Corrick le profesa mucho cariño. A mí siempre me ha resultado un tanto exasperante; tal vez se le dé bien su trabajo, pero parlotea sin fin sobre cualquier cosa, y parece que disfruta haciéndolo.

Solo recientemente he descubierto que el incesante parloteo de Quint es una fachada que esconde a una persona aguda, atenta y sumamente leal.

Y valiente también. Me salvó la vida cuando el palacio fue atacado. Y astuto, si ayudó en secreto a Corrick durante tanto tiempo.

—¿Ha sido idea tuya? —le pregunto al fin—. ¿Dar la impresión de que los guardias me arrestaban por «hacerme pasar» por el rey?

—Sí —asiente—. En realidad, Violet no tiene gran cosa que contar. Si protesta, dudo de que alguien le haga caso. Es mucho más creíble que un hombre embaucara a unos chiquillos para que pensaran que era de la realeza.

Lleva razón, pero Violet no merece el desplante. Me cuesta creer que aceptó el dinero para las botas y que usó una parte para intentar que la gente siguiera pensando que Zorro continuaba haciendo sus rondas. Una nueva oleada de culpa se une a la primera que ya me inunda el corazón. Por lo menos puedo asegurarme de que tenga los pies calientes durante una temporada.

Recuerdo que Quint ha mirado también hacia los pies de Toby y que ha apuntado algo en su libreta.

—Perdona —le digo—. ¿Qué me ibas a decir?

Quint se sobresalta al oírme.

—Iba a preguntarle cómo se ha hecho las heridas. —Se detiene—. Cuando hemos llegado al establo, no pareció aliviado por vernos.

—¿Cómo parecía?

—Con el debido respeto, majestad…

—Dímelo, Quint.

—Aterrorizado.

—Ah. —Me paso una mano por la nuca. El mero recuerdo de… de todo me provoca escalofríos—. Bueno. —Intento levantar la pierna, pero mi rodilla protesta, así que hago un mohín y me remuevo en el asiento. Me rindo y suspiro—. Supe que iba a haber una especie de asamblea. Quería ir para enterarme de lo que se decía.

—¿Y de qué se enteró?

De que enviar al justicia del rey a Ostriario ha envalentonado a los disidentes, como temíamos.

De que la sedición y la traición siguen aguardando en las sombras. De que los cónsules siguen conspirando contra mí… y cuentan con el apoyo de la guardia del palacio.

De que mi hermano se ha ido y no puedo confiar en nadie.

De que estoy muy pero que muy solo.

No puedo decir nada de lo anterior. Soy el rey. El más mínimo indicio de incertidumbre podría sembrar caos y desconfianza.

Ni siquiera sé cuánto le puedo contar a Quint.

Ojalá Corrick estuviera aquí.

—Majestad… —empieza a decir el intendente, pero se detiene como si esperase que fuera a interrumpirlo de nuevo.

—Adelante —lo aliento. Clavo los ojos en la luz del sol que se filtra por las cortinas.

—Corrick no me lo contaba todo al principio. De hecho, tardó bastante tiempo en considerar adecuado contarme lo que hacía, aunque yo albergué ciertas sospechas. —Habla en voz baja y seria—. Usted ha confiado en mí como para decirme que esperaba ayudar a la gente de la misma forma que él. Ha confiado en mí como para acudir a mí esta mañana y que pudiera ayudarlo. —Vacila—. Seguramente ya sabrá que sus guardias también sospechan. Corrick no lo hizo solo. —Vuelve a dudar—. No es necesario que usted lo haga solo.

Su último comentario atrae mi mirada. La cabeza me sigue dando vueltas, y ahora sé que ha llegado el momento de lanzar advertencias y órdenes, así como de empezar a urdir planes para proteger el palacio… y a la gente. Tomo aire para hablarle sobre la consulesa, sobre el capitán de la guardia.

Sin embargo, al abrir la boca, lo que digo es:

—Un hombre murió. Era… Intentó… —Debo tragar el nudo de la garganta, que no parece dispuesto a disolverse—. Se llamaba Maxon. La patrulla nocturna le disparó.

Quint no se inmuta. No aparta la vista.

—¿Qué pasó?

«Corrick no lo hizo solo».

No sé cómo hacerlo de otra forma.

Pero al final me armo de valor y se lo cuento todo a Quint. Al principio, con palabras tensas y formales. Una simple lista de los acontecimientos. Espero que intervenga para hacer preguntas o tomar notas, como si estuviéramos en una reunión en el palacio y los consejeros necesitaran más tarde un informe por escrito. Pero guarda silencio y presta atención, y, conforme el carruaje sigue avanzando, termino contándole detalles que por lo general me habría callado. La parada de comida. La multitud. La tostada de pan de nueces con queso y miel. La aparición de Arella y el capitán Huxley, y su anuncio, seguido por el pánico desatado ante la llegada de la patrulla nocturna.

La generosidad de Maxon… y su muerte.

—Cuando has llegado con los guardias —añado—, no sabía qué esperar.

—No pretendía alarmarlo —dice con la voz llena de contrición—. Discúlpeme.

—No —lo contradigo—. No hace falta que te disculpes.

—¿Va a relevar al capitán Huxley?

—Lo he pensado. —Hago una pausa—. Si lo relevo, me temo que mostraré mis cartas demasiado deprisa. Quienquiera que trabaje con él se andará con más cuidado para ocultar sus actividades. —Recuerdo que Thorin ha dicho que Huxley siente debilidad por los chismorreos, que se han cerrado en banda. Me pregunto cuánto se habrán cerrado con el capitán.

—Arella seguramente lo negaría todo —tercia Quint. Y chasquea la lengua—. ¿Tiene idea de cómo iban a explicar de qué modo está usted engañando al pueblo?

—¿Con las medicinas de Tessa? —me aventuro—. Pero Lochlan ya insinuó que la gente estaba preocupada. No necesitan que el capitán Huxley refuerce sus inquietudes. ¿Qué objetivo iban a tener? ¿Tan solo avivar la revolución? La multitud no estaba organizada. Se disolvió cuando llegó la patrulla nocturna.

—Para unir a la gente no basta con la promesa de ciertos chismes —dice Quint—. Por más que Corrick odie a Lochlan, la gente estaba dispuesta a seguir al líder de los rebeldes cuando propuso un nuevo camino. —Hace una pausa—. Y por eso usted le permitió formar parte de las negociaciones… y lo subió al barco del capitán Blakemore.

Es cierto. Y en su fácil liderazgo hay algo que envidio.

—Tessa me dijo un día que el pueblo podría querernos —le digo—. Y que ocultamos las mejores partes de nosotros mismos. ¿Estás de acuerdo con ella, Quint?

Un surco se forma entre sus cejas, y parece medio divertido y medio triste.

—¿Es una pregunta trampa, majestad?

—No.

—En ese caso… Sí. Estoy totalmente de acuerdo.

Como no respondo, prosigue:

—Viajamos en carruaje después de que su intento por ocultarse entre la gente terminase en una situación peligrosa. —Guarda silencio—. Así como los intentos del príncipe Corrick por hacer lo mismo terminaron en una revolución.

Supongo que no le falta razón.

—Tengo otra pregunta —digo—. Y esta tampoco es trampa.

—¿Sí, majestad?

—¿Crees que me oculto detrás de la crueldad de Corrick?

El intendente toma aire como si quisiera echar mano de lugares comunes, pero le sostengo la mirada y se queda muy quieto.

Ya me ha respondido. Rompo su silencio.

—Así que crees que soy un cobarde.

—¿Cómo? —Me mira con expresión incrédula—. No. Por supuesto que no.

Ha contestado muy deprisa, y frunzo el ceño.

—¿Por qué no?

—¿Debe preguntarme por qué? Lo he visto enfrentarse a los rebeldes en la plaza cuando disparaban a los cónsules y le arrojaban flechas llameantes. Se mantuvo a salvo en el bosque cuando asaltaron el palacio y fue con un solo guardia a confrontarlos a todos.

—Si te digo la verdad —murmuro un tanto molesto—, esperaba encontrar a más guardias por el camino.

Pero Quint no sonríe.

—Corrick se subió al barco porque no quiere decepcionarlo. Antes de que prestáramos atención a Violet, creo que Thorin estaba dispuesto a recorrer la Selva de punta a punta hasta encontrarlo. Tessa se quedó a su lado porque cree que usted desea de verdad mejorar la situación de Kandala. —Hace una pausa—. La cobardía no produce esa clase de lealtades.

—Pero crees que me oculto detrás de mi hermano.

—No. Creo que permite que las acciones de él hablen por usted.

Casi me encojo.

—Perdone —empieza.

—No te disculpes. Me alegro de que estés siendo sincero conmigo.

Y lo estoy, la verdad. Me he pasado meses —no, años— guardándome los pensamientos y las acciones, sin permitirme que asomara ni un solo rastro de vulnerabilidad. Ni siquiera delante de Corrick.

«¿Cómo parecía?».

«Aterrorizado».

Me lo quedo mirando. Cuando atacaron el palacio, Quint recibió una flecha que iba dirigida hacia mí.

—Tú también te has quedado a mi lado.

—Sí, majestad.

Me paso una mano por la cara y suspiro.

—Ojalá pudiera convencer a la gente para que fuese igual de leal.

—Bueno, quizá pueda —dice Quint.

—¿Cómo?

—No es cobarde. No le da miedo caminar entre ellos. —Los ojos del intendente no se apartan de los míos—. Corrick se ha ido. Quizá haya llegado el momento de que el rey hable por sí solo.

CAPÍTULO VEINTICINCO

Corrick

Llegado el mediodía del tercer día, hemos dejado de ver tierra.

Aunque no hemos dejado de ver esos barcos. En cuanto el río llegó al océano, los otros barcos empezaron a alejarse, y ahora ya solo quedan esos dos.

Al capitán Blakemore le han entrado las sospechas. Lo he visto hablando con su teniente mientras miraban por el catalejo.

Yo también albergo sospechas. Pero parece que recelamos tanto el uno del otro que sabemos que las preguntas y las dudas no recibirán ni una sola palabra verídica; o ni una sola palabra que vayamos a creer, para el caso.

Ahora que estamos en el océano, el agua que envuelve el barco se ha vuelto de un azul vívido que se extiende durante kilómetros, y los vientos son más suaves aquí que en el río. La tormenta se ha desplazado hacia el este y nos ha permitido ver estrellas en el cielo nocturno y el brillante sol diurno. Cuesta creer que nuestras embarcaciones a menudo naufraguen de camino a Ostriario, porque el mar es tan plácido y tranquilo que apenas parece que el barco se mueva.

De haber sido un viaje distinto, tal vez lo habría disfrutado.

No soy el único que está furioso. Conforme pasan los días, la actitud de los tripulantes ha ido cambiando. Un peso se ha instalado en el *Perseguidor del Alba,* y no consigo identificarlo. La gente pierde los nervios más rápido. Las voces suenan más fuertes. Lochlan sigue trabajando con la tripulación; de todos nosotros, parece el más tranquilo. Y le guardo rencor por ello. Incluso Rian ha pasado hoy más tiempo del normal en su camarote, hablando con Gwyn y con Sablo, y los he visto otear hacia los barcos del horizonte en más de una ocasión.

—Se están poniendo nerviosos —le murmuro a Rocco al anochecer, cuando los demás han desaparecido en las cubiertas inferiores a por la cena.

—Ya lo he visto —asiente—. Y eso me pone nervioso a mí.

A mí también.

Algunos miembros de la tripulación han empezado a formar un círculo en la zona más amplia de la cubierta con los platos de la cena, lo cual significa que yo debería retirarme a mi camarote. Pero entonces veo que el capitán Blakemore sube la escalera acompañado de Tessa, y me detengo por completo.

Está tan guapa con un chaleco y unos pantalones como con las ropas elegantes que lleva en el palacio. Quizá hasta más, puesto que me recuerda a la Tessa de la Selva, que se escabullía entre las sombras para entregar medicinas. El corazón me martillea contra las costillas como si quisiera castigarme, y es probable que me lo merezca.

Mi parte calculadora le dijo específicamente que hablase con él, pero ahora mismo mi corazón quiere que vaya a por ella y me la lleve.

El capitán me ve observándolos, y una chispa burlona se enciende en sus ojos. Mira hacia Tessa y habla lo bastante alto como para que yo pueda oírlo.

—Ven, siéntate aquí —le dice—. Todos podemos descansar y divertirnos un poco. —Desplaza la mirada hacia mí—. ¿Le apetece jugar a algo, alteza?

No.

Pero me obligo a sonreír.

—Por supuesto —digo.

Se sientan cerca del mástil principal, pero no ardo en deseos de torturarme más aún, así que elijo colocarme cerca de la teniente Tagas y de su hija. Kilbourne también está en la cubierta, a mi izquierda, pero no toma asiento.

—¿Qué juego es? —le pregunto a Gwyn.

—«Espada y pelea» —responde.

—Vaya. —Le lanzo una mirada a Anya—. Suena mucho más emocionante que las tabas.

La pequeña me mira con una mueca.

—A veces —tercia su madre—. Básicamente, sirve para que la tripulación no se vuelva ansiosa. No hay nada peor que un marinero aburrido en medio del océano.

—Toma, Corrick. —Anya parte su pan por la mitad y me lo ofrece—. No tienes cena.

Es tan extraño que una niña pequeña pronuncie mi nombre de pila que sonrío, encantado, y acepto el pan. Lleva un vestido de manga corta, y las cicatrices que le pueblan los brazos saltan a la vista.

«Era la guerra».

Pero es que es una niña.

Tal vez sea mi propia ingenuidad la que habla. Separo un trocito del pan y le devuelvo el resto.

Barro el círculo con la mirada y veo que el capitán me está observando. Cuando mis ojos se clavan en los suyos, los aparta y le dice algo a Tessa, algo muy bajo que no consigo oír. Ella asiente, pero no levanta la vista hacia mí.

Por lo general, se me da muy bien calar a la gente. Con el capitán Blakemore, creo que lo que más detesto es que no logro descubrir si nos está engañando a los dos o si es completamente sincero con su deseo de ayudar a todo el mundo. Si lo es, entonces yo soy un desgraciado que le debe una disculpa.

Pero… no creo que lo sea. Quiero saber qué oculta. Necesito saber qué oculta.

Marchon, el timonel, se levanta del sitio que ocupaba y desenfunda una espada del cinturón. Todos los demás se quedan callados.

—Explicaré las normas de «espada y pelea» para los recién llegados. Hay que hacer girar la espada para saber contra quién te enfrentarás. —La pone sobre la cubierta y le da vueltas, y el filo resplandece bajo el sol que se está poniendo—. En cuanto se detenga, haces una petición, y tu oponente responde con un reto. Puede ser cualquier cosa: una carrera, un acertijo, un combate, lo que sea. Pero no puede durar más de unos pocos minutos para que todos podamos seguir jugando. —La espada se detiene y apunta directamente hacia la pequeña Anya.

La niña suelta un chillido y yergue la espalda.

—Muy bien, Anya. —Marchon sonríe—. Quiero recuperar los dados de madera que me quitaste la última vez.

—Pues entonces te reto a pasar entre la vela y el travesaño. —Se pone en pie.

Marchon pone los ojos en blanco.

—Adelante. —Después de que la pequeña haya pasado en el hueco diminuto por el que un hombre adulto no cabría jamás, Marchon prosigue—: Se queda los dados porque yo no puedo hacer eso. —Anya se agacha para hacer girar la espada, que se detiene delante de Tor, que está dando un trago de una botella que alguien le ha pasado.

—¡Tor! —exclama—. Mmm. Quiero tu catalejo.

Tor se ríe y pone los ojos en blanco.

—Muy bien. Se lo quedará quien toque el punto más alto del mástil.

Anya frunce el ceño, pero los dos se dirigen al mástil, y él sale vencedor, obviamente.

—Ha sido un inicio lento porque ha empezado Anya —me informa Gwyn—. Pero cuando la tripulación comience a jugar, las peticiones serán más altas… y los retos también.

—¿Se puede pedir cualquier cosa?

—Sí, pero hay que estar preparado para combatir por ello. La otra persona elige el reto, así que lleva ventaja.

Movida por Tor, la espada se queda quieta delante de Kilbourne, y algunos miembros de la tripulación sueltan unos cuantos silbidos. El guardia no se mueve. Tor lo mira a él y luego a mí, y sus ojos vacilan.

—Puedo… puedo volver a hacerla girar, alteza.

—No —contesto—. Los guardias pueden jugar. —Levanto la vista hacia Kilbourne—. Si quieres.

Veo que Kilbourne mide a Tor y sonríe. Es probable que los guardias estén tan aburridos como los miembros de la tripulación.

—Muy bien —accede—. ¿Qué quieres?

Tor observa a Kilbourne, lo mide a su vez, y seguramente se pregunte qué clase de reto le va a proponer. El marinero no es un hombre bajo, pero los guardias son guerreros bien entrenados, y salta a la vista.

—Bueno —dice Tor—, no me importaría quedarme ese puñal.

—Muy bien. Si consigues quitármelo en menos de un minuto, es tuyo.

Tor arquea una ceja, y, durante unos instantes, creo que va a formular una pregunta o a pedir otro reto, pero al final profiere un grito y se abalanza sobre el guardia.

Kilbourne se aparta como si tal cosa, pero Tor se recupera enseguida y casi derriba al guardia en el segundo intento. Kilbourne le da un empujón y Tor se estampa en la cubierta tan fuerte que chilla. La tripulación silba y jalea.

Tor respira atropelladamente y fulmina al guardia con la mirada.

—Todavía te quedan cuarenta y cinco segundos —le dice Kilbourne con una radiante sonrisa, y una carcajada se adueña de la multitud.

Tor vuelve a cargar hacia él… y Kilbourne vuelve a repelerlo. Y luego por cuarta vez.

Después del quinto intento, Tor tiene sangre en el labio y está resollando.

—Diez segundos —lo informa Kilbourne.

Tor echa a correr por última vez, gruñendo por el esfuerzo, pero Kilbourne lo lanza al suelo sin problemas.

—Un esfuerzo encomiable —exclama el guardia sin un ápice de burla en la voz.

Pero Tor da media vuelta en el suelo con el puñal sobre el pecho.

—Pues sí —dice, riendo y tosiendo al mismo tiempo.

La tripulación suelta gritos de sorpresa y risotadas.

Kilbourne maldice en voz alta, se da una palmada en la funda vacía de la cintura y frunce el ceño hacia el marinero. Se echa a reír.

—Lo recuperaré.

—Tendrás que esperar tu turno —responde Tor con una sonrisa. Entre tambaleos, regresa donde estaba sentado.

A mi lado, Gwyn se ríe en voz baja.

—Tor era un ladrón antes de que adoptara la vida honesta de un marinero.

—Así que tan solo ha desviado la atención de mi guardia —deduzco.

—Sí, pero creo que Tor ya lo está lamentando. Es probable que más tarde le pida a tu chica una cataplasma.

A mi chica. Esas palabras son un puñetazo en el estómago.

La teniente observa a mi guardia.

—Adelante, Kilbourne. Dale vueltas a la espada.

La hace girar y se enfrenta a un marinero; pierde cuando el reto es atar un nudo muy complicado. El juego continúa. A veces las peticiones son simples: un panecillo extra, una hora de tareas, unos cuantos chismorreos. A veces son mayores: un libro atesorado, una joya muy valiosa, una noche de compañía.

Los retos también varían. Algunos son físicos, y se vierte tanta sangre que me cuesta decir que se trate de un juego amistoso. Algunos son mentales, con acertijos y preguntas.

Conozco más a los tripulantes durante el juego que en los tres días que llevamos en el barco. Veo quién sabe luchar, quién sabe engañar y quién se rinde enseguida.

En la otra punta de la cubierta, veo que los ojos de Rian llegan a la misma conclusión que yo, y en ese momento la espada apunta a mis guardias.

Una botella de alcohol ha pasado de mano en mano durante el juego; cuando llega hasta Tessa, la veo dudar. Hay un momento de calma en la conversación, así que oigo que Rian le dice:

—Es muy dulce, pero bastante fuerte.

Los ojos de ella se alzan y se clavan en los míos.

Me sostiene la mirada, levanta la botella y bebe un buen sorbo.

Sé que pretende que el gesto sea despectivo, pero me quedo contemplando la oscilación de la botella, el modo en que mueve el cuello al tragar, la forma en que el viento le zarandea algunos mechones de pelo. Las gotitas que se quedan sobre su boca.

No ha dejado de mirarme con los ojos irradiando fuego. Formula cuatro palabras con los labios en silencio:

«No pierdas los nervios».

Sonrío en contra de mi voluntad. «No los pierdas tú».

Acto seguido, se gira y le devuelve la botella a Rian, y fue como si me hubiera arrojado una jarra de agua fría por encima.

Pero entonces oigo unos cuantos gritos de sorpresa de la tripulación, y levanto la vista.

La espada se ha detenido delante de mí.

He perdido el hilo del juego, así que no sé quién la ha hecho girar hasta que Gwyn dice:

—Tengo pensado pedirle una hora de canguro, alteza.

Varias carcajadas estallan entre los marineros. Es una petición graciosa, y yo también debería reírme, pero mis pensamientos siguen enmarañados en Tessa y Rian, y en el hecho de que estoy atrapado en este barco.

—Adelante —digo, y Anya sonríe con alegría.

Me cae bien la teniente y no quiero fastidiar a su hija, así que frunzo el ceño como si intentase pensar en un reto difícil.

—Ganará quien pronuncie su nombre más rápido.

Cuando Gwyn gana, suspiro y le doy un golpecito a Anya en la nariz.

—Me temo que tendré que aguantarte durante una hora entera.

—¿Mañana? —propone con ojos suplicantes—. ¿Me enseñarás algún juego de Kandala?

—Claro —digo, y hago girar la espada distraídamente. Alguien me pasa la botella de alcohol y bebo un buen trago sin pensar.

Cuando bajo la botella, veo que Tessa me está mirando.

Noto cierto ardor, y es demasiado veloz como para que me lo produzca el alcohol. Sigo agarrando la botella con las manos, pero observo cómo da vueltas y más vueltas la espada, hasta que mi corazón parece acompasarse con los giros.

De repente, me doy cuenta de que se detendrá delante de ella. En tanto la espada se ralentiza, veo lo que se avecina y casi me quedo sin aliento.

Hay muchísimas cosas que me gustaría pedirle.

Una noche. Una hora. Un minuto.

Perdón.

Tessa no está mirando la espada. Me está mirando a mí.

El arma se detiene, pero no bajo la mirada. Ella tampoco.

Alguien del círculo silba, y luego otro. Se alzan unos cuantos gritos. Trago y le paso la botella al siguiente.

Pero entonces me fijo en lo que están diciendo.

—¡Va a querer el barco!

—No, va a querer recuperar a su chica.

—¡Que camine por la barandilla, capitán!

¿Cómo? Frunzo el ceño y bajo la vista.

La espada no se ha detenido delante de Tessa. Se ha detenido delante del capitán Blakemore.

Me quedo paralizado. Mi cabeza no estaba preparada para despejarse tan deprisa. En la otra punta de la cubierta, el capitán también está inmóvil. Los vítores de la tripulación se han convertido en un sordo rumor en mis oídos.

—Adelante —dice Rian, y la multitud guarda asilencio. Sé que detesta esta situación—. Dígame lo que quiere.

Solo hay una cosa que me ha negado desde el momento en que subí al barco.

—Ya sabes lo que quiero.

—Pues pídamelo y pelearemos.

Una nube oscura me ensombrece los pensamientos, fría y familiar.

—¿Quieres pelear contra mí? —murmuro.

—Todavía no ha pedido nada.

—Muy bien. Quiero ver qué contiene la habitación cerrada.

—Muy bien. —Rian se levanta y empieza a desabrocharse la chaqueta.

De acuerdo. La adrenalina me corre por las venas. Me levanto de la cubierta y me desabotono la mía.

Rocco estaba recostado contra la barandilla, pero al verlo se pone junto a mí de inmediato.

—Alteza.

—Guárdamela. —Le lanzo la chaqueta.

—Debo advertirle…

—Retírate —le ordeno.

Tessa nos está mirando a los dos.

—Corrick —dice apresurada—. Rian… Parad. No eres consciente, pero él sabe pelear…

—Yo también —exclamamos los dos al mismo tiempo, y nos fulminamos con la mirada.

No tengo ni idea de a cuál de los dos quería avisar.

—El príncipe me rompió la muñeca con sus propias manos —tercia Lochlan, y un quedo murmullo recorre la multitud.

—No me sorprende demasiado. —Rian me mira fijamente.

A pesar de mi orden, tanto Rocco como Kilbourne se han aproximado. Atrás queda el ambiente festivo de antes. Toda la tripulación guarda silencio.

—Si querías que nos pegásemos —digo—, lo podríamos haber resuelto ayer.

—Ese no será mi reto. —Rian asiente hacia el mástil principal y se dirige al lugar donde las cuerdas y las jarcias se conectan con los travesaños—. Le echo una carrera hasta la cima. Vamos.

Antes de que pueda procesar siquiera sus palabras, el capitán ya está a tres metros del suelo.

Maldita sea. No lo pienso. Tan solo salto.

Nunca lo he hecho, pero he visto decenas de veces cómo lo hacen los marineros, y escalar no me resulta desconocido. Hay varios puntos de apoyo, y es más fácil que trepar por la muralla del Sector Real. Hace varias semanas, los rebeldes me dislocaron el hombro cuando me hicieron prisionero, y noto una punzada de dolor, pero la ignoro. Miro hacia arriba, hacia el sinfín de cadenas y redes, e intento encontrar un camino, pero me limito a agarrarme y a seguir subiendo sin parar, enlazando los pies con las cuerdas para ganar más estabilidad. Harristan me enseñó a trepar cuando era pequeño, y todavía recuerdo sus indicaciones. *No dejes de mirar la cuerda, Cory.*

Siempre he sido un escalador fuerte, veloz y ágil. Cuando Tessa y yo hacíamos ronda siendo Wes y Tessa, ella sobresalía con sus conocimientos médicos, pero yo era el doble de rápido que ella para trepar por la muralla. Por eso me ocupaba de las rondas más difíciles.

A mi izquierda, el capitán es veloz, utiliza una combinación de cuerdas y peldaños, pero ya casi lo he alcanzado. Dentro de otros tres metros, estaré cerca del primer travesaño y dispondré de cierta ventaja. Cuando mira hacia abajo para comprobar mi progreso, me alegra ver una chispa de sorpresa en sus ojos al descubrir que casi estoy a su altura.

—Deberías haber escogido pegarnos —le digo.

—Tenga cuidado, va por el lado de fuera y la caída sería espectacular.

Aprieto las cuerdas con los pies y me arrastro hacia arriba, adelantándolo.

—Me arriesgaré.

—¿De verdad le rompió el brazo a Lochlan con sus propias manos? —El capitán redobla la velocidad.

—Sí.

—Y luego afirma que su reputación es infundada.

—Nunca he afirmado eso. —Llegamos hasta el travesaño, donde el viento sopla más fuerte. Me agarro a las jarcias con los dedos y reprimo una oleada de vértigo. Debo seguir observando las cuerdas, porque si miro hacia el mar sé que me desorientará.

No me puedo creer que solo vayamos por la mitad.

Rian levanta una mano hacia la sección siguiente.

Suelto las cuerdas por completo, apoyo los pies en las jarcias y salto.

Durante lo que parece una eternidad, soy liviano, no me rodea más que el viento y el cielo. Cuando mis dedos se cierran sobre la cuerda, una ráfaga hincha la vela, y estoy a punto de no sujetarme. Las jarcias desaparecen junto a mis pies, pero me mantengo agarrado con las manos, y las fibras de las cuerdas me cortan las palmas. El dolor del hombro se vuelve un aguijón de fuego.

Si sobrevivo a este ascenso, Harristan me matará. O quizá se le adelante Rocco. En la cubierta, los gritos son incomprensibles.

Ahí. Encuentro las cuerdas con los pies y sigo trepando. La red es más estrecha ahora que nos acercamos a la cima, con cuerdas extras y cadenas que complican la subida. Tengo la respiración entrecortada y el corazón acelerado, pero ha valido la pena porque he conseguido cierta ventaja. Escalo por las cuerdas en tanto el barco se mece por la corriente.

—Si se levanta más el viento —grita Rian—, acabarás cayéndote al océano —me tutea por primera vez.

—Y te quitaría un buen problema de encima, ¿verdad?

Y entonces, como si lo hubiera invocado, una racha de viento golpea las velas con tanta fuerza que dejo de apretar la cuerda entre los pies, y durante un instante aterrador estoy suspendido por nada más que mis manos sobre las jarcias. Es tan repentino que resbalo medio palmo. Me arden las palmas, no puedo respirar.

Cometo el error de mirar hacia el agua, y el horizonte empieza a dar vueltas. Las personas que ocupan la cubierta parecen estar a un kilómetro de distancia.

—Está ahí —dice Rian—. A tu lado. Levanta un poco el pie derecho y la encontrarás.

Suena más cerca que antes; al principio, no comprendo a qué se refiere. Mis pensamientos están demasiado concentrados en sobrevivir, y eso significa seguir sujetando la cuerda eternamente.

Pero al final balanceo un poco el pie y encuentro las jarcias. La cuerda me ha quemado tanto las manos que es un milagro que no me sangren, pero el dolor no se asentado todavía, a diferencia del del hombro.

Miro hacia Rian. Estoy casi resollando, mi pulso es un rugido en los oídos.

El capitán no se mueve.

—Tómate unos instantes. Recupérate.

No sé si espera que respire hondo, que cuente hasta tres o que haga algo para empezar de cero, pero no me interesan esas opciones. Estamos a varios metros del suelo, y sé qué quiero. Aparto los ojos del capitán y sigo trepando hacia arriba.

Lo oigo maldecir e incrementar el ritmo para seguirme. Llegamos a la cima del mástil al mismo tiempo.

Pero él la golpea un segundo antes que yo.

Durante unos instantes, casi no puedo procesar que he perdido. Los dos estamos rojos y sin aliento, fulminándonos con la mirada entre los centímetros de redes que nos separan. La rabia me embarga las entrañas, me expulsa el aire de los pulmones y me deja sin habla.

El pecho de él sube y baja por el esfuerzo. Espero encontrar euforia en sus ojos, pero tan solo detecto alivio. Y eso disuelve una parte de mi rabia.

Sea lo que sea lo que hay en esa habitación, de verdad que no quiere que yo lo vea.

—Por lo menos no has perdido tu puñal.

—¿No sabes ganar con honor, capitán?

—¡Honor! —espeta—. ¿Qué sabrás tú de…?

Se interrumpe y contempla el mar. Imito su gesto, y es como si hubiera olvidado lo altos que estamos. El horizonte se balancea, y quiero cerrar los ojos, pero entonces reparo en que los barcos se han acercado más.

—Como iba diciendo —masculla Rian—, ¿qué sabrás tú de honor?

No espera que le responda. Las jarcias tiran de mis dedos cuando él empieza a bajar.

Muy bien. Yo haré lo mismo.

El descenso marea muchísimo más que el ascenso. Al trepar, tenía un único objetivo en mente. Quería ganar. Necesitaba ganar.

Cuando ya solo estoy a un par de metros de la cubierta, el dolor que siento en las manos ha empezado a igualar el del hombro, y me permito saltar sobre los tablones de madera. Rian también baja el último tramo de un salto.

El silencio que nos envuelve a los dos es más tenso que el que rodea a la tripulación.

—¿Quién ha ganado? —pregunta la pequeña Anya.

—Yo —responde Rian—. A pesar de que el príncipe ha intentado hacer trampas.

—El reto lo has elegido tú, capitán. Lo has elegido esperando llevar la delantera. No puedes insinuar que he hecho trampas solo porque he seguido hacia arriba.

—Me habría alejado hasta tomarte mucha más ventaja. Solo me he detenido para asegurarme de que no fueras a caer.

—Corrick —me llama Tessa. Se me acerca a toda prisa—. Deja que te mire las manos.

Mis ojos se clavan en los suyos, y es un error. En su mirada percibo su preocupación, su inquietud, su deseo.

Durante unos segundos, casi me abandono. Pero sé lo incorrecto que es aparentar vulnerabilidad. Aparto la vista y me aprieto las palmas con los dedos.

—Mis manos están bien.

—Ya está —comenta Rian—. He ganado. Te sugiero que lo olvides, alteza. —Se agacha y hacer girar la espada.

Me apetece darle un puñetazo en la cara. Me conformo con recuperar la chaqueta, que me guardaba Rocco.

—Te has esforzado tanto para conseguir que nadie abriera esa puerta que tus afirmaciones sobre la seguridad resultan un tanto sospechosas, capitán.

Se incorpora para mirarme, mientras la espada sigue girando entre nuestros pies.

—Garantizaré la seguridad de mi gente como considere oportuno.

En la cubierta, la gente ha vuelto a guardar silencio, sin duda embelesada por la batalla de egos. Hay una parte de mí que ha disfrutado el ascenso, pero una parte mayor se pregunta si no habría disfrutado más una buena pelea. Pero como comentábamos con Rocco, aquí somos minoría. Si le lanzara un gancho al capitán, no estoy del todo convencido de que mis guardias fueran capaces de protegerme.

Aun así, Rian sigue fulminándome con la mirada. Espera que lo golpee. Está preparado.

Y entonces la espada se detiene y apunta directamente hacia Tessa.

CAPÍTULO VEINTISÉIS

Tessa

La espada ha dejado de moverse, pero por dentro me inunda la intranquilidad, como si nada fuese a liberar la tensión que hay entre Rian y Corrick hasta que se peleen a puñetazos. He visto a Corrick trepar por una cuerda cientos de veces, pero este ascenso ha sido demasiado tenso, demasiado peligroso. Cuando se ha resbalado, se me ha parado el corazón en el pecho.

Pero ahora han regresado a la cubierta, y nadie parece contento.

—Señorita Tessa —exclama la pequeña Anya—. Te toca.

Parpadeo y la miro. La niña señala la espada. La punta se ha detenido justo delante de la punta de mi bota.

Rian y Corrick siguen lanzándose chispas con la mirada. Decido ponerle una mano en el brazo al capitán.

—Rian —murmuro—. Que siga el juego. Dime qué quieres.

Él por fin aparta la vista y se gira hacia mí.

—Sí —asiente Corrick—. Dile qué quieres, capitán.

Estamos muy cerca, y me da la sensación de que el barco podría balancearse y lanzarme a los brazos de uno de los dos. Rian me mira ahora, y me quedo sin aliento. No tengo ni idea de qué podría querer, y el tiempo se prolonga entre nosotros. En mi estómago aletean las mariposas. Está muy enfadado con Corrick. Es muy protector de su tripulación. De mí. En cierto modo, me siento como un peón y una princesa todo el tiempo, tanto nerviosa como asustada.

El capitán da un paso hacia mí y aguanto la respiración. En parte espero a que me pida algo tan solo para irritar a Corrick. *Un beso. Una hora a solas. Un abrazo.*

Pero los ojos de Rian se clavan en mí, y no me pide ninguna de esas cosas.

—Quiero saber el objetivo de los barcos que nos siguen. Quiero saber cómo conseguir que den media vuelta.

Es la primera vez que se dirige hacia mí con voz áspera, y ahora me toca a mí quedarme paralizada.

—No lo sé —respondo. Su expresión no cambia, e insisto—: De verdad que no lo sé.

—El príncipe Corrick sí que lo sabe —salta—. Mis términos estaban muy claros. Os dije que no iba a llevar barcos de guerra de vuelta a Ostriario.

—Y yo no he ordenado que te siguieran barcos de guerra —protesta Corrick—. No son míos.

—Sé que crees que soy un marinero estúpido —dice Rian—. Pero incluso en un día muy malo sé utilizar un catalejo. Y he visto la bandera que llevan esos barcos.

—Pues deja que yo utilice tu catalejo, porque no tengo la más remota idea de dónde proceden.

Rian lo contempla. La tensión es más alta, si cabe.

—Tenga. —Marchon da un paso adelante y le ofrece un catalejo a Corrick—. Estamos bastante cerca. Esa es la bandera de Kandala, ¿no?

Corrick agarra el catalejo y observa. Se queda totalmente inmóvil.

—Vuestros barcos no tienen motivos para estar tan adentrados en el océano —dice Rian—. Vuelve a intentarlo.

—Yo no los he enviado —repite Corrick. Baja el catalejo. Una parte de la animosidad ha desaparecido de su voz—. De veras.

—Cuando estábamos en el río quizá te habría creído, pero ahora nos hemos alejado ya al sur de Solar. Dentro de un día, entraremos en territorio peligroso, y esos barcos no pueden seguirnos.

—¿Porque crees que naufragarán? —pregunta Corrick—. Si tan preocupado estás, tal vez deberíamos esperar a ver cómo se las arreglan. —Hace una pausa—. Si eres tan honorable como aseguras, su presencia no debería inquietarte.

El capitán se pasa una mano por la nuca, claramente molesto. Aprieta la mandíbula, cuadra los hombros. Rocco se ha aproximado de nuevo.

En realidad, Kilbourne también. Sablo y Marchon tampoco andan lejos. Por primera vez, me doy cuenta de que la tensión ha rebasado una mera batalla de egos.

—Rian —intervengo—. Si el rey ha enviado barcos, ha sido para proteger a Corrick. No son hostiles.

Me fulmina con la mirada, pero luego se dirige hacia el príncipe.

—Entonces tu hermano me ha puesto en una mala tesitura, alteza. Ya que te gusta hablar de ventajas, deja que te recuerde que tú y tu gente sois minoría en el barco. Tus barcos no dispararán contra el mío mientras estés a bordo. Es de sobra conocida cuáles son tus vulnerabilidades…

Rocco se mueve tan deprisa que apenas reparo en él. Se coloca delante de Corrick y de mí, enfrentándose al capitán con el arma desenfundada. Kilbourne está a nuestro lado.

Sablo y Marchon también están aquí. Lochlan se ha puesto en pie y mira a los dos hombres, pero Gwyn se ha llevado a su hija de la refriega. Oigo los gritos de protesta de la pequeña, pero mis ojos están dirigidos hacia el conflicto.

Espero que Rian le diga a todo el mundo que se calme, como ha hecho en anteriores ocasiones, pero no es él quien toma la palabra. Para mi sorpresa, es Corrick.

—Rocco, Kilbourne. Retiraos.

Habla en voz baja y firme, y los guardias obedecen… más o menos. Los dos dan un paso atrás.

Sablo y Marchon no se han movido. Si sacaran un arma, Corrick nunca podría moverse a tiempo.

—Capitán —dice—, si no te gusta que haya peleas en tu barco, te sugiero que no lances amenazas que no pretendes cumplir.

—No os he amenazado. —Echa una mirada hacia los barcos—. Aquí el agresor es el reino de Kandala.

Observo a Corrick y recuerdo lo que ha dicho sobre los rebeldes, sobre el rey: que, cuando debían confiar en alguien, a mí me escuchaban. Pero no tengo ni idea de cómo arreglar esto…

Decido dar un paso adelante para intentar convencer a Rian de que esos barcos no son de guerra, pero antes de que pueda moverme Corrick me sujeta la muñeca. No me mira, pero detecto cierta urgencia en su gesto. Una súplica que no entiendo del todo.

Vuelvo a quedarme paralizada.

—Rian. —Mi voz suena muy bajito y me humedezco los labios—. No son buques de guerra. No lo son —insisto—. Sé que crees que él es un villano, pero en Kandala necesitamos las medicinas. Corrick tal vez haya hecho cosas espantosas, pero no van a librar una batalla contra Ostriario. No tienen motivos. Han evitado una revolución por los pelos. No van a iniciar una guerra con otro país. Te lo juro, Rian. Te lo juro.

No dice nada.

—Por favor —murmuro—. Por favor, créeme.

—Es cierto —tercia Lochlan, y los ojos de Rian se desplazan hacia él. El rebelde se encoge de hombros—. Puede que yo esperase con ganas que el príncipe se cayese, pero es cierto que necesitamos las medicinas. Apenas consiguen proveer a los suyos, capitán. Y, aunque quisieran atacar Ostriario, a duras penas tienen ejército para combatir.

Rian se pasa la mano por la nuca de nuevo. Nunca lo había visto tan nervioso. Me recuerda al momento en que le he implorado que continuase el juego y me ha lanzado una mirada fría.

Corrick continúa sujetándome la muñeca y sigue sin mirarme a la cara.

—Creo que nuestra competición ya ha sacado lo mejor de nosotros esta noche, capitán. —Su tono es suave, parecido al que usaba para lisonjear al cónsul Sallister y conseguir que cediera, porque todas y cada una de sus palabras suenan totalmente sinceras—. Te doy mi palabra de que no conozco el origen de esos barcos, pero comprendo tus suspicacias. Quizá deberíamos retirarnos todos ya a nuestros camarotes para que la tripulación y tú decidáis el camino que debemos seguir. Si quieres devolvernos a Puerto Karenin, lo entiendo perfectamente.

Rian lo observa, y en la mandíbula le tiembla un músculo. Sablo y Marchon están a su lado, preparados para la orden que vaya a darles su capitán.

Corrick flexiona la mano y pone una mueca.

—De hecho, lo agradecería para ir a buscar unas pinzas y un poco de salvia, porque es evidente que no tengo manos de marinero.

Un miembro de la tripulación se ríe. Creo que es Tor. Una ola de débiles carcajadas se alza entre los presentes en la cubierta. Rian parece querer poner los ojos en blanco, pero no lo hace.

—De acuerdo. Volved a vuestros camarotes. —Mira hacia Sablo—. Retírate —le indica—. Deja que se marche.

—Señorita Cade —Corrick se vuelve hacia mí—, ¿te queda algo de salvia?

Hay tanta tensión en la cubierta que no sé cómo responder a su formalismo, así que dudo antes de asentir.

—Sí, sí, al-alteza. Tengo un poco en mi camarote.

—Excelente —responde con un asentimiento—. Bajemos, pues. —Me ofrece su brazo.

El ambiente es tan tenso que no sé qué ubicación es menos peligrosa: abajo con Corrick o aquí con Rian. Pero si me quedo aquí reflexionando, voy a empeorar las cosas, y percibo que la dinámica ha cambiado. Contengo la respiración y acepto su brazo, y los dos bajamos las escaleras en silencio.

Noto los ojos del capitán Blakemore clavados en mí en todo momento.

Al pie de las escaleras, me sorprende que los dos guardias se apos-ten en el estrecho pasillo. En realidad, Kilbourne incluso llama a la puerta del camarote que comparten los guardias y le ordena a un adormilado Silas que vaya hasta lo alto de las escaleras a vigilar.

—Iré a buscar la salvia y se la daré a Rocco —le comento a Corrick.

—Me espero —dice, y en su tono hay algo que me recuerda a cómo le insistió a la señora Woolfrey para que no le preparara otro tazón de chocolate.

Está inquieto. Eso es más revelador que todo lo que le ha dicho a Rian en la cubierta.

Trago saliva, asiento y entro en mi camarote. Cuando regre-so con una bolsa con provisiones, Corrick me está esperando.

Le tiendo la bolsa, pero me mira y luego abre la puerta de su propio camarote.

—Adelante, señorita Cade.

Entro en su habitación. Solo hay dos lámparas encendidas, así que la iluminación es tenue; los ojos del príncipe están bañados en sombras, que solo muestran los iris azules cuando las llamas titilan.

Ahora que estoy aquí, no sé qué decir.

Aparto los ojos de los suyos y dejo la bolsa encima de la mesa. Hurgo en el interior en busca de mi salvia.

—Me ocuparé de tus manos y te dejaré tranquilo —me apresuro a decir—. Deja que…

—Mis manos me dan igual. Y no quiero que te marches. —Hace una pausa y me clava una mirada intencionada—. Si no quieres estar en mi presencia, me uniré a los guardias en el pasillo. Pero preferiría no perderte de vista.

—¿Por qué? —Frunzo el ceño.

—Cuando el capitán ha comentado mis vulnerabilidades, ha quedado muy claro a qué se refería.

Una fría punzada de miedo me agujerea el pecho y se instala en mi interior. No sé cómo responder. Es como cuando estábamos en el carruaje y Corrick temía que Lochlan me utilizara en su contra.

«Eso fue diferente».

«¿Ah, sí? ¿Por qué?».

Me recuerda a otro momento, la primera noche que cené con Corrick, cuando el cónsul Sallister amenazó con cortar el suministro de flores de luna a todo el Sector Real.

«¿Quién ha cedido?», le pregunté.

«Él. Pero parece que hubiera sido yo, que es lo que importa», respondió Corrick.

Rememoro el instante en que me ha agarrado la muñeca en la cubierta. Cuando les ha dicho a Rocco y a Kilbourne que se retiraran. Cuando los miembros de la tripulación se han reído al creer que no soportaba unas pocas quemaduras, si bien yo lo he visto apretar los dientes sin emitir sonido alguno cuando una aguja le estaba cosiendo la piel.

—Has fingido que cedías —murmuro.

—Sí —asiente Corrick—. Ya sabes de qué son capaces los hombres cuando creen que no tienen alternativa, Tessa. El capitán estaba muy preocupado por esos barcos.

—No creo que me fuese a hacer daño —digo.

—Obviamente, yo no se lo voy a permitir.

Su voz oculta una promesa de violencia, y vuelvo a estremecerme.

—Tal vez no se deba ni siquiera a los barcos. Tal vez esté enfadado porque no dejas de preguntarle qué hay en esa habitación.

—Tengo derecho a saberlo. El capitán oculta algo, y todavía no he decidido si vale la pena presionarlo.

—¡Igual que tú al esconder esos barcos!

—Yo no he enviado esos barcos —asegura—. Y por más que te duela aceptarlo, el capitán Blakemore quizá esté a cargo de este navío, pero no está a cargo de Kandala ni de Ostriario. Es un medio para alcanzar un fin.

—Me parece que has mentido.

—Si soy el responsable de todo el sufrimiento que ha habido en Kandala desde que asesinaron a mis padres, entonces que mienta no debería ser tan sorprendente.

Lo observo en la oscuridad. Habla con la voz fría del justicia del rey, pero lo conozco y sé qué máscaras se pone. Ha estado tan quisquilloso y arisco desde que subimos al barco que lo he juzgado por ello.

«Si soy el responsable de todo el sufrimiento que ha habido en Kandala».

Con un sobresalto, me doy cuenta de que Corrick ya no se refiere solo a la percepción que tiene el capitán Blakemore de él. Se refiere a mí. A Lochlan. A la gente de la confitería. A todo el mundo.

Incluido él mismo.

Analizo todo lo que ha dicho desde que embarcó. Me abordaron los comentarios de Lochlan, y mis dudas se vieron acrecentadas por lo que pensaba el propio Rian de Corrick.

Pero el príncipe subió al navío porque quería encontrar una solución.

«Todavía no he decidido si vale la pena presionarlo».

Por lo tanto, Corrick arriesgó la vida en lugar de pelear.

Y cuando estuvo a punto de desatarse una pelea, Corrick no hizo sino bajar las armas.

Es exactamente lo que hizo cuando estaba en el palacio. No podía pelearse con Allisander Sallister sin arriesgarlo todo, así que se marchó a la Selva para ayudar a la gente de otra manera.

Mientras dejaba que todo el mundo pensara que era el hombre más despiadado del reino.

Me acerco a la mesa y agarro el frasco con la salvia.

—¿Me dejas que eche un vistazo a tus manos?

—Ya te he dicho que mis manos están bien.

Suelto un suspiro de exasperación y cruzo la habitación hasta ponerme a su lado. Suelto la bolsa, que cae al suelo, y le agarro la muñeca.

Una parte de mí espera que se aparte, pero no se resiste. De hecho, está divertido y todo.

—Tu manera de tratar a los pacientes se ha vuelto un poco brusca.

—Lo siento. —Suavizo un poco mi agarre—. Es que pensaba... —Me interrumpo—. No sé qué pensaba.

—Pensabas que me resistiría.

Sí.

Pero no se lo puedo decir, porque da la sensación de que estamos hablando de una cosa distinta, y se me acelera el corazón. Estamos muy cerca. Huelo su aroma, y me recuerda a cuando estábamos juntos en el taller, cuando solo éramos él y yo contra la noche.

Le separo los dedos y veo que ya hay dos que están rojos y llenos de ampollas, además de un limpio tajo en la piel de la palma. La herida no es horrible, pero seguro que duele.

—Ven, siéntate —le indico—. Deja que te la vende.

Se me queda mirando, pero termina asintiendo.

Extraigo un rollo de muselina de la bolsa, además de otras hierbas, y tomamos asiento. Abro el tarro de salvia y aplico un poco en la peor de las heridas. Su mano descansa sobre la mía, cálida y firme, y está tan callado que oigo cada una de sus respiraciones.

Cuando levanto la vista, sus ojos están justo ahí, observándome.

—No me puedo creer que lo hayas hecho —digo en voz baja.

—¿Crees que debería dejarlo correr? No eres la única, estoy seguro.

—No. Me refiero al ascenso. A la competición.

—Quería una respuesta. —Hace una pausa—. Tú también trepaste por el mástil.

—Bueno, pero no era una carrera. Y aun así fue aterrador. —Se me desboca el corazón ante el recuerdo del cielo que daba vueltas, del agua revuelta—. ¿Por qué ha dicho que has hecho trampas?

—Cuando me he resbalado —dice—, el capitán se ha detenido para ayudarme a volver a agarrar las cuerdas con los pies. Al hacerlo, ha perdido la oportunidad de tomar ventaja.

—No entiendo por qué iba a ayudarte si le preocupa que Harristan y tú estéis tramando algo en su contra. —Frunzo el ceño y niego con la cabeza—. ¿Crees que es posible que esté siendo sincero? ¿Y que de verdad está preocupado de que le saquéis ventaja?

—No. Creo que soy el hermano del rey, y no le iría demasiado bien si me muriese cayendo de su barco.

—Mmm. —Añado una pequeña cantidad de salvia a la herida y empiezo a envolverle la mano con la muselina—. Puede que te vea como a un hombre que hará lo imposible para que su hermano no pierda el trono, mientras que él solo intenta ayudar a todo el mundo.

—Ya te he dicho varias veces que me marcharía del palacio si pudiese. Es probable que Harristan también. Y ¿luego qué? ¿Dejamos el gobierno en manos de Allisander? ¿O del barón Pepperleaf? ¿Crees que la situación iría a mejor?

No, no lo creo.

En cuanto ato la tela, me rodea los dedos con los suyos, y yo levanto la vista.

—Lo siento —dice.

Le sostengo la mirada y pienso en todas las cosas por las cuales podría estar pidiéndome disculpas. Trago saliva.

—Lo siento si no puedo ser altruista —prosigue.

Esa no estaba en mi lista.

—No digas tonterías.

—Sé que durante la cena el capitán te llamó la atención. —Me acaricia la muñeca con el pulgar—. Sé que parece ser todo lo que tú deseas.

Me da un vuelco el corazón.

—No es todo lo que…

—Sí —me interrumpe Corrick—. Lo es. Yo sé que lo es.

—¿Cómo? —susurro—. ¿Cómo lo sabes?

—Porque es la clase de hombre que sería Weston Lark si existiese.

—No es… —Noto un nudo en el pecho y debo respirar hondo—. Él no es Weston Lark.

—Yo tampoco, Tessa. —Hace una pausa, pensativo—. El otro día, Rian comparó mis acciones siendo el justicia del rey con encerrar a alguien en una habitación sin comida ni agua, y luego castigar a esa persona por intentar escapar. Lo detesto, pero detesto que una y otra vez consiga hacerme creer que lleva razón, que Harristan y yo no hemos solucionado nada. Que no hemos hecho sino crear más problemas.

—Corrick. —Lo miro fijamente—. Tú no has encerrado a nadie en una habitación.

—Tessa. —Arquea una ceja.

—¡No! O sea, sí, pero no se refería a eso. Tú no has provocado la enfermedad. No has obligado a la gente a pasar por esta situación. La enfermedad de la fiebre no es culpa tuya.

Él frunce el ceño y aparta la mirada.

—¿Lo entiendes? —insisto—. Hay muchas cosas que podrías haber hecho distinto, pero esta parte no es culpa tuya. No lo es. —Trago saliva—. Si las fiebres encerraban a la gente en una habitación para que se muriesen de hambre, tú eras el guardia que les ha pasado comida y agua a escondidas.

—Tú también. —Al final me suelta la mano, pero solo para levantarla y rozarme una mejilla con un dedo hasta recorrerme la línea de la mandíbula. Me estremezco—. Perdona. —Se aparta.

—¡No! No tienes que… Yo no… Es que… Tú…

Un surco se forma entre sus cejas al oírme balbucear, y suelto una exhalación entre dientes. Corrick es espantoso y maravilloso y exasperante e inspirador, y en cierto modo consigue serlo todo al mismo tiempo. Permite que la gente vea lo peor de él y, mientras tanto, sacrifica todo lo que desea por el bien de los demás. No sé si quiero darle un puñetazo en la cara o abrazarlo.

Emito un gruñido de frustración y le rodeo el cuello con los brazos.

—Te odio mucho.

Me agarra ligeramente, sus manos se posan suaves sobre mi cintura.

—Siempre te he dicho que era la mejor de las opciones.

Y entonces me doy cuenta de que no ha movido las manos, de que puede que esté aferrada a su cuello como si fuera un salvavidas que me impide ahogarme, pero que me sujeta como si lo hubiera confundido con otra persona.

Me echo hacia atrás para mirarlo a los ojos. No lo odio en absoluto. En realidad, no. Pero recuerdo la discusión que tuvimos ayer. Todo lo que dijo era verdad, pero fue muy cruel e hiriente.

—Sigues haciéndolo —le digo.

—¿Haciendo el qué?

—Ocultando tu verdadero ser.

Se aparta, pero le pongo una mano en la mejilla y se queda paralizado.

—Te ocultas. Dices que no puedes ser altruista, pero creo que sí que puedes. Creo que quieres serlo. Pero tratas a cualquiera como si fuera un adversario. Conviertes a las personas en oponentes antes de darles la posibilidad de ser aliadas. Incluso el día que me colé en el palacio y me ataste en tus aposentos, pudiste ser amable, pudiste ser cortés y pudiste explicármelo todo.

Cierra los ojos. Aprieta los labios con fuerza.

Le acaricio la mejilla con el pulgar para recorrer la piel que antes se tapaba con una máscara.

—Me dijiste que en la Selva nunca te quitabas la máscara porque no podías arriesgarte a que te reconociese. Pero no creo que sea verdad. Creo que te daba miedo que yo supiese quién eras. Creo que el justicia del rey tiene miedo a ser vulnerable, incluso delante de mí.

Se encoge.

—Cory —susurro, y se queda sin aliento.

—No te gusta la persona que soy, Tessa.

—No me gusta la persona que finges ser. —Trago saliva, y me duele—. Me encanta el hombre que creo que eres. Pero a veces me cuesta averiguar cuál es el real y cuál no es más que otra cara que muestras a los demás.

Sus ojos buscan los míos, pero no dice nada.

—Como cuando subiste al barco —digo—. La primera noche. —Me arden las mejillas, pero me fuerzo a seguir hablando—. En el palacio ibas con mucho cuidado, y luego vinimos aquí, y pensé que a lo mejor…

—Ya sé lo que pensaste. —Su voz es áspera—. Subí al barco y me di cuenta de todo lo que dejaba atrás. Del riesgo que corría. Y me alivió que fuéramos a afrontarlo juntos. Me recordó a la Selva, y… y terminé lamentando todas las veces que pudimos estar juntos y que yo lo impedí. Porque tienes razón en todo. Sé lo que dijo Lochlan y ahora veo lo que parecía, y por eso te pido disculpas. De corazón.

—Yo también lo siento.

—Dios, Tessa. Nunca me pidas disculpas. Siempre me haces ser mejor.

—¿Es lo que piensas? —Frunce el ceño, y continúo—: En la confitería, creí que ibas a matar a aquel hombre.

—No lo maté.

—¡No! Ya sé que no lo mataste. —Ahora no puedo mirarlo a los ojos—. Pero creí que ibas a hacerlo, y cuando no lo hiciste…

Me… me preocupaba que el único motivo por el cual no lo mataste fue porque yo estaba allí.

Tuerce los labios, como si en cierto modo estuviera confundido y también divertido.

—Me da la impresión de que acabas de darme la razón.

—¡No! Es que… —Suelto un suspiro y lo observo con atención. Sé exactamente a qué se refiere al hablar de vulnerabilidad, porque esto me cuesta mucho decirlo mientras lo miro a los ojos. Mi voz suena muy bajito—. A veces… A veces sigues siendo muy aterrador.

Toma aire, pero levanto una mano.

—¡Espera! —le pido—. Por favor. Lo peor de todo es que… sé que debes serlo. Lo he visto. Sé que el justicia del rey tampoco puede ser alguien bondadoso. Sé qué está en juego para Harristan y para ti. De verdad. —Hago una pausa—. Es que… a veces desearía que tus ilusiones no fueran tan realistas.

—Ahora no hay ilusiones —murmura.

Hace tiempo me dijo algo parecido, cuando estaba empapado en sangre y temblando por lo que les había hecho a dos hombres que habían intentado escapar del presidio.

Pero esto es diferente. Este momento es diferente. Se me acelera el corazón, pero Corrick se incorpora y pone distancia entre los dos.

—Cuando estábamos en Kandala —dice—, debería haberme declarado. —Hace una pausa—. Lamento no haberlo hecho, porque me temo que ahora es demasiado tarde.

—No es demasiado tarde —susurro.

—Te amo, Tessa.

Respiro hondo porque no estaba preparada para que me lo soltase así como así.

Me pone un dedo sobre los labios.

—Déjame terminar.

Asiente.

—Siempre te he amado —añade—. Adoro tu brillantez y tu valentía. Adoro la fe que tienes en mí, en mi hermano y en Kandala. —Me pone una mano en la mejilla, y sus ojos azules se suavizan—. No quiero resultarte aterrador nunca. Quiero hacer cosas de las que estés orgullosa. —Aprieta la mandíbula durante unos instantes—. Pero nunca seré altruista del todo. Incluso ahora me apetece subir a la cubierta y hacer que el capitán lamente haber insinuado que podría usarte en mi contra…

—Corrick.

—Tal vez quiera lo mejor para Ostriario, Tessa, y sea consciente de que ganarse tu confianza es una manera de manipularme.

Cierro la boca de pronto. Detesto que esta situación parezca tan calculada.

—Necesito que te des cuenta de que tu vida es más importante de lo que crees —dice Corrick—. Necesito que te des cuenta de que eres importante para mí, para mi hermano y para todo Kandala. ¿Crees que cualquiera podría haberse colado en el palacio y haber convencido a Harristan para probar una nueva dosis de medicinas? Tessa, cuando aquellos hombres nos hicieron prisioneros, me pasé buena parte de la caminata pensando en todas las cosas espantosas que podría hacerles por haberte hecho daño, porque sé cuánto has arriesgado. Sé cuánto deseas el bien del pueblo de Kandala. A veces miro a Lochlan y me acuerdo y quiero…

Me quedo sin aliento, se me acelera el corazón, y él se aparta de mí.

—En fin. —Triste, Corrick enarca una ceja—. La cuestión es que no hice nada de eso. Encontraste un modo de perdonarlos, así que yo también lo encontré. —Hace una pausa, y su voz adquiere un tono más grave—. Has dicho que veo a todo el mundo como si fueran adversarios. Pero desde que murieron mis padres es lo único que he tenido. Adversarios. He tenido que luchar para mantener unido el reino de Kandala. He tenido que luchar para proteger a mi hermano. Y ahora, si es necesario, lucharé para no alejarme de tu lado.

Trago saliva y levanto una mano para ponerla encima de la que está vendada y colocarla sobre mi mejilla.

Me acaricia el pómulo con el pulgar.

—Si me lo permites, diré esto y mucho más cuando regresemos al Sector Real. Anunciaré oficialmente nuestra relación ante el rey. Pero solo si tú deseas lo mismo, Tessa.

Sus ojos, de un azul oscuro bajo la tenue luz de las velas, irradian sinceridad. Me recuerda al momento en que nos besamos en el taller, la primera vez que lo vi como Wes y Corrick dentro de un mismo cuerpo. Me recuerda a cuando estaba sentada en la cubierta y me ha traído comida, aunque estuviéramos enfadados. Me recuerda a la primera vez que compartimos un carruaje, cuando el príncipe me daba pavor y me dio una bolsa llena de plata y el puñal que llevaba en el cinturón, y luego me dijo cómo ir a buscar la libertad.

En un acto reflejo, me echo hacia delante y vuelvo a rodearle el cuello con los brazos.

Esta vez me agarra de verdad, me planta las manos con firmeza sobre la espalda. Su olor es cálido, conocido. Le apoyo la cara en el cuello.

Te he echado de menos, pienso.

Porque es cierto.

Parpadeo, y el mundo se vuelve borroso. Las lágrimas me bañan las pestañas.

Corrick debe de percibir el cambio de mis sentimientos, porque se echa hacia atrás. Chasquea con la lengua y me roza la mejilla con el pulgar para recoger una lágrima.

—¿Me sigues odiando? —me pregunta en voz baja.

—No —susurro como si fuera un secreto—. Te quiero.

—¿Cómo? —Se inclina hacia mí—. No te he oído —me provoca.

—He dicho que eres más pesado que…

Me interrumpo con un grito cuando me besa, y acto seguido me derrito en sus manos al estrecharme contra su cuerpo.

—¿Te quedarás aquí conmigo? —murmura, y me vuelvo de piedra. Antes de que pueda responderle, añade—: Con el capitán Blakemore la situación es muy delicada. Si sucediera algo, no me gustaría que los guardias tuvieran que dividir su atención.

En el camarote reina el silencio y hace calor, y el barco se mece en el océano. Quizá esté en lo cierto al preocuparse, quizá no.

Pero esta noche estamos solos y la oscuridad se cierne sobre la ventana.

Esta noche, como tantas otras, somos los dos contra la noche.

—¿Te quedarás? —me pregunta mientras me acaricia el labio con el pulgar.

Observo sus ojos azules y asiento con la cabeza.

—Sí.

CAPÍTULO VEINTISIETE

Tessa

Tarde o temprano, debemos dormir, y no sé en qué momento me lleva hasta la cama; solo sé que de pronto estamos ahí.

—Yo dormiré en el suelo —se ofrece—. Quiero oír si alguien pone en apuros a los guardias.

—Creo que es un delito que el justicia del rey duerma en el suelo —digo, pero me da un vuelco el corazón porque sueno un tanto melindrosa.

Pensaba que lo haría sonreír, pero no.

—Lo dudo. Si te acuerdas, Harristan me dejó dormir en una celda. —Agarra una almohada y una de las mantas, y se dirige hacia la puerta. Por el camino apaga una de las dos lámparas.

Durante unos segundos, no creo que vaya en serio, pero se desata las botas para quitárselas de un par de patadas y se desabrocha la chaqueta para lanzarla sobre el respaldo de una silla. Cuando baja las manos hasta el dobladillo de su camisa, me quedo sin aliento, y se detiene con ojos brillantes en la oscuridad.

Me doy cuenta de que lo estoy mirando fijamente y me empiezan a arder las mejillas. Me tumbo en la cama y me pongo una almohada encima de la cara.

—Lo siento.

—No lo sientas. —Se ríe suavemente.

—Ya te he visto antes sin camisa.

—Ah, sí. —Oigo el crujido de la tela—. Así que ya eres inmune.

—Del todo. —Bajo un poco la almohada y miro desde el extremo.

Ya se ha tapado con la manta, estirado encima de los tablones de madera duros y fríos del suelo. Me está observando, y me desato las botas para quitármelas antes de desabrocharme el chaleco.

—Yo tampoco te voy a hacer un numerito —digo.

—Mejor. Porque yo no soy inmune.

El calor de mis mejillas sigue en su sitio. Me meto bajo las sábanas y tiendo una mano para acercarme la otra lámpara y bajarle la intensidad, con lo cual ya tan solo nos envuelven su débil resplandor y el rítmico crujido del barco.

Tumbada en el reinante silencio, pienso en todo lo que me ha dicho. Siempre he arriesgado la vida para ayudar a los demás, pero mis decisiones siempre han sido sencillas porque no tenía gran cosa que perder. Si me encerraban en el presidio o me mataban mientras distribuía medicinas en la Selva, el mundo seguiría girando.

Pero Corrick siempre ha arriesgado mucho más. Los he juzgado a Rian y a él por el mismo rasero, por el rasero que me aplicaría a mí misma, y ahora me pregunto si ha sido justo.

Corrick y Harristan pueden perder todo un país. Sus decisiones entrañan amenazas y vulnerabilidades.

Por primera vez, me pregunto qué podría perder Rian.

En el rincón opuesto del camarote, Corrick se remueve, y miro en su dirección.

—Corrick —murmuro.

—¿Tessa?

—Ven a la cama.

Está demasiado oscuro como para verlo bien desde aquí, pero noto la intensa mirada de él. Me pregunto si se negará. Sin embargo, oigo el crujido de la tela y se levanta en la penumbra; se acerca lentamente, las líneas de su cuerpo iluminadas por la débil luz de la luna.

Me desplazo para dejarle sitio. La cama es estrecha, no lo bastante amplia como para que la ocupen dos personas, pero se tumba a mi lado. A pesar de mi camisola y de mis pantalones, noto su calor, que curiosamente me provoca un estremecimiento.

—¿Tienes frío? —me pregunta. No espera a que le responda. Se incorpora sobre un codo para recolocar las mantas.

—No —me apresuro a contestar—. No tengo frío.

Me está mirando fijamente a los ojos, los suyos cariñosos pero devoradores, amables pero primarios. Algo me constriñe por dentro y me deja sin aliento.

Corrick levanta una mano como si fuera a acariciarme la cara, pero le coloco una de las mías en el hombro antes de que pueda tocarme.

—Espera —susurro, y espera. Se queda como está, con una mano medio en alto y la otra sobre la cama para sujetarse. La postura resalta la impresionante musculatura de sus brazos, sobre todo cuando la débil luz de la luna incide en ellos.

Pero espera, sin impaciencia en los ojos.

No sé por qué he querido que esperara. Quizá porque deseaba recordar que, independientemente de lo que todo el mundo ve en él, siempre es sincero.

Una cicatriz le recorre el bíceps, y trazo la línea con un dedo. Su piel es suave y cálida.

—¿Cómo te la hiciste?

—La patrulla nocturna detuvo a un contrabandista en la Región del Pesar. Es un viaje de dos días hasta el Sector Real. En algún punto del camino, el tipo consiguió ocultar, y luego blandir, un puñal improvisado.

—Tuviste suerte de que no te cortara un tendón.

—Tuve suerte de que no me alcanzara en el corazón. Era su objetivo.

Recuerdo la velocidad con que bloqueó al atacante de la confitería, pero no quiero pensar en ese Corrick.

Paso los dedos por otra cicatriz, esta vez en su abdomen, y su respiración se entrecorta ligeramente.

—¿Y esta?

—Ah… Un hombre enorme de Ciudad Acero. Le arrebató una espada a uno de los guardias del presidio.

—¿Te apuñaló? —Parece una herida de puñalada.

—Sí —asiente—. Yo tenía dieciséis años. Pensé que ese era mi final.

Dieciséis años. Procuro no fruncir el ceño. A veces olvido el tiempo que lleva haciendo esto, lo joven que era cuando lo obligaron a convertirse en alguien horrible.

Tiene otra gran cicatriz en la espalda, me acuerdo. Muevo la mano para recorrer la línea escarpada, que desaparece bajo la cintura de sus pantalones, y mis dedos se meten debajo del extremo de la tela.

Corrick suelta un suspiro y cierra los ojos.

—Me estás matando, Tessa.

—Háblame de esta cicatriz —digo.

—Esa no me la hizo un contrabandista. —Esboza una sonrisa un tanto cariñosa y algo triste—. Fue resultado de haber cometido locuras de joven con Harristan.

—¿Trepando por los árboles? —pregunto, y solo bromeo en parte.

—Cabalgando por la nieve. Yo llevaba la delantera, pero el caballo resbaló y me caí. El corcel de Harristan casi me pasó por encima. También me rompí dos costillas. Pensé que Madre nos iba a matar a los dos. —Su voz corre serio peligro de volverse demasiado seria, así que me pone una mano en la mejilla y me acaricia debajo del ojo—. ¿Y tú? ¿Alguna peligrosa cicatriz de boticaria que deba descubrir?

—Solo una. Y no es emocionante.

—Mmm. —Con el dedo no deja de recorrerme el contorno de la cara, pero sus ojos azules me tienen cautiva. El vaivén del barco no se detiene, pero estoy contenta de estar aquí y oler su aroma. Espero a ver si intenta algo más, porque estoy en su cama. No sé si me importaría que intentara algo más.

Pero se limita a acariciarme y no da un paso más allá. Se me empiezan a cerrar los ojos.

—¿Tienes miedo? —susurro.

—No. Estoy preparado.

—¿De verdad crees que esta noche estamos en peligro? —Lo miro fijamente.

Se inclina hacia mí y me da un beso en la frente.

—Digamos que me sorprendería que Blakemore nos dejara dormir hasta la mañana.

Pero dormimos hasta la mañana.

Bueno, duermo yo. No sé si Corrick ha llegado a dormirse. Cuando abro los ojos, el camarote está a oscuras casi por completo; de la última lámpara encendida solo quedan unos restos brillantes. El barco esta mañana se bambolea con más violencia. No sé qué hora es, pero debe de ser temprano, porque apenas entra luz por el ojo de buey. Estamos enredados en las sábanas y en la oreja siento el aliento cálido de Corrick.

Encerrados en este camarote, con el calor del cuerpo de Corrick a mi lado, podría olvidar todo lo que ha sucedido al otro lado de la puerta.

El único recordatorio que no deja de devolver las cosas al presente es el fuerte vaivén del barco.

—Hemos sobrevivido a la noche —digo.

—Sí, así es. Espero que no nos esté esperando detrás de la puerta para ejecutarnos.

El sarcasmo le tiñe la voz, pero también percibo una pizca de verdad oculta en su tono.

—¿Y si los barcos se han acercado más?

—Si se han acercado, sospecho que el capitán Blakemore cumplirá su amenaza de devolvernos a Puerto Karenin. Desembarcaremos y compraremos un pasaje hasta el Sector Real. Eso suponiendo que esos navíos los mandaba Harristan y que no querían hacernos ningún daño.

—¿Crees que los ha enviado él?

—No, la verdad es que no. —Se queda quieto, clavándome la mirada—. Harristan no tiene motivos para mandarlos. Siempre cumple con su palabra, Tessa.

—¿Qué viste por el catalejo?

—Sí que navegan con la bandera de Kandala. Eso significa que alguien los envió, y ese alguien es rico, porque preparar dos bergantines que sean tan veloces como el nuestro debe de haber sido muy costoso. Tanto que me decanto por uno de los cónsules.

—¿Allisander?

—Quién sabe. —Pone una mueca—. En realidad, me pregunto si Laurel Pepperleaf no le habrá suplicado a su padre que le permitiera acompañarnos. Quería venir.

—Así que… ¿ha venido por la fuerza?

—¿Te sorprende?

Suspiro y pienso en lo sincera que me había parecido la mujer.

—Bueno, quizá un poco. Pero ¿se lo podrías explicar a Rian?

—Podría, pero está demasiado preocupado por esos barcos… y no tendría manera de demostrarlo. Además, no sé si serviría de algo. Hay mucho más en juego que meras preocupaciones por que nos acompañen fuerzas navales hasta Ostriario.

—¿Por qué iba a estar preocupado si no?

—Creo que está preocupado por lo que oculta a bordo. —Corrick se pasa una mano por el pelo—. Si es Laurel, está desafiando a Harristan, y nuestras relaciones con todos los cónsules ya son lo bastante frágiles. Me preocupa quién más podría estar conspirando contra mi hermano. Quién la estará ayudando. —Suelta un fuerte suspiro—. Solo quiero llegar a Ostriario sanos y salvos para poder negociar acero por flores de luna. No quiero tener que preocuparme por las amenazas que se ciernen sobre mi hermano. No quiero tener que preocuparme por buques de guerra que tal vez pretendan interferir en…

Se calla de pronto.

—¿Qué? —digo—. ¿Qué pasa?

Corrick se incorpora en la cama y se pasa una mano por la cara.

—Antes de marcharnos, había rumores sobre los guardias. Rocco escogió a Kilbourne y a Silas para el trayecto porque dijo que el capitán Huxley no era de fiar. Pero Rocco también dijo que Harristan sospechó de mí durante meses antes de que descubriera lo que hacíamos tú y yo. —Me mira a los ojos—. ¿Mi hermano ha hecho lo mismo conmigo que con Lochlan? ¿Me ha querido apartar? —Antes de que le conteste, vuelve a pasarse una mano por el pelo—. Pero entonces… ¿Rocco forma parte del plan? ¿Por qué iba a…?

—Corrick. Corrick, para. —Me siento y le pongo una mano en la cintura—. Harristan no ha querido apartarte.

—Ojalá supiera quién ha enviado esos barcos. Tal vez mi hermano no ha querido apartarme, pero no es un secreto que estoy solo en el océano. Alguien podría querer quitarme de en medio. —Mueve la vista hasta la puerta—. Ojalá supiera qué guarda Rian en esa habitación. —Suspira—. Me niego a pensar que son más armas. Está demasiado preocupado por esos barcos como para tener más arsenal a bordo. —Suelta un bufido—. Hay una parte de mí que quiere pegarle un martillazo al candado.

—Si es lo que hace falta para que te quedes contento, hazlo.

Sus ojos se abren como platos, sorprendidos, y sonríe burlón.

—Puede que Weston Lark no se enfrentase a mayores consecuencias, pero no necesito que nuestro querido capitán Blakemore atraque en Ostriario con cuentos de que el hermano del rey no es de fiar.

Frunzo el ceño. Tiene razón. No me cabe ninguna duda de que Rian retrataría al príncipe con todo detalle, incluida su reputación.

—He notado la tensión en la cubierta —prosigue Corrick—. Aunque quisiera forzar el candado, estoy convencido de que vigilan todos mis movimientos. La primera noche, Rocco dijo que en estos camarotes es fácil defendernos, pero que también es fácil que ellos se den cuenta si los abandonamos.

—¿Qué crees que podría ocultar? —le pregunto.

—¿Barriles de pólvora para los cañones? ¿Lingotes de oro? ¿El cadáver de su padre? La verdad es que no tengo la más mínima idea. —Suspira—. Y como ahora nos siguen unos barcos, no dejo de preguntarme si sabrán algo que yo desconozco. ¿Y si Harristan descubrió algo después de que nos marchásemos? ¿Y si los barcos pretenden rescatarme? Pero, de ser así, ¿por qué se mantienen alejados? Son bergantines, con motores propulsados por carbón que sirven de apoyo a las velas. Demasiado grandes como para pasar desapercibidos, pero veloces.

—¿Crees que te suponen una amenaza? —murmuro.

—No quiero pensarlo —tercia—. Pero si no me suponen una amenaza a mí, entonces son una amenaza para Rian y su tripulación, y estamos a bordo de su barco. Es obvio que su presencia lo pone muy nervioso.

Y desde aquí es imposible averiguar nada acerca de esos barcos.

Me pongo a reflexionar sobre la habitación secreta, sobre lo que acaba de decir Corrick.

«Puede que Weston Lark no se enfrentase a mayores consecuencias».

Pero quizá sí. Weston Lark era un forajido, sí, pero no era un ladrón. No del todo. Sabía dónde encontrar pétalos de flor de luna gracias a la posición que ocupaba… o los compraba y los llevaba hasta nuestro taller.

Yo no tenía ese lujo.

—¿Y si no lo forzaras? —le propongo. Se me ha secado un poco la boca, pero mi cerebro sigue tan activo como siempre—. ¿Y si pudiéramos descubrir qué hay en esa habitación sin dejar rastro?

—Seguro que el capitán Blakemore le ha pedido a su gente que me vigilase…

—Tú no —digo—. Yo.

—Tú. —Los ojos de Corrick se clavan en los míos.

—Tal vez no sea una gran mentirosa, y sería una pésima espía. Pero quizá lo hayas olvidado, alteza. —Entrelazo los dedos con los suyos y sonrío—. Antes de ser una boticaria al servicio del rey, era una ladrona bastante buena.

CAPÍTULO VEINTIOCHO

Harristan

Estamos detenidos delante de las puertas.

Al principio, no me ha sorprendido. No llevo reloj de bolsillo, pero sigue siendo temprano, y, desde que colaron explosivos en el interior del Sector Real, los guardias de las puertas son mucho más precavidos con los carruajes cerrados.

Aunque Thorin y Saeth son guardias de palacio y llevan uniformes que los distinguen como miembros de mi guardia personal. Nuestra detención en las puertas del sector no debería durar demasiado. Solo una pausa, nada más.

Pero no.

Conforme pasa el tiempo, miro a Quint, que intenta no aparentar preocupación, pero veo en sus ojos que también se ha dado cuenta del retraso.

Presto suma atención para oír algo, pero las voces son un quedo murmullo de sonidos ininteligibles. Las ventanas del carruaje son de cristal grueso para mantener la intimidad en el interior, y hemos corrido las cortinas de lana para que nadie me vea. Mi corazón adopta un ritmo acelerado y se niega a calmarse.

Me acerco a la ventana, ignorando la punzada de dolor de la pierna cuando la herida se tensa. Paso una mano por debajo de la cortina y con cuidado corro el pestillo hacia un lado, y acto seguido empujo con un dedo para deslizar el cristal lo más lento posible.

Quint me mira con los ojos muy abiertos, pero no dice nada. Me parece que está conteniendo la respiración para escuchar con la misma atención que yo.

—… asuntos del rey —está diciendo Thorin, su voz amortiguada y lejana porque debe de estar en el otro lado del carruaje—. No estáis en vuestro derecho para exigir registrar el vehículo.

Mi mirada se clava en Quint. Si alguien me ve así, los rumores que correrán no serán buenos.

Y ¿por qué exigen registrar el carruaje?

—Hemos recibido órdenes directas desde el palacio —comenta un hombre con brusquedad—. Nadie entra en el sector sin un registro previo.

—Yo no he dado esas órdenes —le susurro a Quint—. ¿Es porque había desaparecido?

—No. —Su expresión se ensombrece—. Nadie estaba al corriente de que había desaparecido. —Respira hondo y me observa con detenimiento, desde la pierna herida hasta las manchas de sangre, que están por todas partes—. Debería haber pensado en llevarle un atuendo apropiado.

Fuera del carruaje, Thorin le está espetando al guardia de la puerta.

—Nuestras órdenes desbancan las vuestras. Vais a apartaros y nos vais a dejar entrar.

—Vais a dejar que registremos vuestro carruaje o tendréis que responder ante el capitán Huxley —responde el guardia. La puerta del vehículo se zarandea, y me quedo paralizado, apoyado contra la pared como si así fuera a volverme invisible.

Pero entonces algo golpea la puerta, y Saeth toma la palabra.

—Como intentéis entrar en el carruaje a la fuerza, os meteréis en una pelea para la que no estáis preparados.

No sé qué está pasando. No sé por qué nos detienen ni por qué exigen registrar el carruaje.

Sí sé que mis guardias no deberían arriesgar la vida solo porque a mí me asustan los chismorreos.

Yergo la espalda y me echo hacia delante con la intención de abrir la puerta para ponerle fin a esto. Me anunciaré yo mismo y así nos pondremos en marcha.

Pero entonces el guardia de la entrada se ríe y dice:

—¿Qué pasa? ¿Habéis capturado vosotros al rey? No tengo intención de quitaros la recompensa. Tan solo sigo órdenes.

Me detengo con una mano en el pomo.

La puerta se sacude y Saeth vuelve a intervenir.

—Te he dicho que no tocaras la puerta.

«¿Qué recompensa?», le pregunto a Quint con los labios.

Una línea se ha formado en su frente, y niega con la cabeza. «No lo sé».

—¿Qué recompensa? —quiere saber Thorin.

—Por haber atrapado al rey —contesta el guardia, como si fuera evidente—. Por lo que ha hecho.

Durante unos segundos, fuera del carruaje se hace un silencio sepulcral, y esas palabras flotan en el aire peligrosamente. Estoy contemplando a Quint y me cuesta respirar. No me cabe duda de que mis guardias están fuera del carruaje, decidiendo la mejor manera de proceder.

El guardia de la puerta debe de haberlo deducido al mismo tiempo, pues oigo el clic de un arco al cargarse.

—¡Sí que lleváis al rey! Larriant, ¡llama al capitán! Avisa a la patrulla noc…

Alguien lanza un puñetazo, y algo pesado se estampa contra el carruaje. El vehículo se zarandea y se pone en movimiento para dar la vuelta tan deprisa que me lanza contra el asiento. El repentino cambio me agita la pierna y suelto un grito en el momento en que el vehículo se ladea. Los cascos del caballo golpean el césped, pero seguimos girando y me estampo contra la pared. Vamos a volcar. Vamos a estrellarnos. Mi estómago da un salto.

Pero entonces Quint me agarra del brazo y tira de mí hacia el otro lado, y nuestro súbito cambio de sitio vuelve a colocar las ruedas en el suelo. El carruaje bota con fuerza, derrapa en el camino y al final se endereza. Afuera oigo gritos y unas cuantas flechas golpean las paredes externas del vehículo, pero vamos muy deprisa.

Los dos estamos despatarrados en el suelo, y yo resuello como si hubiéramos corrido una carrera.

—Gracias —digo mirando a Quint—. Es la segunda vez que me salvas la vida.

—Que nos estrelláramos no me ha parecido una buena opción, majestad. —Él también respira con dificultad.

—No lo descartes todavía. —El carruaje avanza demasiado deprisa y nos mecemos y nos sacudimos cada vez que encontramos algún bache en el camino.

Quiero saber qué está pasando, pero Quint está tan atrapado como yo. Ni siquiera sé si nos dirigimos al Sector Real o si nos alejamos.

Ignoro el dolor de la pierna para arrastrarme hasta la ventana y, a continuación, aparto la cortina. Una grieta resquebraja el cristal, pero sigue en pie. Los árboles pasan a una alarmante velocidad.

Estamos regresando a la Selva.

—No sé a dónde vamos —digo mirando a Quint, y me quedo sin aliento. Esto es peor que haberme despertado en el establo de Violet, aterrado al no saber quién iba a cruzar la puerta. Por lo menos entonces no me preocupaba que el establo se desplomara a mi alrededor—. Ni siquiera sé quién nos lleva.

«¿Qué recompensa?».

«Por haber atrapado al rey. Por lo que ha hecho».

Mi respiración amenaza con volverse fina y superficial, y me roba los pensamientos, mientras mi cuerpo se tensa para sobrevivir. Me concentro en cada exhalación hasta que consigo pensar.

—Confío en Thorin —tercia Quint.

—Yo también. Pero es que no sé si es él el que está conduciendo el carruaje. —Lanzo una mirada hacia la ventana y me pregunto si deberíamos arriesgarnos a saltar en marcha. Aterrizar en una montaña de huesos rotos no creo que nos diera demasiada ventaja.

Barro con la mirada la vestimenta del intendente. No tengo ni idea de si sabe pelear, pero no lleva arma. Yo tampoco. Pero la mayoría de los carruajes del palacio están equipados con armas ocultas por la época en que teníamos buenos motivos para viajar fuera del Sector Real, cuando los bandidos y los forajidos eran una preocupación para la familia real.

Levanto la tapa de terciopelo de detrás del asiento trasero y meto una mano.

Nada más que polvo.

Quint lo comprende enseguida y se pone a mirar en el lado opuesto antes de que yo deba ordenárselo.

Extrae dos puñales, los dos pequeños y cubiertos de polvo. Veo óxido en la punta de una de las dagas. Quint los limpia con el suelo del carruaje y empiezo a toser.

—Perdón —dice.

—¿Perdón por qué? —jadeo—. Dame uno.

El arma es apenas más larga que mi mano, pero agarro la empuñadura y me apoyo en la pared contraria a la puerta. Ninguna otra flecha se ha clavado en el carruaje, pero las ramas golpean las paredes y los árboles pasan muy rápido por la estrecha ventana. Seguimos viajando a una velocidad peligrosa.

Y de pronto… ya no. El carruaje baja el ritmo.

—Vamos a saltar. —Miro hacia Quint—. Prepárate para echar a correr.

—¿Puede correr? —Observa mi pierna herida.

No. Incluso saltar será un verdadero reto. Pero no se lo digo.

—Tú prepárate.

—No voy a dejar que nuestro rey herido…

—Es una orden.

El vehículo se ralentiza más, pero sus ojos no se apartan de los míos.

—En ese caso, supongo que tendrá que pedirle a Corrick que decrete un castigo, majestad.

—¡Quint!

El carruaje se detiene. El intendente aferra la daga y por fin deja de mirarme, aunque no se mueve.

Dios. Aprieto los dientes.

La puerta se abre de par en par y la luz del sol inunda el interior, pero no veo mucho más, puesto que Quint se precipita hacia delante. Un hombre suelta una maldición y oigo una refriega; para cuando consigo llegar hasta la puerta, Quint está en el suelo con sangre en la nariz. Thorin se cierne sobre él con cara de desconcierto.

—¿Intendente Quint? ¿Cuál era exactamente su plan?

—Visto en retrospectiva —responde Quint con una mueca—, no está claro.

—Quería defenderme —enuncio. Bajo del carruaje y tiendo una mano hacia Quint. Fijo la mirada en Thorin—. No sabíamos quién conducía el vehículo. ¿Dónde está Saeth?

—Quitándoles los arneses a los caballos, majestad. El camino es demasiado estrecho como para seguir con el carruaje, y es un objetivo demasiado obvio.

Me paso una mano por la nuca. El sudor se mezcla con la suciedad de anoche, y hago un mohín.

—Y ¿por qué soy un objetivo?

—No lo sabemos —dice Thorin—. Si hubieran llamado a la patrulla nocturna, tal vez no habríamos podido huir. Es probable que nos estén persiguiendo. No deberíamos retrasarnos. —Me mira la pierna—. ¿Puede caminar, majestad?

—Sí, pero no grandes distancias. —Me guardo la daga polvorienta en el cinturón y miro a mi alrededor. Estamos en las profundidades del bosque, rodeados por árboles, en un camino serpenteante, pero nada me resulta familiar.

Aun así, cuatro personas y dos caballos se divisan con facilidad. Sobre todo al lado de un carruaje.

—Thorin —digo—. ¿Sabes cómo llegar al viejo taller de Tessa desde aquí?

El guardia duda y observa sus alrededores, como acabo de hacer yo. Cuando su mirada vuelve hacia mí, asiente.

—Sí.

—Bien. —Veo que Saeth está alejándose del carruaje abandonado con los dos caballos. Los arneses yacen olvidados en el suelo y dejan al descubierto todo el pelaje de los animales, en el que ya solo hay las anteojeras y las bridas, que terminan en unas riendas largas. Los caballos están tirando de las riendas, relinchan nerviosos, empapados en sudor y confundidos por todo lo que hemos hecho.

Si debemos enfrentarnos a la patrulla nocturna, esos corceles no nos llevarán demasiado lejos.

Pero quedarnos aquí preocupándonos por ello no solucionará el problema. Si es nuestra mejor opción, tendrá que bastar.

—Thorin. —Suelto un largo suspiro—. Abre camino por el bosque. Te seguiremos.

Solo han pasado unas pocas semanas, pero los arbustos del sendero que conduce hasta el taller han crecido mucho; en cuanto entramos, descubrimos que una espesa capa de polvo lo recubre todo. Paso un dedo por la mesa de trabajo y reprimo un ataque de tos cuando una nube de polvo se eleva. Es evidente que nadie ha estado aquí desde la noche en que los rebeldes atacaron el palacio.

En ese momento fue un buen escondrijo y ahora también lo será.

Un estrecho armario está atornillado en la pared cerca del frío hogar, y Quint está hurgando en los cajones. Le ordeno a Saeth que ate a los caballos y que circunde el perímetro, y luego le pido a Thorin que se nos una en el taller.

En cuanto llega, no pierdo ni un segundo.

—Hay otra insurrección —anuncio—. Aunque esta parece más traicionera. ¿Crees que Saeth podría estar colaborando con la persona que trama contra mí?

—No. —Si le ha sorprendido mi pregunta, no lo muestra.

—¿Estás seguro?

—Todo lo seguro que puedo estar. Saeth y yo servimos juntos desde hace ya cinco años. Nos eligieron a la vez para formar parte de su guardia personal. —Hace una pausa—. Si tramase algo contra usted, podría haber ayudado a los guardias de las puertas y estos se habrían apoderado del carruaje. Eran cuatro hombres.

Analizo lo que me acaba de decir e intento pensar por qué podría resultar más ventajoso dejarme escapar, y no se me ocurre ninguna razón.

Vuelvo a pasarme una mano por la nuca y respiro hondo.

No podemos quedarnos aquí eternamente.

Necesito información.

Paso la mirada de Thorin a Quint y me pregunto cuánto se habrán extendido los rumores. Solo llevo unas pocas horas fuera del palacio, pero es obvio que Arella, Laurel y el capitán Huxley han podido aprovecharse de mi notable ausencia. El intendente tal vez haya podido irse sin hacer ruido, pero si alguien acude buscándome…

Suspiro. La pierna me palpita de nuevo, y no consigo pensar en nada más. No recuerdo la última vez que bebí agua o que comí algo.

Me desplomo sin elegancia en una silla; debo de estar algo mareado, porque me siento con torpeza y reprimo un grito cuando me rozo la herida con el reposabrazos. Aprieto tanto los dientes que noto el sabor de la sangre.

O quizá sea que me he mordido. Una capa de sudor me cubre la frente. Aspiro aire poco a poco entre dientes porque la alternativa es empezar a soltar improperios y no parar.

Quint se aparta del armario, me mira y luego se dirige al guardia.

—Ve a ver si hay agua en la tina de la lluvia, Thorin. Saeth y tú deberíais quitaros el uniforme de palacio. ¿Hay algo cerca de aquí? Necesitaremos comida, como mínimo.

—Sí, intendente Quint. —Los goznes de la puerta protestan, y al poco el guardia se marcha.

Cierro los ojos y suelto todo el aire. De pronto, en el taller diminuto reina el silencio.

Pero entonces Quint toma la palabra, y su voz suena más cerca de lo que me esperaba.

—Majestad —murmura—. Está sangrando otra vez.

Abro los ojos y miro hacia abajo. Tiene razón. Junto al desgarrón de mis pantalones se ha formado una mancha reciente de sangre.

—Tessa guardaba rollos de muselina en el armario —me informa—. Deberíamos vendar la herida. —Duda—. Si me permite…

Me remuevo en la silla y pongo una mueca.

—Adelante.

Mientras me envuelve la herida, no dice nada. Soy muy consciente de su cercanía. Es un extraño tipo de intimidad, y no resulta en absoluto incómoda.

Yo también le vendé heridas en su día. Como ahora, en este mismo taller.

Ahora estamos empatados, pienso.

Pero Quint levanta la vista. Sus manos se quedan paralizadas, y me doy cuenta de que lo he dicho en voz alta. El intendente me lo confirma al preguntar:

—¿El qué?

Me niego a repetírselo.

—En el carruaje has ignorado mi orden.

Quint toma aire como si quisiera protestar, pero al final parece pensárselo mejor.

—Aguardaré su sentencia, majestad, pero le prometí a Corrick que iba a ocuparme de usted…

—¿Ocuparte de mí? Quint, no soy un niño pequeño.

Me aprieta las vendas y me fuerza a mascullar entre dientes. Me mira a los ojos, pero no me pide disculpas.

—Soy muy consciente de ello.

Por fin, termina de atar las vendas y se incorpora para retroceder.

Estoy desconcertado, confundido, como si demasiadas personas me hubieran sorprendido una tras otra. Antes de que consiga aclararme, Thorin regresa con un barreño con agua de lluvia. Ahora va en mangas de camisa, pero no ha dejado las armas.

—Saeth irá hasta Artis —me comunica—. Lleva muchas monedas en el bolsillo, así que intentará comprar algo de comida. Pero no creo que debamos quedarnos mucho tiempo aquí. Tarde o temprano encontrarán el carruaje. En los últimos días ha llovido bastante, por lo que nuestro rastro no será difícil de seguir.

—No sé qué cónsules traman contra mí —digo—. Si intento refugiarme con alguno de ellos, sería como si nos entregáramos.

Quint prende el pequeño hogar del rincón y vierte agua en el hervidor.

—Está claro que no podemos volver al Sector Real.

—Si se corre la voz de que hay una recompensa para quien atrape al rey —añade Thorin—, nos costará muchísimo encontrar refugio.

Porque la gente hará cualquier cosa por la plata… o por el acceso a las medicinas. Yo lo sé mejor que nadie.

—¿Creéis que ha sido una trampa? —Me los quedo mirando a los dos—. ¿La llegada del capitán Blakemore ha sido una estrategia para separarme de Corrick, para alejar al justicia del rey antes de que la consulesa Cherry y el capitán Huxley se pusieran manos a la obra?

—Es posible —opina Thorin.

Responde tan rápido que frunzo el ceño. Una oleada de temor entra en mi corazón. Me creí al capitán Blakemore. Me resultó inspirador su deseo de ayudar al pueblo de Kandala. Admiré la lealtad de su tripulación.

Animé a Corrick a subir al barco.

—No creo que el capitán Blakemore forme parte de esto —tercia Quint—. Sus pruebas eran sólidas. Su historia parecía coherente. Habría sido un plan innecesariamente complicado si su objetivo era tan solo separar a Corrick y a usted, sobre todo si hay guardias en su bando. —Hace una pausa—. En mi opinión, es más probable que quienquiera que esté conspirando contra la corona se haya dado cuenta de que Corrick se ha ido junto al líder de los rebeldes, así que ahora era el mejor momento para derrocar al rey.

—Y aquí estoy —rezongo con amargura—, encerrado en un taller diminuto de nuevo, mientras otros intentan apoderarse del trono. —Intento ignorar el dolor que me palpita en la pierna—. Pero esta vez han puesto precio a mi cabeza y los guardias se han vuelto contra mí.

—No todos, majestad —protesta Thorin.

No todos. Les estoy agradecido, pero no sé qué podemos hacer los cuatro contra todo el reino.

Recuerdo a la joven Violet, que me suplicó que regresase.

Recuerdo a Maxon. «Tú harías lo mismo por mí, seguro».

Se me cierra la garganta. El hervidor empieza a silbar.

No sé a dónde ir.

No puedo acudir a Allisander, obviamente. No me cabe ninguna duda de que lo que trama Laurel Pepperleaf está dirigido por él. Lissa Marpetta no ha salido de su sector desde que se demostró que colaboraba con Allisander para distribuir medicinas fraudulentas. En algún momento había considerado a Arella Cherry una aliada, pero ya no. Roydan Pelham está descartado por el mismo motivo. Leander Craft murió en el primer ataque.

Por lo tanto, solo quedan Jonas Beeching, el cónsul de Artis, y Jasper Gold, el cónsul de Musgobén.

Para llegar hasta Jasper, tendríamos que ir hasta la otra punta del Sector Real.

Para llegar hasta Jonas, tendríamos que cruzar el Río de la Reina.

Las dos opciones parecen imposibles.

Y, aunque consiguiera llegar hasta uno de ellos, no tengo ni idea de si me ayudaría. El cónsul Beeching pidió fondos para construir un puente sobre el río, y su petición fue denegada. Supongo que todavía le escuece el modo en que Corrick se lo negó, porque tampoco ha visitado la corte demasiado a menudo.

Pero, claro, los rebeldes mataron a su amante delante de él. Quizá sus razones para evitar la corte estén justificadas.

Aun así, la mayoría de los cónsules están colaborando para derrocarme. Confiar en uno de ellos es demasiado peligroso.

¿Los rebeldes me ayudarían? No creo que sea demasiado plausible. Seguro que cualquiera de ellos querría la recompensa que ofrece el palacio; y tendría que convencerlos de que soy quien digo ser. Recuerdo que Violet se pasó horas cantando en las escaleras del palacio, descalza y con ropas raídas, y nadie accedió a escucharla. Si llamase a la puerta de alguien y afirmase ser el rey, probablemente la mayoría de la gente se reiría en mi cara. Conocían a Tessa y a Corrick, pero a mí no. Lochlan se ha ido, y es el único rebelde que me conoce lo suficiente como para identificarme, aun en un importante estado de desaliño.

Mis pensamientos se detienen en seco.

Lochlan no es el único.

—Quint —lo llamo—. ¿Recuerdas a Karri, la amiga de Tessa? ¿La chica que se sentaba al lado de Lochlan?

—Sí.

—¿Sabes dónde vive?

—En Artis. —Frunce el ceño—. Pero tendría que ir a buscar mis papeles para encontrar su dirección. —Duda, pensativo. De pronto, levanta las cejas—. Pero trabajaba para la misma señora Solomon que empleaba a Tessa. Puede que la encontremos allí.

El corazón vuelve a martillearme. También es peligroso. No la conozco bien.

Pero Karri reconocería a Quint. Estaría dispuesta a escuchar.

Quería mejorar la situación de la gente. Igual que Tessa.

—¿Cuál es su recomendación? —me pregunta Quint poniendo fin a mis disertaciones mentales.

—Ve con Thorin —le indico—. A ver si la encontráis.

—Majestad…

—No —lo interrumpo—. Y esta vez me vas a obedecer, o le ordenaré a Thorin que te lleve a rastras. Dejad los caballos para que pueda huir si es necesario. Pero encontrad a Karri cuanto antes. Y pasad inadvertidos.

—¿Qué le decimos? —salta Thorin.

Me remuevo en la silla y pongo una mueca.

—Decidle que el rey necesita su ayuda.

CAPÍTULO VEINTINUEVE

Tessa

En cuanto urdimos el plan, quiero llevarlo a cabo de inmediato. Lo que le he dicho a Corrick iba en serio: sería una pésima espía. No me importa actuar con sigilo y enfrentarme a peligros, pero no se me da bien mentir.

Pero Corrick sale del camarote para hablar con Rocco. Cuando regresa, me pide que espere.

—La tripulación está demasiado nerviosa —dice—. Rocco cree que alguien nos ha vigilado por la noche. Debemos averiguar si los barcos se han acercado. Necesitamos que Blakemore vuelva a bajar la guardia.

—¿Cómo lo vamos a conseguir? —pregunto.

Mientras me abotono el chaleco, el príncipe mira hacia el ojo de buey, que tan solo está empezando a mostrar el débil destello de un cielo rosado.

—Por qué no le propones trepar con él por las jarcias.

En su sugerencia capto una aspereza que me hace mirarlo fijamente.

—Estabas celoso —digo.

—Sí.

—¿Lo sigues estando?

Sus ojos azules son oscuros bajo la débil luz de la lámpara.

—Ahora es algo más que celos.

—¿Confías en mí? —Me estremezco al oír la advertencia de su voz.

—Confiar en ti nunca ha sido un problema. Le dije a Rocco que se asegurase de que siempre hubiera un guardia cerca.

Probablemente pretenda hacerme sentir mejor con eso. No lo logra. Me abrocho el último botón y doy un tirón al chaleco para alisarlo. Me peino el pelo con los dedos y me hago unas trenzas flojas.

Observo a Corrick mientras se pone la chaqueta.

—¿Nunca te preocupa que los guardias lo vean todo?

—¿A qué te refieres? —Un surco aparece entre sus cejas.

—Me vieron entrar. —Señalo hacia la puerta—. Saben que no salí.

—Tessa, he tenido guardias apostados frente a mi puerta desde el momento en que llegué a este mundo. —Me sujeta la cara con las manos y me da un beso suave—. Los momentos de auténtica intimidad son escasos y muy valiosos.

Supongo que lo dice por algo, pero no puedo evitar sonrojarme.

—No debe... No deberíamos subir juntos. Si quieres que el capitán Blakemore confíe en mí.

—Estoy de acuerdo. Ve tú primero. —Me suelta, y me dirijo hacia la puerta.

Los tres guardias siguen de servicio: Rocco está entre mi habitación y la de Corrick, Silas cerca del otro extremo del pasillo y Kilbourne al pie de las escaleras.

Me pregunto si habrán estado de servicio durante toda la noche.

—La tensión entre los miembros de la tripulación ha aumentado —nos informa Rocco—. Kilbourne la acompañará si sube a la cubierta.

Aunque Corrick me haya advertido, una punzada de miedo me recorre la columna. Le doy las gracias a Rocco y me encamino hacia las escaleras.

Cuando salgo a la cubierta, seguida de Kilbourne, el cielo de la mañana es más oscuro de lo que me esperaba, pues las nubes rosas y moradas oscurecen el alba. El viento me azota las mejillas y zarandea las velas y las jarcias. Ayer el agua estaba en calma, pero hoy el océano está picado; las olas bajas rompen contra el casco desde todas las direcciones y caminar recto se vuelve complicado.

Al este, los dos bergantines se han aproximado. Ahora veo sin problemas la bandera de Kandala.

La punzada de temor en mi espalda ha empezado a crecer.

Un movimiento me llama la atención, seguido por los pasos de unas botas sobre la cubierta, a mi izquierda.

Doy un brinco, pero se trata del capitán. Debe de haber saltado desde las jarcias, porque tiene las mejillas un poco rojas y los ojos brillantes y tormentosos como el cielo.

—Rian —digo, sorprendida.

—Señorita Cade. —Me dirige un asentimiento y, sin mediar más palabras, se aleja.

Oh. Pues vaya.

El miedo no me abandona.

Al cabo de unos instantes, lo sigo. Se ha detenido cerca de la barandilla, donde está atada la botavara. Las gotas de mar salpican la cubierta a diestro y siniestro, pero Rian no les presta atención y desata la cuerda de la abrazadera de acero. Observo los movimientos de sus manos, precisos y controlados.

No sé si está molesto por los barcos, por Corrick o por mí, y no saberlo me deja un tanto descolocada.

Intento ser directa e ir al grano.

—¿Hemos vuelto a las formalidades, capitán Blakemore?

—Supongo que deberíamos haberlas mantenido desde el principio. Cuidado. —Asiente hacia la botavara.

Me aparto de su camino, pero lo sigo.

—Estás molesto conmigo.

—Estoy molesto porque los barcos de Kandala se aproximan justo cuando vamos a entrar en la parte más difícil del océano. —Avanza junto al travesaño y gruñe al plantar los pies sobre la cubierta para detenerse junto a la siguiente abrazadera, donde amarra la cuerda—. Ya es bastante duro navegar en esta zona. No quiero tener que hacerlo mientras combato contra dos bergantines armados hasta los dientes.

—No tenéis nada que hacer con esos barcos —digo.

Se ríe entre dientes, pero no como si le hiciera gracia mi comentario. Desata una cuerda y se dirige hacia la siguiente.

—No hagas eso. —Lo sigo—. No me trates como si fuera…

Se da la vuelta tan deprisa que me sobresalta, y en ese momento el barco recibe el impacto de una ola y me precipita sobre su pecho como la noche que embarqué en el *Perseguidor del Alba*.

Me sujeta con los brazos. Noto el calor y la fuerza de sus manos incluso a través de la tela holgada de mi camisola. Aunque me agarra demasiado fuerte, y me da un vuelco el corazón.

—¿Que no te trate como si fueras qué? —dice.

Se me ha secado la boca, y no sé qué es lo que lo ha sacado de sus casillas, si la traición o la rabia. No me gusta ninguna de las dos opciones.

—Capitán —dice Kilbourne—. Suéltela.

En el espacio que separa dos latidos, creo que Rian no va a obedecer. Me aprieta mucho y las nubes de tormenta que le empañan los ojos son demasiado oscuras.

Pero obedece. Me suelta los brazos y da un paso atrás mientras se pasa una mano por la mandíbula.

—Deberías regresar a tu camarote, señorita Cade. O al del príncipe Corrick. Al que te parezca más adecuado.

Entre Corrick y yo no ha pasado nada, pero se me encienden las mejillas. No lo puedo evitar.

—¿Por qué actúas como si yo te hubiera traicionado? —le pregunto—. El día que nos invitaste a subir a tu barco sabías que…, sabías que…

—Sabía que estabas con un hombre que tiene fama de traidor y de violento —me interrumpe—. Sabía que tenías miedo de hablar sin tapujos. Sabía que…

—¡No es verdad!

—Sabía que estabas decidida a ayudar al pueblo de Kandala —prosigue ignorándome—, a arriesgar la vida para traer medicinas, lo cual me parecía admirable. Pero también sé cuándo uno está siendo engañado y manipulado, y…

—¡No te estoy engañando ni manipulando!

—Ya lo sé. Me refiero a lo que te ha hecho el príncipe Corrick.

—A mí no me ha hecho nada. No lo conoces en absoluto.

—No necesito conocerlo. Ya sé cómo son los hombres como él. Si quisiera ayudar a su pueblo, podría haber embarcado con determinación y valor. Pero no, interpreta cada interacción como una batalla que aguarda para conocer al vencedor. Esperaba que Kandala y Ostriario pudieran encontrar un nuevo camino para comerciar, pero ahora me preocupa estar llevando a un príncipe que sembrará discordia y empezará otra guerra solo porque he herido su orgullo.

—No es cierto —siseo.

—Ah, ¿seguro que no? —Rian da un paso hacia mí y baja la voz—. Anoche perdió una batalla contra mí —dice—. Por eso no me sorprende que haya querido ganar otra camelándote para llevarte a su cama.

Se acabó. Aprieto y blando el puño antes de ser totalmente consciente.

Rian levanta una mano y me sujeta la muñeca. El gesto es tan veloz que me deja sin aliento, sobre todo porque me aprieta fuerte y no me suelta.

—Me invitó a su camarote porque le preocupaba que tú me estuvieras amenazando.

—Así que no ha tenido que camelarte. Tan solo que asustarte.

Me zafo de su mano. Se me acelera la respiración. No sabía qué me encontraría con él, pero no era esto.

—Sabes que tengo razón —me espeta—. Esperaba otra cosa de ti, señorita Cade.

No tiene razón. No la tiene.

Pero en muchos sentidos sí. Buena parte de lo que ha dicho resuena a lo que yo misma le dije a Corrick en la oscuridad de su camarote.

—Dile que, si esos barcos han venido a por él, lo entregaré gustoso. —Rian da media vuelta.

Apenas lo estoy escuchando. Me ruge el corazón en los oídos. Cuando llego hasta las escaleras, me falta el aliento y las lágrimas me abrasan las mejillas.

Pero me doy cuenta de que es el momento perfecto.

Es temprano. La mayoría de los tripulantes siguen dormidos. Rian cree que voy a correr de vuelta a los brazos de Corrick.

Pero pienso en esos barcos, pienso en la habitación cerrada y pienso en lo mucho que ya hemos arriesgado.

En lugar de dirigirme hacia nuestros camarotes, me giro y bajo el siguiente tramo de escaleras.

Kilbourne se decide a seguirme, pero lo detengo.

—Debes decirle a Corrick que suba a la cubierta —le digo en un apresurado susurro.

—Pero señorita Tessa…

—Ahora —lo apremio. Me aparto las lágrimas de las mejillas. Noto un nudo de nostalgia, traición e incertidumbre en el pecho, pero es el momento de pasar a la acción—. El príncipe Corrick debe empezar una pelea con el capitán. Ahora mismo. —El guardia toma aire, y añado—: ¡Rápido, Kilbourne! Quédate en el pasillo antes de que algún miembro de la tripulación me vea.

Y no espero más. Contengo la respiración y bajo corriendo las escaleras.

CAPÍTULO TREINTA

Corrick

Incrédulo, me quedo mirando a Kilbourne.

—Tessa quiere que me pelee con Blakemore —digo—. Ahora.

—Sí, alteza.

Suelto un largo suspiro. Ya sé por qué.

Pero es demasiado pronto. Deberíamos esperar. Anoche hubo demasiada tensión, estuvimos demasiado a punto de tener un conflicto de verdad. A lo mejor, si alguien la viera, todo estallaría a nuestro alrededor.

No hay modo de decírselo sin ir tras ella; y solo hay una cosa peor que atrapen a Tessa entrando en la habitación cerrada: que la atrapen conmigo a su lado.

Al final, asiento, salgo de mi camarote y me encamino hacia la cubierta principal. Rocco y Kilbourne se disponen a seguirme.

Los dos llevan hoy más armas de las que portaban ayer. Lo entiendo, pero no me gusta. La presencia de más armas casi nunca convence a alguien para que baje la guardia.

En cuanto pasamos por delante de la estancia de Lochlan, la puerta se abre, y el rebelde sale tan bruscamente que casi se estampa contra Rocco. Enseguida se echa hacia atrás con cara de irritación. Es como si quisiera darnos un portazo y no supiera si debería atreverse.

Anoche, cuando la situación se enrareció más si cabe entre el capitán y yo, Lochlan tomó la palabra para defender a Tessa… y, en cierto modo, a mí. Bueno, defendió Kandala, por lo menos. Tal vez yo no derramaría ni una lágrima si se cayese al océano, pero agradezco que hablase cuando más necesario era.

Y Tessa tiene razón. Nunca vamos a establecer confianza entre el palacio y el pueblo si el justicia del rey es incapaz de llevarse bien con un rebelde.

—¿Vas a subir a la cubierta principal? —le pregunto—. Ven con nosotros.

Lo veo fruncir el ceño.

—¿Es una orden, alteza?

Me escupe las palabras, y veo que Kilbourne se adelanta. Extiendo una mano antes de que el guardia vuelva a lanzarlo contra la pared.

—No —respondo con toda la paciencia cortesana que consigo reunir—. Ven con nosotros, si quieres.

Veo cómo se despliegan las emociones en su rostro a medida que reflexiona. Quiere negarse, pero lo he sorprendido. No pretendía que mis palabras sonaran a un desafío, pero de verdad que no puedo evitarlo.

—De acuerdo —termina mascullando.

Al cabo de unos segundos, subimos las escaleras juntos, él con movimientos tensos y forzados. Tiene los hombros rígidos y las manos entrelazadas. Aprieta tanto la mandíbula que veo cómo se le deforma el cuello al tragar saliva.

No me resulta desconocido que la gente me tenga miedo. Pero eso por lo general suele ocurrir en el presidio, cuando alguien está encerrado por haber cometido un delito.

Lochlan le dijo a Tessa que yo solo lo invité a este viaje con la intención de lanzarlo por la borda si encontraba el momento apropiado. Cuando ella me lo contó, rechacé la insinuación porque obviamente no era cierta.

Hasta este instante, no había caído en la cuenta de que era lo que él creía.

El viento me revuelve el pelo y me zarandea la chaqueta tan pronto como llegamos a la cima y salimos a la cubierta. Espero encontrar a Blakemore, pero no hay nadie. Miro hacia Lochlan.

—De verdad que no era una orden —le aseguro.

—Eres el justicia del rey —responde sin mirarme, como si eso lo explicase todo.

Y quizá sí lo explica todo. Frunzo el ceño.

—Y de verdad que no te invité al viaje con la intención de matarte.

—Me alegra saberlo —dice de manera inexpresiva.

Mi paciencia tiene un límite. Me giro hacia él.

—Tú me hiciste prisionero y alentaste a una multitud a matarme a golpes. Y tomaste como rehenes a cónsules y a ciudadanos, y los mataste cuando no conseguías lo que querías. Y, aun así, Harristan os ha invitado a ti y al resto de los rebeldes a negociar…

—Tú me subiste a un estrado —protesta—. Con un saco atado a la cabeza y un arco apuntándome en la espalda.

He cambiado de opinión. Ahora sí que quiero lanzarlo por la borda.

En realidad, no.

Pero quizá un poco.

—Echaste mano de la violencia y de la muerte cuando no tenías otra alternativa —le digo—. Pero ¿pretendes juzgarme a mí con otro rasero?

—Sí.

—¿Por qué? —quiero saber.

Resopla y da media vuelta.

—Dime por qué. —Agarro su manga con fuerza.

Lochlan se libera y aprieta los puños como si desease lanzarme un gancho.

—¡Porque tu hermano es el rey! —me espeta. Pero después se queda callado. Observa a los guardias, como si lo preocupase que fuesen a atacarlo si añade algo más.

—Vamos —digo con calma—. Habla.

Se queda rígido, con las manos apretadas a ambos costados, pero no responde.

—No te harán daño si no pierdes las formas —le aseguro.

Toma una áspera bocanada de aire y da un paso atrás, y acto seguido desplaza la vista hacia el mar. Durante unos segundos, creo que no sacaré nada en claro. El abismo que nos separa es demasiado ancho. No confía en mí y yo no confío en él, y tanto da lo que digamos ahora mismo, pues nuestras acciones pasadas van a eclipsar cuanto pase en nuestro futuro.

Es una situación estéril e impotente, y me apetece suspirar.

Pero entonces Lochlan toma la palabra con voz bronca.

—El rey no solo me invitó a mí a sentarme a la mesa. Invitó al cónsul Sallister, a pesar de todo lo que hizo él. —Se detiene—. Los benefactores prometieron dinero y medicinas. Sabían que estábamos desesperados… y nos creímos que nos querían ayudar de verdad. Pero al final no eran mejor que tú, Weston Lark. Tenían el poder para cambiar las cosas, pero se limitaron a observar cómo la patrulla nocturna reunía a unos cuantos de nosotros para ejecutarnos.

Me encojo. No lo puedo evitar. Yo también hablo con brusquedad.

—Lochlan. No fue por eso por lo que llevé medicinas…

—¡Ya lo sé! —me corta—. Ya lo sé. ¿Crees que no lo sé? ¿Crees que la gente no lo sabe? Aquella noche en que asaltamos el sector, bajamos las armas por Tessa. Pero no fue solo por Tessa.

Lo observo fijamente.

—Nos arriesgamos —dice—. Confiamos en que era una oportunidad para conseguir cambios reales. —Suelta una maldición y aparta la mirada, pero debe de armarse de valor, porque termina dando un paso hacia mí. Su voz es un grave gruñido—. Y luego tuvimos que sentarnos en la misma mesa que un hombre que sí era un delincuente, un hombre que no sufrió ninguna repercusión por sus acciones. ¡Ninguna! ¿Dónde está el saco que le tapa la cabeza a Sallister, alteza? ¿Dónde está el escenario? ¿Dónde está la horca? ¿Dónde está el arco? Y ¿quieres saber por qué a ti te juzgo con otro rasero?

En algún punto de este barco, Tessa está forzando un candado mientras yo teóricamente estoy creando una distracción. Pero ahora mismo estoy paralizado, reflexionando acerca de las implicaciones de las palabras de Lochlan.

Porque lleva razón. En todo.

Antes de que pueda decir nada, percibo un movimiento encima de mí, y al poco Rian aterriza en la cubierta detrás de nosotros.

Por supuesto. Tendría que haber mirado hacia arriba.

Me pregunto cuánto habrá oído. Tiene los ojos ensombrecidos y tensos, y estoy bastante convencido de que lo ha oído todo.

Espero que me reprenda, que se mofe de mí o que critique abiertamente el gobierno de mi hermano, ahora que dispone de más material.

Su mirada se clava en la mía. Una chispa de su belicosidad habitual prende en sus ojos, pero esta vez es más oscura, más rabiosa.

—Después de todo eso, todavía has sido capaz de atraer a Tessa hasta tu camarote. —Arquea una ceja y me mira de arriba abajo—. Supongo que has descansado bien, alteza.

No. No he descansado bien.

Y seguramente por eso me abalanzo sobre él para asestarle un puñetazo.

Es una reacción imprudente y poco política, y, si solo discutiéramos por la presencia de unos barcos, nunca habría actuado así. Sin embargo, su comentario hiriente se dirige a Tessa, y he llegado a mi límite. El capitán me ve venir a tiempo para esquivar el golpe, lo cual es mala suerte, porque le da la posibilidad de pegarme un puñetazo en el vientre. Me deja sin aliento, pero me aferro a su chaqueta, le hago perder el equilibrio y lo golpeo en la mandíbula. Apenas oigo a Lochlan mascullando de lejos al apartarse, pero esta pelea lleva días cociéndose, y sienta de maravilla golpear algo al fin. Todavía me duelen las manos por las quemaduras de las cuerdas, pero me da igual. Ataco y forcejeo hasta que el barco oscila y empezamos a caer. No sé cuál de los dos aterriza primero, pero noto la colisión con los tablones de madera de la cubierta unos segundos antes de que los guardias empiecen a separarnos por la fuerza.

Los dos resoplamos, pero siento una lúgubre satisfacción cuando veo que tiene sangre en el labio.

La satisfacción desaparece cuando trago saliva y noto el sabor de mi propia sangre.

Kilbourne me suelta de inmediato, pero Rocco sigue sujetándole los brazos a Rian detrás de la espalda. El capitán se retuerce, pero me fulmina con la mirada. Lochlan también.

Miro hacia Rocco, que está esperando una orden. Recuerdo el momento en que estábamos en el presidio y le dije que le partiera los brazos a Sallister.

Estoy tentado de hacerle lo mismo al capitán Blakemore. Es la parte más oscura de mí. La parte que Tessa detesta. La parte que Lochlan teme.

Creo que Rian lo sabe. No estoy seguro de si espera que los guardias lo sujeten en tanto yo lo muelo a golpes en la cubierta o si cree que Rocco lo hará bajo mis órdenes, pero sea como fuere, veo en sus ojos que lo aguarda. Se está preparando.

—Como ya te he dicho alguna vez —rezongo con aspereza—, el desprecio no te queda bien. ¿Alguna otra astuta observación?

—Seguro que se me ocurren dos o tres.

Doy un paso adelante, pero no se inmuta. Me sostiene la mirada.

—Suéltalo —le indico a Rocco, pero no dejo de contemplar al capitán. Me llevo una mano a la cara, que termina manchada de sangre—. Tan solo se estaba defendiendo.

Rocco obedece y Rian parpadea, sorprendido. A mi derecha, Lochlan hace lo mismo.

El capitán se limpia la sangre del labio. Me mira durante unos segundos, y esta vez soy yo quien se prepara para retomar la pelea.

—Los barcos se han aproximado —salta de pronto.

No es lo que esperaba oírle decir, pero desplazo la vista hacia el horizonte. Están mucho más cerca.

—Si están aquí por órdenes de mi hermano, les diré que se adueñen de tu barco, y te pasarás el trayecto hasta Ostriario chillando sin parar.

—Estamos al alcance de sus disparos —prosigue—. Si no están aquí por órdenes de tu hermano, te voy a entregar a ellos.

—No estás solo en la cubierta —le recuerdo—. Podría hacer que mis guardias te mataran ahora mismo.

Todos notamos la energía tensa que chisporrotea en el ambiente. Rian no aparta los ojos de mí.

—Si me matas, no podrás dejar atrás a dos bergantines. Hundirán el barco u os harán prisioneros.

—Tal vez debamos correr ese riesgo.

—Nos estamos acercando a la zona más peligrosa del océano —dice—. ¿Estás seguro?

—Consejo —le ordeno a Rocco.

—Tiene razón con lo de los bergantines. Si no están aquí por órdenes del rey Harristan, es un riesgo.

—¿Tú podrás seguir navegando hasta Ostriario? —le pregunto.

—Nunca he navegado tan al sur de Solar. —Rocco titubea—. Puedo intentarlo, pero no sé qué nos aguardará en el próximo tramo del viaje.

Rian suelta fuego por los ojos al darse cuenta, y acto seguido maldice en voz alta.

—Así que has traído a un marinero de todos modos.

—He traído a un guardia con experiencia en barcos —le digo.

—No dejará atrás la Isla del Caos. La corriente es demasiado fuerte. Hay rocas por debajo de la superficie. Si no sabes dónde están, el *Perseguidor del Alba* quedará destruido.

—Eso ya lo veremos. ¿Cuáles son tus intenciones si los de los barcos no exigen mi captura?

—Navegar directos hasta la Isla del Caos y esperar despistarlos. —Hace una pausa, y su mirada se oscurece—. Deberíais soltarme antes de que deje de estar dispuesto a ser educado a bordo de mi barco.

Tomo aire para responder, pero en algún punto bajo la cubierta una mujer se pone a chillar.

CAPÍTULO TREINTA Y UNO

Tessa

El candado es la parte fácil. Solo han pasado unas pocas semanas desde la última vez que forcé uno, pero este es sencillo y tengo años de práctica entrando en casas del Sector Real. El pasillo estaba en silencio y oscuro, no había nadie tan temprano. Como sospechaba, el capitán es uno de los pocos que ya está despierto. Si Kilbourne ha ido a buscar a Corrick, el príncipe lo distraerá mientras yo descubro qué es eso tan importante que hay en esta pequeña habitación.

No sé qué voy a encontrar, ya sean registros detallados, armas secretas o barriles de pólvora. La verdad es que no tengo ni idea de qué podría ocultar Rian aquí que le mereciese conservar la tensión que hay entre el príncipe y él.

En lo más hondo de mí, me aterroriza estar equivocada, que sea una traición y que halle algo espantoso.

Pero sigo pensando en cada instante en que he mirado a Rian a los ojos. No es un hombre espantoso. No lo es. Si le oculta algo a Corrick es porque no se fía del príncipe.

Ojalá hubiera traído una lámpara. Está muy oscuro. A lo mejor debo robar lo que encuentre y llevármelo a hurtadillas hasta mi camarote. Espero que sea algo pequeño.

Clic. El candado cede. La puerta se abre. Me llega el aroma a agua de mar y a moho, y curiosamente a algo floral, pero la estancia es un pozo de negrura. No veo nada en absoluto.

Sin previo aviso, una silueta aparece en el umbral de la puerta. La oscuridad es tal que tan solo diviso una cabellera rubia, unos enormes ojos oscuros y un rostro sucio. Es una mujer adulta... o una chica, no lo sé. Aúlla de rabia.

Y entonces se estampa contra mí con tanta fuerza que está a punto de derribarme.

Suelto un grito de sorpresa antes de levantar una mano cuando me lanza un puñetazo a la cara. Noto un estallido de dolor detrás de los ojos, y luego en el antebrazo. Caigo hacia atrás sin querer. Demasiadas cosas están pasando al mismo tiempo. No ayuda que me esté apaleando como si quisiera partirme todos los huesos del cuerpo. Tengo suerte de que pegue con la fuerza de un niño pequeño, no son más que manotazos débiles de manos huesudas.

—¡Para! —grito. Si bien es débil, es veloz, y no consigo agarrarle las muñecas ni contenerla. Pienso en la cantidad de veces que Corrick me dijo que debería darme clases el maestro armero, así como en la cantidad de veces que le dije que podía esperar—. Para... ¡Para ya!

Al final, mi mente se activa y le lanzo un puñetazo en el vientre. Apenas pesa nada, y noto sus costillas al golpearle. Gime de dolor y se cae hacia un lado.

No hago más que ponerme de pie en el oscuro pasillo.

Como ya he dicho, es muy rápida. Se incorpora del suelo y me derriba por detrás. Me clava las uñas en los brazos, y me cuesta dar un paso adelante.

—¡Corrick! —grito cuando me desgarra la piel—. ¡Guardias! ¡Ayuda!

—Os voy a matar a todos —me sisea la muchacha al oído.

Bueno, ahora entiendo por qué el capitán la mantenía encerrada.

Lanzo un codazo hacia atrás y la oigo gruñir. Apenas se inmuta. Avanzo hacia delante soportando su peso.

Una luz cobra vida delante de mí, y suelto un jadeo. Una lámpara.

Resoplo, aliviada.

Pero no es Corrick. No son los guardias.

Es Marchon, seguido de Gwyn. La luz titilante de las velas convierte sus rostros en dos caricaturas de pesadillas.

Sobre todo cuando Marchon me quita a la chica de encima y le retuerce el brazo a la espalda hasta que ella grazna de dolor. Gwyn me apunta con un arco.

Me quedo paralizada. No sé qué está pasando.

—Por favor —jadeo con las manos en alto. Me duelen los brazos donde la muchacha me ha clavado las uñas—. Por favor. No sé…

—¿Cómo ha salido? —pregunta Gwyn.

Antes de que le pueda responder, Marchon mueve la lámpara. El candado está en el suelo.

Los ojos de ambos vuelan hasta mí.

—Ha forzado el candado —dice Marchon—. ¡Sablo! —grita.

La joven —porque ahora veo que es una mujer joven y delgada que viste ropa que le queda muy holgada— intenta patear a Marchon y se retuerce.

—Os voy a matar a todos —espeta—. Oren prenderá fuego a este barco y luego vais a… —Se interrumpe con un jadeo cuando Marchon la aprieta más fuerte.

Oren. ¿Oren Crane? Trago saliva y miro hacia Gwyn.

—¿Qué está pasando? —digo—. ¿Quién es?

La expresión de la mujer está llena de pena y también de resignación. Suspira y hace un gesto con el arco.

—Camina, Tessa. Rian tendrá que decidir qué hacer. Tráela, Marchon.

La joven gruñe y se resiste.

—Voy a rebanarle el cuello a Rian con una…

—Ya basta. —Marchon le tapa la boca con una mano… y luego suelta un grito—. ¡Me ha mordido!

La mujer no se conforma con eso. Le da un puñetazo en el cuello.

Marchon se ahoga y la suelta, y ella echa a correr.

Yo quiero imitarla, pero Gwyn se me acerca con el arco.

—No, Tessa.

—¿Quién es? —repito—. Gwyn, ¿quién es?

La muchacha desaparece en la oscuridad, pero al cabo de unos segundos oímos un golpe. La chica profiere un breve aullido, seguido de un grave sollozo de dolor. Dos siluetas emergen de las sombras, y reconozco al imponente Sablo, que la retiene con más eficacia que Marchon.

La joven maldice sin parar y le escupe a Gwyn cuando se acercan.

A continuación, empieza a toser. Su respiración se vuelve sibilante y sus forcejeos contra la fuerza de Sablo, más aterrorizados.

—¡Suéltala! —exclamo—. No puede respirar.

El marinero mira hacia Gwyn, quien se encoge de hombros, y él afloja un poco el agarre.

La muchacha recobra el aliento y echa la cabeza hacia atrás como si quisiera romperle la cara con el cráneo. Sablo se aparta y la sujeta más fuerte.

—Mi padre debería haberte cortado más cosas, no solo la lengua —gruñe—. Sé por dónde empezaré cuando llegue el momento.

Mi padre. Las piezas encajan demasiado deprisa.

—Tu padre es Oren Crane —deduzco.

—Sí. —Me muestra los dientes—. Espero que cuelgue a Rian del mascarón de su barco hasta que las gaviotas le arranquen toda la carne de los huesos a picotazos.

Paso la mirada de ella a Gwyn, Sablo y Marchon.

—¿Rian tiene prisionera a la hija de Oren Crane?

—No lo comprendes —tercia Gwyn—. Camina, Tessa.

No sé si puedo. Sigo demasiado aturdida. Esto es mucho más grande que unas armas ocultas, unas cartas secretas o cualquier cosa que Corrick hubiera podido imaginar. Pero no sé por qué. Es tan opuesto a todo lo que he descubierto sobre Rian en los últimos días que soy incapaz de conseguir que tenga sentido en mi cabeza.

Mi mente no se va a aclarar si me apuntan al pecho con un arco.

—Baja el arma, Gwyn —ordena otra voz desde la oscuridad—. Tenemos a vuestro capitán.

Es Corrick. Casi me echo a llorar de alivio.

Gwyn no baja el arma. Si acaso, me atrae hacia ella hasta que noto la punta de la flecha contra la piel. Mi corazón late desbocado.

—Gwyn —susurro—. Por favor. No lo entiendo.

Más siluetas abandonan las sombras. Corrick, seguido de Rocco, que empuja a Rian delante de él con un cuchillo en el cuello del capitán.

Espero que se inicien unas negociaciones. Un debate. Una discusión. Porque es evidente que Corrick está usando a Rian para forzar las cosas.

Pero Gwyn me aparta el arco y apunta hacia Corrick. Oigo el clic y el chasquido antes de darme cuenta de qué significa.

Rocco es más veloz que yo. Suelta al capitán justo a tiempo de apartar a Corrick de un empujón, pero la flecha se ha clavado en algo, porque oigo el impacto y el gruñido de dolor en la penumbra. No sé dónde ha acertado.

Y entonces aparece Kilbourne para apartar a Marchon antes de que el marinero desenfunde un puñal. Oigo un cristal que se hace añicos y la lámpara se apaga dejándonos a todos en una oscuridad casi absoluta. Un cuerpo me estampa contra la pared, y pierdo la noción del tiempo. Quiero echar a correr, pero no sé a dónde ir.

—¡Corrick! —grito.

No me responde.

Se me seca la boca. Oigo el ruido de un filo que se hunde en la carne. Oigo gritos de voces masculinas, arcos que disparan flechas y, por encima de todo, los aullidos de rabia de la muchacha. No sé qué está pasando. El terror me acelera el corazón.

De la nada, un puñetazo me acierta en el hombro y me lanza al suelo. Un cuerpo cae encima del mío, y suelto un grito. Con la misma velocidad, alguien me da la vuelta y me sujeta las manos a la espalda.

—Por favor —digo. Los chillidos de la mujer me agujerean el cerebro—. Por favor… Yo solo quería…

—Basta —gruñe un hombre. Creo que es Marchon.

Alguien asesta un puñetazo, y los gritos de la mujer enmudecen.

Solamente oigo mi propia respiración. Alguien me ata las manos y, acto seguido, me incorpora hasta ponerme de rodillas. Me da la sensación de que se me ha dislocado el hombro.

Una chispa prende en la oscuridad, y una nueva lámpara cobra vida.

La escena es peor de lo que me imaginaba.

Corrick está arrodillado, sangrando por la sien, pero recostado contra la pared. Al principio creo que está aturdido, pero luego me doy cuenta de que tiene los ojos cerrados y las manos atadas como yo. La sangre le mancha la parte delantera de la chaqueta.

—Corrick —susurro.

No se mueve. Me da un vuelco el corazón. Me lo quedo observando con atención, y su pecho sube y baja con cada respiración.

A su lado, la joven está inconsciente en el suelo, despatarrada, pero no veo sangre.

Y entonces mis ojos se desplazan a la izquierda y reconocen a uno de nuestros guardias. Pelo rubio, constitución fuerte. Es Kilbourne.

Está boca abajo, con dos flechas clavadas en la espalda. Espero, pero su pecho no sube ni baja.

«No quería dejar sola a Sara». Es lo que me dijo en el puerto. «Quiero comprarle una casa».

A estas alturas, he visto la cara de la muerte mil veces, pero esto es diferente. Debo refrenarme para que un sollozo no salga de mi garganta.

Rocco también está en el suelo, pero vivo. Resopla, sangra de una herida en el costado, y tanto Sablo como Rian lo apuntan con sendos arcos. En la cara de Sablo hay sangre, y bastante también sobre sus ropas. Rian tiene un reguero de sangre que mana de un corte del cuello, y que le empapa la chaqueta y la camisa. Sus ojos son oscuros y aterradores en la penumbra.

Sablo mira al capitán y hace el gesto de pasarse un dedo por el cuello con una ceja arqueada. Es una pregunta.

—¡No! —grito—. Rian, no. Por favor. ¡Por favor! —No consigo pronunciar las palabras con la suficiente rapidez, pero ya han matado a un guardia. No puedo ver cómo ejecutan también a Rocco. No puedo verlo—. Por favor, Rian. —Se me rompe la voz—. Por favor. Es un buen hombre.

—Es un marinero. Y la prueba de que el príncipe Corrick no ha respetado nuestro acuerdo.

—No. Es un guardia —musito—. Un guardia leal que ha arriesgado la vida más de una vez. Por favor. Rian. No le hagas daño.

Rocco los está fulminando con la mirada, pero en cambio se dirige a mí.

—No suplique por mí, señorita Tessa. Él sabe lo que ha hecho. Sabe lo que sucederá cuando se difunda lo ocurrido.

—No deberías haberte acercado a esa habitación, Tessa. —El capitán me mira—. Ya no podemos volver atrás en el tiempo.

—Por favor —insisto—. Por favor. Solo… explícamelo. Quiero entenderlo. ¿Ha sido una trampa para pedir un rescate por el príncipe? ¿Ha sido…? ¿Ha sido para…? —Mi voz se va apagando. No consigo comprenderlo. Todo parece innecesariamente complicado.

Y entonces mis ojos vuelven a posarse en la mujer inconsciente. No sé qué lugar ocupa en todo esto.

—Rian —dice Gwyn con voz baja y resignada—. No deberíamos dejar a los guardias con vida.

—Por favor —susurro.

Rian no se mueve. Un músculo tiembla en su mandíbula.

Su tripulación aguarda.

Tiro de las cuerdas que me atan las manos.

—No quieres hacerlo —le digo—. Sé que no quieres. No te gusta que los miembros de tu tripulación se peleen. No quieres matarlo. Sé que hay una razón. Si dejaras que lo entendiese…

—Tessa. —Sus ojos se clavan en los míos—. Esto es más grande que tú y que yo.

Contengo la respiración porque los arcos siguen apuntando a Rocco.

Al cabo de un momento eterno, Rian baja el suyo.

—Atadle las manos también —ordena—. Llevadlos a todos a la cubierta principal. Encadenadlos a los mástiles. Si los otros han sobrevivido, haced lo mismo con ellos.

Los otros. Lochlan y Silas. Se me cae el alma a los pies.

No dejes de decirle a Karri que la amaba.

—Rian —digo. Tengo un nudo en el pecho.

—No ha sido para pedir un rescate por él —me responde—. De verdad que no. —Agarra el brazo de Corrick y lo levanta con tanta fuerza que el príncipe gimotea y abre los ojos.

Corrick ve quién lo ha apresado e intenta liberarse.

Rian le da un buen zarandeo.

—Camina —le espeta. Y luego me mira a los ojos—. Por lo menos en teoría no era para pedir un rescate por él. Pero ahora… —Suspira—. Ahora tendrá que ser así.

CAPÍTULO TREINTA Y DOS

Corrick

A medida que nos acercamos a la cubierta principal, mis pensamientos se vuelven borrosos, y ya no sé si es que nos hemos adentrado en aguas más turbulentas o si es que soy incapaz de mantener el equilibrio. Rian no deja de tirar de mí para ponerme recto, y yo no hago nada para ayudarlo. Solo una parte es a propósito. No sé quién me ha golpeado, pero apostaría mucho dinero a que ha sido Sablo, porque su puñetazo me ha acertado en la cara con tanta fuerza que me pregunto si me ha roto la mandíbula. No hace tanto que estaba en esta misma cubierta, lanzándole amenazas al capitán Blakemore.

Y ahora estamos todos atrapados.

No he oído gran cosa de la chica de la habitación cerrada aparte de sus gritos de furia, pero es obvio que era una prisionera. Está muy delgada, desnutrida y pálida.

Rian me arrastra hacia el mástil principal.

—Sabía que todo esto era una treta —le digo.

—No era una treta. —Me empuja por la cubierta.

—Claro que no. —Me da vueltas la cabeza, pero lo fulmino con la mirada—. Esta situación es la mar de diplomática, capitán Blakemore.

Me ignora. Sablo lleva a la chica inconsciente hasta el siguiente mástil y, acto seguido, la ata bien al poste de madera. Marchon coloca a su lado a Rocco.

Gwyn ata a Tessa dos mástiles más allá, bien alejada de mí. Creo que lo han hecho adrede. Por lo menos está ilesa. Quiero negociar con ellos para que no le hagan nada, pero no quiero darles más ventajas sobre mí de las que ya tienen.

Nunca debería haberle dejado forzar el candado.

Cada vez que trago saliva, noto el sabor de la sangre. En el costado siento un dolor que no desaparece. Lanzo una mirada tenebrosa a Rian.

—Debería haberle dejado a Rocco que te arrojara por la borda.

—Aun así, no habrías podido apoderarte de mi tripulación. Somos mayoría en el barco.

—Deliberadamente.

—Bueno. Pues sí. —Se arrodilla a mi lado para atarme las manos al mástil.

—Harristan jamás negociará contigo —le aseguro.

—Sí lo hará si quiere recuperar a su hermano.

—Es el rey —le espeto—. ¿Por qué iba a negociar nada contigo? No estás en una posición de poder.

Suelta una seca carcajada antes de tirar de las cuerdas.

—Ah, es verdad. Yo tan solo soy el que dirige el barco. —Se echa hacia atrás para clavarme los ojos—. El rey Harristan me dijo específicamente que esperaba que te devolviera ileso.

—No va a ceder ante un hombre que no es más que un pirata. —Rian no se mueve, así que añado—: ¿Quién es la muchacha? ¿Por qué la teníais encerrada en esa habitación?

—No es importante.

—Me has atado a un mástil —insisto—. Habéis matado a uno de mis guardias. Me habéis tomado como rehén. —La rabia bulle en mi pecho, y me martillea el corazón. Debo respirar hondo para tranquilizarme—. A mí sí me parece bastante importante.

—Bien podrías haber guardado las formas hasta llegar a Ostriario. Nada de esto habría pasado.

—Me da la sensación de que tan solo estás rascando la superficie de la verdad. Como ya te he dicho, no te queda bien ser despectivo.

—No soy despectivo. Ella no tiene nada que ver contigo. No tiene nada que ver con Kandala. Te dije que te mantuvieras alejado de esa habitación… y has manipulado a Tessa para que forzara la puerta en tu lugar.

—Si te sirve de consuelo, ha querido forzar la puerta para demostrar que no conspirabas contra nosotros. Por lo tanto, supongo que los dos la hemos manipulado.

Me taladra con la mirada, pero no responde. No le ha gustado mi réplica.

Bien. Todavía no he terminado. Miro hacia la mujer atada junto a Rocco.

—¿Cómo la escondisteis cuando mis guardias registraron el barco?

—¿Acaso importa?

Es probable que no, pero tengo curiosidad.

—Bella no tiene nada que ver con ninguno de vosotros. —Niega con la cabeza—. Yo me he acercado de buena fe desde el principio.

—¡De buena fe! Me diste un sermón criticando la ética de las leyes de Kandala mientras dejabas a una muchacha morirse de hambre a bordo.

—¡No la dejaba morirse de hambre! —me espeta, pero enseguida recobra la compostura y se yergue para mirarme desde arriba—. Podríamos haber ayudado a los pueblos de ambos, alteza. Pero tu orgullo se ha entrometido en el camino y me has visto como tu adversario desde el preciso instante en que pusiste un pie a bordo del *Perseguidor del Alba*.

—¿Los pueblos de ambos? —repito—. Así que en realidad te has aliado con Ostriario, ¿verdad?

No dice nada.

Me lo quedo observando para intentar atar cabos. Me duele la cabeza y me duele pensar, pero prosigo:

—¿El nuevo rey te ha prometido algo si hacías un trato con Kandala? —le pregunto—. ¿Por qué has arriesgado la vida?

—Nadie me ha prometido nada. Yo se lo he prometido a ellos. —Se pasa una mano por el pelo y suspira. Se le está formando un moratón en la cara, donde lo he pegado. Bien. Espero que le duela a rabiar.

—¿Por qué? —exijo saber—. Nos has contado que eras un muchacho. Que tu padre te puso en esta posición. Que no les debes nada.

—Igual que a ti tu padre te puso en esta posición —bufa mirándome a los ojos.

Recuerdo el día en que nos conocimos, cuando le pregunté sobre su padre.

«Murió. Igual que el suyo».

—¿Qué le pasó? —le pregunto—. Dijiste que murió en la guerra. Cualquiera diría que eso te volvería más leal a Kandala, no menos.

Se agacha delante de mí y me mira directamente a los ojos.

—No soy leal a Kandala. Nunca lo he sido.

Lo afirma tan llanamente que sus palabras me asestan un buen golpe.

Y entonces me deja atado y se aleja.

En esta situación hay demasiadas variables. Soy incapaz de juntar las piezas. Quería acceder a esa habitación porque buscaba pruebas de que Rian mentía acerca de algo... y supongo que las he conseguido.

Pero no esperaba que adoptaran la forma de una chica inconsciente que parece no haber comido nada en semanas.

No puedo hacer nada por ella. No puedo siquiera hacer nada por nosotros.

Parpadeo ante el sol de buena mañana y repaso los acontecimientos.

No pintan bien.

Miro hacia la muchacha. Su respiración sibilante es peor que la de Harristan cuando tiene un ataque de tos. Tessa parece ilesa, y eso es positivo, pero el capitán Blakemore no es estúpido. La ha colocado en el extremo opuesto de la cubierta. Espero que Tessa tenga el sentido común de mostrarse obediente. No en vano es la que tiene más posibilidades de quedar en libertad.

Rocco está de rodillas, atado al mástil que está entre el de ella y el mío. No sé si lo ha golpeado una flecha o una espada, pero está desplomado, como si las ataduras fueran lo único que lo mantuviera erguido. Me preocupa la cantidad de sangre que le empapa el uniforme.

Silas no está aquí. Lochlan tampoco. No sé qué les han hecho... ni si les han hecho algo.

Trago saliva de nuevo. Tengo un nudo en la garganta.

Contemplo el agua. Un bergantín está más cerca, pero dudo de que se haya aproximado lo suficiente como para ver aun con un catalejo que somos rehenes atados a la cubierta. Si están aquí por órdenes de mi hermano, no me importaría que nos ayudasen, pero no creo que a Rian le temblase el pulso a la hora de rebanarme el cuello si empezasen a disparar con cañones. El único elemento que actúa en mi factor es que tendrá que mantenerme con vida si pretende utilizarme contra Harristan, pero está claro que eso no significa que yo disfrute de algún tipo de comodidad.

Pero si el barco viene con intenciones malvadas, no quiero enfrentarme a él con las manos atadas a un mástil de madera.

Aunque no me queda alternativa. Con la suerte que tengo, dispararán al *Perseguidor del Alba* y todos moriremos ahogados.

A la cubierta han salido más miembros de la tripulación, y es obvio que se han enterado de lo ocurrido, aunque para ellos es como si no estuviésemos allí siquiera. Se disponen a llevar a cabo las tareas de la mañana y apenas nos lanzan una mirada. Rian se ha retirado a su camarote, pero no está lejos de la ventana. Veo cómo nos observa. Gwyn tampoco anda alejada. Está junto al timón. Sablo y Marchon están en la otra punta.

La tripulación quizá esté ocupada con sus actividades, pero los miembros más importantes están con los nervios a flor de piel. A lo mejor puedo usarlo a mi favor.

¿Quizá? ¿Podría?

No sé a quién intento engañar.

Compruebo mis ataduras. Las cuerdas no ceden ni un milímetro. Estoy de rodillas, pero me ha atado demasiado fuerte como para sentarme en el suelo. Ya noto hormigueos en las manos, así que me muevo para intentar reducir la presión. No lo consigo.

El pánico amenaza con embargarme el pecho, pero me obligo a reprimirlo. Ya me han atado antes. Ya me han apresado antes. Si sobreviví, puedo sobrevivir a esto.

No sé qué pasará si intentamos hablar entre nosotros, pero no creo que nuestra situación pueda empeorar mucho más.

—Rocco —lo llamo.

El guardia parpadea y levanta la vista, y tarda un segundo más de lo que debería.

—Alteza.

—Estás herido.

—Me han clavado un puñal debajo de las costillas. No es una herida profunda. —Su respiración suena hueca y contradice así sus palabras.

—¿Sabes qué le ha pasado a Silas?

—Puede que lo hayan encerrado en su camarote.

Oigo lo que no dice. *O puede que esté muerto.*

Aunque consiguiéramos liberarnos —no sé cómo—, seríamos tres contra toda la tripulación de Rian. Desarmados y heridos.

Si Silas ha sobrevivido, seríamos solo cuatro.

—Lochlan estaba en la cubierta con nosotros —digo—. ¿Qué le ha pasado?

—No lo sé. —Hace una pausa—. Es posible que también lo hayan encerrado en su camarote.

—Vuestro amigo está en la cocina —exclama uno de los tripulantes. Tor, creo—. Dabriel lo ha puesto a descascarar cangrejos.

En la cocina. Como si fuera uno de los tripulantes. Frunzo el ceño.

Supongo que no debería sorprenderme.

Rocco pone una mueca y se remueve. Una capa de sudor le perla la frente. Debería preguntarle si está más herido de lo que me ha confesado, pero es probable que no me apetezca oír la respuesta. No es un secreto que está sufriendo y dolorido, pero Gwyn le ha pedido a Rian que le disparara. Seguro que le preocupa que ser visto como un lastre no vaya a mejorar su situación.

Suelto un largo suspiro e intento urdir un plan.

No tengo nada.

Al final, pienso en mi hermano.

No resulta mejor.

Harristan. He fracasado. Lo siento.

Trago con dificultad e intento paralizar mis emociones para que no me inunden por completo mientras sigo atado a la cubierta. Es evidente que nos movemos hacia aguas más turbulentas, porque el vaivén del barco es más intenso. Aprieto los ojos con fuerza y tiro de las cuerdas.

Uno de los tripulantes vierte un cubo de agua por la cubierta, y cuando me llega a las rodillas me las congela. Abro los ojos de pronto, furioso, y veo que Tor está fregando la cubierta con agua sucia.

Ve mi expresión y se encoge de hombros.

—No ha sido a propósito. Las órdenes son órdenes.

Cerca, una mujer gimotea, y vuelvo la cabeza, preocupado por que sea Tessa.

No, es la muchacha rubia que está hecha un ovillo contra el mástil, detrás de Rocco. Su pelo forma una frenética maraña y las ropas que lleva son holgadas, de una talla demasiado grande. Tiene la piel del color de la arena mojada y los ojos tan oscuros que tal vez sean negros. Está tan flaca que no consigo saber cuántos años tiene. No muchos más que Tessa, sin duda.

Utiliza las cuerdas para incorporarse y parpadea ante el sol. Alarga el cuerpo para ver más allá de Rocco y me mira primero a mí y luego observa a la tripulación.

—Hoy estás radiante, Bella. —Tor le lanza una sonrisa.

La muchacha toma aire y tose, y luego escupe en su dirección.

—Me prepararé un plato con tus entrañas, Tor.

—Siempre tan delicada. —El marinero se ríe y arroja otro cubo de agua.

La joven está resollando, pero me mira fijamente.

—¿Tú quién eres?

No sé si mis títulos serían positivos o negativos para esa mujer, y tengo la esperanza de que me dé más información de la que está dispuesto a contarme el capitán.

—Me llamo Corrick —respondo.

—El príncipe. —Resopla—. El que es lo bastante estúpido como para darle acero.

No, el que es lo bastante estúpido como para haberme subido a este barco.

—Me ha atado al mástil —digo—. No creo que vaya a darle nada. —Hago una pausa—. ¿Quién eres tú?

Me estudia como si estuviera valorando cuántas cosas contarme. Al final retuerce las manos contra las cuerdas y debe de reparar en que los secretos ya no importan.

—Soy Bella. Rian me ha tomado como rehén.

—Ya somos dos. ¿Para qué le sirves tú como rehén?

—Para que mi padre no hunda este barco en el océano. —Vuelve a toser y a jadear. Gira la cabeza para gritarle a Gwyn—: Pero debería hundirlo. Espero que lo haga. Me da igual si me ahogo. Se lo gritaré en…

Se interrumpe con otro ataque de tos y jadea en busca de aire.

Su respiración entrecortada no solo me recuerda a la larga enfermedad de Harristan. Me recuerda mucho a la enfermedad de la fiebre, que según Rian no había llegado a Ostriario. ¿Se la habremos contagiado nosotros? ¿O el capitán habrá mentido?

¿O quizá tengan tantas flores de luna que nadie termina enfermando? ¿Se habrá negado a darle a ella las medicinas? ¿Por eso estaba encerrada en esa habitación?

Pero entonces me fijo en lo que acaba de decir.

—¿Por qué iba tu padre a hundir su barco? —le pregunto. Reflexiono sobre todas las ramificaciones políticas, y me incorporo—. ¿Tu padre es el rey? ¿Por eso estás aquí…?

La muchacha rompe a reír, un sonido que se acerca mucho a la histeria.

—Mi padre es Oren Crane y debería ser el rey. Si lo fuese, haría un año que Rian estaría muerto. —Se recompone deprisa, con la mirada un tanto alocada. Chilla hacia el camarote del capitán—. Debería haberte degollado, Rian. Debería haber ahogado a tu mocosa, Gwyn. Debería haber…

—Ya basta, Bella. —Rian sale a la cubierta.

—¿O qué? ¿Me encerrarás otra vez en ese cuarto? ¿Seguirás dándome veneno? Adelante. —Rian empieza a caminar en su dirección, pero ella sigue hablando—. Ya saben quién eres tú, un mentiroso y conspirador hijo de…

—Yo no lo sé —salto aprisa, preocupado por que Rian vaya a silenciarla y no me entere de nada nuevo—. Dímelo.

—¿No sabes quién es? —Bella me mira.

Rian está avanzando por la cubierta con grandes zancadas.

—Nos dijo que era un espía enviado por Kandala —respondo rápido—. Y que quería acompañarme a ver al rey de Ostriario a fin de empezar a negociar por el acero. Estaba dispuesto a cooperar con la corte real…

La joven se echa a reír de nuevo.

—Cooperar con la corte real. —Sus carcajadas terminan en otro acceso de tos. Rocco me mira a los ojos, preocupado.

—Bella —dice Rian con aspereza.

—¿No hay ninguna corte real? —Paso la mirada de él a ella. Sigo sin saber qué está ocurriendo.

—Ah, no. Sí que la hay. —Escupe sobre las botas de Rian antes de fulminarlo con la mirada con un reguero de saliva por la barbilla—. Pero no es necesario que él coopere. Podrías negociar con el rey ahora mismo.

La cabeza me da vueltas, pero al oírlo se detiene en seco. Incluso mi corazón parece pararse. La tripulación está prestando atención ahora. Nadie friega. Nadie habla.

Observo a Rian, enmarcado por el sol. El viento le agita las ropas y tiñe de color sus mejillas, pero me devuelve una mirada implacable.

«No soy leal a Kandala. Nunca lo he sido».

—Adelante, majestad —le dice Bella con una nueva risotada—. ¿Por qué no se presenta usted mismo?

CAPÍTULO TREINTA Y TRES

Harristan

En el taller, me quedo solo durante lo que se me antoja una hora, pero probablemente sea menos. No es hasta que Quint y Thorin se marchan cuando me pregunto si debería haberles pedido que esperaran hasta que volviese Saeth.

Aunque no sé de qué habría servido, la verdad. Ahora mismo, el tiempo es nuestro enemigo. Me aterra que la patrulla nocturna irrumpa en cualquier momento en el bosque para arrastrarme hasta la persona que está dispuesta a enfrentarse a mí.

O, peor aún, para ejecutarme aquí mismo.

Cojeo hasta los caballos, que se han acabado tranquilizando. El sudor se ha secado en sus flancos; son caballos delgados de tiro, criados para llevar arneses en lugar de silla de montar, y durante unos segundos me preocupa que no sean aptos para soportar a un jinete. Supongo que en breve lo descubriré. El alazán parece menos irascible, así que ajusto las riendas para quitarle las anteojeras, y luego utilizo la daga para cortar las riendas hasta el tamaño necesario para cabalgar, y las ato. Me quedan en las manos varios palmos de cuero, que enrollo hasta formar una especie de pechera que coloco en la cruz del caballo. Como montaré sin silla, así tendré algo a lo que agarrarme si lo necesito.

Una rama cruje en algún punto del bosque, y me quedo paralizado.

Espero una eternidad, pero no ocurre nada.

Si la patrulla nocturna está cerca, no quiero que Saeth deba perder tiempo dejando listo al otro animal. Me esmero con las otras riendas y enrollo otra pechera.

La pierna me duele muchísimo.

Al pensar en Corrick, siento un nudo en el pecho.

«El barco es una farsa», decía Arella. «Nunca llegará a Ostriario».

¿Lo sabía a ciencia cierta? ¿O estaba embaucando a la multitud? No hay manera de averiguarlo.

Aspiro aire poco a poco y me obligo a poner en orden mis pensamientos. No puedo ayudar a mi hermano si estoy muerto. Necesito subir al caballo para no quedar aquí atrapado.

Aprieto los dientes. Hace años que no monto sin silla. Me aferro a las riendas y a los retazos de cuero y me impulso hacia arriba para subir.

El caballo da un respingo y se ladea. La pierna herida cede. Termino desplomado sobre los matojos.

Maldigo con palabras que nunca usaría en el palacio.

El segundo intento es idéntico al primero. Quizá debería empezar a caminar y ya está.

El tercer intento me coloca sobre el lomo del animal. El alivio es tan grande que casi olvido todo lo que sé sobre montar a caballo. El alazán ya se ha hartado de tanta tontería, porque agacha la cabeza y se prepara para corcovear. Aferro las riendas y le levanto la cabeza. El animal se hace a un lado y da una coz sobre los matojos.

—Tranquilo —digo casi sin aliento, con una mano sobre las tiras de cuero por si las necesito. El caballo sacude la cola, pero se yergue y resopla, irritado—. Para mí tampoco está siendo fácil —añado, y le acaricio la crin. El animal suspira.

Otra rama cruje, y vuelvo a tensar las riendas. Los dos caballos levantan la cabeza al mismo tiempo. Aprieto los costados del alazán con los talones, dispuesto a echar a galopar —o a caerme—, pero entre los árboles quien aparece es Saeth, y suelto un suspiro de alivio. Parece sorprendido al verme sobre un caballo, pero no espero a que me pregunte nada.

—He enviado a los otros hacia Artis —le informo—. Deberíamos seguirlos. ¿Has encontrado comida?

—Sí, majestad.

—Bien. Ahora no me llames así, Saeth.

El guardia toma aire, momentáneamente confundido, supongo que porque tampoco puede llamarme Harristan. Cuando era un muchacho y me escabullía a la Selva con Corrick, utilizaba el nombre de Sullivan, y casi es el que le digo a Saeth. Pero mi lengua se queda paralizada. Por alguna razón, ahora mismo me parece un nombre... especial. Un nombre que solo compartimos mi hermano y yo.

Cory. Espero que estés bien. El nudo en el pecho me constriñe, así que intento quitarme de encima los sentimentalismos. Devuelvo mi mente al presente.

Pienso en Violet. Pienso en Maxon.

—Llámame Zorro —digo. Asiento hacia el otro caballo—. Sube. Hay que irse.

Saeth ha podido encontrar tiras de carne seca enrolladas con canela y nuez moscada, además de un par de melocotones que solo están un poco magullados. No he comido nada desde el pan de nueces que me preparó Maxon, así que me apetece devorarlo todo, pero le ofrezco la mitad a Saeth.

El guardia parece sorprendido por mi ofrecimiento, y un fruncido aparece entre sus cejas.

—No. Gracias.

Le tiendo un melocotón y dos tiras de carne de todos modos. Da igual lo hambriento que esté yo, no me puedo permitir ir acompañado de guardias débiles.

—Come —insisto—. No sabemos cuándo encontraremos más provisiones.

Me obedece. Avanzamos despacio y nos mantenemos alejados de los caminos principales. Cruzamos arroyos y volvemos hacia atrás para que nadie pueda seguir nuestro rastro. Mis pantalones siguen un tanto pegajosos por la sangre, sobre todo desde que al intentar montar sobre el caballo me he reabierto la herida. Nadie me reconocería como el rey, pero una herida de este calibre seguro que llama la atención.

El guardia que va a mi lado es mi mayor preocupación, puesto que tal vez se haya corrido la voz de que el rey viaja con dos guardias del palacio. En la oscuridad, tal vez no sea motivo de inquietud, pero en plena luz del día Saeth es demasiado llamativo. Ha dejado buena parte del uniforme en el taller, pero sus pantalones lucen el azul propio del palacio y sus botas negras y pulidas resplandecen bajo el sol. Todas sus armas están adornadas con filigranas doradas, así como la empuñadura de las dagas y la hebilla de su cinturón.

Pienso en Quint, que lleva elegantes ropas palaciegas, y en Thorin, que vestirá parecido a Saeth. Puede que no lleguen demasiado lejos. La preocupación empieza a colarse entre mis pensamientos, y me obligo a expulsarla de mi cabeza.

Conforme nos acercamos a Artis, empezamos a ver gente entre los árboles, familias y trabajadores ocupados en sus asuntos.

—Mantente en las sombras —digo.

—Sí, maj...

Le lanzo una mirada adusta y el guardia se interrumpe antes de asentir.

—Sí, Zorro.

Al final, nos acercamos a una zona donde la Selva empieza a dejar paso a la creciente ciudad de Artis. El grueso del sector se encuentra al otro lado del Río de la Reina, pero por aquí hay suficientes personas como para formar una bulliciosa ciudad. Hombres y mujeres van y vienen de la muralla, seguidos de niños; veo a mujeres con bebés chillando atados al pecho, que cargan paquetes o sacos. Por el camino avanzan también grandes carruajes y carromatos, y presto suma atención por si veo algún vehículo del Sector Real, pero hasta el momento no he visto ninguno.

Al cabo de un rato, unos cascos lejanos pisotean la tierra, y nos adentramos más aún en la penumbra del bosque. Suena un cuerno, y la gente empieza a abandonar el camino.

Conozco esos cuernos. Pertenecen a la guardia del palacio. Cualquiera de sus miembros nos reconocería.

Detengo mi caballo e intercambio una mirada con Saeth. Me divide la indecisión: no sé si debería desmontar e intentar ocultarme con el animal o si debería quedarme donde estoy, dispuesto a salir galopando si es necesario.

El caballo tira de las riendas y golpea el suelo, sacudiéndose nervioso.

—Chist —murmuro, con la vista clavada en el camino.

No hace falta que me preocupe. Una docena de guardias pasan galopando sin detenerse.

Miro hacia Saeth.

—¿Has reconocido a alguno?

—Sí —asiente—. A algunos de los guardias externos. No he visto el emblema de su guardia personal en ninguno de ellos. —Vacila y me mira fijamente—. A estas alturas, el capitán Huxley ya sabrá que Thorin y yo estamos con usted. Es probable que hayan encerrado al resto de su guardia personal en el palacio… o acaso en el presidio.

Frunzo el ceño. No había pensado en eso.

—También es probable —añade Saeth— que hayan capturado a Thorin y al intendente Quint, y que hayan hecho llamar a esos guardias para llevarlos hasta el palacio.

Tampoco había pensado en eso.

—Consejo —digo.

El guardia se toma unos instantes para meditar. Desplaza la vista de la carretera a la ciudad, y luego de vuelta a mí y a mi pierna herida.

—Podríamos intentar seguirlos…

—¡Seguirlos!

—Sí. Nadie esperará que el rey siga a alguien que lo está buscando. No abiertamente. —Contempla mi pierna de nuevo y luego mi rostro, que es seguro que siga manchado de sangre—. Nadie sabe que está herido. Si consigue avanzar con un ritmo más rápido, nadie tendría demasiado tiempo para ver el estado de sus heridas.

Ni sus armas.

—Y ¿qué hacemos cuando hayamos llegado a Artis?

—Si el intendente Quint se dirigía a la tienda de una boticaria, lo más probable es que esté cerca de la plaza mayor. Los guardias no tendrán motivos para ocultarse. Si allí es a donde se dirigen, los veremos con suficiente antelación como para regresar a la Selva.

No pierdo tiempo en cavilaciones.

—Vamos.

Hoy hace calor. El sol cae implacable a medida que dejamos atrás el cobijo de los árboles. Los caballos ansían echar a galopar, pero el traqueteo del alazán me da una sacudida con cada paso, que empeora en cuanto entramos en las calles adoquinadas de Artis. A esta velocidad, la cabeza no dejará de dolerme nunca, y mi pierna se ha convertido en una extensión de dolor que va desde la cintura hasta la rodilla. Me niego a ralentizar el paso porque detenernos implicaría que nos pudieran reconocer.

Cuando llegamos a la calle principal que da a la plaza mayor, he empezado a sudar. Mi respiración es más superficial e irregular, y hago lo imposible por ignorarla.

No hay rastro de los guardias. Pero deben de estar en alguna parte.

No suelo salir demasiado del Sector Real, así que no sé orientarme por aquí, pero Saeth hace un alto cerca de una hilera de edificios. Me alegro. Sujeto con una mano la pechera improvisada, y no tengo ni idea del tiempo que hace que me aferro. Me da la sensación de que esa mano es lo único que me mantiene erguido.

Saeth observa alrededor, pero al girarse hacia mí me mira dos veces.

—Majes… Zorro. No debería continuar.

Debo de estar peor por fuera que por dentro.

—Puedo continuar —le aseguro con voz baja y entrecortada, que contradice mis palabras—. Procede. ¿Estamos cerca?

Mira alrededor para evaluar la situación. Asiente hacia el estrecho callejón que separa dos edificios.

—Si se lleva los caballos y espera a la sombra, iré a pie a ver si descubro qué les ha pasado al intendente Quint y a Thorin.

El sudor me humedece los ojos, pero asiento. Saeth salta al suelo y me da las riendas de su caballo.

—No debería abandonarlo —duda.

—No vas a poder arrastrarme por la calle —digo jadeando—. El callejón está vacío. Vete.

Y se va.

El callejón está oscuro y frío, y guío a los caballos para detenernos debajo de unos toldos. Los animales encuentran una tina de la lluvia antes que yo y hunden el morro en el agua con desenfreno.

Estoy tan sediento que bajo del alazán antes de decidir si es una mala idea, pero al poco estoy recogiendo agua con las manos junto a los caballos.

Cuando intento volver a montar, el alazán sacude la cola y me aparta con la cabeza. No dejo de cojear y no ardo en deseos de desplomarme sobre el adoquinado, así que no lo intento de nuevo.

En el extremo del callejón, alguien suelta un grito, y me da un vuelco el corazón. El caballo castaño echa a trotar y los dos animales avanzan por el callejón. Me quedo paralizado contra la pared, medio oculto por la tina de la lluvia.

Pero nadie viene hacia aquí.

No puedo ponerme a perseguir a los caballos, así que ni lo intento. Me deslizo por la pared hasta quedarme sentado, con la pierna herida extendida ante mí.

Una vez más, estoy atrapado y dolorido, debatiéndome sobre qué hacer: permanecer aquí sentado y esperar a que me llegue mi destino o arriesgarme a intentar escapar.

Oigo cada respiración que se abre paso dificultosamente hasta mis pulmones. Se me cierran los ojos en contra de mi voluntad.

El sudor me los pegaba de todos modos. Quizá todo esto sea inútil y moriré en este sucio callejón.

La corona es tuya, Corrick.

Pero mi hermano no está aquí.

Un recuerdo destella en mi cabeza, vívido como un sueño. Yo era un niño, estaba enfermo y con fiebre, y la enfermera acababa de salir de mi habitación. Debía de tener nueve u ocho años. Tal vez menos. Algo frío me rozó la frente, luego la mejilla. Al abrir los ojos, vi que mi hermano estaba ahí, acariciándome la cara con las compresas húmedas.

—¿Lo estoy haciendo bien? —susurró justo antes de meterme un reguero de agua en los ojos.

El recuerdo es tan intenso que casi siento el agua fría sobre la piel.

—Lo estás haciendo bien, Cory —murmuro.

—Está volviendo en sí —dice un hombre en voz baja, con alivio en la voz.

Tomo aire bruscamente y empiezo a toser. Abro los ojos de pronto.

Quint está arrodillado ante mí con un pañuelo húmedo en la mano. Thorin y Saeth se encuentran tras él.

A su lado veo a Karri, la amiga de Tessa. Se retuerce las manos y se muerde el labio. Tiene los ojos muy abiertos y asustados.

Procuro proporcionarle fuerzas a mi pierna sana y me pongo en pie. Mis dedos se aferran a la pared. Debería ofrecerle a la muchacha algo por su ayuda. No tendría que ver a su rey así, destrozado y sangrando y medio inconsciente en un sucio callejón de las afueras de Artis.

Pero me duele la cabeza y me duele la pierna, y mi hermano se ha ido… y me he quedado sin opciones.

—Sé que han puesto precio a mi cabeza —exclamo con aspereza—. Sé que sería más fácil entregarme. —Karri no contesta.

Sigue retorciéndose los dedos. Vuelvo a toser, y prosigo—: Es muy probable que no creas que lo merezco —digo—, pero estoy preparado para suplicarte ayuda, Karri.

Ella escucha mis palabras y me observa, y luego mira hacia mis guardias y hacia Quint.

Por fin, sus ojos regresan a mí. Habla con voz baja, pero firme.

—¿Ha enviado a Lochlan a ese barco para que el príncipe Corrick pudiera matarlo?

—No —respondo—. Te lo juro. Fue de verdad una medida de buena fe.

Me sostiene la mirada, y percibo cierta frialdad.

De acuerdo. Respiro hondo.

—Y… también una medida para asegurarme, para que no pudiera instigar otra rebelión mientras Corrick estuviera fuera. Era para proteger al reino. A todo el mundo. No solo a las élites.

Karri vuelve a observar a los guardias y a Quint.

—Le creo. —Separa las manos y yergue los hombros—. Y no hace falta que me suplique ayuda. ¿Puede caminar? Esa herida necesita puntos, creo. —Desplaza la mirada hasta Thorin—. Vivo a dos manzanas al oeste de aquí. Tendrán que ayudarlo. Yo curo a gente muy a menudo. Nadie nos mirará extraño. —Duda—. Pero habrá que avanzar por callejones. La guardia del palacio ha registrado las tiendas.

Asiento y aprieto los dientes. El alivio es un poderoso motivador. También el miedo. Yo lo sé mejor que nadie, pero nunca había estado al otro lado.

—Muéstranos el camino.

Karri vive sola en un pisito encima de un zapatero y un carnicero. Únicamente hay dos habitaciones, pero dispone de agua corriente y de una estufa de leña, detalles que sin lugar a dudas son motivo de orgullo, porque los menciona en tanto Thorin me ayuda a cruzar la puerta.

—Bueno. —Se sonroja con timidez—. No es una casa elegante según sus estándares, seguro. Pero es lo único que me puedo pagar por mi cuenta.

Ha aceptado ayudarme. Su casa es mejor que un palacio.

—Te estoy agradecido por tu amabilidad —digo.

Thorin se coloca junto a la puerta y Saeth se dirige a la ventana, donde corre la cortina.

—¿Puedo acceder al tejado desde aquí? —pregunta—. No quiero vigilar desde la calle.

Karri abre los ojos, sorprendida, pero termina asintiendo.

—Hay una escalera desde la ventana del dormitorio. —Me mira y luego observa mi pierna—. Iré a buscar mis útiles; si quiere, siéntese cerca de la jofaina. —Sus mejillas morenas se enrojecen más aún—. Tendremos que quitar la venda. Y también..., esto..., voy a tener que pedirle que se quite los pantalones, majestad.

Como si fuera lo peor que me sucederá hoy. He llegado a un punto en que me trae sin cuidado.

—De acuerdo.

Quint me ayuda a sentarme en una silla baja, pero consigo quitarme yo solo los pantalones mientras Karri reúne lo que necesita. Cuando regresa, me preocupa que se sienta demasiado intimidada, pero, en cuanto tiene a mano las cosas, actúa con profesionalidad. La herida está cubierta de suciedad y de sudor, y también de varias costras de sangre seca, pero la muchacha humedece un paño y la limpia con suavidad.

Me escuece igualmente, y aprieto los dientes.

—Se la coseré, pero primero le pondré un ungüento. Hay mucha suciedad. Se infectaría.

—Lo que consideres mejor. —Asiento.

—Le dolerá. —Pone una mueca.

—Ya me está doliendo, Karri.

—Lo sé. —Tiende un brazo para tocarme la mandíbula, pero al final se contiene. Y se avergüenza—. Lo siento, majestad. Creo que en la oreja también necesitará puntos.

—Como ya he dicho, lo que consideres mejor.

Me clava la mirada antes de apartar los ojos y asentir.

En la habitación reina el silencio a medida que ella reúne unas cuantas botellas y hierbas; a continuación, las mezcla con una crema muy olorosa. Agarra una cuchara y la vierte sobre la herida sin previo aviso, y suelto un grito aferrándome a la silla.

Thorin se coloca junto a nosotros, pero Quint levanta una mano para detenerlo. El guardia espera mis órdenes. Niego con la cabeza, apretando los dientes.

—No pasa nada —mascullo.

—¿Me permite preguntarle qué ha ocurrido? —Karri enhebra una aguja.

Suelto un bufido porque mis pensamientos siguen obsesionados con el agudo dolor del ungüento.

—Me disparó la patrulla nocturna.

—¿De veras? —Me mira a los ojos.

Asiento y luego trago saliva con dificultad.

—No sabían que era el rey. —Hago una pausa—. Me enteré de que había una asamblea en la Selva. Tenía la esperanza de descubrir quién conspiraba contra mí.

—Y, como el príncipe Corrick no estaba disponible, se dirigió usted mismo hacia la Selva. —Sus ojos reparan en mi vestimenta.

—Más o menos.

Coloca la aguja sobre mi piel y me preparo para el pinchazo, pero no la hunde.

—¿Quiere algo que morder?

No tengo ni idea.

—Estoy bien.

Me lanza una mirada y luego suelta una breve y seca risotada.

—Los dos deben de tener una fuerza de voluntad de acero.

—No sé a qué te refieres.

—El príncipe Corrick fingió estar dormido cuando Tessa le cosía la cara. —En ese momento, me hunde la aguja, y casi doy un brinco. Debo hacer acopio de todo lo que tengo para no volver a chillar. Saber que mi hermano lo soportó mientras fingía estar dormido basta para mantenerme en silencio. Aferro con las manos lo que queda más cerca.

Karri hace un nudo con el hilo y luego clava la aguja para el siguiente punto. Contengo la respiración y aprieto más aún con las manos.

Observo la longitud de la herida. Tardaremos una hora. Un día. Un año. Una vida entera. En la nuca se me acumula el sudor, y debo reprimir un gemido.

—Has dicho que los soldados registraban las tiendas —recuerda Quint, con voz tranquila, como si yo no estuviera a punto de aullar como un animal herido—. ¿Estaban buscando al rey?

—Y a usted —responde la muchacha levantando la vista durante medio segundo—. La señora Solomon, la propietaria de la botica, me ha contado que el mensajero le ha dicho que el rey era culpable de envenenar a la gente.

—¿Con la nueva dosis de la medicina? —digo—. Karri, te juro que... —Suelto un resoplido cuando la aguja vuelve a adentrarse en mi piel. Aprieto los dedos—. No hay ningún veneno. Tessa descubrió el nuevo elixir por su...

—Ya lo sé —asegura con el ceño fruncido—. Es lo que le he dicho a la señora Solomon. Pero me ha tildado de estúpida, y es evidente que está difundiendo la idea de que el veneno provoca las fiebres.

Debo repetirme lo último mentalmente porque no tiene sentido.

—¿Cómo?

—Aseguran que está envenenando a la gente para provocar las fiebres.

—¿Cómo iba el rey a envenenar a todo Kandala? —tercia Quint.

—No lo sé. —Karri levanta la vista—. Pero es lo que decía. —La aguja vuelve a clavarse en mi piel.

—Huxley le dijo a la gente que yo los estaba engañando —informo a Quint—. Justo antes de que huyeran. —Otro pinchazo de la aguja, y me obligo a seguir hablando—. Arella afirmaba tener pruebas.

—Conmigo no ha compartido ninguna —responde el intendente—. Pero Arella y Roydan llevan semanas reuniéndose en privado. —Frunce el ceño y niega con la cabeza—. Lo cierto es que me cuesta mucho pensar que el cónsul Pelham esté involucrado.

Es verdad. El cónsul tiene casi ochenta años; de todos los cónsules, él siempre ha sentido un gran cariño por Corrick y por mí. Es el último que me imaginaría preparando un golpe de Estado en mi contra.

Pero vi a Arella con mis propios ojos. Oí sus palabras con mis propios oídos.

—Ya está —anuncia Karri, y bajo la vista. Una docena de puntos me sujetan el muslo, pero la herida es limpia. Me noto un poco mareado y empiezo a relajar los puños.

Y entonces me doy cuenta de que estaba apretando la mano de Quint.

Se la suelto al instante y luego me paso una mano mojada por la cara.

—Perdóname, Quint.

Karri nos mira antes de humedecer un nuevo paño y acercarse a mi rostro.

—Supongo que necesitará ropa nueva. Lochlan se queda a veces aquí, por lo que tengo algunas prendas suyas. En el cuarto de baño hay herramientas para afeitarse. —Titubea—. Si quiere. Majestad.

—Gracias, Karri.

Me limpia la sangre de la cara con cuidado, y es mucho más suave que Quint antes.

—¿Tiene hambre?

—No.

—Bueno, seguro que se le despertará el apetito a mediodía. Aunque no sé si tengo suficiente comida para los cuatro. —Vacila—. ¿Me permite que le pregunte cuáles son sus intenciones?

Apenas he pensado más allá de este momento, pero esa no es una respuesta acertada.

—Por ahora nos esconderemos aquí —digo—. No es seguro estar en las calles si la guardia del palacio me está buscando. Pero no puedo ocultarme demasiado tiempo aquí. En cuanto se extiendan los rumores, mi ausencia implicará mi culpabilidad. No puedo permitir que el capitán Huxley y la consulesa Cherry controlen la narrativa.

Ojalá supiera qué «pruebas» aseguran tener en mi contra.

Karri se aproxima y me pone una mano en la mandíbula para que no me mueva. Está tan cerca que el calor de su aliento me acaricia la piel, y huele a manzana y a miel. Debería ser incómodo, pero es tan profesional que no lo es. Si acaso, me recuerda a mi infancia, cuando los médicos y las enfermeras me tocaban y me pinchaban como si fuera una muñeca de trapo para sus investigaciones.

—Si se presenta ante el público —dice—, ¿cómo evitará que lo capturen?

—No lo sé —admito—. ¿Cómo consiguieron los benefactores que la gente se organizase tan deprisa?

—Prometieron dinero y medicinas. —Se limpia con el paño—. ¿Sabe cuántas personas del palacio conspiran contra usted?

—Muchas, si tienen el control de la guardia del palacio —contesto—. Y eso significa que controlan a la patrulla nocturna. Tal vez todavía no hayan logrado extender muy lejos el rumor de mi culpabilidad, pero no tardarán. Cuando caiga la noche, quizá les pida a Saeth y a Thorin que contacten con otros, pero no sé si el riesgo merece la pena. No quiero perderlos a ellos también.

—Si las medicinas no son fraudulentas, ¿por qué lo hacen?

—No lo sé. Pero sospecho que Allisander está intentando regresar al *statu quo*. Nunca quiso proporcionar más medicinas.

—Así que impone unos precios desorbitados que solo los ricos pueden permitirse.

—Sí.

—Y más gente morirá.

—Sí. Es muy probable que sea la razón por la que actúan ahora. Si Corrick regresa con provisiones de flor de luna, no necesitaremos a Allisander.

«El barco es una farsa. Nunca llegará a Ostriario».

Me obligo a expulsar las palabras de Arella de mi mente. Es imposible que lo supieran.

A no ser que enviaran barcos para que los siguieran.

Esa idea casi me roba el aliento. No hay mucha gente que pudiera permitírselo, pero el padre de Laurel es uno de los terratenientes más ricos de Allisander.

Y no he podido hacer nada para impedirlo.

—Necesito encontrar la forma de recuperar el palacio —digo—. Pero no sé cómo conseguirlo si los cónsules han puesto a los guardias y a los soldados en mi contra.

—Si me permite —tercia Quint—, no creo que los hayan convencido a todos. Ahora mismo, tal vez sigan órdenes solo porque usted no está ahí para contradecirlas.

—Ya has oído a los guardias de la puerta —le recuerdo—. No son pocos.

—Creo que en la oreja no hará falta ningún punto —dice Karri—. Pero le pondré un poco de ungüento.

—No me puedo fiar de las élites —continúo—, y me preocupa que la gente me entregue solo para cobrar la recompensa.

Karri resopla y se pone un poco de la cataplasma en el dedo.

—Disculpe, majestad, pero ¿cree que la gente se va a fiar del cónsul Allisander?

—Bueno. —Dudo—. ¿Puede?

—Creo que le sorprendería. Están ocupándome espacio en la cocina.

—Si sobrevivo a esto, me aseguraré de que te recompensen, Karri.

Me sonríe, pero el gesto tiembla por la tristeza.

—No lo ayudo para recibir una recompensa. Lo ayudo porque es lo correcto. —Hace una pausa—. Es el mismo motivo por el cual Lochlan ayudaba a los rebeldes. No queríamos plata, majestad. Queríamos medicinas.

—Me consta —digo—. Te juro que me consta.

—Ya lo sé. —Se sienta—. Incluso cuando el príncipe Corrick resultaba aterrador, yo notaba que querían ayudar al pueblo. Lo percibí en su voz cuando nos enfrentamos en el Círculo.

Cuando intentaron tomar el poder en el Sector Real. La noche en que casi lo consiguieron.

—Violet también lo sabía —opina Quint—. Como le dije, se pasó la noche cantando.

—Es una pena que Violet no tenga un ejército. —Me río sin ganas.

—¿Quién es Violet? —pregunta Karri.

—Una niña —respondo—. Me ofreció cobijo cuando me dispararon, y luego se arriesgó a ir a buscar al intendente Quint.

—¿Y sabía que usted era el rey? —Karri abre mucho los ojos.

—Al final se lo tuve que contar. Pero antes de eso me llamaba Zorro porque empecé a…

—Un momento. —Karri suelta el paño—. ¿Era usted? —exclama—. ¿Usted era Zorro? ¿Tessa lo sabía?

—No —digo en voz baja—. Ni siquiera lo sabía Corrick.

Suelta un suspiro entre dientes.

—Así que, durante todo el tiempo en que discutíamos sobre la mesa, usted salía en secreto y le daba plata a la gente.

Vacilo, pero finalmente asiento.

—Vaya. A ver si esta noche consigo reunir a la gente en la comuna. Por ahora deberá permanecer aquí escondido. —Mira por la ventana—. Tendré que volver pronto al trabajo, o la señora Solomon sospechará algo. —Karri se levanta y comienza a recoger sus cosas.

—Un momento. ¿Reunir a la gente para qué?

Karri se detiene y me mira a los ojos.

—Para volver a asaltar el Sector Real. —Sonríe, y una chispa oscura prende en sus ojos—. Majestad, Violet tal vez no tenga un ejército, pero ¿no se acuerda? Lochlan sí.

CAPÍTULO TREINTA Y CUATRO

Tessa

Soy una idiota.

Me he pasado mucho tiempo intentando convencer a Corrick de que Rian era buena persona, de que el viaje no era un engaño ni una trampa.

Y ahora Kilbourne está muerto. Rocco tal vez en breve lo esté. Todos estamos atados en la cubierta, sudando bajo el sol de mediodía conforme los bergantines no dejan de acercarse. Una mujer medio muerta de hambre está asegurando que Rian es el rey de Ostriario… y él no lo ha negado.

Supongo que no debería sorprenderme tanto de mi falta de perspicacia. Me pasé años pensando que Weston Lark era un agradable forajido. Y mira lo que resultó ser al final.

Una mano aparece ante mí tendiéndome una pieza de fruta. Es un gesto tan inesperado que casi me encojo.

—Come —me dice Rian en voz baja—. Sé que no has desayunado.

El viento me zarandea el pelo, y cierro la boca con la vista clavada en la cubierta. Recuerdo que Corrick me dio a comer bayas y me pareció una ofrenda de paz.

Ahora parece más bien una ofrenda de guerra.

—No —respondo entre dientes—, majestad.

—Llámame Rian. —Ignora mi desprecio.

—¡Ni siquiera es tu nombre de verdad!

—En realidad, sí que lo es. Un apodo de cuando era pequeño. La única mentira fue lo de Blakemore… Pero si lo prefieres, ya me he acostumbrado. Llámame como quieras.

Levanto la cabeza.

—Ah, seguro que no quieres que te llame como quiera. ¿Qué había de verdad en lo que nos contaste? —quiero saber—. ¿O también te inventaste toda la historia del espía?

—Todo era cierto —asegura.

—¿Có-cómo? —Parpadeo.

—Todo era cierto —repite—. La existencia del capitán Blakemore y su viaje desde Kandala. El barco, el documento, el anillo, el hijo que hacía el viaje con…

—¡Nada de eso tiene sentido!

—Todo tiene sentido —tercia Rian—. Pero… yo no soy el hijo de Blakemore. Solo tomé prestada su identidad.

—Eres diabólico. —Me lo quedo mirando fijamente, incrédula.

—Lo dices como si aquí fuese yo el delincuente. Como si no fueses tú la que ha abierto a la fuerza una habitación que yo dejé bastante claro que debía permanecer cerrada.

—Habías hecho prisionera a una mujer.

—La estaba protegiendo.

—Me da que ella no estaría de acuerdo.

—Es muy complicado.

—No es complicado. Has matado a Kilbourne. —La emoción me cierra la garganta al pronunciarlo, e intento tragar saliva. No lo consigo, y debo cerrar los ojos. Espero que Rian me diga que es el precio de la batalla o que reste valor a la muerte diciendo que el fin justifica los medios.

—Ya lo sé, Tessa —murmura en cambio, con voz suave y cerca de mí, como si se hubiera agachado—. Y lo siento. De veras. Parecía un buen hombre.

No quiero detectar pena en su voz, pero la percibo. Y lo detesto por ello.

—Su esposa estaba esperando un bebé —digo. Respiro hondo, entre temblores, y recuerdo el destello de los ojos de Kilbourne cuando Rocco le tomó el pelo al respecto. Estaba muy emocionado con ser padre—. Kilbourne tan solo aceptó este encargo porque quería comprar una…

—Señorita Tessa.

La voz de Rocco, áspera y tensa, me hace abrir los ojos. Estoy atada de espaldas a él, pero Rian está agachado delante de mí, como sospechaba.

—No le cuente nada de eso.

Tiene razón. Cierro la boca.

Rian sigue ofreciéndome la fruta.

—Era un guardia, Tessa. Murió cumpliendo con su trabajo. El príncipe está vivo.

—Murió porque tú lo mataste.

Por primera vez, una pizca de rabia le tiñe la voz.

—Nadie habría muerto si hubierais seguido una simple orden.

—Es culpa tuya. —Aparto la mirada—. Eres un mentiroso y un impostor.

—No pienso cargar con la culpa. ¿Alguna vez has pensado en preguntarme tú acerca de esa habitación? Quizá te lo habría contado.

Un escalofrío me recorre la columna. Eso también debe de ser mentira.

—Ah, pero por supuesto que no lo has pensado —prosigue Rian, y la furia de su tono se acrecienta—. Porque el príncipe

Corrick te convenció de que yo no era de fiar, aunque todas las decisiones que él toma están llenas de problemas y de riesgos innecesarios. Mira dónde estás ahora mismo.

Es como si me hubiera dado un bofetón.

—De hecho —añade—, he mentido sobre muy pocas cosas. Solo en lo que era estrictamente necesario.

—¡Has mentido sobre todo!

—Cómete la fruta, Tessa.

No quiero aceptar la comida que me da y ni siquiera soy capaz de escupirle como he oído que ha hecho Bella.

—¿Qué nos vas a hacer? —Lo fulmino con la mirada.

—Os dejaré donde pueda veros hasta que hayamos dejado atrás los bergantines y hayamos superado la zona que controla Oren Crane. Y luego seréis libres de ir donde queráis, con la excepción del príncipe Corrick.

—¿Vas a matarlo? —Toda la sangre me abandona la cara.

—No. La gente solo quiere matarte cuando eres el rey. Cuando eres un príncipe, en general vales más estando vivo. Hazme caso, conozco la diferencia.

Quiero asegurarle que Harristan jamás pagará el rescate por el regreso de Corrick, pero sí. Sé que lo hará. Es probable que ofrezca todo el reino para recuperar a su hermano.

Rian también es consciente. Lo veo en su expresión.

—Así que después de todo solo ibas en busca de dinero —le espeto—. De dinero y de poder. Tanto desprecio y resulta que no eres mejor que los cónsules.

—¡No! —exclama con gesto de irritación—. Como ya te he dicho, he mentido sobre muy pocas cosas. En Ostriario hay desesperación por conseguir acero. He hecho promesas que deben cumplirse. La paz que he conseguido alcanzar es muy endeble. Si regreso con las manos vacías, quizá pierda la fe del pueblo, y Oren se dispondrá a reclamar el trono para sí.

—Lo hará de todos modos —asegura Bella con voz cantarina antes de echarse a toser—. Espero que te cuelgue del mascarón de proa. Por la cabeza. —Otra tos—. Desnudo. Cubierto de miel para las gaviotas.

Rian pone los ojos en blanco.

—La última oportunidad —me dice con la fruta delante de mí.

—No.

—Tú misma. —Se la come y se aleja.

La emoción amenaza con embargarme de nuevo, y debo respirar hondo. Seguramente debería haber aceptado la fruta. No tiene sentido que pierda las fuerzas cuando quizá más tarde las vaya a necesitar.

Pero es que el barco se mece sobre la fuerte corriente y el viento sacude las velas con tanta intensidad que las jarcias traquetean con cada nueva ráfaga. Lo único peor de estar atada con las manos a la espalda es la posibilidad de vomitarme encima en esta posición. A pesar de que estamos amarrados a la cubierta, la tripulación ha trabajado sin descanso, moviendo velas y atando cuerdas y ajustando cadenas al oír las órdenes de Gwyn.

Cometo el error de mirar hacia el océano en el momento en que una ola se levanta por el lado; durante unos instantes, me da la sensación de que estoy bajo el mar, y que lo único que me mantiene en el barco es la cuerda que me ata las muñecas.

Sin embargo, el barco se endereza enseguida, y me quedo contemplando un horizonte que oscila sin parar.

Uno de los bergantines se ha acercado más aún.

Un silbido suena por encima de mí, y echo la cabeza hacia atrás. En lo alto del mástil, Marchon se aferra a la zona más estrecha de las jarcias, donde Corrick estuvo a punto de caerse. El mareo que me entra es casi instantáneo, pero se ha enredado las piernas con las cuerdas para mantenerse bien sujeto.

—¡Capi! —grita. Aun en el estruendo del viento oigo la urgencia de su voz—. Mire por el catalejo.

El océano se sacude de nuevo y el agua salpica la cubierta. Me quedo sin aliento.

—¿Es normal? —le pregunto a cualquiera que ande cerca.

Tor levanta la vista desde el lugar en que está atando una cuerda a una abrazadera. Se echa a reír.

—En la Isla del Caos el movimiento será muchísimo peor, señorita.

Estupendo.

Rian cruza la cubierta para ir a buscar un catalejo a su camarote. Echa un rápido vistazo y suelta una maldición.

—¡Brock! —exclama—. Haz rodar los cañones. ¡Tor! Prepárate para encargarte de la bomba de sentina. —El océano se revuelve de nuevo, e incluso Rian debe aferrarse a la barandilla. Varios de los hombres gritan cuando el barco se mece en las aguas turbulentas.

Pero una nueva preocupación se ha instalado en mis pensamientos. *Cañones.*

—¿Qué está pasando? —insisto tirando de mis ataduras—. ¿Por qué estáis haciendo rodar los cañones?

—Porque ellos también lo están haciendo. —Mira tras de mí, donde supongo que Corrick debe de estar atado—. Ese barco ya no parece tan amistoso, alteza.

—Quizá sepan que eres un canalla mentiroso —le escupe Corrick.

Me da un vuelco el corazón al oír su voz tan fuerte.

—Si me sueltas —le propone—, podríamos intentar detenerlos. Puedo hablar en tu nombre.

Rian parece valorar esa opción durante una fracción de segundo.

—Nunca me fiaría de ti.

—Fíate de que no quiero ahogarme con las manos atadas a tu mástil.

—Por favor —insisto. Pienso en lo que ha ocurrido en el oscuro pasillo, cuando iba a matar a Rocco. Gwyn lo ha urgido para que lo hiciese, pero al final no lo ha hecho.

Porque yo se lo he pedido.

Corrick tenía razón: el capitán sí que me escucha.

—Por favor, Rian —le suplico—. Piensa en tu tripulación.

Me mira fijamente con los ojos tormentosos.

—Siempre pienso en mi tripulación. —Suelta un tenso suspiro y luego deja de apretar la barandilla con los dedos. Desenfunda un puñal del cinturón.

No sé qué significa, si va a desatar a Corrick o a hacer otra cosa.

No tengo tiempo de preguntarlo. Un sonoro crujido retumba en el océano en el momento en que Marchon salta sobre la cubierta.

—¡Cañonazo! —chilla.

En este preciso momento, la bola de acero oscuro se estampa contra él y lo desliza por la cubierta en una explosión de sangre y madera astillada.

Estoy contemplándolo horrorizada, y entonces Bella se echa a reír, histérica.

—Ay, Rian —dice entre carcajadas—. Creo que esto será incluso mejor que lo que habría planeado mi padre.

CAPÍTULO TREINTA Y CINCO

Corrick

Los ruidos se suceden al mismo tiempo: la tripulación grita, la gente chilla, los cañonazos retumban. Veo cómo Marchon se desliza por la cubierta, destrozado entre astillas de madera, y el olor a sangre y a humo me revuelve el estómago. Es lo más espantoso que he visto nunca, y eso es decir mucho.

—¡Rian! —grito—. ¡Rian, suéltanos!

No responde. No responde nadie.

—¡Tessa! —la llamo.

Nada. Hay tanta gente rugiendo órdenes contradictorias que apenas oigo mis propios pensamientos. Y Bella no deja de soltar histéricas risotadas. El barco se balancea y el agua salpica sobre la cubierta.

Juro haber visto a uno de los tripulantes caerse por la borda.

Quizá que estemos atados no sea tan malo, al fin y al cabo.

Y entonces veo a Lochlan subir a la cubierta y avanzar a gatas. El barco se mece con tanta violencia que el rebelde no puede ponerse en pie. Otro cañonazo rompe el aire y oigo gritos de hombres, pero esta vez la bala pasa de largo de la barandilla y cae al agua.

Lochlan sigue gateando por la cubierta. Con la mandíbula apretada, muestra una expresión muy decidida. Clava los ojos en los míos.

Y entonces me doy cuenta de que en una mano lleva un puñal.

Noto un nudo en el estómago. Estoy atado al mástil. Soy una presa fácil.

Contengo el aliento. El barco se bambolea frenético en la corriente, pero el rebelde sigue reptando.

—Rocco —digo—. Gracias por tu servicio.

Mi guardia levanta la vista y sigue mi mirada hasta Lochlan, que ha ganado terreno.

Otro cañonazo vuela por los aires y, durante unos segundos, los gritos de la tripulación enmudecen. El ataque pasa entre los mástiles y no acierta en las velas por muy poco.

—¡Tessa! —grito, pero sigo sin recibir respuesta. No tengo ni idea de si me oye. Lo chillo de todos modos—: ¡Te quiero!

Lochlan ha llegado hasta mí y me aferra la camisa para ponerse de rodillas. El viento le azota el pelo contra la cara y la luz incide sobre el filo de la daga.

Es probable que el barco vaya a hundirse, pero mi vida va a terminar ahora mismo. Veo el odio en sus ojos.

Pero lo oigo decir:

—Ay, no seas tan dramático.

Y a continuación tira de mí hacia él y corta mis ataduras.

Juntos, Lochlan y yo empezamos a liberar a los demás, con la excepción de Bella. Es una especie de comodín, y sé que preferiría ver hundirse el barco. Pero es incluso más peligroso estar desatado con un vaivén tan violento. No consigo permanecer en pie, así que debo gatear como ha hecho Lochlan. Cuando llego hasta Tessa, casi se me detiene el corazón al ver sangre en la sien… Pero respira y está aturdida. Y viva.

Se aferra con fuerza a mi cuello en cuanto le libero las manos, y me recuerda a otra noche en que le solté unas cuerdas y me estrechó con desesperación. En ese momento, quería que yo lo solucionase todo. No pude.

Ahora tampoco.

—Nos están atacando —dice—. Nos vamos a hundir.

—Espero que Rian sea mejor marinero que rey —contesto cuando otro cañonazo destroza una de las velas y provoca gritos en algún punto de la embarcación. Suena otro estallido y el navío tiembla, y creo que tiene razón: van a partir el barco por la mitad.

Pero entonces veo una breve explosión en el bergantín que está más cerca. El *Perseguidor del Alba* ha devuelto el fuego.

—Vamos —apremio a Tessa—. Aquí estamos demasiado expuestos. ¡Rocco!

Procuro avanzar por la cubierta para llevarla hasta el camarote de Rian, donde los mapas y todo lo demás se han desperdigado por el suelo a consecuencia del ataque.

Separo los brazos de Tessa, que me rodeaban el cuello.

—Quédate aquí —le indico cuando Rocco llega hasta la puerta. Está muy pálido y se apoya una mano en la cintura—. Ayuda a Rocco.

Tessa abre la boca para protestar pero la interrumpo:

—Esta vez, quédate aquí.

Y cierro la puerta de golpe. Intento decidir dónde puedo ser de más ayuda.

El barco enemigo sigue disparando. El nuestro también. Muchos de los miembros de la tripulación han bajado de la cubierta, pero hay dos hombres que mueven las velas. No veo a

Gwyn ni a Sablo por ningún lado. Una parte de mí espera que haya sido Rian el que se ha caído por la borda, pero lo veo en la popa, agarrando con fuerza el timón.

—¡Dime qué puedo hacer! —le grito desde las escaleras.

Imagino que me dirá que salte por la borda, pero no. Quizá le traiga sin cuidado quién lo ayuda mientras su barco esté en peligro.

—Agárralo —dice—. Mantenlo recto. Necesito ir a ayudarlos.

Me encargo del timón.

Es como aferrarme a un caballo que corcovea.

Rian vuelve a agarrarlo antes de que dé varias vueltas.

—¡Debes mantenerlo quieto! —me espeta—. Si no eres capaz, márchate de aquí.

—Yo me ocupo —digo sin aliento y clavando los pies en el suelo.

—No importa nada más si no consigues mantenerlo quieto. —Señala hacia arriba—. La corriente es muy violenta. Aquí es donde naufragaban los barcos de Kandala. Aquí es donde ellos naufragarán, si tenemos suerte.

—¿Quiénes? ¿Los bergantines?

Pero ya ha desaparecido para dirigirse hacia la cubierta principal. Al parecer, a Rian no le cuesta nada mantenerse en pie, y es casi antinatural con el incesante vaivén del barco. Por obra de un milagro, todavía no hemos empezado a hundirnos, y ya hace bastante que han comenzado a dispararnos.

Más adelante, Rian les grita órdenes a los pocos hombres de la cubierta, pero no sé qué les está indicando. Todos se desplazan de inmediato hacia mástiles opuestos para desatar cadenas y jarcias. El océano se revuelve una y otra vez, el agua se eleva por los costados. Me aferro al timón, sin saber si seré capaz de conseguirlo, pero intento plantar los pies con fuerza en la húmeda madera.

Me arriesgo a echar un ojo hacia el océano para ver los bergantines, y están más lejos de lo que me esperaba, pero se mecen en el mar tumultuoso igual que nosotros. No sé cómo, pero estamos ganando terreno.

Y entonces, mientras lo contemplo, uno de los barcos se pone a temblar. Y, de repente, empieza a partirse por la mitad.

Y luego el otro.

En cuestión de minutos, los dos navíos están hechos añicos en el océano, y nosotros nos alejamos a toda vela.

Lo observo, asombrado.

Pero seguimos meciéndonos mucho, hay agua por todas partes y el viento es tan fuerte que es un grito interminable en mis oídos. El timón da un bandazo y casi lo suelto. El mundo parece darse la vuelta, y el *Perseguidor del Alba* tiembla como los bergantines.

—¡Sujétalo fuerte! —grita Rian por encima del viento.

Y eso hago. El agua vuela desde todas las direcciones; me resbalan las manos y también los pies sobre la madera. Aprieto los dientes hasta notar el sabor de la sangre.

Cuando me preocupa no ser lo bastante fuerte como para sujetar el timón, aparece Rian. Tiene el pelo empapado por el constante oleaje y el viento le dificulta avanzar incluso a él.

—Por lo general se encarga Sablo —chilla—. Tendremos que hacerlo los dos juntos.

Me aparto un poco para dejarle espacio. Cuando intenta agarrarse, el barco oscila y nos lanza hacia el lado. El viento lo zarandea, y veo cómo el pánico se adueña de sus ojos cuando sus pies abandonan la cubierta. Se va a caer por la borda.

Extiendo un brazo y aferro el dobladillo de su chaqueta. Durante unos aterradores segundos, no creo que baste, sino que se me escurrirá de los dedos y será su fin.

Pero el barco se endereza y Rian se estampa contra mí.

—¡Te he dicho que sujetaras el timón! —me espeta al oído.

—¡De nada, ¿eh?! —le respondo a voz en grito.

Y entonces el timón intenta zafarse de mí y los dos lo agarramos, codo con codo, para sobrevivir juntos al mar tormentoso.

CAPÍTULO TREINTA Y SEIS

Corrick

No dejamos atrás la Isla del Caos hasta que la oscuridad se cierne sobre el barco y el mar, de repente, se tranquiliza, cubierto por una neblina. El silencio que nos envuelve es escalofriante. Ha habido muchas bajas, incluido Silas, que debe de haberse caído por la borda durante la batalla, dejándome con Rocco como el único guardia que me queda. Bella también ha desaparecido, ya no está atada al mástil donde la dejamos. No he visto a Gwyn, y me da miedo preguntarle por la pequeña Anya, pero Lochlan me cuenta que la teniente de Rian está tapando un agujero en la cocina con su hija. Hay otro agujero en la cubierta donde ha muerto Marchon, y la mayor parte de la barandilla de la proa se ha desplomado. Por lo visto, hay otro agujero en una cubierta inferior, pero ninguno junto a la línea del agua, y por eso no nos hemos hundido. La mayoría de los miembros de la tripulación que han sobrevivido se han retirado para descansar un poco, y le he sugerido a Rocco que hiciéramos lo mismo, pero es imposible que me quede dormido en el futuro inmediato.

A medianoche, Tessa se ha pasado horas tapando y cosiendo heridas, y la convenzo para que descanse un poco, pero yo me dirijo hacia la cubierta principal para ir en busca de Rian.

El capitán está nuevamente al timón, lo cual no debería sorprenderme, pero sí. No tengo ni idea de cómo están las cosas entre nosotros, pero no me ha vuelto a atar a ningún mástil, así que hay esperanzas.

Me quedo en lo alto de las escaleras que conducen al timón.

—¿Me da permiso para acercarme, majestad?

—Muy gracioso —dice secamente—. ¿Qué necesitas?

—Esperaba que por fin fueras sincero conmigo.

—¿Después de que tus compatriotas hayan matado a mi timonel, quieres decir?

Me encojo. No había caído en la cuenta de que, independientemente de quién haya mandado esos barcos, han sido buques de Kandala los que han atacado su tripulación y han matado a su gente.

Pero Kandala no es el único país culpable.

—Sí —asiento—. Después de que tú escondieses tu identidad, mintieses sobre tus objetivos y tus compatriotas mataran a mi guardia.

Mira hacia mí. Está demasiado oscuro como para que le vea bien la cara; ojalá hubiese llevado una lámpara.

—No deberíais haberos acercado a esa habitación —insiste.

Me lo quedo observando. Tal vez sea un marinero fuerte, pero, si en su historia hay algún ápice de verdad, no lleva demasiado tiempo siendo el rey de Ostriario. Me pregunto cuánto de lo que ha ocurrido a bordo del barco se debe a su inexperiencia.

—Y tú deberías haberte presentado ante Harristan como un rey que pretende establecer acuerdos comerciales con un monarca vecino. Pienses lo que pienses de mí, mi hermano es un hombre razonable. Te habría escuchado. Habría negociado. Mi presencia aquí debería bastar como prueba.

Vuelve a mirar hacia mí, pero no responde.

—Me has subido a tu barco con la intención de iniciar las negociaciones entre Kandala y Ostriario —digo.

—Y ¿cómo crees que están yendo? —Resopla con cierto desdén.

—Estoy aquí, ¿verdad?

Espero. El agua lame el casco del barco.

Al final, Rian suspira y se pasa una mano por la mandíbula.

—Has dicho que debería haberme presentado ante tu hermano siendo quien soy. Lo pensé... Pero al principio no sabíamos que el rey Harristan ostentaba el trono. Lo que dije sobre el rey Lucas era cierto. Entre Ostriario y Kandala ha habido rencores que han abarcado décadas. Puede que el viejo rey fuese mi padre, pero... —Bufa—. Es que el viejo rey fue el padre de mucha gente. Me criaron como un pariente lejano de la realeza. Cuando murió, de hecho, yo no aspiraba al trono. Pero todos los demás sí, y las islas empezaron a volverse unas contra otras. La verdad es que no he mentido demasiado. Es cierto que navegué por las aguas en busca de supervivientes. Quería ayudar, nada más. Uno de esos hombres era el capitán Blakemore, y me contó su historia. Conocí a su hijo. Lo ayudé a reconstruir su barco, y auxiliamos a más gente. Poco a poco formamos una tripulación, y ayudamos a más y a más gente, que empezó a suplicarme que los defendiese. Al poco, contaba con personas en todas las islas jurándome lealtad e implorándome que reclamase el trono. Pero Oren Crane seguía fuerte en la zona al sur, y todo el mundo estaba cansado de pelear. Estábamos desesperados por conseguir acero para la reconstrucción. Le prometí al pueblo que iría a firmar un nuevo acuerdo comercial con Kandala, pero todo lo que me refirió el capitán Blakemore me invitaba a ser precavido. —Su voz suena un poco hueca, y se interrumpe.

—¿Qué pasó?

—Oren intentó evitar que pasáramos. Atacó el barco. El verdadero capitán Blakemore murió en la batalla. —Vacila—. Oren tomó a su esposa y a su hijo como prisioneros. —Vacila de nuevo—. Pero yo tomé a su hija. A Bella.

—Como salvoconducto. Para poder regresar.

—Sí.

Me quedo unos instantes reflexionando.

—Eso sigue sin explicar por qué no dijiste quién eras.

—Como ya te he dicho, lo pensé. Te aseguro que era mi plan. Atracamos primero en Puerto Karenin, y fue sencillo. El *Perseguidor del Alba* podía navegar con la bandera de Kandala, así que nadie nos prestó atención ninguna. —Hace una pausa y mira hacia el mar—. Y entonces nos hablaron de la enfermedad de las fiebres que parece estar destruyendo vuestro país, y también de los duros castigos que se impartían para los ladrones y contrabandistas de flores de luna, ya que creéis que son una cura.

—Pero ¡vosotros teníais flores de luna! —exclamo—. Si no lo sabíais, ¿por qué traías tanta cantidad?

—No las traje como si fueran una cura —responde mirándome como si estuviera loco—. En Ostriario sabemos qué es exactamente la flor de luna: un veneno.

—¿Cómo que la flor de luna es un veneno? —pregunto dándole vueltas a esa información.

—Si hierves los tallos, provoca fiebre y tos —contesta—. Así es como he podido controlar a Bella. Si administras el líquido el suficiente tiempo, puede debilitar a una persona de forma permanente, pero yo solo necesitaba unas cuantas semanas. Preparar un elixir con los pétalos por lo general revierte los efectos.

Me tapo la boca con las dos manos. Necesito a Tessa. Necesito sus conocimientos.

Pero Rian sigue hablando. Debo quedarme donde estoy.

—¿Me estás diciendo que el pueblo de Kandala está siendo envenenado? —salto—. ¿Cómo es posible?

—No lo sé, pero te confieso que me entró la curiosidad cuando me comentaron que hay dos sectores que se dedican casi por completo a cultivar flores de luna... Y al parecer hay un negocio muy lucrativo con la venta de los pétalos para curar la «enfermedad». Lo único que sabía el capitán Blakemore al respecto fue que el intento para acabar con la vida de Harristan cuando era joven se frustró, pero no fue hasta que...

—¿Qué intento para acabar con la vida de Harristan?

—Vuestro cónsul Montague intentó envenenarlo para exigir a tus padres que subieran el precio del acero, pero el reino de Ostriario se sintió traicionado y se negó a seguir comerciando. Quizá Montague descubrió otra manera de ganar dinero... o quizá fue otra persona.

El cónsul Montague, que más tarde confabuló para asesinar a mis padres.

Me paso las manos por el pelo.

No solo necesito a Tessa, sino que también necesito a Quint y a Harristan.

Debo regresar al Sector Real.

Pero ahora estoy en un barco en medio del océano.

—Durante todo este tiempo, ¿creías que nosotros envenenábamos al pueblo? —le espeto. No me extraña que me odie tanto. Para él, estaba encerrando a gente en una habitación, sin duda.

—No estaba del todo seguro —responde—. El rey Harristan estaba tan interesado en encontrar una nueva fuente de flores de luna que no creí que fuera él. Sospeché de ti durante un tiempo, pero entonces Tessa y tú os asegurasteis de que la gente tomara té de flor de luna al subir a bordo. Pero es evidente que se trata de alguien de vuestro círculo.

Todo esto sigue sin tener sentido en mi cabeza.

—¿Con qué objetivo?

—¿Para evitar una revuelta? —Rian se encoge de hombros—. Es obvio que se está gestando una de todos modos. —Hace una pausa—. Cuando atracamos en Artis y me enteré de tu reputación, me pareció obvio que no podíamos empezar siendo iguales. Tu país está infestado de sedición y de saboteos.

Ni siquiera se lo puedo rebatir. Lleva razón.

—¿Y ahora qué? —le digo.

—Ahora voy a hacer exactamente lo que dije que iba a hacer. Llegaremos a Ostriario. Llegaremos a un acuerdo comercial… o te mantendré prisionero y le pediré a Harristan un rescate por ti.

—Pero… pero te he salvado la vida.

—No habría sido necesario si esos barcos no nos hubieran seguido. En lo que a mí respecta, ha sido una declaración de guerra.

—¿Así que vas a contraatacar desde tu barco medio destrozado? —No puedo creer lo que oigo.

—No necesito contraatacar. Necesito acero. Como ya he dicho, he sido sincero casi por completo desde el principio. Kandala me trae sin cuidado. No me interesa declararos la guerra. Ninguno de nuestros países se lo podría permitir. Necesito acero. Vosotros necesitáis ayudar a vuestro pueblo. No pienso involucrarme en vuestro politiqueo. Acepta o rechaza el acuerdo, pero tienes hasta que atraquemos para tomar una decisión. De momento, solo debemos pasar por donde está Oren Crane. —Su expresión se vuelve tensa—. Con un barco que ha quedado bastante dañado, una tripulación reducida y sin Bella para que nos sirva de salvoconducto.

—¿Cuándo llegaremos a su territorio? —le pregunto.

—A mi territorio —me corrige con sequedad.

—De acuerdo, ¿cuándo llegaremos a tu…?

Me interrumpo cuando oigo un silbido lejano, y entonces una flecha llameante aparece de la nada para golpear la vela mayor.

Rian suelta una maldición.

—Acabamos de llegar.

CAPÍTULO TREINTA Y SIETE

Tessa

Me despiertan los gritos. Me incorporo en la cama en el momento en que el barco se estremece con el ruido de una explosión.

Nos vuelven a atacar.

Estoy descalza, con nada más que mi camisola y pantalones, pero corro hasta la puerta y veo a Rocco en el pasillo. Hace horas que le he cosido la herida de puñal del abdomen, pero su piel es más cenicienta y no tan morena como estoy acostumbrada, y me preocupa que haya perdido demasiada sangre.

Otra explosión sacude el barco, y apoyo una mano en la pared para no perder el equilibrio. Tenemos problemas más acuciantes.

—¿Hay otro bergantín? —pregunto.

—Debemos salir a la cubierta —dice Rocco.

Tengo que utilizar las manos y los pies para subir las escaleras porque el agua está muy picada. El guardia está justo detrás de mí. Cuando llegamos a la cubierta, una de las velas más pequeñas está ardiendo, con llamaradas rojizas que reptan por los extremos hasta alzarse al cielo nocturno. Brock está trepando por las jarcias con un cubo de agua en un brazo.

—¡Apaga el fuego! —grita Rian—. ¡Les está proporcionando un objetivo claro!

Brock lanza el agua al fuego, pero solo extingue la mitad. Mientras lo observo, otra flecha llameante atraviesa el aire. Rocco me empuja porque parece que la flecha va a caer justo sobre la cubierta, en el punto en el que me encontraba hasta ahora.

El guardia suelta una maldición, agarra el extremo de la flecha y la libera para lanzarla al agua.

Otra flecha vuela por los aires con dirección a la vela.

Peor aún. Alcanza a Brock justo en el medio de la espalda. El marinero se yergue, le resbalan las manos de las jarcias y cae sobre la cubierta, donde queda inmóvil. El cubo golpea los tablones de madera y se aleja rodando.

Más gritos desde debajo, y de pronto soy consciente de los que proceden de algún punto a nuestra izquierda. El *Perseguidor del Alba* tiembla cuando se dispara uno de los cañones, y al cabo de unos segundos oigo que el cañonazo ha acertado a un barco que está en medio del océano.

—Corrick —le digo a Rocco, desesperada—. ¿Dónde está Corrick?

Pero el guardia está mirando arriba, hacia la vela. Una parte del fuego se ha apagado, pero sigue ardiendo en el extremo.

—Hay que bajar la vela. El capitán tiene razón. Es un objetivo claro, y el fuego se extenderá.

Y a Brock lo han disparado cuando iba a descender de las jarcias. Media tripulación está desaparecida u ocupada con los cañones de la cubierta inferior.

Recuerdo que Rian me habló de las jarcias, de las cuerdas. Trepé por el mástil una vez. Puedo volver a hacerlo.

—Dame tu puñal —le pido al guardia—. La cortaré.

—Señorita Tessa…

Otra flecha llameante cae sobre la cubierta.

—¡Tessa! —grita Rian al verme—. Debes irte de la cubierta.

Rocco agarra la flecha y la arroja al agua, como la anterior.

Me entran ganas de arrebatarle yo misma el puñal, pero entonces aparece Corrick a mi lado. El viento le sacude el pelo.

—Tessa —dice—. Tessa, tienes que salir de la cubierta.

—La vela —se la señalo—, hay que bajar la vela.

—Ya lo sé. Iré yo. —Me agarra la cabeza con las manos y me da un beso. Y luego mira hacia Rocco—. Llévala abajo.

—¡Corrick! —chillo, pero ya se ha alejado de mí. Como la noche de la competición, se aferra a las jarcias con las manos y, de repente, está a varios metros de la cubierta.

Junto a la vela llameante, es un objetivo fácil, como lo era Brock. Se me atasca la respiración en la garganta.

De ninguna de las maneras dejaré que Rocco me lleve abajo.

Ni siquiera lo intenta.

Otra flecha llega volando hacia el barco, pero esta vez va dirigida hacia Rian. El capitán suelta el timón y se aparta. La flecha llameante cae en la cubierta a sus pies, pero la arranca y la lanza por la borda como Rocco.

Al verme, señala hacia Corrick.

—¡Sujeta el bao! —me grita—. Cuando corte la cuerda, se balanceará.

Sujeta el bao. En la oscuridad, observo el complicado laberinto de velas, cuerdas y jarcias.

—Este —dice Rocco tirando de mí hacia uno de los travesaños. Está sin aliento, y me recuerdo a mí misma que probablemente él tampoco debería estar en la cubierta. La lluvia empieza a caer a nuestro alrededor, pero me aferro a la viga de madera y la sujeto fuerte con los pies clavados en la cubierta.

—¡Te he dicho que la llevaras abajo! —grita Corrick desde arriba.

—Tenga, señorita Tessa. —Rocco lo ignora—. Apoye los pies en el mástil.

Corrick debe de haber empezado a cortar las cuerdas, porque de inmediato noto que el travesaño se destensa. Da un fuerte tirón y está a punto de arrancarme de la cubierta. Suelto un gemido por el esfuerzo.

Rocco es mucho más fuerte que yo, pero está muy pálido y sus dedos morenos se han vuelto blancos al agarrar la madera.

Y entonces, sin avisar, el bao se estabiliza. Parpadeo y levanto la vista.

Lochlan está aferrando el travesaño de madera, a mi lado.

—Con cuidado —dice—. No queremos que nos aplaste.

El aviso llega un poco demasiado tarde, porque de pronto empiezan a caer telas y cuerdas. Una mano me sujeta por la cintura y me aparta en el momento en que el bao se balancea y me golpea en el hombro.

Me quedo tumbada sobre la cubierta, con un brazo masculino sobre la cintura. Miro hacia abajo esperando ver a Rocco.

Pero no, se trata de Lochlan. Está muy cerca de mí, lleno de sudor y de moratones, pero me clava la mirada.

—¿Estás bien? —me pregunta, y estoy tan anonadada que tan solo puedo asentir.

Me pongo de rodillas en el momento en que Corrick salta sobre la cubierta. Han pasado unos pocos minutos desde que he visto la última flecha llameante, y tal vez sea una buena señal, hasta que alguien grita desde una cubierta inferior:

—Están cargando los cañones.

—¿Quién es? —exclamo.

—Oren Crane —responde Lochlan, como si eso lo explicara todo. Me suelta y se dirige hacia Corrick. Está apuntando hacia el agua—. Esperad a ver el fuego del disparo. En la oscuridad no veremos la bala.

El *Perseguidor del Alba* se zarandea, y una explosión suena más abajo. Acabamos de disparar nosotros.

Al cabo de unos segundos, oigo el impacto. Los gritos en medio del agua parecen indicar que hemos acertado en el blanco. La alegría repentina de la cubierta inferior nos lo confirma.

—¡Debemos dejarlos atrás! —aúlla Rian—. ¡Ahora no podrán seguirnos!

Miro hacia Corrick, que está con Lochlan cerca de la barandilla. Sus ojos se posan en los míos, y respiro hondo por primera vez en horas, creo.

En el agua retumba un súbito chasquido, y veo el estallido del disparo, que ilumina lo suficiente el otro barco como para ver que, de hecho, se está hundiendo.

Recuerdo las palabras de Lochlan.

«En la oscuridad no veremos la bala».

El *Perseguidor del Alba* recibe el impacto. La madera explota por todas partes, y pierdo el equilibrio. Esta vez me agarra Rocco, me tumba sobre la cubierta y me tapa con su propio cuerpo en tanto empiezan a llover fragmentos de madera y de acero. No puedo respirar. No puedo pensar. Mi corazón es un frenético rugido en mis oídos, las velas se sacuden por el viento y las cadenas tintinean.

Pasa un segundo. Un minuto. Una hora. Una eternidad. Al final, Rocco se aparta de encima de mí, y nos quedamos sentados en la cubierta bajo la luz de la luna. Huelo a madera quemada y a vela chamuscada.

Delante de mí, hay un agujero en la cubierta de unos tres metros. Toda la barandilla ha desaparecido, y veo incluso la cubierta inferior. Estoy contemplando el camarote de los guardias.

Se me detiene el corazón.

—Corrick —susurro. Apenas la palabra sale de mi boca, empiezo a gritarla—. ¡Corrick! ¡Corrick! ¡Corrick! —Avanzo a trompicones hacia la barandilla, observo la negrura del agua. No puedo dejar de chillar su nombre, aunque mi voz se vuelva ronca e histérica. Ha caído al océano. Necesito ir a salvarlo.

Dos brazos me sujetan desde detrás.

—Señorita Tessa, señorita Tessa. Vamos demasiado deprisa. No está ahí abajo.

Recuerdo el cañonazo que ha hecho volar a Marchon por la cubierta.

Me imagino que lo mismo le ha pasado a Corrick.

Me imagino que se ha ahogado.

Reprimo un sollozo y forcejeo contra los brazos de Rocco.

—¡Corrick! —grito—. ¡Rian! ¡Da media vuelta! ¡Da media vuelta! ¡Tienes que dar media vuelta!

Pero no da media vuelta.

Rocco no me suelta.

Corrick ha desaparecido.

CAPÍTULO TREINTA Y OCHO

Harristan

Es pasada la medianoche, y en el bosque reina el silencio. Sin embargo, sigo a Karri por los caminos oscuros. Más adelante, veo un resplandor entre los árboles, y me da un vuelco el corazón. Quint está justo a mi lado y mis dos guardias, detrás de mí. Todos llevamos capas negras con una capucha que me impide ver, y casi desearía no llevarla.

Pero no me puedo permitir que me reconozcan. Todavía no.

Cuando nos acercamos, un grave murmullo de conversaciones se alza entre los árboles. Esperaba que hubiera decenas de personas. Quizá cien.

Más bien parece que haya mil.

Casi me detengo.

—Nos verán —le digo a Karri.

—No —responde—. Tenemos mensajeros que atraen la atención de la patrulla nocturna. Por eso pudieron interceptar tantos envíos de flores de luna.

Abro los ojos como platos, pero sigo andando.

Karri da un paso para adelantarse a la multitud y acepta la antorcha que le tiende un hombre. Nos quedamos ocultos entre las sombras. Thorin está mi izquierda, Quint a mi derecha y

Saeth nos sigue muy de cerca. Mi respiración sigue siendo estruendosa, y cada bocanada de aire es un esfuerzo.

No me he tomado una dosis de flor de luna desde que Maxon me dio la suya.

Un diminuto destello de pánico se instala en mi corazón, pero expulso el miedo de mi cuerpo. En la Selva, la gente a veces pasa semanas sin tomar la medicina. Podré aguantar un día o dos.

Karri se sube a un ancho tocón y se dirige a la gente. Su voz se oye con gran claridad.

—Ya sabéis que Lochlan se ha ido en un barco junto al príncipe Corrick…

—¡Los cónsules dicen que los barcos se han hundido! —exclama una mujer—. ¡Que el rey los ha matado a los dos!

—Es mentira —anuncia Karri—. Los cónsules están intentando derrocar al rey de nuevo aprovechando la ausencia del príncipe Corrick y de Lochlan.

Un murmullo se adueña de la multitud. Mi corazón no deja de martillear. A mi lado, noto la tensión de Thorin. Saeth y él son dos. No tenemos caballos. Tenemos pocas armas. Tanto da cuanto ocurra aquí: no podrán contener a mil rebeldes que tal vez deseen verme muerto.

Pero Karri levanta las manos y la gente guarda silencio. Es una muchacha querida. Y respetada.

—Esta vez la situación es distinta —asegura—. Tenemos una nueva oportunidad para rebelarnos.

—¿Porque el justicia del rey se ha ido? —se extraña un hombre—. ¿Crees que el rey no hará que su ejército nos mate a todos esta vez?

—¡El rey ha desaparecido! —chilla alguien desde más atrás—. ¡Han puesto precio a su cabeza!

—¡Porque mintió! —grita una mujer—. ¡Mintió sobre las flores de luna!

Otro murmullo se extiende entre la muchedumbre, más enojado esta vez. Tomo aire, preparándome para dar un paso adelante, pero Quint extiende un brazo y me sujeta la muñeca.

—Espere, majestad —susurra—. Deje que ella contenga a la multitud.

Miro su mano sobre mi brazo, pero tiene los ojos clavados en el pueblo, en Karri.

—¡No mintió! —asegura a voz en grito—. Los cónsules os han mentido a todos. El rey estaba intentando proteger a su gente.

—¡Es verdad! —exclama una vocecilla—. ¡El rey era Zorro!

Violet. No debería estar aquí. Es demasiado peligroso.

Unas cuantas risillas suenan entre el gentío, pero Karri no se ríe.

—Es cierto. El rey era Zorro. Igual que el príncipe Corrick era Weston Lark.

Un silencio absoluto se adueña del lugar.

—Si el rey intenta protegernos de los cónsules, ¿por qué se esconde? —pregunta un hombre al fin.

—Ahora —susurra Quint, y me da un apretón en la muñeca.

En este instante, el tiempo parece congelarse. Ya me he dirigido a mi pueblo en innumerables ocasiones.

Nunca lo he hecho sin tener a mi hermano a mi lado.

Corrick. Espero que estés bien.

Y entonces pienso en las palabras de Quint en el carruaje.

Quizá ha llegado el momento de que el rey hable por sí solo.

Me retiro la capucha de la capa y avanzo, cojeando, para unirme a Karri. Al principio, nadie me reconoce, lo cual no me sorprende. Al poco, sin embargo, varios susurros empiezan a pasar de unos a otros.

—No me escondo —digo antes de que los susurros se vuelvan gritos—. Estoy aquí. Con vosotros. Por vosotros.

Se hace el silencio de nuevo.

Me encuentro ante todos sin la capucha. Totalmente expuesto. Totalmente vulnerable. Las antorchas y las lámparas resplandecen en la oscuridad, pero son muchas las cabezas que me miran directamente. Desconfían. Están preocupados. Quieren estar sanos y salvos.

Yo quiero lo mismo.

—Ya sabéis lo que hará alguien como el cónsul Sallister si se adueña del poder —digo—. Ya sabéis lo que ocurrirá si es capaz de quedarse con el trono. Debemos detenerlo.

—¿Y entonces? —grita alguien—. ¿Nos vas a ordenar que libremos una batalla contra tu propia gente?

—No —digo, consciente de los retumbos de mi corazón—. Creo que voy a encabezar vuestra revuelta.

CAPÍTULO TREINTA Y NUEVE

Tessa

Estoy empapada y congelada en la cubierta del barco. La niebla nos rodea por completo.

No siento nada.

Corrick ha desaparecido.

Lo he perdido de nuevo.

Lochlan ha desaparecido.

Lo siento, Karri.

—Tessa. —Una mano me toca el hombro.

Rian. Me aparto. No me fío de mi propia voz. Ahogo un sollozo.

—Por favor. —Se me rompe la voz—. Por favor, vete.

—Tessa. —Se aproxima más a mí—. Lo si…

—Mantén las distancias —le suelta Rocco. Ni siquiera me había dado cuenta de que estaba tan cerca. Vuelvo la cabeza unos segundos y veo que está enfrente de Rian.

Creo que el capitán le va a espetar algo al guardia, pero no. Se incorpora y da un paso atrás.

—Llegaremos a Fairde antes de que salga el sol. Ahora estamos en aguas más seguras. Creía que debías saberlo.

Me trae sin cuidado. Quiero hundir el barco yo misma. No digo nada.

—Te he dicho que mantuvieras las distancias —le repite Rocco.

Rian toma aire, pero al final debe de pensarlo mejor, porque se aleja.

—Gracias, Rocco —susurro.

—Sí, señorita Tessa.

Trago saliva. Los dos hemos perdido demasiadas cosas.

—Tú no… no hace falta que me protejas.

Al cabo de unos segundos, se sienta a mi lado. Después de unos cuantos segundos más, me agarra la mano y me da un apretón amable y fraternal.

—No hay nadie más a quien proteger —dice en voz baja.

—¿Crees que algún día podremos regresar? —Me apoyo la cabeza en las manos.

—No lo sé.

Es desolador y terrorífico al mismo tiempo.

«Llegaremos a Fairde antes de que salga el sol. Creía que debías saberlo».

Respiro hondo entre temblores y me enjugo las lágrimas de las mejillas. He sido demasiado ingenua durante demasiado tiempo. He confiado demasiado en demasiada gente. Lo único que siempre he querido ha sido ayudar a las personas a mi alrededor, y el único resultado ha sido dolor y sufrimiento.

Me siento más erguida y miro hacia Rocco.

—No sé qué nos aguarda en Fairde —digo—. Pero ya no nos queda nada ni nadie más, Rocco. Debemos estar juntos. Tú y yo.

—Sí, señorita Tessa.

—No. —Niego con la cabeza—. Se acabó lo de «señorita Tessa» y el «usted». Soy Tessa.

Asiente.

—Yo soy Erik. —Me tiende una mano.

—Erik —susurro. Le estrecho la mano. La suya casi engulle la mía.

Durante unos instantes, la niebla se despeja y se abre ante nosotros una larga extensión de agua brillante. Más allá, veo unas cuantas luces reflejadas en el agua, y el corazón me da un vuelco, pues anticipo otro ataque. Pero no son más barcos. Son fuegos o lámparas o algo que indica que estamos llegando a tierra firme.

Y entonces, mientras lo contemplo, la luz de la luna ilumina una gran estructura a lo lejos, un castillo que se alza hacia el cielo.

Noto una viga de acero que me envuelve la columna y que elimina todo el dolor que resultaba demasiado abrumador.

—Necesito que me ayudes con una cosa —le digo a Rocco, a Erik.

—Lo que sea —responde.

—Cuando lleguemos a Ostriario, quiero que me enseñes a pelear.

CAPÍTULO CUARENTA

Corrick

Me despierto vomitando agua de mar.

Es desagradable, pero preferible a recibir una patada en las costillas, que es lo que sucede a continuación.

—¡Te he preguntado cómo te llamas! —ruge un hombre.

No puedo respirar. No puedo pensar, y por eso termino graznando:

—¿Cómo?

—Que cómo te llamas.

Intento abrir los ojos, pero todo está oscuro. Muevo las manos y noto granos de arena bajo las palmas. Estoy boca abajo, e intento ponerme de rodillas.

Alguien vuelve a darme otro puntapié.

—Tu nombre.

Abro la boca para decir «Corrick», pero toso con más agua de mar, que me vomito sobre las manos.

—¡Ya te lo he dicho! —espeta un hombre, y tardo unos instantes en reconocer la voz. Es Lochlan—. Es uno de los criados del príncipe.

—¿Es eso cierto? —Una bota me propina un golpe en el costado.

Mi respiración se entrecorta. *¿Uno de los criados del príncipe?* No lo entiendo. No puedo pensar.

—Vamos, Wes —insiste Lochlan con un dejo de urgencia en la voz—. Dile al señor Crane cómo te llamas.

El señor Crane.

Vamos, Wes.

Apoyo la mano en la arena y me doy la vuelta. Una docena de hombres y mujeres se ciernen sobre mí. Todos están armados hasta los dientes. Huelo sangre, y espero que no sea mía, por favor.

Un hombre se arrodilla junto a mí y me apoya la punta de un puñal en la barbilla. Es el hombre más alto que he visto nunca, con una sucesión de cicatrices que le van de la ceja al cuello.

—Sí —asiente—. Dile al señor Crane cómo te llamas.

Trago saliva con dificultad, pero entonces mis ojos se clavan en Lochlan, en el extremo del círculo.

—Venga, Wes. Te van a matar si no hablas pronto.

Suelto una débil tos y vuelvo a mirar al hombre de las cicatrices.

Debo de haberlo observado durante demasiado tiempo, porque se mueve para patearme una vez más.

—¡Cómo! ¡Te! ¡Llamas!

Levanto una mano y le agarro el tobillo. Tiro con fuerza y utilizo su impulso para lanzarlo al suelo. Se cae entre maldiciones. Espero que alguien me sujete, pero los demás se echan a reír y a silbar.

Me pongo de rodillas y le arrebato la daga de las manos. La recuesto sobre su pecho antes de que se pueda dar la vuelta.

Escupo agua de mar al lado de su cara.

—Me llamo Weston Lark —digo con brusquedad—. ¿Y tú?

AGRADECIMIENTOS

Algún día escribiré unos agradecimientos más cortos, pero hoy no será ese día.

Dicho esto, se trata de mi decimoquinta novela publicada, así que voy a utilizar la función de copiar y pegar de mi ordenador.

Como siempre, quiero darle las gracias a mi marido Michael por cada momento que pasamos juntos. Espero con ilusión los momentos que compartiremos en el futuro. Gracias por ser mi mejor amigo durante todos estos años.

Mary Kate Castellani es mi extraordinaria editora de Bloomsbury, y me preocupaba muchísimo que no pudiéramos terminar este, pero no dejó de decirme: «¡No pasa nada! ¡Lo conseguiremos!». Incluso cuando a finales de 2021 le mandaba tristísimos correos electrónicos en los que le aseguraba que me resultaba imposible escribir nada. Pero aquí estamos. Lo hemos conseguido. Mary Kate, me encanta trabajar contigo en todos y cada uno de los libros. Eres brillante. [He copiado esta frase del último libro, PERO ES QUE ES VERDAD].

Suzie Townsend es mi increíble agente literaria, y estoy muy agradecida por tus consejos diarios, sobre todo cuando te mando correos con ataques de pánico a las 5:30 de la mañana. Tengo la enorme suerte de contar contigo, con Sophia, con

Kendra y con todo el equipo de New Leaf. Muchas gracias a todos por todo.

El equipo completo de Bloomsbury sigue dejándome sin habla por su increíble dedicación a los libros que publican, y quiero daros las gracias por todo. Gracias a Kei Nakatsuka, Lily Yengle, Erica Barmash, Faye Bi, Phoebe Dyer, Beth Eller, Valentina Rice, Diane Aronson, Jeffrey Curry, Jeannette Levy, Donna Mark, Adrienne Vaughan, Rebecca McNally, Ellen Holgate, Pari Thompson, Emily Marples, Jet Purdie y a todas y cada una de las personas de Bloomsbury que han colaborado para lograr que mis libros sean un éxito.

¡Muchísimas gracias a mi equipo de promoción de *Una maldición oscura y solitaria*! Si formas parte de él, GRACIAS. Significa muchísimo para mí saber que hay cientos de personas interesadas en mis libros, y nunca voy a olvidar todo lo que habéis hecho para correr la voz y promocionar mis historias. Mil gracias a todos.

Estoy en deuda con mis buenos amigos escritores Melody Wukitch, Dylan Roche, Gillian McDunn, Jodi Picoult, Jennifer Armentrout, Phil Stamper, Stephanie Garber, Isabel Ibañez, Ava Tusek, Bradley Spoon y Amalie Howard, porque sinceramente no sé cómo me las arreglaría sin vuestro apoyo. Estoy muy agradecida por teneros en mi vida.

Varias personas leyeron algunas partes de la novela mientras estaba en proceso, así que quiero aprovechar para dar las gracias en especial a Jodi Picoult, Gillian McDunn, Reba Gordon, Ava Tusek y Heather Garcia.

Gracias también a todos los lectores, blogueros, bibliotecarios, artistas y libreros de las redes sociales que se toman el tiempo para publicar, criticar, tuitear, compartir y mencionar mis libros. Le debo mi carrera a una gente que siente tanta pasión por mis personajes que no pueden evitar hablar de ellos. Gracias a todos.

Y ¡muchas gracias A TI! Sí, a ti. Si tienes este libro en las manos, gracias. Como siempre, es un honor que hayas invertido tiempo en darles la bienvenida a mis personajes en tu corazón.

Por último, todo mi amor y mi agradecimiento para los chicos Kemmerer. Me sorprendéis a diario y soy muy afortunada de ser vuestra madre. Sí, he copiado este párrafo de los últimos agradecimientos que escribí (que eran una copia de los que escribí antes que esos), pero cada palabra sigue siendo igual de cierta, y ninguno de vosotros ha leído mis libros aún. Vamos a hacer una apuesta. Si alguno de vosotros lee este párrafo antes de cumplir los dieciocho años, le debo un helado.

¿TE GUSTÓ
ESTE LIBRO?

PUCK